U0524137

九皇山

李白 禹穴题刻

西窝羌族文化村

北川新县城鸟瞰图

北川巴拿恰正大门

西窝羌族文化村

羌绣非遗传承人陈云珍

汇德轩创始人李云川

羌族祭山会（图中主角为羌年传承人母广元）

羌年传承人杨华武

禹穴沟洗儿池

西窝羌族文化村

青片神树林

永平堡

石椅羌寨

吉娜羌寨

许家湾十二花灯戏

羌山磅礴

触摸北川的人文地脉

陈霁 著

四川文艺出版社

图书在版编目（CIP）数据

羌山磅礴 / 陈霁著. — 成都：四川文艺出版社，2024.6.
— ISBN 978-7-5411-7119-2

Ⅰ．I25

中国国家版本馆CIP数据核字第20247F3Y36号

QIANG SHAN PANG BO
羌山磅礴
陈霁 著

出 品 人	冯　静
责任编辑	周　轶
封面设计	叶　茂
责任校对	蓝　海
责任印制	崔　娜

出版发行　四川文艺出版社（成都市锦江区三色路238号）
网　　址　www.scwys.com
电　　话　028-86361802（发行部）　028-86361781（编辑部）

排　　版　四川最近文化传播有限公司
印　　刷　四川华龙印务有限公司
成品尺寸　165mm×235mm　　开　本　16开
印　　张　20.5　　　　　　　字　数　345千
插　　页　8
版　　次　2024年6月第一版　　印　次　2024年6月第一次印刷
书　　号　ISBN 978-7-5411-7119-2
定　　价　68.00元

版权所有，违者必究。如有印装质量问题，请与出版社联系调换。联系电话：028-86361796。

/ 目录 /

序章：北川诱惑 /1

第一章：祖先的背影 /5
一、一颗牙齿从远古飞来 /6
二、禹穴沟：千古一帝从这里走向历史之巅 /10
三、《羌戈大战》：历史在大地上的投影 /18
四、寻李白 /23

第二章：曾经的县城 /31
一、青石："北川"在此诞生 /32
二、禹里：千年古镇的前世今生 /37
三、曲山：被上帝嫉恨的美丽小城 /45

第三章：在历史的连接处 /57
一、知军大人的软硬两手 /58

二、土司往事 /62

三、何卿：以剑与火改写北川历史 /69

四、姜炳璋：一代鸿儒与深山小县彼此成全 /77

五、王家父子：小人物的血性飞扬 /86

六、故乡之子——从杨朝熙、杨子青到沙汀 /95

第四章：关隘 /117

一、曲山关：北川第一地标 /118

二、永平堡：历史在这里拐了一个弯 /122

三、伏羌堡：一部军事机器空转百年 /128

第五章：红色一九三五 /135

一、红潮席卷北川峡谷 /136

二、千佛山中，关键之战里的一个小人物 /141

三、一个土司行进在红军队列 /150

四、至暗时刻 /160

五、硝烟散尽之后 /165

第六章：古镇 /177

一、片口：追忆似水繁华 /178

二、小坝：宏大叙事寓于局部和细节 /185

三、白什：以舞蹈照耀生活 /191

四、安昌：越走越远的县城往事 /196

第七章：寨子 /203

一、西窝：北川羌人最后的文化样本 /204

二、尔玛：在神话与现实之间 /211

三、神树林：神树下的羌寨时光 /216

四、黑水："上五簇"时代的生活若隐若现 /222

五、石椅：一个嫁接或者再生的羌寨 /228

第八章：山河 /237

一、插旗山：北川的喜马拉雅 /238

二、小寨子沟：还给大熊猫们一个美丽的"家" /243

三、九皇山的二十四小时 /248

第九章：羌风从远古吹来 /255

一、母广元：口若悬河吞吐羌风 /256

二、羌山茶话 /260

三、羌绣：穿在身上的文化符号 /265

四、李云川：天马行空舞羌红 /270

五、朱红志：一眼千年，让绝技穿越时空 /275

六、北川腊肉：年味之魂，乡愁之核 /281

第十章：屹立在废墟之上 /289

一、杨华武：大难不死，依然放歌羌山 /290

二、被"洗白"的羌家汉子满血归来 /296

三、山东姑娘的美丽遇见 /299

四、假肢女孩暴走在追梦路上 /302

五、一个医生的第二次人生 /306

第十一章：永昌之城 /311

序章：北川诱惑

1.

二〇一四年以来，我一直在书写少数民族。

《白马叙事》《白马部落》和《风吹白羽毛》写的是白马人；《雀儿山高度》的主人公其美多吉是康巴藏族；而《羌山磅礴》则通过梳理北川人文地理，试图为整个北川羌族族群画像。

看来，面对少数民族同胞，我总会产生书写的冲动。近十年时间，我都走不出一种惯性。

是什么力量如此强大？

2.

第一次到北川是二十世纪八十年代中期。那时，禹里还叫治城，是区公所。即使知道这里曾经是北川县城，但印象仅停留于它的偏远、乡土和破旧。

但附近的禹穴沟——当地人都把它叫清泗沟，却令人惊喜。大山葱茏，峡谷幽深，溪流清澈。水中的石头光滑却鲜血淋漓，直接接通了历史尽头最高贵的血脉。大禹，这位禹穴沟真正的主角，他在那里走出了教科书，直接站到了我们面前，刷新了我关于北川的认知。

大禹，成为北川引人入胜的封面。

3.

多次的北川之行，最深刻的记忆是二〇〇五年的初夏。

那次，我首次走过治城以远，沿青片河上行，穿越了整个北川，直抵岷山脚下。

一场大雨不期而至。北川最古老的羌寨西窝，蜷伏在大山的暗影里，因为雨雾显得更加阴郁和神秘。山野空旷，炊烟慵懒。残存的碉楼和古堡躲在对面的高山密林，像是为一个宏大的历史叙事刻意埋下的伏笔。磨盘边几丛盛开的牵牛花，粉紫色的喇叭面对不同的方向，似乎正在合奏一支古老庄严的大曲，让人想起苍凉辽远的羌笛。一间石砌老屋房门半开，寨子里唯一会说羌语的老汉坐在门槛上打盹，雪白的长髯飘拂在暮色里，成为当时最令人难忘的细节。

晚上，烟熏火燎的火塘边，与老乡一起吃四季豆炖腊膀和烤土豆，喝苞谷酒或咂酒，听老人讲寨子里的往事，感觉自己就是他们中的一员。当主人家端着酒碗专门为你唱《敬酒歌》的时候，一唱众和，整个房间几乎被豪气撑破。那时，我脑子里一片空白，完全被一腔感动掌控。

曾经夜宿"神树林羌寨"。"寨主"覃杨明，告别时递给我一张名片，上面印着的一行黑体小字提醒着我："羌族远古生活的活化石"。

就在神树林寨子里，我偶然地认识了杨华志——一个放牦牛的羌民。他两口子精心呵护残疾女儿的故事感动了我，被我写成一个非虚构短篇。误打误撞，作品参评《人民文学》杂志为反法西斯战争胜利六十周年举办的"爱与和平"征文，居然得了大奖。

杨华志是我第一个有深度交往的北川羌人，通过他，我看到了他所在的民族是多么地博大和深邃。

4.

中国地域辽阔，人口众多，拥有着几千年民族大融合的历史。每个中国人身上，或多或少都有那么一点异族基因，谁也说不清楚自己血脉的源头在哪里。

在中华民族大家庭里，羌族一直被人类学家称为"输血的民族"。追根溯源，很多民族都可能与羌族有血缘上的联系。也许这个原因，我在羌寨不但没有陌生感，看见乡亲们反而有天然的亲切，就像是久违的亲戚。

羌族老乡也的确亲戚般热诚。进了羌族人家，他们都会拿出家里最好的东西待客。除了腊肉和土鸡，只要季节合适，还会吃到刺龙苞、鹿耳韭、鸭脚板之类的新鲜野菜。酒喝高兴了，感觉投机，走的时候主人往往还要在地里拔几根萝卜、几棵莲花白，甚至装一口袋洋芋，硬塞给你。那些野生或半野生的植物，带着大山的气息，也带着山里人热呼呼的情感，有一种勾魂摄魄的力量，让我持久地神往。

因为不可抗拒的诱惑，我差点以北川为家。那个叫杨柳坪的地方，就在北川老县城背后的高山之上，让我一见就喜欢上了。那里是真正的天然氧吧，是可以出卖空气的地方。山很大，汽车在山上盘旋很久才可以抵达。一些吊脚楼，一些石板屋，一些野梨树、野樱桃树和野苹果树，在高山台地上构成了世外桃源般的风景。以此为基础，我曾经设计了好几个诗意栖居的方案，想象着租一小块地，修几间房子，与羌民为邻。退休以后，就在这里扎下根来，养一群鸡，几只鸽，一两条狗，组成一个热热闹闹的大家庭。夏天仰望星空，冬天围炉煮茶，读书，写作。这有点像梭罗，更像陶渊明。没多久，5·12大地震突如其来，一个有几分矫情的构想，无疾而终。

5.

十几年里，北川先后经历了5·12大地震、灾后重建、脱贫攻坚和乡村振兴。在三千零八十三平方公里的北川大地上，无疑是一场沧桑之变。

地动山摇、天崩地裂、翻天覆地、浴火重生、脱胎换骨、日新月异……这是些很大很大的大词，极端，夸张到极致，但放在北川身上，恰似量身度造剪裁合体的贴身外套。不过，前些年我忙于工作，很少去北川。即使去，也是来去匆匆。后来，我的写作主要聚焦于平武白马人，白马之外的一切，都被我有意屏蔽。

非常抱歉，我怠慢了北川，怠慢了北川的羌族朋友。

因此，北川的领导真诚相邀之后，立刻激活了我的羌寨记忆。我迫不及待地发动车子，直奔北川。

我从新县城、老县城到禹里，再分别溯白草河、青片河而上，直至两条河流的源头。

北川之门徐徐打开，人文地脉逐渐清晰起来。北川羌族——一个古老而年轻的族群，慢慢变得立体而丰满，与群山屹立的广袤大地浑然一体。

第一章：祖先的背影

一、一颗牙齿从远古飞来

1.

上午，我打开电脑，点开北川卫星地图。绿色的川西北山地峰峦起伏，河流纵横。电脑屏幕上，鼠标的移动像是飞机巡航，居高临下，俯瞰大地。最终，我的目光停留在县境之东，一个叫金宝石的村落。

这是一个无名小村，属于桂溪镇。

不过，这里还有一个响亮得多的名字：九皇山。

我并非在做旅游攻略，而是在寻找溶洞。确切地说，我是在寻找烟云洞。三十年前，一颗人类的牙齿化石在这里意外现身。这是一件小得不能再小的文物，却像一座巨石从远古飞来，落入北川的一池静水，砸出的轰然巨响，远远超出了北川地界。

2.

一切皆因龙骨而起。

龙骨，这里当然不是指飞机、船舶和建筑物的承重骨架，而是一味中药。

以下文字摘自网络："龙骨，中药名。为古代大型哺乳动物象类、三趾马类、犀类、鹿类、牛类等骨骼的化石。具有正惊安神、平肝潜阳、收敛固涩的功效。主治心神不宁、心悸失眠、惊痫癫狂、肝阳眩晕、湿疮痒疹、疮疡久溃不敛诸症。"

既是珍稀动物的化石，又深埋地下，自然罕见；因为药效非同寻常，可治诸多疑难杂症，当然稀罕，说得上名贵。于是，工地上发现龙骨的消息不胫而走，附近老百姓闻风而动，纷纷扛起锄头在那一带寻找，都指望发点小财。虽然地处公路要道，但桂溪镇或者金宝石村毕竟是偏僻山区，人们挖龙骨的事，并没有引起外界的关注。

一天，绵阳市文管所副所长赵义元去北川老乡李国华家串门。刚进门，正碰上他家亲戚老王从北川来——他正是金宝石村人。寒暄已毕，坐下喝茶，大家没几句话就说到了龙骨。

老赵问老王，还在挖龙骨吗？

在挖。

挖得到不？

挖得到。我家里还摆着几撮箕呢。

作为文物专家，老赵的眼睛立马亮了。他赶紧对老王说，千万别拿去卖了，我马上过来看看。说着，他拨通北川县文化馆副馆长罗胜利的电话，约定第二天上午分别从绵阳和北川出发，赶往金宝石村。

在老王家，文物专家们果然看见了放在墙角的几个装满龙骨的撮箕。他们把龙骨全部倒在地上，拿着放大镜一块一块地观察，从中挑选了一些用两个纸盒装了，带回北川。

不久，北川县政协联系文化工作的副主席罗安志和文化馆馆长邓天富去万县参加关于人类化石的学术会议，想起北川发现的那些化石，就多了一个心眼，热情邀请参加会议的两位权威专家——中国科学院古脊椎动物和古人类研究所的研究员叶茂林和黄万波顺访北川。来到北川，两位专家实地考察了九皇山的那些洞穴后，再精选了部分化石带回北京。在北京大学的实验室里，经过碳-14的检测，专家们鉴定，这些化石中，包括一颗属于青少年人类的门牙化石，以及与其共生的动物化石如大熊猫、东方剑齿象、熊、犀牛、豪猪、华南巨貘等等。这些化石中，哺乳动物化石的地质年代属于更新世晚期，人类化石为晚期智人，地质年代属于更新世。

一颗牙齿，隔着两万年的浩瀚时空出现在北川。它把北川乃至绵阳的人类史，一下子前推了两万年，立刻在四川考古学界引起了高度的关注。他们断定，九皇山，特别是山间那些溶洞，一定还隐藏着更多远古人类的秘密。这是一处宝地。因此，四川省文物考古研究院于二〇〇二年十月对九皇山的多处洞穴进行了初步的勘察。经国家文物局批准，二〇〇五年八月十日开始，在九皇山风景区的协助下，由四川省文物考古研究院胡昌钰领队，四川省文物考古研究院会同绵阳市博物馆、北川羌族自治县文物管理所等单位，对烟云洞也就是烟洞子旧石器时代遗址进行发掘。

3.

烟云洞位于九皇山猿王洞下面的山腰。走上七弯八拐的盘山公路，上到第三拐就到了。洞口坐北朝南，足有七八平方米。因为有茂密的杂树、灌木丛和荒草的掩映，所以有相当的隐蔽性。洞外视野开阔，地形低洼，旁有水源，上为陡坡，下有断崖。再联系到宽阔的内部几乎是水平状的走向，我不能不说，在远古时代，作为一处人的居所，堪称完美。

考古学家们在这里忙活了一月有余。由一串白炽灯泡照明，他们圈定了三个探位进行挖掘。于是，小心揭开表层的石灰岩，一个多层次的文明积淀呈现出来。

从青花瓷、白瓷、釉陶到石器。

从灶台、火塘到灰坑。

从清、明、元、宋到旧石器时代。

简明，直观，清晰，棉絮般层层堆积。

历史的帷幕被专家之手轻轻撩开。时间深处，不同时代的北川人，他们的生活场景，包括许多细节，都在这里慢慢浮现出来。

4.

让我们的目光越过清明元宋、汉武秦皇，越过燧人氏和有巢氏，还是回到那颗牙齿吧。

具体地说，这是一颗左下侧的门牙，曾经属于一个即将成年的小伙子。由于被泥沙掩埋，矿物质渗进，替代了牙齿原有的那些有机质，颜色变得灰白。但是，从牙齿的形状和体积传达出来的一些关键信息，还是让我们感觉到，一个洋溢着青春气息的年轻人形象，在远古的迷雾中向我们走来。

那时，文明社会还遥遥无期，人类远不是世界的主宰。世界的生存秩序遵循的是弱肉强食的丛林法则。但是，人毕竟是灵长类动物，还是有足够能力来应对外部世界。九皇山下的这个曲折幽深的山洞，因为条件优越，成为一个或几个家族的居所。他们可以依靠智慧和集体的力量，既能下到平通河里捕鱼，也可以拿着原始武器，结队到山上狩猎，或者采集植物的嫩芽、果实和种子。大到巨貘、熊、野猪、剑齿象、大熊猫、老虎、水鹿，小到猴、竹鼠、豪猪和禽类，都在他们的食谱中。他们已经学会了用火和保留火种。点燃箭竹或者油松，或者干脆点燃一堆篝火，洞穴就不再黑暗，也吓阻了毒蛇和猛兽的靠近。烧烤后的兽肉更加美味，也更加易于消化。因此，即使他们的腿仍可以在山上健步如飞，以今天长跑冠军那样的速度奔跑，但他们的牙齿因为长期吃熟肉，功能退化，逐渐缩短，咬合力、撕扯力已经变得与今人无异。

一个青春躁动的青年，一个血气方刚的小伙子。他的牙齿，可以啃咬，撕扯。其对象，可以是水果、坚果，也可以是兽肉。当然，在非常特殊的情况下，它还可以是武器，用于攻击野兽和敌对部族的人类。

不过，故事只能发生在这个叫烟云洞的洞穴之中。至于这颗牙齿为什么脱离了它的主人，是洞穴内部凹凸不平，跌跤碰掉了？是撕咬半熟的兽肉，用力过猛，居然崩掉了？还是打架，牙齿受到了直接的攻击？

一切皆有可能。这里，也无须找出标准答案。

5.

按常规，各县的珍贵文物都会送到条件较为完善的绵阳市博物馆存放，但暂未定级的文物例外。于是，这颗牙齿化石就留在了北川县文化馆。时任副馆长罗胜利很重视文物，此前已在馆里建了文物室，专门用来存放没有定级的文物。他听说，内蒙古河套文明遗址仅凭出土的半颗牙齿化石就修了一个博物馆，这颗从烟云洞带回的牙齿化石，他自然知道它的价值。他专门买回一个保险柜，将它连同中科院鉴定书等文件，秘藏其中。

北川原有的馆藏文物中还有一枚红军手榴弹。手榴弹呈地瓜型，弹体上铸有"消灭刘湘"四个字。一九三三年夏秋，红四方面军占领了军阀刘存厚的老巢宣汉，意外地缴获了他的兵工厂，几万老乡蚂蚁搬家一样将它整体搬迁到通江继续生产，主要产品就是这种铸了字的手榴弹。这当然是珍贵文物，也是依然威力巨大的武器。为安全起见，加上保险柜也有足够的空间，所以，把它也放了进去。

二〇〇八年五月十二日下午两点二十八分。

和北川县城所有的机关单位一样，文化馆的工作正在有序展开：文物干部正在为一百多件文物登记造册；音乐干部正在整理羌族民歌；而文学干部正与"禹风诗社"五十多位成员欢聚一堂，召开年会，进行创作交流，讨论新的年度工作计划。

按照当时"以文养文"方针，文化馆办起了歌舞厅、录像室、台球室和游戏室，所以这里成为整个县城的娱乐中心。午后两点，消费者渐渐聚集，给初夏的北川老城增添了许多热闹与祥和。

就在这时，震惊世界的大地震发生了。大地突然剧烈地震荡，颠簸，抽搐，摇晃，张开血盆大口。浓烟冲天而起，昏暗如同夜幕突然降临。在闷雷般的轰鸣中，对面的王家岩就像被削去了基脚，几百米高的山体带着几千甚至上万立方米的土石，几乎是以平推的态势朝文化馆所在的老城区碾压过来。眨眼之间，文化馆连同六十多位文化人——几乎是北川全县的文化精英，被深埋在几十米深的地下。

那颗老祖宗的牙齿，也随之重新回到地下。

还好，刊载了那些照片、鉴定书和文件的书刊还在。它们将继续向世界做证：那颗牙齿，它真的来过。

那是一束追光。历史的一个小小暗角，将被永远地照亮。

二、禹穴沟：千古一帝从这里走向历史之巅

1.

从前，我在小学课本里知道了治水英雄大禹，也知道了夏朝开国之君大禹。

而今，我来到他的出生地北川，从一个被神话光环罩住的大禹，走向一个行走在故乡大地上的真实的大禹。

禹，姒姓，名文命，高密，号禹，后世尊称大禹，夏后氏首领，据传为帝颛顼的孙子，黄帝轩辕氏与嫘祖的玄孙。父亲名鲧，母亲为有莘氏女修己。

中国的史前文明一片混沌。到了大禹这里，华夏大地正在从野蛮状态向文明社会过渡，但历史叙事常常还是语焉不详，甚至充满矛盾。

还好，大禹作为夏朝的开国之君，几乎找不到一点缺点的一代圣主，必然千古传颂，万世景仰，被历代史家所聚焦。

那么，大禹的人生是从哪里开始的呢？

关于大禹出生地的记载，最早出现在《孟子》。东汉大学者皇甫谧在为《史记·六国年表》作注时引用了《孟子》的一句话："禹生石纽，西夷人也。"

春秋战国之际的编年体史书《竹书纪年》说："修己背剖生禹于石纽。"

司马迁《史记》："禹兴于西羌。"

东汉桓宽《盐铁论》："禹出西羌。"

南朝范晔《后汉书》："大禹出西羌。"

以上典籍，虽然明确地说大禹是羌人，出生地在西羌。但是，"西羌"是一个极其广袤辽阔的地理概念，只是给大禹的出生地划出了一个大致的范围。而蜀地的学者应该是对本地的史料有更充分的了解和掌握，因此把西羌之石纽说得更为具体。

比如比司马迁稍晚的西汉文学家、思想家、史学家扬雄在《蜀王本纪》里说："禹本汶山郡广柔县人也，生于石纽。"

扬雄之后数百年间，历史学家们一直沿用大禹生于汶山郡广柔县的说法。三国时期著名历史学家、西充人谯周在《蜀本纪》中说："禹本汶山郡广柔县人，生于石纽。"

东晋历史学家、成都崇州人常璩在《华阳国志》里说："石纽，古汶山郡也。崇伯得有莘氏女，治水行天下，而生禹于石纽之刳儿坪。"

广柔县城最初设在今阿坝州理县境内。辖区包括理县、汶川、茂县、北川及都江堰市部分地区，大致相当于现在的羌族聚居区。虽然这也是一个辽阔的地域，但比之此前的"西夷"和"西羌"，指向已渐渐缩小，趋于具体。

蜀地学者的观点，在后来被普遍认可。东汉范晔的《吴越春秋》、郦道元的《水经注》，都采用了他们的说法。

唐贞观八年（634），在今北川境内设置石泉县。这时的大禹才结束了纸上的漂泊，回到自己真正的故乡。

欧阳修祖籍庐陵，出生地在绵阳。具体地说，位置就在原绵阳市委大院内靠近今绵阳一中的地方。虽然他做绵州推官的父亲早逝，不得不早早随母亲离开，但他对绵阳乃至蜀地的情感是特殊的。因此，他在《新唐书·地理志》中说："茂州石泉县治有石纽山，郡人相传禹六月六日生此。"

宋以后，《新唐书》所说大禹诞生地在石泉的看法逐渐占了上风。

北宋学者徐天佑在《吴越春秋》的注解中说："（石纽）在茂州石泉县，其地有禹庙，郡人相传禹以六月六日生此。"

《李太白全集·外记》："蜀之石泉，禹生之地，谓之禹穴。……有禹穴二字，为李白所书。"

北宋地理学家欧阳忞，乃欧阳修之从孙。他在《舆地广记》中说："唐贞观八年析置石泉县，属茂州，皇朝西宁九年来属（绵州），有石纽山，禹之所生也。"

南宋学者计有功在《大禹庙记》里说："石泉之山曰石纽，大禹生焉。"

明代翰林修撰、文学家杨慎实地考察石泉县禹穴之后说："蜀之石泉，禹生之地，谓之禹穴。"

清代以后的地方史志，都对禹生石泉（北川）做一致的认定。

《郡国志》："石纽山在今石泉县南。"

《潜确居类书》："禹穴在四川石泉县治之北。"

《四川通志》："石泉县石纽山在县南一里，有二石结纽。"

《龙安府志》："大禹庙在县东南一里石纽山下。禹生于石纽村，未设县，先有庙。"

著名历史学家、中国社会科学院历史研究所研究员李学勤在接受《南方周末》采访时指出：

> 扬雄的《蜀王本纪》中记载的"汶山郡"是汉武帝征服西南夷后设置的，包括今天的茂县、汶川县、理县、北川羌族自治县及都江堰市的部分地方。因而可以说在这一片范围内都有大禹的活动遗迹，而且在北川、汶川、理县、茂县又都有"石纽"或"石纽山"题刻，这些地方还因此出现了大禹出生地的争论。在北川县禹里乡的奇观"石纽山"，经地质学家考证，原是海底的珊瑚礁经地壳运动而形成的化石，石上竖排阳刻汉隶"石纽"二字，非常罕见,相传是西汉末期扬雄到当地考察后书写的。而汶川县和理县通化乡只是在一处岩壁上有一阴刻"石纽山"三字，并无"两块巨石，石尖纽结为一"的景观。另外，北川的题刻年代最早，而在汶川县绵虒镇高店村飞沙关古驿道岩壁上和理县通化乡汶山村万仞悬崖边的"石纽山"三字题刻显然较晚，基本上可以认定是清代人所题，所以可以断定，只有北川羌族自治县禹里乡的石纽才是名符其实的石纽。

由此可见，北川境域自古以来属于羌地，根据古代文献两千多年来连续不断的记载，现今北川县禹里镇之石纽山，就是大禹诞生之地。

2.

夏末秋初，暴雨成了山区的主角。乍晴之际，在禹里古镇湔江桥头隔河打望，湿漉漉的石纽山在雨后显得格外苍翠。团团薄雾飘浮其上，绿荫里若隐若现的古建筑，让一座圣山更显得仙氛浓郁。

古镇距石纽山不过一里之遥。过了桥，车子已经抵达山脚。

石纽山，是北川最重要的文化地标。而著名的"石纽"，就是石纽山鲜明的标志。

"石纽"其实是两座黑色巨石，只不过它们天衣无缝地纽结在一起。我第一次到北川就曾经来过这里。记得它当时就立在一片黄土地上。现在，巨石上面加了一座亭盖，与其说是保护这座石头，不如说是保护"石纽"二字。

字是汉隶，严格地说是隶中带篆。相传是扬雄所书。的确，字如其人。"石纽"二字严谨，端庄，厚重浑朴又大气磅礴，恰似扬雄精神和风骨的外现。

史籍记载，扬雄奉召进京之前，曾经在涪县（今四川绵阳）寓居。皂角铺、西山观他都曾住过，留下了洗墨池等遗迹。而今的西山风景区，全国仅存的"西蜀子云亭"所在的地方，就是他当年的读书台。当时，他已经名满华夏，有"西道孔子"之誉。刚过不惑，正当盛年，《蜀王本纪》之类的几多鸿篇巨制，都在他的构思之中。涪县到禹里不过一百多华里。就近拜谒一代圣人，踏勘大禹故里，这机会，他必然不会错过。现场留下"石纽"二字，既表达了他对禹里实地考察之后的理性认知，也表达了他对一代圣祖的无限崇敬。

"石纽"，扬雄像是把一个历史文化的桩脚，深深打进了北川的土地，把"大禹故里"牢牢固定在这里。

圣山因为圣人而神圣。

常璩在《华阳国志》中记载，石纽山一带的老百姓"共营其地，方圆百里不敢居牧，至今不敢放六畜"；郦道元在《水经注》中，更说犯了罪的人逃匿到石纽山中，就不会被追捕，能够躲藏三年不被抓住，就会受到宽恕，说是受到神禹的保佑。

于是，大禹成为北川羌民心目中最大的神，崇禹之风在北川大地越刮越猛。

3.

古时候，但凡伟人和英雄诞生，总是伴随着神话和天象奇观。尧母庆都夜梦赤龙上身而生尧；握登见大虹而生舜；刘媪与龙梦交而生刘邦。而与北川相邻的李白，母亲因为梦见太白金星入怀而受孕。

在藏族史诗里的格萨尔王，生下来就有三岁大小，六艺俱全，天空雷声轰鸣，降下花雨，他母亲梅朵娜泽的帐房被彩云所笼罩。

那么，大禹呢？

且看古代文献的记载——

《竹书纪年》："禹母见流星贯昴，梦接意感，即吞神珠而生禹。"

《帝王世纪》："（禹母）吞神珠薏苡，胸坼而生禹。"

《山海经·海内经》："洪水滔天，鲧窃帝之息壤以堙，不待帝命。帝命祝融杀鲧于羽郊。鲧复生禹，帝乃命禹卒布土以定九州。"

《归藏·启筮》："鲧死，三岁不腐，剖之以吴刀，是以出禹。"

这里，四种典籍，两种说法。

前两种说，禹母吞神珠而生大禹。

后两种，干脆说大禹是他父亲生出来的。《归藏·启筮》说得更加具体：鲧死后三年，因为尸体不腐烂（并且肚子膨大），就用吴地锻造的那种利刃划开肚子，大禹就从鲧的肚子里出来了。

在北川民间，大禹出世又是另外一个版本：禹母修已因梦见彩云化作石纽落地而怀大禹。产期到了，腹痛三日也生不出来，女神俄司巴西便用石片将禹母后背剖开，大禹才得以出生。

如此神奇的故事，让我们这些现代人难以置信，也难以理解。然而，这些故事大多还是白纸黑字，以经典的名义千古流传。那么，为什么会这样，其实不难理解。在人类的童年，生产力低下，灾害频繁，生存格外艰难，生命格外脆弱。命运无常，人们对大自然就格外敬畏，对英雄、伟人和超人就格外期待和崇拜。当英雄和伟人真的出现，人们看到他们是这样的能力超凡、卓尔不群，就会按照自己的想象去对他们进行加工和塑造。炎帝、黄帝、尧、舜和禹，他们是千古一帝，却活动在没有文字的时代。这一千多年的空白里，历史的演进只能留存在记忆之中，口口相传。过往已死，记忆却是活的。在长期的流传中，这种语言的接力越往后内容越模糊变形，主观添加的东西就越多，伟人和英雄的故事，最终，都会变成神话。

其实，关于大禹出生的细节无关宏旨。我们还是继续向前，进入禹穴沟，回望远古。间隔了四千多年的历史大幕徐徐拉开，孤独的禹母修已——一个孕妇，一个弱女子，且看她在深山，在一个与世隔绝的舞台上，怎样演出荒野求生的独角戏。

4.

这是我见过的最窄的峡谷了，窄得刚好能够容得下一条小溪。小溪细瘦，却湍急，野性惊人，天地间都充满了它雷鸣般的轰鸣。悬空的栈道，峭壁上抠出来的小道，在断崖绝壁的边缘一径千绕，向未知的深处延伸。峡谷本来叫清泗沟，这名字颇文雅，似乎暗藏了什么典故。但是，因为沟里绝壁上分别有传为大禹、李白和颜真卿书写的"禹穴"二字的石刻，三个巨人的分量太重了，地名改为禹穴沟，亦属必然。

大禹出生的地方叫"刳儿坪"，就在金锣崖下。一道瀑布从山顶跌下，遇到石坎，遂变成多级连池叠水，颇为壮观。瀑布冲刷，道道石坎已成光滑的椅面状，传说禹母就在这"椅"上生下大禹，刳儿坪因此得名。刳儿坪瀑布跌入深潭，状如石盆。禹母当年就在这"盆"中为大禹洗身，故称洗儿池。血水染红池水，又顺流而下，染红溪中乱石。奇观成为禹穴沟一景，称"血石流光"。说来也怪，这血石只有刳儿坪下面一段才有，石上血迹斑斑，闻一闻还真有点儿血腥味。听说，有些当地妇女爱在石头上刮下一点"血"带回家，做催生之药，或治不孕之症。

我们走在与洗儿池相对的悬崖下。无数山泉从山巅跌下，碎裂成大面积珍珠状的水帘，经阳光折射，彩虹持续可见。这一景观，自然就叫"珠帘彩虹"了。就在这附近悬崖上，有一个不大不小的崖腔，身手矫健的人勉强可以攀缘而上。那里有一个不太深的洞穴，外面还套着个一张床大小的平台，刚好可以供一两个人栖身。这就是著名的禹母崖。相传禹母生下大禹，在洗儿池为他净身以后，就抱着他来到这里栖身。

作为部族首领的妻子，禹母来到这个杳无人迹的地方，显然是在躲避什么。是外部的战乱，内部的仇杀，还是出于迷信方面的特殊要求？或者，干脆就是鲧被处死以后，因为恐惧，妻子修己于是躲进深山以保存他的骨血？

这些几千年前的历史空白，我们只能用猜测和想象去填充。

那时，人类还没有完全走出野蛮时期，鲧的妻子肯定是强悍的，甚至可能武艺高超，身手不凡，生存能力肯定超强。

这里植被茂盛，物种丰富。幽深的峡谷，茂密的森林，对大禹母子而言，食物取之不尽。野菜有蕨苔、鹿耳韭、刺龙苞、石干菜、鸭脚板、掌根子、马齿苋、野山药；野生水果有梨、樱桃、草莓、葡萄、羊奶子、酸枣、酸梅子和猕猴桃。此外，还有核桃、板栗等坚果。

活在渔猎社会的女人，独自住在溪边，就等于拥有了一个随时可以捕捞的鱼塘。山上有的是藤蔓、箭竹和野麻。编筐、织网、搓绳子、制作武器和工具，既可以打发寂寞时光，也有了渔猎的工具。她可以在山上下套，捕捉獐子、青鹿、斑羚和猴子。溪水里有山蛙、娃娃鱼，还有一种叫"红尾巴"的泥鳅状鱼类，非常多，可以直接用棍子打，然后用筐子或者渔网捞起来。

她选择的这个栖身之地非常理想。禹母崖上，搭一个小窝棚，既可以遮风避雨，还可以防止野兽的攻击，非常安全。

她已经熟知神农氏的《神农本草经》，可以辨识山上的各种药物：柴胡可以退烧，白及可以止泻，苦百合可以治伤，槐树皮可以包扎伤口。这些，进一步增强了她对未来的信心。

有菜，有肉，有鱼，有药。还有猴子、松鼠和野鸡、喜鹊、乌鸦、山喳子、鸳鸯、翠鸟、水鸦雀等动物做伴。母子俩在这里的生活，应该是宁静而充实的。

据传，大禹母子隐居三年之后，才离开这里，去石纽山定居。

5.

大禹离开北川，一去不返。但是他的精神，甚至他的气息似乎都还留在这里，无时无刻不影响着北川人。

在禹里，我偶然地认识了北川当地的非遗文化传承人李家碧。很巧，他就是土生土长的禹穴沟人。聊到禹穴沟，他跳过了所有的景点，特别给我介绍了一棵崖柏树。那棵树就在李白所书"禹穴"上面大约一百米的石壁上。那里无水无土，几乎寸草不生，那树却枝繁叶茂，树径粗近一米。就连5·12大地震那样的地动山摇，它居然都安然无恙。乡亲们传说，那树和禹王老爷同龄，是禹王老爷的化身。

禹穴沟村有一个叫王正贵的，四岁时不小心栽进火塘，一身上下毫发无伤，却单单伤了眼睛。从此，眼珠没有了，只剩下两个黑窟窿，人们称他为"瞎幺爸"。

渐渐长大，瞎幺爸学瞎子阿炳，自己锯一个竹筒，蒙上兔子皮，找来丝线和马尾，做了一个像模像样的二胡，拉一些他会唱的忧伤的歌曲。后来，他决心自立，像正常人一样干活。他推腰磨，磨麦面，磨了再用箩筛筛面。他不但不抛撒麦粒和面粉，而且效率比一般人还高。他是无师自通的木匠。只需把桌椅板凳一摸，凭着简单的工具，锯木板，打榫头，他就做成了和原样一样好的家具。他房后有一条小路通往对面的草甸，其中有一段錾子凿出的阶梯小径挂在绝壁上，只有一尺多宽，过往的人们都走得战战兢兢。但他凭着一根拐棍在地上指指戳戳，居然可以行走自如，甚至健步如飞。有一天，他发现赶到草甸上牧放的牛，经常从这条路上偷跑回来，吃庄稼，还吃晾晒的粮食。于是，他自己设计了一个门，木头框架加上竹编。做好了，他扛出去，安装在悬崖小路的最窄处。从此，人们过往如常，牛却不能再乱跑。

瞎幺爸是大禹的崇拜者。凡是有祭祀活动，他都橐橐橐地戳着拐棍，风雨无阻地参加。乡亲们说，瞎幺爸自己把眼睛搞瞎了，但是他人好，禹王老爷亲自给他引路。

在旅游开发之前，禹穴沟里一直是无人区。两边大山奇高奇陡，很多地方都是货真价实的"一线天"。

让人意外的是，走出峡谷，攀上山顶，有九个隆起的山峰如龙脊蜿蜒，故称九龙山。山上是相对平缓开阔的台地，有七个自然村落，水源丰沛，土地肥沃，村民不愁温饱，日出而作，日落而息，俨然世外桃源。乡亲们进出大山并不走沟里——山那边的沟口有路直通镇上。

李家碧还记得，大约是二十世纪六十年代中后期吧，那年他才十一二岁，有一天家里来了不速之客。来人是父子俩。父亲是个小老头，儿子也是十一二岁，都面黄肌瘦。原来，他们是遂宁人，逃荒而来。父母大度地收留了他们，每天给他们吃火烧馍、蒸洋芋和酸菜汤。走的时候，不但让他们带上了火烧馍，还给他们装了一袋玉米带走。第二年，村里又来了几十个灾民，他们来的时候，每人都拿着根空口袋——他们说，因为饥荒，他们是为借粮而来。生产队长召集各家代表开会。把情况一说，大家都讲，怎么好意思让他们空手回去呢？我们是禹里村，不能让外人笑话。于是，村里打开保管室，把那些人的口袋通通装满。他们每个人都写了借条，借粮人姓甚名谁，住址，三台、射洪或者安县的某乡某村，借了多少粮食，一笔一笔都记得清清楚楚。但是，无一例外，根本没有人把粮食还回来。那些年，来讨饭借粮的几乎年年都有，只要来了，都不会空着手离开。

大度，侠义，古道热肠。在禹穴沟，让人看到了从大禹开始绵延而来的古风。

三、《羌戈大战》：历史在大地上的投影

1.

在老一辈羌人的记忆里，释比的法事活动恐怕是最深刻难忘的了。

古老的羌寨，高耸的碉楼在大地上投下了长长的影子。一个个寻常日子，寨子里充斥的只有娃儿闹、夫妻吵，以及鸡鸣、狗吠、猪拱圈。但是，有一天突然有个特别的声音隐隐传来。那声音苍老，有韵律感和抑扬顿挫的节奏。在法铃和羊皮鼓的伴奏下，显得格外苍凉和沧桑。

这是所有羌人都熟悉的声音——释比唱经的声音。这声音一旦响起，寨子立刻安静下来，被一种神秘的氛围笼罩。于是，无论男女老少都循声而去，赴那古老的精神盛宴。

释比唱经，多数场景之下——祭神、祈雨、消灾、辟邪、治病和驱鬼，往往都要唱《羌戈大战》：

左手拿着羊皮鼓
右手握着打鼓槌
鼓点咚咚不断响
伴我歌声响入云

歌不唱，在口边
话不说，藏在心
我要说啊我要唱
唱支古歌给你听
……

《羌戈大战》是一部颂扬羌族先祖英雄事迹的史诗，就像藏族人的《格萨尔王》那样，故事神奇，曲折，激动人心。

《羌戈大战》在羌族地区流传甚广，但长期不为外界所知。直到民国初年才被英国传教士托马斯（中文名陶然士）在《青衣羌——羌族的习俗和宗教》里有所披露。二十世纪三十年代抗日战争爆发，全国的人类学家都聚集到了西南地区，羌族受到了更多的关注。从一九三七年胡鉴民的《羌族之信仰与习为》中介绍"羌人大败戈人"的传说开始，不同版本的类似故事不断被发掘出来。

一九八一年，羌族本土作家罗世泽将搜集到的多个相关的释比经典整理、转译成一个较为规范的汉语版本，定名为《羌戈大战》，发表在当年阿坝州的文学刊物《新草地》杂志上。从此，"羌戈大战"一词开始流行。后来，《羌戈大战》正式出版发行，影响更加广泛，成为一个相对权威的版本。

2.

实际上，《羌戈大战》讲的是两场战争。

首先是魔兵来袭，羌人无法抵挡，且战且退，但始终无法摆脱魔兵的追赶。生死存亡之际，天神决定出手相救。他扔出三个白石头，石头瞬间变成三座大雪山，横亘在魔兵和羌人之间。羌人终于得救了，并且在水草丰茂温暖湿润的热兹草原重新安营扎寨，开始新的生活。

但是，新的敌人也出现了，那就是戈基人。戈基人是当地的土著，他们久居此地，很富裕——戈基，在羌语里就是富裕的意思。他们不但富裕，还很强壮，好斗。羌人从远处迁来，戈基人非常嫉恨，常常欺负他们。双方的矛盾越积越深，彼此都在找机会想灭了对方。

于是，第二场战争——真正的羌戈大战一触即发。

机会很快就来了。

一天，天神赶着天上的神牛来到羌人和戈基人居住的地方牧放。

羌人对戈基人说，我们把神牛杀了吃肉吧。戈基人高兴地答应了。他们杀了牛，用酸菜煮牛肉。羌人专门拣酸菜吃，而戈基人毫不客气地吃牛肉。天神发现丢了牛，就来查看。他让羌人和戈基人都张开嘴巴，天神看见羌人牙缝里都是酸菜，戈基人牙缝里残留的却是牛肉和牛筋。于是，他对戈基人非常不满。天神接着又问他们如何敬神。羌人说，我们先敬神，再喂猪狗，剩下的才自己吃。戈基人说，自己先吃饱，再喂猪狗，最后才敬神。于是天神更加生气，决定帮助羌人灭了戈基人。当羌人和戈基人打起来的时候，天神出面当裁判。第一战，天神给羌人木棒，给戈基人的却是麻秆。所以，羌人轻松取胜。接下来的决战，天神让羌人拿白石头，戈基人拿雪团，毫无悬念，又是羌人取胜。最后，天神又描绘悬崖之下如何美好，然后把状如羌人的草人推下悬崖。事先躲藏在悬崖下的羌人证实，这里确如天神所言，是个有丰盛美食的福地。受到谎言引诱的戈基人，纷纷跳下悬崖而丢了性命。

在天神的帮助下，羌人终于打败了戈基人。

英雄的羌王阿巴白构有九个儿子，他让他们分别定居于岷江上游各地：

大儿子合巴基进驻格溜大草原，即今茂县一带；

二儿子洗查基进驻热兹，即今松潘一带；

三儿子楚门基进驻夸渣，即今汶川一带；

四儿子楚主基进驻波洗，即今理县薛城一带；

五儿子木勒基进驻兹巴，即今黑水一带；

六儿子格日基进驻喀苏，即今汶川绵虒一带；

七儿子固依基进驻尾尼辟，即今汶川映秀一带；

八儿子娃则基进驻罗和，即今都江堰一带；

九儿子尔国基进驻巨达，即今北川。

3.

其实，《羌戈大战》讲的，就是西北羌人南迁的故事。

人类的历史总是伴随着迁徙。按照现今主流的人类学观点，人类起源于东非高原，正是因为不断的迁徙，才形成了现在全球人类分布的版图。

人类总是对自己的来历十分好奇。《我们从哪里来？我们是谁？我们到哪里去？》法国画家高更的这幅名画，就是代表人类发出的"天问"。为了回答这个问题，二十一世纪初，美国《国家地理》联合IBM发起了一个全球基因地理计划。复旦大学的科学家承担了东亚板块的研究。他们偶然地得到了平武县白马人的血样，随后，他们把采样扩大到了甘肃文县的白马人聚集区铁楼乡，经过实验室的检测研究，发现白马人是东亚最古老的部族，他们的祖先至少五万年前就来到亚洲大陆。

学术界的主流观点，中国白马人其实就是氐人后裔。

氐羌同源。说古氐人的故事，一定程度上也是在说羌人的故事。

羌族，是甲骨文中唯一有记载的民族，因此，足以说明其古老。

古时候的羌族主要生活在西北的青海、甘肃一带。在几千年的历史进程中，古羌族逐渐融入汉族，或演变成了其他少数民族。由此造成自身人口不断减少。羌族因此被认为是一个"输血"的民族。

迁徙与融合是民族演变的主因。就羌人和他们的先祖而言，其迁徙早在大禹、黄帝甚至炎帝之前就开始了。他们迁徙的路线，总是向着温暖的南方。

每一次大迁徙，总是对应着历史的大动荡。

考古发现，西北高原人类的南迁，从距今六千年前的全新世中期就开始了。那时，全球气候进入了一个最温暖宜居的时期，这使得我国黄河中游地区仰韶文化兴起并趋于繁荣。几百年以后，新的一个气候周期来临。北方酷热与凛冬交替，干旱和洪涝并行。气候失常，资源禀赋恶化，生存空间变得狭窄，部落与族群之间的战争不可避免。为了寻找新的生存空间，史前人类开始努力向温暖宜居的南方拓展。

以后，炎黄交替，夏商周改朝换代，秦统一六国，汉逐匈奴，魏晋南北朝混战，唐蕃冲突，五胡乱华，西夏、辽、金、匈奴与宋之间的关系更是错综复杂，令人眼花缭乱。

羌族没有自己的文字。就是羌语，也是千差万别。几十年前，有人类学家深入羌区，发现隔了一道山梁的羌人间，彼此很难听懂对方的话，不得不用汉话交流。老乡说，"我们的话走不远"。没有语言和文字的凝聚，几千年来，羌人一直是碎片化的存在。即使是党项羌人建立的西夏，也没有形成大一统的羌人国家。它曾经称雄一时，与北宋、辽、金和匈奴并存一百多年。但是，把它放在漫长的历史长河中，依然是昙花一现。

覆巢之下岂有完卵。所有的民族，都在战乱这个历史的搅拌机里被重新塑造。

有战乱，就有迁徙。战乱与迁徙是历史的另一种书写。几千年来，迁徙者总是成群成族，前赴后继。在令人心惊肉跳的喊杀声里，他们来不及望一眼燃烧的家园，扶老携幼，肩挑背扛，慌不择路，向着南方的荒野之地拼命奔逃。当筋疲力尽，危险终于解除的时候，他们停下来，喘息着点燃篝火，搭建窝棚。从此，一个族群在这里落地生根。

4.

《羌戈大战》中的"羌"，就是从西北大草原南迁的羌族。"戈"，即戈基人，指的是早已定居于岷江、涪江上游的土著羌族。分别与魔兵和戈基人的战争，形象地反映了西北羌人被迫南迁以及与土著羌人融合的过程。

被古羌人称为"巨达"的北川，气候温和，水源丰沛，森林茂密，河谷开阔，土地肥沃。至今也是羌族聚居区条件最为优越的地方。游牧的西北羌人来到这里，因为与土著羌人融合而进入农耕社会。

就像青片河与百草河汇流成为湔江一样，"羌""戈"融合，成为今天北川羌人的共同祖先。他们在这块土地上繁衍生息，形成了共同的文化。不过，历史总是有迹可寻的，时间，并非可以消化一切。比如，曾经在北川同时存在的火葬和石棺葬，就分别是西北羌人和土著羌人的文化残留。

当然，争取更好的生存环境是人的天性。所以，人类迁徙的脚步从来不会停下，包括羌族。《羌戈大战》所反映的，也只是一个特定历史时期羌人的迁徙。今天，无论是白草河流域还是青片河两岸，只要我们走进羌寨，老人们都会讲起自己家族由北向南迁徙的故事。

5.

一个下午，新县城永昌镇。

我夹着刚刚在地方志办公室得到的老县志，沿着永昌大道一路走去。县志包括了乾隆、道光的《石泉县志》和民国二十一年的《北川县志》。三部县志当然是重新点校、印刷的，但印数不多，很珍贵。夹着它，等于夹着一个县漫长而厚重的历史。

阳光炽烈，树荫清凉，乍明乍暗。走在路边，我就像是在历史和现实间反复穿越。

进常乐路口，在北川中学门前左转，又是一条街道。清静，寂寥。香樟，广玉兰，树越来越大，渐成浓荫，并且与一片浓密的树林连接。突然，一块"巨达路"的白色路牌从树荫里钻了出来。它横在我的右侧，像是一个熟知己久却未曾谋面的人物意外现身。

巨达。巨达。

我想起了，北川是阿巴白构的九王子的封地。

那个瞬间，我蒙了一下，似乎历史的某个入口正在缓缓打开。

四、寻李白

1.

秋日，再次来到大禹故里，走进禹穴沟。这次，我是专慕李白而来，追寻他一千三百年前留在这里的踪迹。

李白并不是第一个抵达这里额文人。在他之前，至少还有扬雄。

秋风掠过峡谷。崖上那些酸枣、厚朴、青冈、野梨和野板栗，还有被同行的村支书李录松称为"铁甲""麦麸子"之类的无名阔叶杂树，被疾风哗哗摇动。满山遍野的苍绿、灰白、赭红和土黄，每一个叶片都在秋阳下闪耀。落叶纷纷从刳儿坪飘下，落在洗儿池里，打着旋儿，然后随着外溢的池水一片接一片地跌进奔突的溪流，越漂越远，就像消逝在我们身后的那些时光。

坐在八角形的金锣亭里，对面的金锣岩上"禹穴"两个阴刻大字，在斜阳里越发清晰。

植被葳蕤的两岸峡谷，就此一块寸草不生的裸岩。这像是大自然的刻意安排——只有这样夸张的尺幅，才容得下最豪放书家的挥洒。

禹穴。

宋以来的地方志都记载，这是李白手迹。

李白的书法出现在这深山溪谷，突兀得像是天外来客，让我惊喜，惊喜得不敢相信自己的眼睛。

2.

唐文宗李昂是文青出身，对诗词歌赋与金石书画，像后来的宋徽宗一样痴迷。他曾经下诏御封了大唐"三绝"：李白的诗歌、裴旻的剑术和张旭的草书。

李白是大诗人，尽人皆知。不过，很多人都不知道，他还是剑客。他从小习武练剑，勤奋和天赋，让他武艺超群。从来行事高调还自负又自恋的李白，不止一次拿自己的剑术甚至仗剑杀人来显摆。

比如：

> 托身白刃里，杀人红尘中。
> ——《赠从兄襄阳少府皓》
>
> 杀人如剪草，剧孟同游遨。
> ——《白马篇》
>
> 笑尽一杯酒，杀人都市中。
> ——《结客少年行》

魏颢在《李翰林集序》中也明确记载："少任侠，手刃数人。"

血气方刚，年少气盛，为朋友两肋插刀，路见不平甚至持剑杀人。以上诗文就是其真实写照。后来，李白又专门前往山东拜裴旻为师，终于把自己也练成剑术大师。有人说，李白的剑术在大唐一朝，仅次于他的师父裴旻。这并非全是夸张。

其实，在写诗和剑术之外，李白的书法也极有天赋。

李家富裕，重视教育，书法方面的童子功是少不了的。后来李白以张旭为师，更让他的书法艺术突飞猛进，俨然大家。他唯一留存于世的书法真迹《上阳台帖》就二十五个字："山高水长，物象千万，非有老笔，清壮可穷。十八日，上阳台书，太白。"

　　这是天宝三年（744），李白与杜甫在洛阳相见，与高适等结伴登临王屋山华盖峰南麓的阳台宫后写下的。有行家评论，此帖飘逸强劲，与其潇洒奔放、豪迈俊逸之人品诗风互为表里。

　　李白书法，并且是唯一留存于世，当然是藏家眼里顶级的稀世之宝，连宋徽宗和乾隆皇帝都要拼命蹭他的热度，不但要狗尾续貂，留下自己的墨迹，还几乎把自己的全部印章都钤印其上。他们是搭便车，意欲拽着诗仙名垂千古。

　　二十世纪二十年代，随着溥仪被逐出紫禁城，《上阳台帖》也在民间辗转流传。当它将要流出国外的时候，大收藏家张伯驹倾其所有将国宝收藏。中华人民共和国成立以后，他又把它赠送给毛泽东主席，然后藏于故宫博物院。

　　可见，当今天下，金锣岩上的"禹穴"二字，应该是不可多见的李白书法作品了。"禹穴"字径两米有余。虽为楷书，但也与《上阳台帖》用笔一样不同凡俗，潇洒不羁。

　　坐在金锣亭里，我久久凝视，稍久，两个字似乎动了起来，像是李白站在那里。尤其是"穴"下面颇夸张的一撇一捺，像是诗仙的大氅被大风吹动，旗帜一样飞扬。

3.

　　李白把题字永远地留在了禹里，却把自己在这里的行踪隐入历史的尘埃之中。

　　人们推断，他来禹里，应该是在到成都拜见益州长史苏颋之后，"仗剑去国，辞亲远游"之前。也就是说，在二十岁至二十五岁之间。

　　《上安州裴长史书》是李白于公元七三〇年蹉跎安州（今湖北安陆）时给裴姓长史的干谒之作。他向裴长史推销自己：当年我曾经和东严子在岷山之南隐居，在山野里过着简朴的生活，几年都不涉足城市。我养珍禽异鸟上千，它们一呼即来，在掌上啄食。绵州太守知道以后很惊奇，亲来拜访，举荐我们去参加科举考试，但都被我们谢绝，以此来保持节操，坚守不依附于权贵的品质。

李白年轻时在故乡的经历，几乎未被文献记载。而《上安州裴长史书》披露的这些往事，就显得极其珍贵。

岷山，从川西到陇南绵延千里。"岷山之南"，范围实在太大。不过，从李白故里青莲出发，要在岷山之南找一个隐居之地，大禹故里石泉县一带，无疑是最近也最理想的地方了。

这时的李白，二十岁出头，已经在匡山打下了扎实的文化基础，正在为出山求仕做准备。这时的老师，那个"东岩子"，也就是著名的纵横家，从盐亭县两河口赵家坝走出来的那个赵蕤。李白跟着他在山中学习纵横之术，同时也学养鸟。纵横术，也就是合纵（联合）连横（分拆）之术简称，是研究利益集团之间相互关系的学说，据说是鬼谷子的发明。显然，此时的李白，心很大。按他天马行空的想象力，前面一定有个很大很大的舞台在等他登场。但做官也是个技术活，运筹帷幄，纵横捭阖，经天纬地，纵横术是少不了的。东岩子赵蕤名气大，学问高，而且神秘莫测，脾气也与李白对路。拜他为师，合情合理。

不过，说到养鸟，这和纵横术有半毛钱的关系吗？

4.

在中国古代的上流社会，养鸟从来都是正经事。"百家姓"里的罗，就是罗网的罗。他们的祖先是专门编织罗网、养鸟为生的一族。他们曾经为天子养鸟，是世袭的带编制的差事。

李白和赵蕤养鸟，数量上千，无疑是李白一贯的夸张，就算是数量很多吧。在道家看来，养鸟是修身养性，体现为道术。很多高人都精于驭禽之术。李白他们更是达到了出神入化的地步。有一天，有樵夫偶然路过，看见两个"道士"在林间挥舞双手，大声呼唤。无数鸟儿应声从天而降，他们肩头和两臂都落满奇禽异鸟。这不可思议的场面，更让樵夫觉得他遇到了仙人。八卦很快在绵州传开，引得太守也屈尊前来拜访，这才有了《上安州裴长史书》里的那一番王婆卖瓜。

看来，李白养鸟，真还不是白养。

5.

李白究竟隐居何处？岷山之南具体所指，是匡山还是石泉一带的什么地方？

这个并不十分重要。重要的是，无论是匡山还是青莲乡，距离大禹故里都非常地近。一条短短的湔江，连接了石泉和青莲。石泉是上游，青莲在下游。从青莲出发，通口、岩羊滩、曲山、石泉，傍水而行，一路走来不过百里。以青年李白的脚力，只要他愿意，一早出发，晚上即可抵达。

蜀地，是一块神秘吊诡的土地。上古以来，这里就充满鬼气，弥漫着浓浓的巫风。道教在这里产生并且盛行，为内心充满奇思异想的李白提前就聚合了千年的仙气。大禹是与尧舜齐名的一代圣主，是治理九州洪水的华夏英雄，是中国首个王朝大夏的开国之君，还是包括李白在内的华夏子孙心目中崇高的神。灵魂不羁、难以消停的李白，喜欢到处游山玩水、寻仙访道的李白，有鸿鹄之志、一心想当大官、干大事的李白，他不可能不是大禹的粉丝，不可能不去拜谒大禹故里。何况，石泉已经建县八十多年，加之那里在大山深处，在道教徒李白的视角看出去，有的是仙山圣地，别有洞天，所以他必然要来。来，也非常容易。

到石泉，李白才是真正进入了深山。"危乎高哉"这样的惊奇和感叹，应该就是石泉的群山给他的。《蜀道难》里那些巍峨群山和险到极致的道路，其想象和创作的起点，也许就是石泉给他的那些经验。

6.

说了这么多李白，他究竟长什么样子呢？

他自称身不满七尺。按今天的标准，这是一米七以下的身高。但在普遍营养不良的古代，富家子弟李白这样的个头，至少在蜀人里，已经属于高个子了。

李白后来有一个超级粉丝，就是前面已经提到的那个魏颢，他揣着李白诗歌的手抄本，追了几千里才见到自己的偶像。李白当然很受用，一高兴，就把自己的作品交给他整理成集，这就是著名的《李翰林集》。魏颢在小序中描述了李白："眸子炯然，哆如饿虎。"

与李白、张旭、贺知章等同为"酒中八仙"的崔宗之，在金陵见到李白，写诗称赞他"双眸光照人"。

贺知章是诗坛前辈，又是高官，一见李白，干脆称他是"谪仙"。

现在，我们基本上可以给李白画像了：他身材伟岸，风度潇洒，一双迷人的眼睛目光炯炯，有玉树临风的仪态。加上"绣口一吐就是半个盛唐"的内在气度，普天之下，谁有他这么强大的气场？

就是这样一个李白，离开青莲场的家，沿着湔江一路西行，从平原走进大山，走进峡谷。河水澄澈，两岸葱茏。小径像一根飘逸的线条，一头系在心上，而另一头则是无数次出现在他梦中的石纽山上。

哦，对了，他当然还是穿一身最喜欢的紫衣——紫气东来，那是道家最喜欢的颜色。

想想那个画面吧：青山夹峙，朝阳斜照，长长的峡谷里半阴半阳。空山寂寥，水声泠泠如歌。断崖绝壁，小径蜿蜒似练。一个肩挂佩剑的紫色身影，健步如飞，在薄雾里飘然远去。

那不就是天降谪仙吗？

7.

李白来石泉之前，他在成都被苏颋夸为天才英丽、可以比肩司马相如的故事，在蜀地各州县已经传开。但石泉是羌区，是羁縻州茂州的属县，成都的消息很难传进来。那时羌人没有文字，跟头人们谈诗词歌赋之类的风雅事，纯属鸡同鸭讲。不过，石泉距离绵州并不远，与汉区的交流还是颇为密切的。李白故乡距石泉更近，唐代的青莲一带本来就是民族杂居之地，当地的"蛮婆渡"就足以证明。还有学者列出七八条理由，断言李白是氐人。氐羌同源，李白是羌人也未可知。所以，他对石泉并不陌生，亲朋故旧也应该是有的。因此，李白的名气，石泉官员和部落酋长、头人们，应该多少还是知道一些。尤其是大禹，这更是他们之间的一种共同语言。石纽山下，禹穴沟里，李白拜祭大禹，游览名胜，接受当地头面人物的热情款待，这也是必然的。受汉文化影响，石泉小城里，文化氛围还是有一些的。当纸铺开，石泉县令代表全县父老请李才子留下墨宝的时候，他毫不推辞，伸手接过县令亲自递过来的毛笔，饱蘸浓墨，"禹穴"二字在麻纸上一挥而就。

墨迹未干，李白掷笔，转身，挥手而去。

至此，他在蜀中已了无挂碍。只有一腔像大禹那样俯瞰天下建功立业的豪情，涠江水一样在心中奔腾，鼓荡着他迈开大步，走向陌生却向往已久的远方。

李白头也不回地走了，就像一只大鹏，消失在云天之外。我面对绝壁上遒劲的"禹穴"二字，心中回荡的却是余光中的那首《寻李白》：

  那一双傲慢的靴子至今还落在
  高力士羞愤的手里，人却不见了
  把满地的难民和伤兵
  把胡马和羌笛交践的节奏
  留给杜二去细细地苦吟
  自从那年贺知章眼花了
  认你做谪仙，便更加佯狂
  用一只中了魔咒的小酒壶
  把自己藏起来，连太太也寻不到你

第二章：曾经的县城

一、青石："北川"在此诞生

1.

车出禹里镇，过湔江大桥，到北岸的石纽山下就是北（川）茂（县）公路。右转，一路向西，没多久就是两河口。这里是北川最重要的两条河——青片河与白草河的汇流处。上游刚刚下过暴雨，听说局部雨量惊人。此刻，洪峰已过，河水迅速恢复常态，但河滩积满淤泥。两条河的交汇，没有泾渭分明，而是两股浑水，一样的黄而浓稠，带着土腥的气息喧嚣而下。

我的目的地是青杠堡，也就是禹里镇属下的青石村。上溯三十年，这里曾经是青石乡政府所在地。随着一九九二年"撤乡并镇"，辖地全部并入禹里，最终沦为一个普通小山村。不过，鲜为人知的是，就是这么个不起眼的地方，一千四百多年前，即南北朝时期的北周保定四年（564），北周王朝在这里设置了北川县。也就是说，北川县域，第一个县级行政区就建在这里，从此，才有了"北川"这个县名。

司马迁《史记·西南夷列传》记载："自笮以东北，君长以什数，冉駹最大。"

笮人是西南地区一个古老的部族，应该也是源出古羌人。他们聚居于以盐源盆地为中心的广大地区，因为善于以竹缆横跨河流拉起溜索或索桥而被称为"笮人"（"笮"的本意即为竹缆），大约在汉武帝平定西南夷时被灭。"自笮以东北"，大致包括今阿坝州以及北川关内地区，司马迁说这个地域分属数以十计的部落酋长，其中最大的部落是冉駹。冉駹首府在今茂县县城。汉王朝在冉駹归附后，在所属地域置汶山郡，辖广柔、绵虒、汶江、蚕陵、湔氐等五县。从此，今北川关内地区归属广柔县，被正式纳入汉王朝的版图。

北周王朝在青石建县，原因在于其当时重要的地理位置。

茂县或者茂州，地处川西平原到青藏高原的过渡地带，归附中央王朝以来，历为州、郡治地。它是区域政治中心，也是军事重镇。中央控制地方，需要保障物流和投送兵力，所以交通至为关键。绵阳经安县、擂鼓、禹里至茂县的古道，唐代叫松岭关路，宋代叫陇东路，明代叫小东路，历来都是极其重要的交通干道，青石则是这条干道上的要隘。在此设县，就是为了保证区域稳定，道路畅通。唐初，吐蕃大举东进，其势力抵达北川西北的松潘。贞元十九年（803），剑南西川节度使韦皋率军二万，分九路出击，大破吐蕃，收复大片失地。为防止吐蕃顺北川河谷渗透，遂于青石设置营垒，取名威蕃栅，驻兵守之。到了明代，官军为了军事防御的需要，在青石修建名叫青杠堡的城堡，在青杠堡上游修建了石泉堡，各派官兵常年驻守，互为掎角。在此后几百年中，这两座城堡对保障后来的县城禹里的安全发挥过重要作用。

"青杠堡"因为政治、军事和地理的分量而有了深深的历史印记。一九三五年，红军在这里建立了乡苏维埃政权，就以"青杠堡"命名。中华人民共和国成立初期，又在这里设乡，辖区内两个重要地名"青杠堡"和"石泉堡"各取一字，遂命名为青石乡。

现在，时过境迁，"青杠堡""石泉堡"和"青石乡"已经完成了它们的历史使命，失去了原有的军事和政治的功能。但"青杠堡"和"青石"作为地名，依然叠加在同一个山村的身上。

2.

过两河口，傍青片河上行，很快就进入峡谷。公路蜿蜒，在悬崖边左旋右转。河道细瘦，深陷峡谷底部，以如雷的涛声来放纵自己的野性。道路与河流自古以来似乎就是一对冤家。道路必须借助河谷，而河流总是把道路阻断，力图把通途变为天堑。在大山深处，人类面对河流，就更加处于弱势地位。而今，北茂公路已经由狭窄的碎石路变为标准的二级沥青路，先前的普通县道已经被升格为347国道。但是，狂野的青片河还是喜欢和人类叫板，不少路段的路基被洪水掏空，公路半边水毁。有些路段看起来完好无损，但细看下面，才知道路面其实已经薄如纸壳。

山高水险，断崖绝壁，车子小心翼翼地驶过危险地段之时，不由得想起在深山古道上跋涉的古人们。

翻开北川旧志，有位叫孙旭龄的县知事写道："石泉县乃古之石纽村。千峰万岭，攒簇如林，无多隙地。其涧水发派于西番，源高而性驶……路皆循江而上，半倚石壁，半逼急流。移脚跟于石骨，倒人影于江波。心旌摇摇，不敢仰视。其曲折崎岖之道，蓥树朋径，乱石悬岩，俱能作梗，不特车难方轨，亦且人难并肩。日斜鹅岭，径转羊肠，林蔚马鬃，峰连驷背，岂足以尽其形状也哉！"

诚然，汉唐时期，包括北周，在边远少数民族地区实行"羁縻"制度，"以夷制夷"，行政长官一般由当地人出任。但是，新设的北川县，即使作为羁縻州茂州的属县，它军事要地的地位，也要受驻军的控制和统领。某些时候，县令也可能由朝廷直接派遣。

在历史的留白处，我们只能想象。

那么，一千三百多年前，假设那个没有留下姓名的首任县令，他要么是戍边武官直接从茂州下来就职，要么作为汉地文官经绵、安辗转而来赴任。怀揣一颗官印，领着若干护卫随从，牵马走在这里的山道上，他肯定心情复杂。山高皇帝远，远离权力中心，少了许多是非和约束，这当然惬意。但是，这里毕竟民风剽悍，环境险恶复杂，茂州安危都系于这条古道，又让他感到责任重大，前途未卜，内心惴惴不安。

万事开头难。在青杠堡这个山旮旯儿，建一个县政府，更是难上加难。

3.

车子离开北茂公路，拐上一段村道，停在一个叫"谢家包包"的地方。这是青石河沟侧畔的一小块突出台地。在这里，可以居高临下俯瞰青杠堡。

难得峡谷里还有这样稍微开阔的小盆地。青杠堡就坐落在盆地中央，背靠大山，前临河谷。这里当然不可能建设一个一般意义的县城。高大的城墙，气派的衙门，若干条街巷，以及书院、庙宇、会馆、茶楼、酒肆、客栈、饭庄、作坊甚至妓院……这些，只要是县城，在其他地方是标配，而在这里，一切都显得奢侈，是痴心妄想。

这里的意义主要在于军事。一二十亩地，虽说是巴掌大的地方，有一个小小的官衙，办公、审案足矣；几个房间，吃饭、睡觉、会客足矣；一溜平房，几十个驻军足矣。再把道路两端一拦，立起关隘，砌起围墙，县太爷就可以像模像样地坐在那里当他的官了。

当然，如果由当地实力人物出任县令，他在自己的寨子里就可以发号施令，无须县城，甚至连衙门都可以省掉。

唐高宗永徽二年（651），北川县完成了它的历史使命，撤销，与十七年前设立的石泉县合并。

青杠堡或者青石，作为县治只有短短的八十七年。这么一段时间，在历史长河里只是一个小小的片段。

4.

即使是"县城"，它也未能留下一丝痕迹。

自"北川县"撤销以后，自始至终，它都只是一个普通的自然村。

尖锐的蝉噪声里，"谢家包包"的房东谢大爷给我倒了茶，用手机喊来年纪更大的殷大爷，还请一个小伙子骑摩托接回儿媳妇刘家蓉——她是村干部。

殷大爷八十二岁，是前些年的生产队长。思维敏捷，颇健谈。他家一直住旁边的"庙湾头"。殷家、谢家，是距离青杠堡最近的两家人——他们与青杠堡隔着一道深切的峡谷。

此地似乎人丁不旺。殷大爷的记忆里，解放前青杠堡只有三户人家，分别姓邓、雷、曾。

三户人都穷，是普通农民。稍富裕的曾家，说起来是地主，也不过是十几亩地、农具齐全、有耕牛而已。他家每年收租三四斗，不过两百来斤。不过，曾家的当家人曾国良因为买了支手枪，经常插在腰间耀武扬威，是地头蛇。同时，他为人刻薄，结怨很多，所以"土改"时是毫无悬念的地主。曾家的副业是卖麻糖。山里人家有的是玉米，磨成粗颗粒，煮熟，用麦芽发酵，然后又熬，最后冷却成型，用錾子凿了卖。麻糖是山里孩子眼中的奢侈品，香甜的记忆伴随了殷大爷的一生。只是，那东西太黏牙，不注意牙都会黏掉。

青杠堡人赶场都去禹里。十几里路，很难走，所以路上幺店子都有七八家，床铺简易，卖点苞谷饭、豆腐和酸油菜之类。当然，幺店子主要是为过往客商准备的，因为路上经常有马帮、背脚子来来往往。上行的多是茶包、烧酒、盐巴、草碱、腊肉和小百货，下行的主要是药材、胡豆、黄豆、花椒、皮张等山货。

而山民们，赶场主要是卖鸡蛋和蔬菜，有时候也可能卖一点苞谷面。只有曾国良家才卖麻糖。他天不亮就背起背篼往禹里走，一路敲着錾子，叮叮当当，一路都是他尖锐的叫卖声。

青石山上多猕猴。当年过往行人坐下来歇气，朝山上一望，往往就可以看见猴群在林间攀爬跳跃，旁若无人。

怀揣"死字旗"组织"川西北青年请缨杀敌队"的北川勇士王建堂在同龄人中算是知识分子了，晚年曾经给侄儿们讲：当年上海滩一个文人曾经写过一本武侠小说，书里说，一位大侠本是石泉县青杠堡人，刚出生就遭遗弃，幸被山里猴王收留，几年后就被训练得身手不凡，在树梢上飞来荡去，行走如风。后来，他又被峨眉山高僧收养，十来岁就学得超人武功。再后来，高僧将他送给膝下无子的石泉县方姓首富为子。后来他去上海发展，成为武林名人。据说，改革开放之初，在电视里风靡一时的大侠方世玉就是他的后人。方家在上海发达了，房子修了一条街。他们怀念家乡，就把那条街取名为"北川路"。

二十世纪六十年代末，金丝猴已经成为被保护的珍稀动物。但普通猕猴就没有这种幸运了。精明的河南捕猴人就经常趁机进青石山中捕猴。一次，他们用笼子拉了差不多一百只猕猴经过当时的县城曲山。住旅店的时候，不少猴子不甘心被关进囚笼，它们挣扎，尖叫，有的甚至自残，咬断爪子。

那场浩劫，是武侠小说惹的祸吗？

5.

不能不说到"红军桥"。虽然它与青石作为县城的岁月距离遥远，却是当地唯一的历史遗迹。那是一座石拱桥，当年客商、马帮、背脚子以及当地老乡，都在桥上来来往往。红军来时，专门在桥头的崖上嵌了块石碑，所以叫"红军桥"。红军来了，成立苏维埃政权，营部就设在"谢家包包"。

稍微遗憾的是，崖上的红军碑好多年前就被国家博物馆取走，所以红军桥未能给我们透露更多的秘密。

青杠堡人中，殷大爷算是见多识广了，堪称本地的活字典。但是，他的记忆也止于自己的活动范围。最远一端，也只是依稀记得红军桥的故事。至于曾经的县城，他闻所未闻。

在青石或者青杠堡，一座县城，早已被时间消化，了无痕迹。

二、禹里：千年古镇的前世今生

1.

二〇二二年七月三日，农历辛丑，六月初五。

明天就是六月初六，大禹诞生日，一场盛大的民间祭典即将举行。我提前赶到禹里，准备观摩这场一年一度的盛会。

抵达时已是傍晚。正当雨季，雨说来就来。暗沉的天空下，对面的石纽山、西北的凤凰山云遮雾罩，让这个拥有一千三百多年县城史的古镇，更显得古旧、沧桑和神秘。

2.

没错，禹里曾经是县城，并且存续了一千三百八十八年。

那是在北川建县七十年后，即唐太宗贞观八年（634），唐王朝将北川县一分为二。新县城取名"石泉"，治所就在现今禹里。人们一般认为，县城附近有"石纽""甘泉"两处石刻，其中各取一字即为"石泉"。但是，古代文献却另有说法。明代著名学者曹学佺在《蜀中名胜记》中说明："县有甘泉，崖上刻'甘泉古迹'四字，县因以名。"

石泉县的管辖范围为白草河流域和湔江上游地区。而原来的北川县，辖区则大幅度缩水，只剩下青片河流域。这是短暂的两县并立。仅仅过了十七年，即唐高宗永徽二年（651），干脆把北川县撤了，所辖地域全部并入石泉县。这样，石泉县的管辖范围扩大到现今整个关内地区。

明眼人一看即知，北川并入石泉，这是早晚的事。

和青石那个山旮旯相比，石泉的地理位置，优越得太明显了。青片河与白草河在这里交汇，成为湔江。扼两河流域之要冲，军事意义不言而喻。并且，这里地势开阔，湔江北岸一块平坝，面积之大，在当时的石泉境内是独一无二。这样的地方，可以建一座规模可观的县城，再驻上一支不大不小的军队，北可以支撑茂州，进击吐蕃和匈奴，南可以屏障绵、安，成为整个成都平原可靠的北大门。

其实，得名"石泉"、成为县城之前，这里已经有一个自己的地名：鸡栖老翁城。唐代名将韦皋率大军征讨吐蕃，就曾经屯兵于此。

和许多城市一样，石泉城靠山面河。这个山就是鸡栖山，即今酉山。

以山取名，这很正常。不过，"鸡栖"后缀一个"老翁"，就多少显得怪怪的了。也许，这与本地某个老翁的神奇故事有关？联系到置县之前鸡栖老翁城是一个军事基地，也许，守将年纪较大，他以"老翁"自嘲，于是就有了"鸡栖老翁城"？

"城"之本义，指城邑周围的墙垣。那时，工商业也许尚在萌芽，筑城的意义主要在于军事。可以肯定的是，"鸡栖老翁城"改"石泉"，是在现成的军事基地基础上叠加了行政功能，其目的，还是为了安定一方，巩固边防。

作为山区小县，石泉城垣始终不大。鸡栖老翁城，宋代就已经坍塌。石泉升格为军后，知军夯筑了土城，元朝末年又毁于战火。明天顺四年（1460），反叛的羌人攻进县城，城池再次被毁。于是，朝廷痛下决心，派副使刘清、都指挥何洪、知成都府事席贵，把原来的土城改为石城，城墙高一丈五尺，周围四里三分，共计七百四十丈。城壕深五尺，宽三丈。建阜民（南门）、镇远（北门）、宏文（东门）三道城门（本来西门也是有的，但出于迷信，后来给堵上了）。清乾隆十七年（1752）、民国四年（1915）、民国十五年（1926）有多次重修和整治，最终形成的城垣是一个斜长方体，南北长而东西短，西面为一道弧形。

一个名叫"石泉"的县城，唐宋元明清，直到民国，在青片河与白草河交汇处屹立千年。

突然有一天，它发现自己头上这顶帽子戴不稳了——陕西的汉中与安康之间也有一个石泉县，取名的原因也差不多。更重要的是，人家早在我们的"石泉"诞生前一百多年就存在了。只是那时候没有网络，没有发达的通信，更没有大数据，朝廷的老爷们大而化之，居然一直没有发现两个县的撞名。那是一九一四年，推翻了大清王朝的国民政府发现了这个问题，决定规范地名，只许保留一个石泉县。论资排辈，必须改名的当然是后来者四川的石泉县。于是，曾经用过的"北川"这顶旧帽子又被重新捡了起来，顺手扣在头上。

不过，此后的古镇似乎依然处于改名换姓的惯性中。

一九五二年九月，"北川"的居民们一觉醒来，发现他们已经没有住在县城，而是住在一个叫"治城"的地方，因为北川县城已经搬去南边的曲山了。

本来，治城位于北川地理中心，不说历史，就是从区位和地形来看，也是理想的县城所在地。但是，这里虽然自古就有道路南达安、绵，西至茂县，是交通干道。但因地处深山峡谷，所谓的"干道"不过是羊肠小道而已。中华人民共和国成立之初，即使曲山到安县的公路竣工，但曲山到治城还是有好几十里崎岖山路。尤其是，它当时作为北川的县城，新增了许多机关干部，还有几百驻军，所需物资全靠人背马驮。无奈，当时的县委书记决定将县城迁往曲山。

"治城"，其实在红军时期就有了——一九三五年红军攻占北川，在今禹里建立北川县苏维埃政权，同时还建立了治城区、治城乡苏维埃。但当时县城在此，所以一般老百姓仍称此地为北川。一九五二年县城迁走后，治城虽然是其正式名称，但民间，在很长时间里，还是将禹里称为老北川。

治城。治，治所的治，县治之治。一个"治"字，承认了禹里曾经的特殊地位。一个历史的戳印，给它保留了一个可以俯瞰全县所有兄弟乡镇的高度。

一九九二年，在撤乡并镇时，"治城"也被放弃了。禹里，大禹故里。这个新名字其实与生俱来，此时用它顺理成章。

鸡栖老翁城，石泉，北川，治城，禹里，像是一个贵族拥有的一件件华服，古老，来历不凡，足以证明自己身份的尊贵。

3.

夜宿湔江河畔的羌禹湖酒店。

早上六点准时醒来，推开窗户，一河涛声轰然入室。湔江在微明中闪耀着幽冷的波光。对面的石纽山黑黢黢朦胧一片，庙宇的飞檐翘角还融化在山影之中。窗下河堤绿道已经有人散步，手里的收音机也可能是手机有节奏地晃动，声音断断续续，忽大忽小。

打开手机，看见几个未接电话，才猛然发现错过了观摩杀猪。

这可不是普通的杀猪，而是给大禹准备的牺牲。一头体型漂亮的纯色肥猪，昨天就已经备好。

杀用来祭祀的猪是非常讲究的：释比要算好时间，宰杀的时候还要念经。经文的意思是说，猪啊，不是我要杀你，是天要杀你；不是我要吃你，是大禹要吃你。选你作为牺牲，献给禹王老爷，这是你的福分、幸运和荣耀。

杀猪是祭祀活动的组成部分。本来已经和祭典的主持人李德怀先生约好，凌晨四点起床，一起去观摩。但是，因为睡前在酒店和朋友喝茶，睡不着，就读县志，还在网上游荡到午夜以后。熬夜久了，后来就睡得特别死，李先生来电响铃一分多钟，居然都没有把我唤醒。关于大禹的祭祀活动，错过了一个很有意思的环节，很郁闷。

时间还早，索性出门，到处闲走。古镇似乎还没有睡醒。雨早就停了，但湿气很重，石纽山上有薄纱一样的乳白色雾团悬浮。天边有暗沉的红、耀眼的金和隐隐的瓦蓝堆积，与空中大面积的铅灰互相渗透、错杂和交融，成为绚丽而厚重的霞彩。

走过空荡荡的大街，上河堤，天色渐渐亮开。目力所及的湔江上游，凤凰山是一座低矮的孤峰，青片河与白草河在山前汇流的场景清晰可见。峰峦重叠，山影朦胧，河水浩浩荡荡，俨然一幅湿漉漉的水墨大写意。

记得成都的彭州也有一条湔江，发源于龙门山，是沱江的支流；而眼前的这条湔江是涪江的支流，其主要支流青片河和白草河，均发源于岷山山脉。北川与彭州，两地直线距离不过百余公里，两条完全不搭界的河流，在如此近的距离，居然也撞名了，简直不可思议。湔者，水流之前锋也。以"湔"来为一条湍急的河流命名，形象，颇有想象力。被崇山峻岭所隔的北川和彭州，背靠背地为自己的母亲河取名，不约而同，都选中了一个"湔"字，想来也不该大惊小怪？

4.

青片河、白草河和湔江，是北川最重要的河流。它们构成了北川水系的主骨架。但在北川，湔江最重要的支流不是青片河，也不是白草河，而是禹穴沟。它就在凤凰山上游左岸的不远处。它的重要，不在于水量和流域面积，而在于文化——它像脐带一样，连系着华夏人文始祖大禹，连系着中国文化的源头。

北川羌人都知道，他们的禹王老爷出生在禹穴沟。但是，离开禹穴沟以后的大禹，却是巨大的空白。禹里的乡亲们，包括本地某些地方学者都说，大禹治水，是从湔江开始的。也就是说，他先是拿湔江练手，积累了经验，才从这里走向了岷江，走向长江和黄河。他离开的时候带走了一支强大的队伍，个个精壮，武艺高强。行前，大禹命人在湔江边立下"誓水柱"，亲手在上面刻下虫篆体的誓词，举行了隆重的誓师典礼。他们敬献牺牲，分别拜祭了天神、地神、水神和山神，然后拜辞父老乡亲。

从此，他以治水大业和天下苍生为重，一去不返。

大禹的故事太过粗略。在禹里，民间传说固然很多，却不一定可靠。但是，乡亲们记住了伟大的禹是从这里走出去的，是羌人的祖先，这就够了。他们先是把他的名字刻在岩石上，与山河同在；然后，把他请进庙堂，把他作为最大的神，最大的菩萨；再后来，大禹崇拜成为传统，代代传承，植入基因；而今，北川全县，许许多多的地名、街道、企业、店铺、社团甚至人名，都刻意带上一个"禹"字。以禹里为例：禹王街、禹珍实业公司、禹和轩酒楼、羌禹湖大酒店、禹羌制冷、禹福门窗、禹地羌乡养殖场、兴禹水泥、神禹砖厂、禹风诗社……这时的大禹，已经走进人们的日常生活，时时刻刻，与他的后人相伴。

很有意思的是，一九〇八年三月底，大禹的一个外国粉丝来到这里。他就是探险家多隆少校，一个很有英雄情结的法国人。他的目的地是松潘，为了拜谒大禹，他专门选择了途经石泉这条路线。他最感兴趣的是禹穴。面对"禹穴"这样的圣迹，他决定把它做成拓片。本来，在十米以上的峭壁上做拓片根本不可能。但是，他运气太好，好得不可思议——石泉县令正好也要做拓片，并且在他到来之前，已经搭好了脚手架。

县令做拓片，是要把它挂在县衙，祁望全县风调雨顺。

一些石泉居民也希望拥有拓片。因为他们坚信，家里挂一张"禹穴"可以辟邪。

最终，多隆如愿以偿得到了两张拓片，满心欢喜地离开了石泉。虽然，他对中国远古的这位"禹大帝"半信半疑，就像他对英雄赫拉克里斯也半信半疑一样。

两年以后,英国的著名"植物猎人"威尔逊也来到石泉。

那是一九一〇年八月十三日,威尔逊从曲山一路过来。那时北川还叫石泉。盛夏季节,凉爽的微风在河谷里徐徐吹过。河畔开满野花,其中的栾花和中国玫瑰尤其让他兴奋,六十几里路走得非常轻快。接近石泉县城,峡谷收窄处一座索桥也给他留下了深刻的印象。他在日记中写道:

索桥约有80码长,用劈开的竹条编成的竹缆支撑着。这些竹缆共有8根,每根几乎都有一英尺的直径,拴在河两边的支柱上。另外两根相似的竹缆在一定的高度上横过桥面,固定着支撑下面基础结构的竹绳子。竹缆用绞盘来绷紧,低处的部位用粗壮的树枝编成步道。

威尔逊看到的是登云桥。这样的桥,他在川西一带见得多了。令人颇感意外的是,他在登云桥上走得胆战心惊,并且,还心有余悸地记下了过桥的经过:

像所有类似桥的结构一样,这座桥也很沉重,中间往下垂,走在上面摇晃不止。这种桥的使用寿命也就几年,如果遭遇强风,这上面很危险。

终于到了石泉。他不顾疲劳,好奇地打量着这座开始四川西部之旅以来就十分向往的迷人小城:

它紧挨着两河交汇下方的左岸,周边是多多少少种着庄稼的陡坡,城里有很多树,为这座小城增添了魅力,一座亭子和塔分别耸立在两座凸显的山丘上,是这座城吉祥的保障,城郊很窄小,围绕在河的两岸和城墙的周围。

美丽小城带来的好心情,很快就被一起治安案件所破坏——客栈里,他全部银两中的一半不翼而飞。

巨额经费被盗,这还不是悲剧的全部。接下来,因为松潘发生了骚乱,路上很不安全。他亲自去了一趟县衙,请求地方当局提供武装护卫。虽然他喋喋不休地解释和请求，还是被石泉县令断然拒绝。

第二天太阳升起的时候，等在客栈里的洋人威尔逊，仍不见县衙的人搭理他，只好敷衍地用过早餐，带着自己的队伍走出北门，忧心忡忡地继续赶路。

5.

不知不觉到了老街。古镇这条唯一的老街，镶嵌在古镇的中间。柴烟四起，看不见街道首尾，显得深不可测。天已大亮，空中有许多燕子在飞翔。麻雀跳跃着在地上觅食，旁若无人。一条白狗卧在街心，似乎沉睡未醒。左边，一个杂货店老板正卸下铺板，开始在门前摆摊。右边，卖早点的饭铺里，蒸笼揭开，热气蒸腾，空气中飘荡着猪肉大葱包子的气息。随着"刺啦"一声，一阵更浓烈的香气飘散开来，这是隔壁那家"开元米粉"正在炒牛肉臊子。几张桌子的小店，好几个人在吸溜着粉丝。

街上的老"门板户"令时光倒流，让我可以在想象中走进昔日古镇的市井生活。当地朋友告诉我，当年吴银匠、周纸火、张饼子、赵麻花、谢凉粉、刘汤圆、于豆腐和杨挂面等老字号，代表了石泉浓浓的人间烟火气，活跃在古镇的大街小巷。东南西北四个城门，城外都有甘泉。卖水的挑夫和给自家挑水的人们，都在城门洞里进进出出。老人们还忘不了打更匠肖宗达。一更、二更、三更，随着一阵梆子响，总会听见他那苍老的声音传来："防火防盗! 小心火烛!"

哦，对了，杨挂面让我联想到了湎江对岸。昨晚，我住的房间临江，水声巨大，关严了门窗也无法阻止它的入侵。刚才在河堤上行走，才知道那嚣张的水声来自对岸的溪流。向一个身穿雪白练功服的老人打听，知道了那条南边流来的小溪叫水磨沟。从前，从沟口到沟尾，密匝匝排满水磨坊。全城的居民，甚至还包括周边广大范围的老乡，吃的苞谷、小麦和荞麦，都要在那里磨。杨挂面，这个著名的百年老字号，面粉是在水磨沟一家固定的磨坊里磨的。从晚清、民国直至进入改革开放，杨挂面都是古镇人家面条的首选，承载着现今中年以上禹里人的乡愁。

在街边的饭铺里，我花了十块钱，老板娘用一个硕大的砵碗端来了我要的一碗面。面条细细的，上面堆积着豌豆、肉馅和葱花。可惜，这不是杨挂面——因为后继无人，多年以前店铺就已停业。

6.

祭祀大禹活动结束。下午,我专门去红军街,进烈士陵园,去看长眠在那里的那位李琳营长。

不少上了年纪的北川朋友,都在我面前讲起李营长。说李营长,不是他们认识,而是当年那个事件过于重大,过于惊心动魄。

那是中华人民共和国成建立之初的一九五〇年,解放军十八兵团南下解放四川。六十一军一八二师五四五团三营营长李琳,率部经巴中、南部、三台、江油,一路摧枯拉朽,于二月四日进驻北川。

年轻的营长李琳,河南修武人。他年龄不过二十七岁,却已经是一位老革命了。他历任副连长、连长、副营长、营长,参加过大大小小几十次战斗,是一位优秀的年轻军官。但是,他面对的北川,情况极其复杂和严峻。因为解放较晚,国民党残军、军统特务、袍哥组织和土匪,各种势力交织,盘根错节,聚集成定时炸弹一般的巨大能量。

一九五〇年那个春天,历史除旧布新,社会重建秩序。进步与反动,两股强大的势力在古镇迎头相撞。不过,历史的车轮浩浩向前,不可阻挡。三月初和四月中下旬,由国民党特务和土匪主导,裹挟上千民众参加围攻县城的两次叛乱、均被迅速平定。

几千年来,始终躁动不安的北川,终于安静下来。

但是,解放军营长李琳,却在胜利的前夕倒下了。当时,他在魁星山上的现场指挥作战。不幸的是,他端着望远镜观察敌情的时候,被石纽山碉堡里的土匪发现并锁定,一颗罪恶的子弹飞来,正中眉心。

我在李琳墓前站了很久。阳光斜射,墓碑不再冰冷,血液加速流动。

那一刻,我想到了海明威的《丧钟为谁而鸣》,想起了被他引用的英国诗人约翰·多恩的著名诗句:

没有谁是一座孤岛

在大海里独踞

每个人都像一块小小的泥土

连接成整个陆地

是的，每一个人都是历史的一部分。这其中，包括活着的我们，以及像李琳这样的先烈。历史不朽，李琳们就永远不会死去。所以我感觉，北川也好，治城也好，禹里也好，古镇总会翻开新的历史，一页一页，李琳都知道。

墓碑上方那颗红星，就是他睁着的眼睛。

三、曲山：被上帝嫉恨的美丽小城

1.

十四年过去，曲山，我已经记不得这是第几次来了。

每次过来，我都会记起十四年前，5·12过后那个曲山。确切地说，是五月十六日，时任总书记胡锦涛亲临北川视察的那个曲山。那天，我陪同上海的媒体同行前来这里采访，当时的所见被我记录下来，发表在当年第七期《人民文学》：

> 尽管我有精神准备，我还是遭遇了一个不能接受的事实。什么是当今世界最惨烈的场景，那就是北川；震撼，如果只能有一个地方可以匹配这个词，那就是北川。反复地毯式轰炸，不过如此；原子弹爆炸，不过如此；天崩地裂，乾坤颠转，也不过如此。
>
> 这已经是地震的第四天。我无数次来过的北川，一个生机勃勃的山间小城，现在已经被分解为水泥板、砖块、钢筋、沙石和尘土，进入视野的只是一个巨大的废墟，一堆巨大的建筑垃圾。那些曾经的居民、学生和公务员们，现在成排地躺在路边的尸袋里。还有尸体来不及全部清运，石头下，废墟的夹缝中，随处可见。人和动物的尸体已经开始腐败，阵阵恶臭笼罩了整个小城。曾经的水泥公路，像被扯断的面块。随时可以看见汽车压在比房子还大的石头下，已经还原为铁皮。北川中学的新校区，被大大小小的石头粉碎。孩子们也

许还来不及惊恐就失去了生命，还失去了完整的身体。只有旗杆还顽强地立在那里，令人痛苦地想到平日里飘扬的红旗下那些清脆的笑声。

  这些文字，时隔多年，将它们重新翻拣出来并公之于众，我仍然感到残酷。因为它们又将扯动人们那根敏感而痛苦的神经。

  不过，拿这些文字对照，眼前的场景已经物是人非。久旱之后，接踵而来的是连绵秋雨。临近中午，雨小了许多，是雨非雨，是雾非雾，让那些废墟、残垣断壁，以及被钢架支撑摇摇欲坠的楼房，在雨雾朦胧和阴风惨惨中，像是来自另外的世界。

  我知道，整个北川老县城几平方公里的城市废墟，整体都成了文物。也许，这是地球上最大的一件文物，也是最难维护的一件文物。作为川西北暴雨中心的北川，暴雨、洪水、泥石流，每年如期而来，改变着曲山的样貌。虽然，老城区的电力公司、城建局和佛泉茶厂，这些仅存的建筑最终还没有倒下；在新城区，北川大酒店、青少年活动中心、职业中学的废墟，包括十五年前被杨万军的亲人们敲打的北川电信那堆钢筋水泥，依然还在那里；景家山山麓，堆积着巨大乱石的斜坡上，那一根不屈的旗杆顶端，红旗依然迎风飘扬……

  但是，泥沙在淤积，植物在疯长，金属在锈蚀，砖石在风化……

  景家山，王家岩。山体曾经抽筋扒皮一样惨不忍睹，面目全非。而今，灌木丛和杂树已经把地表覆盖得天衣无缝，就是那些掩埋了许多建筑和生命的塌方体上面，也是郁郁葱葱一片。

  曲山，这个震惊世界的灾难现场，正在被悄然改变，震撼的程度正在逐年降低。看来，十五年里，老天爷一刻也没闲着。洪水、淤泥和沙石，还有那些杂草、青苔甚至花朵，都被他用来修改现场、掩盖真相、消弭自己的罪证。

2.

  曲山位于湔江右岸。古时，这里是西至茂州（茂县）、东北至龙州（平武）的官军补给线"小东路"的交会之地。山上有隘口，建有关楼，取名曲山关——依据是当地山势的曲折蜿蜒。

民国二十一年（1932）《北川县志》说：

> 曲山场，在曲山关外，上场属北川，下场属安县。以石拱麒麟桥为界。俗呼北川所属曰新场，安县所属曰老场。新场抵山麓，街面长仅二十余丈。向有居民二十余户，旧名仁义团。光绪二十八年（1902年），河水暴涨，新场被水冲没，仅余数户，北川所属街面更形冷落。所有北川乡村地面，如茅坝、如关内外，统称山合团，共百余户。乡民赶集均附老场，故地方一切公务均附老场，由安、北两县士绅联合办理。

湔江自东北向西南奔腾而来，到此，却突然来了个大回环，折而向东。有故事说，一条孽龙本来被铁链锁在岷山脚下，一年夏天大水，它挣脱锁链，准备逃往东海。玉皇大帝急命二郎神追赶。孽龙顺流而下来到曲山，本欲向西出大山进入涪江，但是前面有一百面牛皮大鼓擂得惊天动地，情急之中，它急忙掉头向东。于是，湔江在这里形成了一个狭长的台地，三面青山环抱，碧水环流，一溜长条山梁伸进回水，恰似一条向东腾起的巨龙。于是，背山靠河兴起的场镇就叫回龙场。山的背面，传说擂鼓吓退孽龙的地方，就是现今的擂鼓镇。

回龙场最初在景家山麓的茅坝，这里既处于交通要道，又可免遭湔江洪水威胁。一六七九年，回龙场背后的景家山悬崖突然崩塌，回龙场大半被滚滚乱石掩埋，留下了一个"乱石窖"的地名。5·12大地震前，本地的孩子去那里捡柴、藏猫猫，还常常在乱石下发现土罐、碗碟和砖头瓦砾等旧物。

景家山麓显然不再宜居，场镇遂迁至王家岩山下。也许，"回龙场"的悲剧不堪回首，名字也就被弃用。曲山关之"曲山"，信手拈来，成为新场镇的名字。

3.

南迁的曲山场，最初仅仅是一排过街土楼木屋，几乎都是半边街。

大家估计不足的是，挪了地方，新场镇依然是一处凶危之地。咸丰年间的一个夏秋之交，暴雨连绵，巨大的山洪将大部分房屋冲毁，场镇不得不再次搬迁，来到后来的老城那块地方。

条件恶劣,灾难频繁,命运无常,无可奈何的人们只能更加寄望于神灵。面对神灵,修庙宇,供奉香火,无疑是表示虔诚的最直接的方式。于是,庙子越修越多,越建越大。龙王庙、土地庙、城隍庙、关帝庙、东岳庙、山神庙,挤满小小的曲山场。

庙宇几乎都是曲山最好的建筑。宽敞,宏伟,华丽,占据着好的地势。所以,中华人民共和国成立以后,许多公家机构包括曲山小学、县人民医院、公安局看守所、城关粮站等,就现成地建在庙子里。

历史进入二十世纪三十年代末。那时的曲山,依然只是一条独街。以猪市坝旁边米市沟石拱桥为界,上为新场,下为老街。

场镇虽小,但这里毕竟是交通要道,加上鸦片泛滥,场镇上还颇有人气。赌馆、餐馆、客栈和商铺一应俱全,光烟馆就有十三家之多。三家大茶馆,分别属于蓝、韩、李家,川剧围鼓、评书说唱天天都吸引了很多人。

场镇上大多数人都以手艺和小生意养家糊口。刘皮匠,张剃头,做金银首饰兼顾焊铜壶的罗银匠,王记小杂店,卖烤红苕、蒸红苕的蒋红苕,做盐巴生意的刘盐客和赵盐客,在曲山场出生长大的那些耄耋老人,回忆往事,常常都会提到他们。

哦,对了,曲山场如此之小,却还分属两个县。如民国县志所示,曲山街面绝大部分都属于安县。这里的事务虽说由两县士绅联合办理,但实际上话语权都在安县。

4.

该讲讲街上的故事了。

虽然民国都成立二十几年了,但真正掌控社会的,还是无孔不入的袍哥。

曲山码头,袍哥大爷虽说是兰子洲,实权却在手下的两个副手:曾旭初和马跃林。在曲山,后两人有钱有势,黑白两道通吃。尤其是曾旭初,他还是曲山乡乡长。中华人民共和国成立之初,曾旭初作为那场大规模叛乱的重要头目,毫无悬念地被镇压。这是后话。

不过在当时,论钱,这两个人和李清源比,那就差老远了。

老李是保长,主业是杀猪卖肉。他头脑灵活,除了杀猪卖肉,还兼营茶叶、盐巴和杂货,在街上是财源最茂盛之人。慢慢地,半个曲山都是他的了。除了钱的多寡，与吝啬的曾旭初、马跃林相比，李清源还为人慷慨大方。修桥补路，扶危济困，出钱出力，他最积极，也总是挑大头。

那时候的曲山，还有一个奇特的现象，那就是除了商贩和手艺人，街上几乎没有下力吃苦的人。因为赌馆多，烟馆多，就聚集了一些干滚龙。他们操袍哥，吃喝嫖赌，游手好闲，很多街上的年轻人被裹挟其中，干滚龙的队伍像雪球一样越滚越大。他们中的一些人混不走了，没有钱操了，往往会找到李清源揩点儿油。

"李大爷，兄弟，嗯嗯……又吃不起饭了……"一个小混混羞涩地说。

"没事，哪个都有走霉运的时候。来，大哥请你吃碗面。"说着，李清源从案桌后面的钱匣子里抓出一把铜板，递到他手上。

这样的场景，在曲山街上的李家肉铺兼杂货铺门口，不断地重复着。

所以，李清源人脉宽广，在曲山场的影响比他的财富增长得还要快。

一年将尽，一九四〇年即将到来。这时候，因为李清源，一个对曲山甚至整个北川有深远影响的事件，正在酝酿。

按袍哥规矩，曲山堂口即将换届。这关系到曲山场权力的巩固、转移和再分配。人气爆棚的李清源，不管他愿意不愿意，都自动成为曾旭初、马跃林的共同敌人。

其间，突然有桃色新闻从某家茶馆里流传开来。主角当然是李清源。不可思议的是，传说中的女主人公不是别人，竟是曾旭初的小老婆。

多种因素叠加在一起，给曲山场的首富引来杀身之祸。

一天，李清源去安昌进货。当他跟在两个挑夫后面，走到安昌和擂鼓镇之间的大岩方时，路边灌木丛里啪啪啪射出三颗子弹，李清源立刻倒地身亡。

李清源死了。就是傻子也知道，要杀李清源的，只能是曾旭初和马跃林。

遗孀李王氏是个老实人，又没文化。但是，老公被人行凶打死，这是天大的事，天大的冤。所以，她踮着一双小脚到处奔走呼号，喊冤告状。然而，曾旭初是乡长，政府里面有他的人。官方的判决只不过是和稀泥：由曲山袍哥出面，隆重地为李清源做道场，并摆七天流水席。

就在李王氏万般无奈，已经要认命的时候，更强大的一股势力出面了，那就是郑慕周和一位姓刘的退役旅长。

必须说明一下，一九四二年以前，曲山场大部分属于安县，也就是安县袍哥的地盘，而郑慕周，即著名作家沙汀的舅舅，早年在安昌操袍哥，后来加入川军官至旅长。现在，郑慕周虽然离开了军队，依然是安县袍哥的龙头老大。他和刘旅长出头，联手为孤儿寡母打抱不平，所有的人都不敢不服。他们将曾、马二人叫去安昌城里，要他们"拿话说"。高压之下，曾旭初只有逃之夭夭。而倒霉的马跃林，却没有逃出袍哥布下的罗网。杀人抵命，马跃林必须自己挖坑，活埋自己。

袍哥们在安昌城里开堂口，而曲山名义上的舵把子兰子洲和躲起来的曾旭初也没有闲着。他们上下打点，求人下话，终于达成一个妥协方案：由曾旭初和马跃林二人出钱，修通曲山到安昌的马路。

修通曲山到安昌的马路，对曲山人来说，这是比天还大的好事。而李清源，反正死都死了，一条命换来一条马路，还是值得的。而曾、马二人，只要不抵命，他们什么都敢答应。不过，曲山到安昌五六十里地，并且是在大山里修马路，谈何容易？当他们脑袋暂时保住以后，再掂量这条马路，才发现他们掉进了一个太大的坑，凭他两个那点能耐，怎么蹦跶也爬不上来。

抠烂了脑袋，自救的办法唯有一个，那就是釜底抽薪——将曲山划入北川，让安县的袍哥老大郑慕周鞭长莫及。

曾旭初和马跃林备了大礼去求北川县长。县长又去说动省政府秘书长，终于同意将曲山由安县划归北川。但是，这次区划调整，涉及安县三个半保的老百姓。消息传出，曲山马上炸锅。大家都明白，安县富裕，作为县里最穷的乡，曲山年年都要减免捐税；划到穷县北川以后，曲山就从安县最穷的乡变成了北川最富的乡，苛捐杂税不减反增，成为冤大头。所以，他们集体到安县请愿，还派人到省政府上访，同时还处处找关系，坚决拒绝成为北川人。两股力量僵持不下，就像一场势均力敌的拔河。一九四二年，国民政府下决心处理因土地买卖形成的飞地问题，北川县长顺势而为，终于把整个曲山场正式划入北川。

至此，闹得沸沸扬扬的李清源被杀案，竟不了了之。

5.

一九五二年秋天，北川县城从禹里迁来。几乎是一夜之间，超出原住民数倍的人口进入曲山。随着县级党政机关和企事业单位的办公场所、生产设施和职工宿舍的建设，几百年来都是一条独街的曲山场，迅速开枝散叶，摇身一变成了一座有好几条街巷、功能齐全的城关镇。

这是曲山的第一次脱胎换骨。

不过，由曲山场发展而来的县城三面环山，一面临水，拥挤在区区零点三五平方公里范围以内。进入二十世纪八十年代，改革开放又进一步催生了经济社会各项事业的发展，城区向茅坝方向拓展就成为必然。

茅坝是老城区以东的一片沿河台地，原本只有教师进修校、职业中学、茅坝初中和气象站等单位零星存在。进入二十世纪九十年代中期，县政府机关、十几个工作部门以及金融、邮电、烟草、丝绸等企事业单位陆续迁入。随着职工宿舍、商业网点和公用事业等配套设施不断完善，一座风景如画的小城，安静地坐落在绿水青山之间。

这是曲山又一次脱胎换骨。

对5·12大地震以前那个美丽的小城，人们恍然若梦。

有一幅经典的照片。摄影家显然站在比望乡台更高的某个点位上，镜头俯瞰全城，留下了大地震前夕曲山最美丽的画面。老城房屋参差，折叠着驳杂的隐秘岁月；新城楼宇林立，呈现着崭新的现代气象。王家岩横亘，沈家包侧现，东溪山生猛地甩动龙尾。群山环抱之中，逶迤于自然形态的湔江，流淌出最优美婉约的曲线。似乎，还有隐约的水声溢出画面，拖曳出街巷深处枝蔓横生的故事。

对那些在曲山出生成长的人来说，他们记忆里的曲山，比照片来得更加真实和精彩。

湔江边长大的孩子，是河流牵动着他们的人生。

夏秋之交，进入雨季。这个季节总是让人惊心动魄，惴惴不安，但同时也让人怀有几分期盼。他们怕涨水，但又盼涨水。

洪水总是要来的。暴雨连连，山洪暴发。平时温柔的湔江，变得浑浊，湍急，浩浩荡荡，狂躁不羁。洪水带着树枝、杂草、庄稼秸秆甚至房架，急速向下游漂去。

小城的人们像是得到了通知，争先恐后涌出家门，聚集到河边。

人们当然不是来看风景。他们感兴趣的是水下的"水捞柴"。

山洪暴发之时，许多树木被连根拔起，更不用说那些枯枝朽木。那些枯木随山洪跌跌撞撞，进入河流。经过了长时间的碰撞，那些朽木腐朽的表面脱落，只剩下沉甸甸的实心，被洪水裹挟而下。所以，"水捞柴"又叫"滚滩柴"。二十世纪八十年代以前，距离天然气时代还非常遥远，曲山的所有人家，做饭都依靠煤和木柴。木柴的来源就是洪水。只要人勤快，一个季节的打捞就解决了一年的烧柴问题。

曲山人捞"水捞柴"或者说"滚滩柴"，这是每年洪水季节的盛大风景。除了上班的、怕水的，城里人几乎倾巢而出。

捡水捞柴的主要地点，在沙湾子急转弯的后段。最重要的工具是铁背篼。铁背篼是捡水捞柴的专用工具，以钢筋为骨架，用铁丝编织，为曲山人独有。这要感谢滕家沟的黄三娃。他年年都在河边捞柴，联想到自己在建筑公司做钢筋工的经验，灵机一动就编了一个铁背篼。有了铁背篼，捞柴的效率大大提高，人们于是纷纷效仿。捞柴的时候，在近岸的水中先将铁背篼口子朝着上游安放稳当，再将削尖的木杆子穿过背兜，敞开的口子一方两根，底部一根，分别深深地插进泥沙，形成三角鼎立。为更加稳当，只穿裤衩的男人们常常还扶着木杆子，站在铁背篼上。

捡水捞柴，这活其实相当危险。被急流中的木头打断脚杆，连人带背篼被洪水冲走，这样的事几乎年年都在发生。

终于，雨过天晴。洪水退去，湔江重新变得澄澈。这时的河边，对孩子们来说是不可抵抗的诱惑。"游泳"这个词显得太矫情，他们只说"洗澡"。整个夏天，孩子们都把自己剥得溜光，跳进河水，痛痛快快地"洗澡"。这时候的湔江，也许算是世界上最清澈的河流了。一个猛子扎下去，大家可以睁大眼睛，把河底看得清清楚楚。石头是白的、红的、灰黑的，还有金黄的。石头上还有青苔，黄绿色，像胡须，像头巾，在水流中飘曳。

席家沟是湔江支流，水更清。它隔一段就是一个窝荡，深不过一米。沟里鱼很多，麻鱼子、红尾巴、白条子，一拃长，有时候一个石头上就挤着几十条。把一个撮箕安在下游的浅水处，里面放几个不大不小的石头。安好了，几个孩子就在上游的水里跳啊，扑腾啊，闹出很大的动静。逃窜的鱼群慌不择路，遇到撮箕就顺势钻进里面的石头缝,这时把撮箕提起来,立马就有好多条银光闪闪的鱼在里面挣扎蹦跳。

晴天的河边,还有一道壮观的风景。那是洗被单的妇女们造就的。被单主要是旅店的。旅店国营,称为红星一店、红星二店。他们有大量的被单要洗。白色的被单铺满河边的卵石滩,白花花一片。本地人都知道,那些洗被单的女人差不多都是领导家属。她们多数都没有工作,生活很是艰辛,常常需要打零工维持生计,包括洗被单。

那些部长、局长和书记,他们与洗被单的老婆共同养育出的孩子也完全没有优越感。学校里,干部子弟和平民孩子混在一起,上课学习,放学打闹,就像是从同一个屋檐下走出来。街上的大人们也没有什么身份的讲究。城小,相互大都认识。晚上出门散步,无论地位高低,见面时彼此都亲热地打招呼,甚至互相敬一根烟,站在路边一阵闲扯。

夜色渐浓,层层覆盖了山间的小城。沿河的路灯一盏盏亮起来了,灯光映在水里,流淌着一河璀璨。抬头,山上也有稀疏的灯火在闪烁,成为小城的陪衬。入夜,如果天气晴朗,还可能看见很远的山上长串的火把,如火龙在黑黢黢的山间起伏、盘旋,曲折地游走。其实,那不过是二三十里外的"借景"——山是东溪山,一些赶场的山民结伴走在回家的山梁上。

美丽的小城。宁静的小城。人们生活在这里,真有几分世外桃源的味道。

也许,正是因为它过于美好,老天爷也为之嫉妒,于是,就制造了那场震惊世界的大地震。

6.

曲山——北川老县城遗址现场,曾经是一把锋利的刀子,在我们心中留下深深的伤口和强烈的痛感。

然而,时间可以改变一切。"刀子"逐年钝化,我们的痛感逐年降低。

我想起了那个叫保罗·安德鲁的法国建筑设计大师。他设计了戴高乐国际机场、中国上海浦东机场、三亚机场等一大批大型国际机场,也设计了巴黎新凯旋门和中国国家大剧院等许多国际知名建筑。

我之所以想起保罗·安德鲁,是因为抗震减灾国际学术交流中心。这个中心,保罗·安德鲁的设计理念是：为了忘却的纪念。

在景家山下的禹王中路，我为曲山镇5·12大地震死难者献花，默哀。缓缓抬头，雨水浸渍变色的纪念碑上，"2008/5·12/14：28"三排血红的数字既抽象，又具象，像是小城开裂流血的伤口，让人触目惊心。

该牢记，还是忘却？

我无法选择。

第三章：在历史的连接处

一、知军大人的软硬两手

1.

历史,总是按其自身规律运行。但历史不像太阳、月亮或是别的什么星球有固定的轨道,它的走向和结局总是难以预测,它总是表现得那么扑朔迷离,波谲云诡。

我无意纠缠于是英雄创造历史还是人民创造历史。但我们必须承认,一些历史人物对历史的进程及其样貌,的确有着深远甚至是决定性的影响。

很多时候,历史成就了英雄,英雄书写着历史。在历史的连接处,他们往往就是枢纽。

2.

还是回到北川吧。

一个县的正史就是县志。无论是乾隆版、道光版的《石泉县志》,还是民国版的《北川县志》,只要翻开,看见的都是刀光剑影,血流成河。毫不夸张地说,北川的历史,一定程度上就是一部军事史、战争史。

从远古开始,以大禹为代表的西羌先民率先进入东方,融入华夏民族。而留在原地的那些部落,被中原的华夏族称之为戎,比如犬戎,或者西戎。《说文解字》说:"戎者,兵也。"在他们的眼里,羌人部落都是好战的可怕力量。

事实上也是。公元前七七一年,犬戎在周幽王烽火戏诸侯之后,攻破西周首都镐京,杀死周幽王,灭了西周。

秦地处边陲,长期与西戎战争的过程中,秦国把自己也打造成了一部战争机器,没有商人,更没有文化人,只有军队和为军队提供兵员和给养的农民。可以说,秦国的虎狼之师,其实也与羌人的融入有关。

羌人不断地向东迁徙,大部分融入华夏。《羌戈大战》的故事,应该就是在这样的背景下产生的。

《三国演义》里面也有羌人的身影。作为全民皆兵的羌人部落,始终都有强大的武装力量。比如马腾、马超父子的西凉兵马,那时就是曹操和刘备激烈争夺的对象。

正如《羌戈大战》展示的，西北羌人的一支来到巨达，与被称为戈基人的土著羌人融合，从游牧过渡到农耕，但古羌人彪悍好战的血液依然在他们身上流淌。他们拥有最热的血，最硬的骨头，以及最不安分的灵魂。

北川山区其实也是苦寒之地。在古代，贫瘠的土地，可以承载的人口非常有限，同时还要承受来自官府和周边强势民族的压力。环境险恶，生存艰难。民不聊生的社会就是干柴，政府官员的高傲自大和羌族头人的个人野心都可能成为火种，在北川大地燃起反叛的熊熊大火。而在一个贫穷而封闭的空间里，彪悍的民风往往也容易被人利用。

尤其是，北川关内地区长期都是茂州属地，北川羌人与那边的部落几乎是铁板一块。一旦有事，一呼百应，势必连锁反应。

所以，北川官方史志里面，有太多关于羌人造反、叛乱和匪患的记录。血与火，书写了北川的历史。作为石泉县城的禹里，也无数次陷落和被摧毁。摧毁它的，有流窜匪帮，但更多的是从白草河或者青片河顺流而下的羌人。

所以，石泉县是皇帝最不放心的地方之一。羌人，包括北川羌人，一直是朝廷的背中芒刺。

加强军事控制，对中央王朝来说，已势在必行。

3.

一〇七六年，也就是宋神宗熙宁九年。这一年，本来属于茂州管辖的石泉县，因为一场动乱，改由绵州管辖。

在宋代，现今的茂县县城是茂州首府，也是羌区的政治中心。不可思议的是，堂堂茂州，却没有城墙，周边只有一圈木栅栏。让强盗可以轻松地趁着夜色摸进城里明偷暗抢。治安太差，强盗猖獗，忍无可忍的城里居民就聚集州府衙门，强烈要求修筑城墙。这样的主流民意，知州不能不同意。始料不及的是，三月，城墙才修一丈多，却遭到城外羌人的的阻挠和攻击——借口是城墙占了他们的土地。被击退后，更多的羌人武装从静州、时州（今茂县西南）等地赶来，再次将茂州围困。军情紧急，知州范百常一面固守，一面让人将军情写在木片上，扔进岷江。木片顺流而下，相关信息经由都江堰传递到成都。不久，援军从绵州赶来，不但没有解围，反而在中途被前后夹击，损失惨重。神宗皇帝看事态严重，命亲信宦官王中正率陕西兵前来平乱。此前，为解茂州之围，王中正曾率领陕西兵击退吐蕃，对这一带情况非常熟悉。他上奏说：石泉南至绵州、西至茂州距离都差不多，旁边的龙安还设有都巡检，形势危急之时还可以依仗。因此，不如把石泉县由茂州管辖改为绵州管辖。这样，可以堵住茂州和绵州的通道，减少两地的联系，孤立两边的羌人。

王中正的建议被采纳了。从此，羌人聚居的石泉县与茂州为中心的广袤羌区割裂开来，被汉人聚居的绵州所管辖。

这是一次重大的行政区划调整，影响十分深远。

4.

石泉划归绵州之后的四十一年，同样是出于军事方面的考虑，石泉由县升格为军。

这里的"军"，并非军、师、旅、团那个"军"，而是两宋时期一种特殊的行政区划单位。军，又分为领县的军和不领县的军。领县的级别近似州府，不领县则类似于县。不过，一个"军"的标签，也定义了它的军事属性，类似兼管行政的军分区。从北宋晚期到整个南宋，石泉一直保持着"军"的建制。石泉军下辖了石泉、安州两县，级别当然比县要高一档。

军的长官叫"知军"，以朝臣身份任知州，并掌管当地军队。全称"权知军州事"，意谓暂时主持地方军队和民政事务。一般说来，知军一般由军事将领出任。但也不绝对。因为北宋著名的思想家、理学家周敦颐，南宋思想家朱熹，都曾任过知军——显然，他们都不是军人。

把石泉县升格为石泉军，是石泉知县张上行出的主意。因为茂州多次遭遇羌人围攻，官军无力征讨，朝廷就指令镇守成都的泸南安抚使孙羲叟节制绵州和茂州的官军，负责这一地区的防务。张上行是一个非常有远见的官员，乾隆年间的石泉县令姜炳章是大学者，眼光很高，都把张上行列入"名宦"。

张上行当时给了孙羲叟三条建议：一是把石泉县升格为石泉军；二是构筑军事城堡以扼守交通要道；三是鉴于石泉地方武装素质低下，从恩施、黔江著名的忠义胜军抽调弓弩手到石泉做教练，训练士兵。

孙羲叟很认可张上行的意见，随即上奏朝廷，三条意见都被采纳。

5.

从北宋晚期开始到整个南宋，石泉作为军的建制一直持续，治所也始终在今禹里这个地方。石泉的知军们似乎都颇有作为。最受推崇、第一个留名于史册的是魏禧。清乾隆版《石泉县志》"名宦"一目对他做了如下介绍："魏禧，平凉人。绍兴初知石泉军。凡官廨、学校、城郭，创建悉备。治功懋著，民思不忘。建祠于鸡栖山祀之。"

由此可见，魏禧在石泉军十三年的知军任期里，主要政绩有三项：修建知军官廨，创建学校，首次为石泉修了城墙。这三大工程，件件都是开创性的重大项目。

三大项目，官廨也许算不了什么，因为这是标配，魏禧不过是严格按照内地官廨的制式而已。城墙工程最为浩大。城墙长七百四十丈，虽然是一道土墙，却也是石泉有史以来第一次有了城墙。但魏禧作为武将，主持地方军政，修城墙也是职责所在，目的是守住石泉这道防线，防止羌人南下绵州，威胁川西平原。

意义最重大的，还在学校。学校当然是官办。按古代规制，学校和孔庙总是合而为一，形成庙学建筑。孔庙成为学校的信仰核心，体现了官方主流的意识形态，而学校则是孔庙存在的基础和依据。这种格局称之为学宫，也称文庙。在内地，学宫或者孔庙，就像官廨一样，早就是县、州治所的标配。但在作为羌区"边地"的石泉，建学校和孔庙，就标志着石泉推行汉文化的开始。在魏禧离任五十多年以后，他本人也许早就不在人世，这时的石泉知军赵侯专门主持修建祠堂来纪念他，除了城墙给了人们安全感，更重要的是，人们看到了文化的力量。

知军治理，说白了，就是石泉进入了"军政府"时代。不过，一介武夫的魏禧，却并非只抓军事滥用武力，而是以柔软身段以文化人。他的努力，在五十年以后终于有了丰厚的回报。

魏禧之后，又有一位知军被历史记住，他就是赵知军——是的，后人们只知道他姓赵，出生于官宦之家，我们只能把他叫作赵知军。

和他所有的前任相比，赵知军更是不遗余力地施行仁政，以独特的方法来处理民族关系。大禹是治水英雄，是夏朝开国之君，也是被羌人奉若神明的先祖。在大禹故里，他当然是官民之间最大的公约数。虽然地方财政捉襟见肘，赵知军还是在石纽山下主持修建了一座富丽堂皇的禹庙来纪念大禹，开启了官祭大禹之先河。

赵知军倡导大禹崇拜，拉近了与羌人的距离，化解了羌人的对立情绪。在此后的几十年间，石泉再没有关于羌人"攻劫"的记载，出现了少有的安定祥和景象。

石泉军于一一一七年设立，至一二六四年升级为安州，共存在一百四十多年。安州，安州。据说，安州之名，取的就是安抚羌人、安定羌地之意。

二、土司往事

1.

说北川历史，绕不开土司。

王氏土司，李氏土司，艾林土司，坝底堡土司，陇木土司，大姓土司，小姓土司。大大小小的土司，把石泉（北川）的版图瓜分了大半，演绎了一部让人眼花缭乱的历史。

2.

古代中国，既幅员辽阔，又蛮夷杂处。皇帝们坐在龙椅上，必须面对一个问题：如何构建中央王朝与边地少数民族的关系？如何保持边地稳定，确保帝国的完整和统一？

古代中国，问题是这样解决的：一是，由秦到宋，实行的是宽松的"羁縻政策"；二是从南宋晚期开始到元、明、清，实行的是较为严格的土司制度。

羁縻，即略微管束，施以笼络。朝廷封授给少数民族酋领一个职官称号后，不问内政，酋领在自己的地盘上当自己的土皇帝，对朝廷表示臣服即可。而土司制度则完备得多：职官由朝廷任命，官位为承袭制，可升迁也有惩处。而更重要的是，已成为"朝廷命官"的土官土司们，必须向朝廷朝贡和纳赋。朝贡，象征着土官土司对中央王朝的臣服；纳赋，意味着土官土司地区归属中央王朝的版图。简而言之，土司制度使边地少数民族被纳入中央王朝的管理体系里。土司可谓帝国在特定地域的代理人，或曰皇权的延伸，故而一边享受着中央赋予的特权，一边也要听命于中央，出钱出力，甚至领军打仗。

我曾经多次去过马尔康附近的卓克基土司官寨。

中华人民共和国成立前的卓克基土司，是嘉绒十八土司之一。阿来《尘埃落定》里那个麦其土司及其官寨，就是以卓克基为原型。土司官寨建筑宏伟，门口有牢房和行刑柱，让人想起小说里与那个悲惨的新派僧人翁波意西相关的场景与细节：凄厉的牛角号声，围观者的人头攒动，刽子手尔依手中闪着寒光的利刃，被割去舌头的翁波意西的惨叫，腾空一跃接住翁波意西半截舌头的一条黄狗……

如此情景，电影一样闪回，令人毛骨悚然。

但是，北川土司制度与实际运行，和《尘埃落定》演绎的康巴藏区土司故事有太大差别，情况也复杂得多。

今北川县域，龙州土司就是最早的土司了——北川关外地区，历史上都属于龙州。

3.

话说南宋宁宗时期，扬州兴化县有一个叫王行俭的年轻人，寒窗苦读，终于高中进士，随后，他被派往遥远的龙州任判官。其时，金国势力强盛如故，隔摩天岭而屯兵龙州北部。同时蒙古也在漠北悄然崛起，攻金掠宋，即将兵临秦蜀之间。而龙州内部更不安宁，兵变、番乱轮番上演，形势危如累卵。但是，这时的王行俭新官上任，满腔热血，有天将降大任于己的豪迈，并不觉得龙州判官是一坨烫手的炭圆。恰恰相反，他觉得兵荒马乱，是挑战，更是机遇，即使赴汤蹈火，也不足为惧。况且，他要去的龙州，那时的州治还在江油县的青莲，这可是他的偶像大诗人李白的故里啊。

这个拥有当时中国最高学历的年轻官员，肯定没有预料到，从此，他就像一棵树苗从江南的土地上连根拔起，永远地移植到龙州的大山里。在往后将近八百年的漫长岁月里，他落地生根，还将在龙州大地上繁衍出一片绿荫。

王行俭饱读诗书，满腹经纶，满脑子的忠君爱国。但是他绝非马谡式的书呆子。在判官的工作岗位上，德才兼备的他很快就拿出了骄人的成绩单。

机遇很快来了。在大敌当前，内忧外患交织的情况下，南宋理宗皇帝采纳了参知政事李鸣复的建议："择其土人之可任一郡者，俾守一郡，官得自辟，财得自用。如能捍御外寇，显立隽功，当议特许世袭。"

这是一个大胆的政策创新。它激励州郡主官们去和敌人拼命，抢到的地盘，朝廷只要个名义，人财物全部由他们自己支配。功劳显赫的，职务还可以世袭，流官变土官，成为土司。

在新政策推行中，王行俭成为首批受益者。因为"开疆拓土，兴学化夷，创建城垣有功"，他被理宗皇帝敕赐世袭三寨长官司之职。

所谓三寨，并非三个具体的寨子，而是特指世居龙州的三个少数民族，包括以白马路为中心的白马番，以木瓜寨为中心的木瓜番，以平通河为中心的白草番。

龙州曾经地辖现平武、江油、北川和青川的广大地面，王行俭是这里的实际统治者。"龙州三寨"中的"白草番"，史籍中并没有划出确切的方位。元朝还没有建立，石泉县还是绵州属地。大致可以推断，"白草番"就是现今平武县西南和北川关外地区。

据乾隆版《石泉县志》记载，今开坪乡永安村在修筑永平堡的时候，曾经挖出一颗"副元帅"官印。后来证实，这位副元帅不是别人，正是元末明初的王氏土司王祥。他的官印遗落开坪，只有两种可能：一是，开坪一带本来就是他的辖区，来此巡查时不慎遗落了官印；二是，王土司为了开疆拓土，是曾经到达白草河流域的开坪一带。

所以，王行俭作为北川境内的第一位土司，他的地盘除了北川关外地区，还可能包括了关内某些地域。

4.

王行俭当上龙州土司三十九年之后，他的地盘大大地缩水了——朝廷又任命了一位土司。他叫薛严，临邛人。与王行俭一样，他也是进士出身，也是因为"开疆拓土，兴学化夷，守城有功"而成为土司的。

不可思议的是，这个薛严居然后来居上——他直接任土知事。按理说，二人都是进士出身，并且王行俭先来，薛严分了人家的土地，职级上还要高人一头，原因何在？也许，这时候，宋王朝已经到了大厦将倾的时候，为了调动积极性，只能下猛药。

到了明初，一位随明军转战到龙州的千户军官陇西人李仁广留了下来，被朝廷任命为第三位土司。从此，龙州地区三大土司体系正式形成。薛为宣抚使，李为副使，王为佥事，各统兵五百，分守木瓜、白草、白马三番。

王土司的地盘再一次缩水——只剩下了白马。

薛土司除了领兵到石泉平定羌人反叛，势力范围从来没有超出现今平武县域。

而白草番——包括经平武县西南部和北川县的大部分地区，从此就是李土司的地盘了。

特别要说明的是，薛、李、王三家土司，都是汉人，并且都来自远方。在全中国多如牛毛的土司体系之中，显得非常特殊——民族地区的土官，按例都是部族首领出任，即所谓的"以夷制夷""以蛮制蛮"。而龙州的汉人土司，受的是儒化教育，秉承的是与朝廷相一致的主流价值观，忠君爱国，对中央王朝有一种天然的向心力。他们也知道"皮之不存，毛将焉附"的道理，对地盘上的老百姓注意恩威并施，以此来保持稳定的统治地位。所以，每当改朝换代，他们都可以审时度势，华丽转身，迅速归顺新皇帝，继续代代相传地坐在自己的位子上。

三大土司级别不同，其实自行其事，相当独立。但他们很抱团，相处和谐。他们还通过联姻，彼此成为亲戚，结成利益共同体。

但是，世事无绝对。

明嘉靖末年，龙州就发生了一件惊天动地的大事。

龙州宣抚使薛兆乾和副使李蕃结下梁子。

薛兆乾曾经写过一首诗：

我有龙泉藏宝匣，令人肝胆尽皆寒。
一朝提入中郎帐，百万群雄孰敢当。

诗很蹩脚，但可以看出这厮野心勃勃，目空一切，是个狠人。

与李蕃的矛盾并非不可调和。但薛兆乾性格暴戾，自以为是龙安老大，吃不得亏，不顾另一个土司王华劝阻，把事情越闹越大，最终率兵突袭李土司衙门，将李蕃满门屠杀。娄子捅得太大了，朝廷派人调查之时，薛兆乾一不做二不休，挟持参将贺麟，煽动数千羌民造反，卡断通往松潘的供应线。他知道自己的力量显然是不够的，所以他需要把另一个土司王华拉上贼船。做叛臣逆贼，这怎么可能？王华坚决拒绝。于是，薛兆乾索性连王华全家也杀了。朝廷对土司们拥兵自重早就不爽，得知此番兵变，震怒之下调集重兵平叛。毫无悬念，薛兆乾兵败被俘，他连同母亲陈氏在内的全家二十多口人全部以叛逆罪处死。

经此事变，除了王氏土司两个儿子藏在番寨得以活命以外，原来的三大土司及其直系亲属全部死于非命，只能在他们的族人中另选继承人。朝廷抓住机会，乘势"改土归流"：三大土司全部归龙安府节制，大部分地盘也划归龙安府，由朝廷直接派流官管理。留给土司的地盘仅限于涪江和白草河上游小小一隅，并且是"人丁稀少，出产不丰"的高山峡谷。

薛氏土司虽然得以保留并由族弟袭任，但是级别大降五级，由正四品变成正九品。王氏土司一分为二，分解为土长官司和土通判，两个土司虽出自一个家族，但从此自立门户。李氏土司则被调离龙安城，将他的衙门迁往石泉艾林堡，即今北川开坪乡安林村，领地仅限于北川关内的部分羌寨。原先管辖的北川关外地区，全部划归龙安府直接管理。

5.

龙州三大土司，薛、王两家树大根深，行事高调。就算排列末位的王家，也凭一己之力，居然修起了偌大一个报恩寺，其财力和影响，可见一斑。

但李家，根基就不能与薛、王两家同日而语了。

明成化十二年（1476），当白草番又一次叛乱的时候，龙州宣抚使司副使李胤实因应对不力而被降职。本来就不强势的李氏土司，因这次事件，式微趋势更加明显。

此前，石泉境内其实还有两个土司。

清代的《石泉县志》有如下记载：

明朝初年，奉朝廷指示，设置土司二员，负责弹压艾林堡、坝底堡，子孙世袭。

这是两个小土司。说小，是因为他们级别低，地盘也小，在龙州几乎没有存在感。他们也是因军功而受封的汉人。他们受封以后，似乎也无所作为，所以，薛兆乾之乱以后，朝廷就直接让李家来取而代之。

来艾林堡任土司的叫李世选，他也是因为十几年前在平定白草番时立下战功而被选拔出来的。

离开龙州城来到石泉乡下，李土司心有不甘。新官上任，他很想旺旺地烧一把火。凭自己那点能耐，王氏土司父子修报恩寺那样的宏大叙事就别想了。他决定修一座桥。

桥址选定石泉城北的舍溪。溪流不算大，但沟深，两岸都是峭壁，成为防御白草羌的天然屏障。多年来，因为形势紧张，没有哪一位县令有兴趣在此修桥。不过，明朝后期，经过何卿大军镇压，白草羌元气大伤，加上开坪一带壁垒森严，石泉已经呈现出一派和平气象，这时修一座桥正当其时。所以，当一座别致的木廊桥横跨舍溪，把"番汉界"打通的时候，李世选的确得到了石泉官民的一致盛赞。

明末，又是乱世。

李自成杀进北京，崇祯皇帝吊死煤山。消息传到艾林堡，李土司坐不住了。他端着盖碗茶，想了很久，终于想清楚了：从龙州来到这里，李家的势力进一步衰落。现在，天下大乱，眼看又要改朝换代了，显而易见，新皇上就是李闯王。主动投奔，改换门庭，这是重新崛起的唯一机会。角度也是现成的，李土司——李闯王，一笔难写两个"李"字嘛，递了投名状，还可以认同宗，这个近乎不套太可惜了。老李把脑袋一拍，带上管家和仆人，星夜出发。屁颠屁颠北上，才走到陕西潼关，就看见李自成兵败如山倒，潮水般仓皇南逃。在路边还没有反应过来，大队清军人马尾随而来，见这几个逆行北上的人身份可疑，马上就捉起来。李土司没有见过这样的阵仗，又缺少特工天赋，一顿盘问就交出了自己的底牌。

押错了宝，这次李土司又输了个底朝天。

一七〇三年，与李土司比邻的坝底老土司死了，新土司唐德俊继位。这个纨绔子弟吃喝玩乐，不好好上班工作。羌民有冤无处申，就跑到县衙告状。知县朱德震查实以后上奏朝廷，索性将艾林、坝底两个土司一并裁撤，辖地由县衙直接管理。

延续了三百余年的龙州李氏土司，终于在艾林堡无奈谢幕。

6.

离开石泉，跳过坝底堡，青片河上游是另外一种景象。这里是真正的山高皇帝远，石泉县衙，甚至艾林、坝底两个小土司都鞭长莫及，只有让茂州的土司来管。先前是大姓土司和小姓土司。帝国的文明伴随东南风徐徐而来，老百姓的头脑发生了微妙的变化，土司们感到他们越来越难于管理，只好给朝廷打报告，主动要求改土归流。改土归流以后，大姓寨子和小姓寨子却划给了陇木土司。

陇木土司姓何，官衙建在今茂县光明乡陇木头。白什、马槽成为陇木土司领地以后，因为离陇木头太远，为了方便管理，就在今白什场建了办事处，每年定期来处理交粮纳税和民间诉讼。办事处的具体地点在今白什场镇河对岸，前面有高大的影壁，基石是一根两丈多长的白条石，所以老百姓称之为"白石衙门"。

陇木土司是长在茂县的一棵大树，巨大的树冠却笼罩了青片河上游。

一九三五年，红军长征来到北川、茂县，陇木衙门被新成立的苏维埃政权取代。红军走后，民国四川省政府决定实行改土归流。

"大树"被连根拔起。一个在北川土地上延续了将近七百年的制度轰然倒下，尘埃，终于落定。

7.

每次到平武，我都要来到西门，沿着城墙根溜达。

龙安古城墙建于一三九〇年，是在薛氏第六代土司薛忠义主持下完成的。墙高一丈八尺，周长九里三分。有四座城门：东迎晖、南清平、西通远、北拱辰。迎晖门上建有迎恩门，通远门上建有镇羌楼。

薛忠义的意思非常直白：迎恩楼，迎接的是东边来自帝国的文明和皇上朝阳一般的恩泽；镇羌楼，镇压的当然是西边属于"蛮夷"的羌人和白马人。四扇门，两座楼，是一个时代关于文明与战争的注脚。现在，东、南、北门已不复存在。只有西门，作为一段物化的历史留存下来。

城门洞幽暗深邃，像是装满故事的容器。墙砖已经开始风化，墙缝里的荒草枯萎了，在风中摇曳着，像是历史老人飘拂的胡须。

没有了"镇羌楼"三个字的古城楼，就像一头拔了牙齿的老虎，样貌依旧，但仅剩观赏价值。

三、何卿：以剑与火改写北川历史

1.

明世宗嘉靖二十五年（1546），何卿从京城回到四川。

那是一个大地回春、万物复苏的季节。从绵州匆匆赶往石泉，骑在马上的何卿，内心应和着节令，思绪像路边那一树树繁花，次第绽开，又倏忽凋落。他世袭军职，是职业军人，心中当然不会有多少风花雪月。从接到圣旨那一刻起，他就开始构思平定"白草羌"的作战方案。石泉的版图在心中沙盘一样展开，上面的山脉、河流、道路、羌寨和城镇构成的点、线、面，交织成各种各样的战场图景。

大战在即，被称为"蜀中名将"的何卿，即将迎来他戎马生涯的高光时刻。

2.

这次"白草番乱"，爆发已经很有些时日，并且愈演愈烈，如火如荼。

广义的"白草番"，包括了整个龙安府辖区的羌人。而这里所指却是狭义的"白草番"，主要是指白草河与青片河中上游处于无政府状态的羌寨部落。

羌人剽悍，白草番就是这种剽悍的典型代表。翻开《四川通志》《龙安府志》和《石泉县志》，但凡涉及"白草番"的叙事，字里行间尽是"寇""叛""劫掠""剽掠"类的词语在跳动。

明世宗嘉靖十一年（1532），又是"番乱"，白草番数千人马杀至坝底堡。四川巡抚宋沧亲率大军溯白草河而上，希望一劳永逸地解决番乱问题。

宋沧，字伯清，号有台，山东巨野人，明正德三年（1508）进士。这是一位智勇双全的封疆大吏，深受明世宗赏识。对于这次进剿，《四川通志·名宦》记载："宋有台东剿真州（当时的羁縻州，在茂州城附近）巨贼，招降数万人；西平白草番，纳款。"此外，各羌人部落还献出侵占的土地二千多顷。

然而，宋沧大功告成之际，却因积劳成疾，猝死军中。

羌人纷纷归降，并退出夺占的巨量土地，桀骜不驯的"白草羌"似乎已经被征服了。但事实上，白草羌人独立与反叛的意志，依然像韭菜般，即使割了，依然一茬茬往外冒。他们聚居的河谷土地肥沃，降雨充沛，物产丰饶。重山阻隔，道路艰险，天然地成为抗拒外来势力的可靠屏障。这里又是川西北暴雨中心，春夏之交的山洪、泥石流像一个个挺身而出的好汉，制造了"一夫当关，万夫莫开"的效果。而且，因为山高皇帝远，皇帝的威权和中原的文化辐射层层递减，到这里早就是强弩之末。头人们坐井观天，总是让他们把自己的能耐放大再放大，咂酒一喝，头脑一热，就很容易产生老子天下第一的幻想。这样的语境里，一次次惹事，挨打，很难让他们记住并积累成宝贵的经验教训。镇压，反叛，再镇压，再反叛，循环往复，形成死结。

宋沧死后两年，即嘉靖十三年（1534），白草羌人又聚集起来。他们绕开宋沧在开坪境内构筑的城堡，顺着当今都（坝）开（坪）公路方向到龙州境内"剽掠"。

更严重的是嘉靖二十二年（1543），白草羌首领勒都自称皇帝，封李保将军、黑煞总兵等职，开始大规模滋事，史称"白草番乱"；两年后，数千白草羌人突然袭击，攻陷今开坪乡平番堡要塞，包括提督指挥邱仁在内的数百驻军被俘，军民商贩遇害的数以千计。

下一年，白草羌人劫掠石泉县所辖羊角、白坭、大方等地，阻断官军粮草运输线。

事情闹得太大了。

嘉靖皇帝一怒之下，将应对无方的松潘副总兵高岗凤革职查办，同时接受兵部尚书路迎的建议，启用何卿为总指挥，会同四川巡抚张时彻出兵进剿。

3.

嘉靖皇帝启用何卿，是兵部尚书路迎竭力推荐，但也与四川巡抚王大用、张时彻接连推荐有关。

何卿何许人也？石泉番乱，难道只有他才能摆平？

从履历看，何卿确实不简单。

何卿，成都人，出生在军人世家。明正德年间，他来到坝底堡，继承世袭军职，任指挥佥事。看来，祖辈职务不低，因此他也获得了很高的起点——指挥佥事。这是指挥使下属的官职，正四品。"指挥使"是明代"卫"的主官。"卫"相当于军分区。不过，指挥佥事可以是实职，但在明代大部分时间里主要作为军衔存在。而何卿，应该是后者。也就是说，他是带着至少相当于现今中校的军衔参军入伍的。

即使是官二代，我们也千万别小看了何卿。他从小习武，有非同一般的军事天赋。那时的石泉县，白草羌躁动不安，频繁兴兵滋事。有人写诗形容："今日攻坚城，明日烧官廨。"本地驻军无可奈何："贼骑未连营，官军忽瓦解。"前两句说他们攻城略地，烧毁官衙；后两句说羌兵还没有摆开阵势，官军一下子就土崩瓦解了。

坝底堡控制着茂州、青片通往石泉的咽喉要道，地理位置极其重要。何卿到来之前数十年，四川巡抚张瓒就在这里修建要塞，派兵据险而守。正因为坝底堡阻遏了羌人的活动，他们看着不爽，顺理成章地成为攻击目标。

面对险恶的形势，何卿处乱不惊，多次打退羌人的进攻，化险为夷。因为骁勇善战，何卿很快得到提拔，派驻筠连县任守备。

何卿一走，马上造成了防御的空洞。

有一位叫刘德成的官员在诗中写道："一日筠连移守去，又烧罐子与徐坪。"

"罐子"就是现今陈家坝的罐子堡，"徐坪"即徐坪堡，即今桂溪乡徐坪垭。刘德成表达的意思是说，何卿刚刚调动去了筠连，羌人马上就到处"剽掠"了。诗句从反面肯定了何卿在石泉防务格局中的地位和作用。

驻守川南期间，何卿跟随巡抚盛应期平定谢文礼、谢文义叛乱有功，于明正德十六年（1521）被提拔为都指挥佥事，以左参将"协守松潘"。《明史》将此期间的何卿称为"坝底参将"。由此可知他又回到了坝底驻防。因为石泉属于松潘小东路，经由此地去松潘的粮道直接关系到松潘的安危，驻防坝底，其实就是"协防松潘"。

后来，何卿参加了云南芒部（今云南镇雄、彝良等地）以及四川松潘、茂州几次平叛作战，因为战功卓著，被提拔为都督佥事。

嘉靖十二年（1533），何卿迎来了他戎马生涯中最险恶的一仗。

《石泉县志》对那场战斗经过做了详细的记载：静州土官节贵、节孝联合陇东十二寨以及青片、白草、白若、罗打鼓等寨"生番熟番"数千人，从桃坪后山直扑坝底堡。他们攻掠周边村寨，烧毁民房数以百计，老百姓死伤无数。何卿把当地老百姓组织起来，进行殊死抵抗。

坝底要塞的攻防战非常惨烈。激战中有箭镞飞来，击中何卿面部，尽管满面是血，他依然挥剑左冲右突，如入无人之境。何卿战神一般的表现激励了部下。一个叫朱朝用的伍长率领敢死队挥刀杀入潮水般涌来的羌阵，斩首几十人，遏制住了攻势。但是，毕竟力量悬殊，军民退入要塞坚守。节贵的羌兵用粗大的木头做了个巨大的柜子，他们以此为掩护，在城墙根挖掘。就在城墙快要坍塌的时候，何卿捧起一个舂米的石碓砸下去，随着一声巨响，柜子砸烂，挖墙的被当场砸死若干。羌兵受到震慑，何卿指挥部队乘势出击，终于将节贵击溃。

后来，何卿又多次击败羌人，成功平息多处反叛。获胜之后，他与羌寨头人刻木为约，各守其土，使松潘粮道得以恢复。

因为军功显赫，何卿被提拔为都督同知。都督是最高军职，正一品。而"同知"是副手，从一品。这也是一个可实可虚的职位。实职掌握重兵，虚职只是军衔。就算是后者，已经相当于现今中将以上大军区级别的军衔了。

"蜀中名将"，有里子也有面子，并非浪得虚名。

可以说，在和"白草羌"长期对峙中，何卿取得了无数次胜利，成为他们的克星。

似乎，只要何卿在，地方就相对稳定。反之，则均势打破，局势必然失控。

嘉靖十二年（1533）"白草羌乱"爆发之际，因北方军情紧急，嘉靖皇帝诏令何卿进京。何卿志不在此，托病不去。嘉靖皇帝大怒，把他降职为都指挥使，驻防卢沟桥。

没有了何卿，面对来势汹汹的"白草羌"，四川的军政大员们束手无策。于是，四川的封疆大吏们强烈希望何卿归来。巡抚张时彻在《乞还总兵何卿疏》里说：元任松潘总兵何卿智勇双全，是天然的良将，夷狄把他敬若神明，百姓把他父母一样爱戴，确实是蜀地安全的保障。北方可以没有何卿，而蜀地非何卿不可。请求陛下考虑到边地百姓的安危，让何卿官复原职，尽快赶回四川统兵退敌。

不仅仅是官方，不仅仅是军事。在民间，何卿也有极高的声望。

《贵州通志》说："卿在镇，礼贤事老，泽及枯骨，民为立碑。"

与何卿同时代的著名文学家杨慎，曾经假托西路民间百姓的口吻写了一首《雪关谣》："雪山关，寒风起。十二月，断行旅。霖为菁，冰为台。马毛缩，鸟声哀。将军不再来，西路何时开。"

《贵州通志》在收录《雪关谣》还特别说明："盖述途人之思卿也。"

现在，"蜀中名将"何卿，应蜀地官方和民间的千呼万唤，终于回来了。

一场决定北川历史走向的战争，即将爆发。

4.

关于这次战争，何卿在战前写下了《议征白草五事》。这是何卿作为主帅对战争的思考和谋划。其要点是：

1. 控制用兵规模。原计划动用三万以上兵力，改为选九千精兵，由得力将领率领，分散到各地训练，这样就可以节约很多粮饷。

2. 暂时停止运送粮草。因为各州县灾荒，粮食歉收，老百姓很困难。不如把各州县应缴纳的军粮全部免除，到秋后根据战争实际需要再缴，让人民暂时休养生息。

3. 改建平番堡。平番堡对于防御白草羌极其重要，但它现在处于一个三面都是悬崖的地方，容易受到围困。必须另选地址，选调一千精锐官兵限期三个月完成重建。

4. 预备好钱粮，选准时机大举进攻。石泉、坝底和龙州是进兵之要冲，必须按照轻重缓急测算军需，严格保障仓储，以便择机开战。

5. 要从长远考虑，不追求小战果而要策划决定性的制胜方略。原来说羌人愿意归顺，但现在约定的时间早已过去，看来他们并无诚意。必须抓住战机彻底打败他们，让他们诚心归顺，争取地方百年安定。

这是一份周密的作战计划。何卿是钦点的主帅，威信很高，所以战前准备、进兵路线和战术选择都是按照他的思路进行的。

大军兵分三路，都指挥丁勇率领的六千精锐从石泉出发，担任主攻；游击将军龚锐和曹克新，各领军三到四千，分别从坝底堡和龙州两个方向包抄。

三支利箭，其指向都是现今小坝镇的走马岭。

5.

走马岭之战，地方史志多有记载，地方学者的研究也很深入，介绍相当详尽。但是，我还是更愿意从民间，从普通羌人的视角来看这场战争。

下面，关于走马岭之战的故事，就是刘玉贵、蒋兴义、黄明兴等当地羌民讲的。

古时候，从治城到小坝、内外沟、片口，走马岭是唯一通道，而九道拐又是走马岭的咽喉，一夫当关万夫莫开。

明嘉靖年间，走马岭对面的野猪窝羌寨出了一个英雄，名叫李保。他高大魁梧，武艺高强，骑一匹大白马，大家都非常拥戴他，称他为白马将军。他英勇善战，在和官军的作战中打了很多胜仗。那年白草羌王勒都起兵反抗明朝皇帝，封李保为大将军，黑煞、儿伯什、撒喇、白什四人为总兵，他们在走马岭建了上城子、中城子、下城子作为羌人的大本营。嘉靖皇帝暴跳如雷，立马派悍将何卿前来镇压。

羌王一声号令，带领一万多白草羌战士在走马岭扎下大营，严防死守九道拐天险，决心与官军决一死战。

大年三十那天，明军从小坝上场口九道拐往走马岭上面进攻，每次都遭到羌人的猛烈还击，死伤惨重。连续十天都没有攻上去，何卿心急火燎，就贴出告示，凡有人献计献策能攻上走马岭者必有重赏。瞎子见钱眼睁开，民间献计的人真的不少，最后何卿采用了"攀岩偷袭"这一计谋。元宵节那天早晨，天降大雾，浓得伸手不见五指。何卿组织了一千人的敢死队，由献计者带路，从走马岭马脸崖往绝顶上攀缘。那带路的是个打鹿仔（猎人），也经常挖药。他像猴子一样爬上去了，然后放下绳索。官兵攀绳而上，以迅雷不及掩耳之势，偷袭了羌人的大本营，一路夺取九道拐关口，许多羌人还没弄明白官军是从哪里冒出的就成了刀下鬼。黑煞、撒喇、白什等头领受伤被俘，白马将军李保掩护白草羌王勒都杀出重围，自己则带着残部败退到石墩坡。

何卿大军一路势如破竹，直攻到片口白草坝，逮住白草番王勒都。他们到山上岩洞等四处搜索剿杀羌人残兵，还放火烧山，被杀死、烧死、跳岩而死的羌人不计其数。但是，他们始终抓不住白马将军。他们知道白马将军把部属和百姓当作自己的亲人，于是就用俘虏的三千多老幼妇孺做筹码，逼他出来投降。何卿威胁说，一天不降，杀一千人，十天不降，再杀一千人。直到斩尽杀绝，一个不留。李保将军不愿白草羌人亡族灭种，就主动下山直投何卿营前，对何卿说：这次谋反是羌王勒都和我的主意，各寨头人都是裹挟来的，他们并不是真心谋反，更与其他族人无关。自己愿引颈就戮，只求何大将军不再杀我族人。何卿为李保将军大丈夫的英雄气概所震撼，思考良久，决定几个头领必须处决，其他族人要李保以受剐刑为条件，一片肉换一条命，李保毫不犹豫地答应了。

正月十九那天，在走马岭上城子，站着被俘的三千多羌族父老乡亲和几千全副武装的官军。众目睽睽之下，白草羌人的英雄白马将军李保将在这里接受一整天的剐刑。

临刑前，李保对被俘的三千多族人说，何将军已答应我，只惩办几个带头的，其他人一律不予加害，大家回去重建家园，安分守己地过自己的生活。他对抱着才几个月大孩子的妻子说，儿子就叫李从新吧，希望不要走他大大的老路，本分做人。随后，他闭上眼睛，任由刽子手一片一片地割去身上的肉。一共割了三千多片。肉割尽，血流干，李保始终一声不吭，直到气绝身亡。现场被俘的羌人纷纷跪地，掩面哭泣的声音悲壮得山风呼啸一般。何卿被感动了，连称白马将军："大丈夫！奇男子！"他当众宣布：李保儿子李从新就是新的白草羌酋长，除所有头人外，其余的羌人训诫后立马全部放还。

何卿还下令拆毁寨子五十余个，夷平石雕楼四千八百七十余座，捣毁了一切防御设施。

后来，朝廷为了表彰何卿，就准备在走马岭的下城子修何公祠纪念他。可老百姓对他恨之入骨，但又敢怒不敢言，只好照办。他们将木料运到下城子堆放着，准备择日动工。可对面野猪窝的乡亲们惊奇地发现，走马岭上有一匹白马每天下午都在那里来回奔跑。

何公祠动工的时候，工匠们却发现堆放的木料不翼而飞。四处查找，才发现木料早已堆放在中城子。人们恍然大悟：这是白马将军显灵了！

羌人修这个庙，内心是纪念白马将军的，但又不敢明说，怕杀头灭族。掌墨师悄悄说，我们公开叫修何公祠纪念何卿，背地里就叫走马庙。当然塑造菩萨的匠人也请的都是羌人，穿上汉服假装说就是塑的何卿，实际是塑造的白马将军。

从此以后，羌人把每年六月十九日定为走马庙会。每年这天，成百上千的乡亲们敲锣打鼓来到这里，耍狮子龙灯、摆阵拆阵、做道场、放鞭炮、踩高跷，给白马将军挂羌红。

6.

秋冬之交，我赶早从北川古县城禹里来到小坝。从桥上跨过白草河，九倒拐似乎已从地表消失，上场口只有一条水泥机耕道，以比九道拐还要曲折的方式盘旋而上，通往走马岭古战场。

有雾。浓浓的晨雾，是对帮助过何卿的那场诡异大雾的模拟。不过也好，一道纱幕把现实变得朦胧，有利于我走进历史的后台，窥探当年的真相和秘密。

陡坡，急弯，窄路。枣红色的越野车奋力爬坡，一如当年何卿的枣红马。急速的左旋右转让神思飘了起来，悬浮于虚空。

猎人的爪钩和绳子让马脸崖绝壁不再是天险。敢死队的奇袭得手和"蜀中名将"的现场指挥，是所有参战将士的两剂鸡血。他们呐喊着冲锋，战袍汇成的红色巨流一鼓作气冲上九道拐，然后用石家铁匠铸造的铁炮轰开关隘。

高地上，一面红色的大鼓被何卿亲自擂响。明军的鸳鸯战袄和羌兵的生牛皮铠甲——上万的战士像两种不同类的蚂蚁大军，在走马岭上展开最后的生死对决。杀声震天，箭如飞蝗；兵器撞击得火花四溅；血肉之躯像立在田间的稻草把子，在疾风暴雨里乱纷纷倒下……

登上山顶，雾散了。豁然开朗的走马岭，登场的却都是松柏、青冈之类杂树。平坦开阔的空地上，大片的黄豆已经金黄，地边菜园翠绿的青菜像是裙裾的镶边。间作的一行行玉米已变成黄褐的秸秆，整齐的排列似乎在制造一种士兵列阵的假象。

走马庙已经老掉了所有的门牙,依然是山上最显赫的地面建筑。乡亲们当然不是艺术家,他们塑造的文昌帝君、地母娘娘、月光菩萨、日光菩萨、王母娘娘和齐天大圣都一个模样,像是七胞胎在庙里坐成一排,它们穿戴华丽俗艳,面容老实巴交,似乎要与羌寨里的老乡比拼谁更老实和憨厚。

转身,信步往北,一个开放的院落,一条花狗汪汪大叫。没有看见主人,只看见门前的桌上堆满了鸡鸭鱼肉和各种蔬菜。我明白了,国庆大假即将开始,这家农家乐已经做好了接待游客的准备。

野猪窝就在对面。碉楼是没有的,掩映在树林里的农舍,跟所有山区农村的民居大同小异。不过,隔着几千米的距离,有雾笼罩,还是让它有了几分神秘。

红彤彤的太阳破雾而出。

这是一枚有温度的徽章,由一个时代颁发,属于普天之下所有安居乐业的普罗大众。

四、姜炳璋:一代鸿儒与深山小县彼此成全

1.

清乾隆二十九年(1764)五月,十年前就进士及第的浙江象山人姜炳璋,终于等来了被朝廷起用的那一天。

按惯例,一众候补官员全部集中在吏部抽签——抽到哪里,哪里就是他们要去的地方。姜炳璋压了压怦怦乱跳的心脏,从签筒里拈起一根竹片,上面写的是:广西梧州苍梧县。

签抽完,大家心中都揣了个明白。

来自河南归德府虞城县的蔡理庆抽到的是四川龙安府石泉县。那是个他连名字都很陌生的地方,是苦差还是肥缺,他更不知道。作为一个学历不高的贡生,能当官,已经不错了,所以他死活都是满意的。而姜炳璋,对他要去的苍梧县更是满意,因为他早就知道,那里是广西的膏腴之地,历史上大部分时间都是州府治所。

然而三天以后,正式任命下来,蔡理庆和姜炳璋都大感意外——蔡理庆派去了

苍梧，去石泉的，却是姜炳璋了。

2.

早春二月，浙东小城象山。

没有摩天大楼，没有通衢长街，但青山苍翠，湖溪澄澈，蔚蓝的天空和明媚的阳光像是这个素净小城的标配。

街道很多，巷子也很多。一条老街的街口，赫然竖着一块石碑："徐福登陆处"。但是，海在哪里呢？大约是河流带来泥沙，泥沙变滩涂，滩涂变陆地，海退陆进，沧海桑田，就不难解释徐福率领三千童男童女下船的码头，已经在城中心了。

昔日县衙就在这里。江浙沿海多海盗，大明一朝，倭寇尤其猖獗。所以象山的大户人家纷纷将宅邸紧靠县衙。这其中就有姜家。象山人都知道"邓、吴、姜、汤"是本县四大望族，用吴语说是"豆腐姜汤"。象山姜氏的始祖，是三国名将姜维。而迁居象山的这一支，源头却在姜晟。他是唐末的广州刺史，因黄巢起事广州失陷，遂航海到象山，从此定居。经唐、宋、元、明，姜氏家族世代书香，人才辈出。

康熙四十六年（1707）七月初三丑时，姜炳璋出生于丹城姜家老宅。姜炳璋似乎生来就是读书的料。五岁发蒙，十岁就被称为才子，十六岁补博士弟子员，被誉为"东南第一学者"。因当时家庭并不富裕，不得不以教书为业，从县城一直教到宁波。明末清初，象山县饱受战乱摧残，民不聊生，教育也随之惨淡。直到乾隆十八年（1753），他在杭州乡试中举。象山县在经历了九十年空白以后，终于又有了举人，全县轰动，姜家巷里人山人海。

乾隆十九年（1754）正月初二，四十八岁的姜炳璋赴京赶考。这一次，他在考场依然发挥稳定，阅卷官员对姜炳璋的考卷给了高分，写下了"酝酿闳深，吐属超诣""包含雅致，一荡俗气"等评语。

经过殿试，姜炳璋最终名列前茅。与同科的钱大昕、王鸣盛、王昶、纪晓岚、朱筠、翟颢、戴震等并称"乾隆八彦"。乾隆皇帝也特别开心，因为他所知几个特别优秀的读书人被"一网打尽"。

后人评价，大清一朝，这一届进士质量最高，尤其是包括姜炳璋在内的"八彦"，后来几乎都是一代人文大师。

按理说，才华横溢的新科进士姜炳璋，接下来铁定要授予官职了。然而，经过朝廷官员下一轮面试，姜炳璋等待多日，却没有等来任命的圣旨。

姜炳璋自己并不觉得意外。他明白自己"其貌不甚扬，而齿亦加长"，这是致命的短板。赴考途中，路过杭州时曾去拜访对自己寄予厚望的浙江学政雷鋐。雷老师不担心姜炳璋的学问，就担心他因颜值而受影响，特别写信向朝中好友预先说明情况，极力推荐。面试时，颜值让姜炳璋有些自卑，所以，面对四位考官凌厉而挑剔的眼神，他有些紧张，在向他们汇报自己履历时，表达不够流畅，甚至有些结巴。

看来，以貌取人，古已有之。姜炳璋龅牙，当时也没有牙套、骨挫、抛光器之类的手段可以补救。他学问上去了，最终还是被颜值所拖累。

雷鋐不幸而言中，姜炳璋最终绊倒在事业起飞的门槛上。

不过，以貌取人，在官场也不绝对。同科进士中，纪晓岚同样其貌不扬，却入了翰林院；另一个其貌不扬的周翊洙，也很快被选为教授。

姜炳璋，不过是不会也不屑跑关系而已。

当然，他也花不起那个钱。

还好，姜炳璋内心强大，想得开。中了进士，证明了自己，光耀门庭，已经让他非常开心了。作为一个有二十八年教龄的资深教师，回去继续教书，也没有什么大不了的。

看自己敬重的好同学黯然离京，纪晓岚很是过意不去，于是写一首《送姜白岩南归》相赠：

姜子嗜古文，穷年坐环堵。
默默抱陈编，圣贤相对语。
注疏罗百家，沉吟思去取。
睥睨宋元来，绛灌羞为伍。
得失心自知，未计旁人杵。
坐此困名场，垂老犹龃龉。
偶然与计偕，礼部褎然举。
天子爱文奇，廷臣惊貌古。

负笈出都门，越吟心自苦。
惜哉董贾俦，怀才莫一抒。
我同鼹鼠征，不发千钧弩。
人生在不朽，一官宁足数？
漆室久昏昏，千年待一炬。
古圣与古贤，灵爽实凭汝。
名山亦可藏，何必图书府。
圣代方崇儒，汝岂终贫窭？
逝矣东行去，无为多凄楚。

3.

回到家乡，为了生计，姜炳璋依然当他的教书匠。业余时间，也承揽作序、修家谱、县志等大小文化项目，挣点外快。乾隆二十九年（1764），姜炳璋作为"东海名儒"，接受省内南溪县令的邀请，出任该县云山书院山长。一天，他还在给学生授课，意外地接到了朝廷通知，要他赴京补授官缺。

十年漫长的等待，他终于等到了被朝廷起用的这一天。从象山到北京，这是非常愉快的行程。他轻车熟路地复制了十年前赶考的路线：先坐车到杭州，然后沿着运河时而坐船，时而坐车，一路北上。这一路是中国经济文化的腹地，交通便利，名胜古迹比比皆是。心情大好，他可以随时下车或者泊岸，或长或短地游览。

他完全没有想到，正式的任命是川西北大山里的石泉县。

知道了石泉的荒远和偏僻，他还是感到高兴。一个县，大小也是一个施展才华的平台。姜炳璋的祖先姜维是羌人，而今，作为姜维的后代到羌地做官，让他感到亲切。尤其是，他喜欢游山玩水，"石泉"，让他联想到王维的"明月松间照，清泉石上流"。一个有诗意有意境的县名，很符合他的审美趣味。高兴了，一首诗他一挥而就：

我生雅志耽泉石，作令应教在石泉。
家住四明云坞外，人行万里蜀中天。

剧知远道山如戟,且喜无怀吏似仙。
花落闲庭泉韵永,琴余还枕石头眠。

出京师,过中原,到秦岭那就是另一番景象了。这是一次超级漫长、极其艰险、常常让他感到心惊肉跳的旅程。在石泉安顿下来以后,致书家乡友人,途中情景还让他心有余悸:

一过西秦,栈道矗天,危峰蔽日。山在马足之下,鸟飞车辙之间,惊心骇目,黯然魂销矣!经卧龙之冈,探凤雏之室,子云之居犹在,相如之桥尚存。一路风霜,笔难殚述。十月二十二日始到石泉。

4.

姜炳璋对石泉贫穷落后虽然早有心理预备,但真正踏上自己的"地盘",真实的县情还是超乎姜炳璋的想象:"环邑皆山,地瘠居下","疆域极广,而人口稀少"。全县仅辖富谷、甘泉、让水三乡,一百五十三村,户不过万,而城中仅寥寥二三十户。其余尽在崇山峻岭中,"星散而处,多在山坳",一村或一二户,或三五户;二三里之遥皆为邻居。"县无大场市,无巨室巨商,无僧尼少寺观","三乡鼎立,犹不及通都大邑什之一"。居民中,"多吐蕃赞普之遗种氐羌","民风质直,俗尚刚劲,务农守业,刀耕火种"。但近年却"因秦楚流民、威茂羌人踵至,或佃土而耕,或占籍而处,往往诱发习偎,淳风已为之一变"。县衙也仅置知县、典史各一,无丞无簿无巡检。

无限感慨之中,他在《至石泉,叠前韵》诗中写道:

骨性由来坚似石,凉风那怕冷如泉。
征车仆仆湔江道,暮雨飞飞禹穴天。
须想此官为父母,漫言无事吏似仙。
厄羸满眼凭谁知,衙鼓咚咚不敢眠。

县域极其荒凉，县衙无比简陋，让锦绣江南出生、县衙门口长大的姜炳璋十分震惊。不过，越是这样，"父母官"的责任和知识分子的良心越是激发他要下决心做到"为官一任，造福一方"，让石泉在自己的手上改变面貌。

他首先从改变社会风气入手，劝导羌民戒除酗酒、赌博的恶习，还把江南的先进农业技术在石泉辖区推广，指导百姓兴修水利，种植水稻，栽桑养蚕，发展经济作物：

尔毋市上酒家眠，尔毋醉后挥毒拳，尔毋樗蒲一掷田。
庐捐亦有嶙嶙坂，衍山垭间一沟一壑水潺潺。
水车孰似过山龙，激而行之山之巅。
鹿场鼯穴蒿莱地，白鹭飞飞禾黍芊。
椒桐桑柘话便便，舌敝唇焦望眼穿。
子母香椒高索价，一斛桐膏价数缗。
夫把犁锄女牧蚕，汝八口家俯仰宽。

姜炳璋还在邓家渡率领民众修建了祥丰堰，是北川有记载的最早的水利工程。水源解决了，山地开始种植水稻，他和百姓一起分享品尝心里的喜悦：

客秋我见山家老，薄暮亲持玉粒盘。
自言新田十亩种沙籼，公试验尝新一展颜。

除了发展生产，他对交通也很重视，他在给家乡好友邓慎斋的信中也曾说道：

今年修石岩大路一百二十里，炸当道之危石，筑临流之偏桥，栏杆曲曲，梯路层层。自二月十四日起工，犹未竣事也。

然而毕竟是落后的山区，在当时的历史条件下，万丈雄心也必须面对穷山恶水的现实。有心无力，让他深深喟叹：

  我无鞭石鞭，鞭去恶山恶水成桑田；
  我无凿山凿，凿去溪头立石为平川。
  等石纽之山兮，使我心茫然！

  作为文化人，姜炳璋对石泉的文化建设更是格外上心。
  一是创建酉山书院。石泉自古无书院。姜炳璋到任不久，就捐出自己的俸银，在县署之西一百步处的酉山建讲堂三间、两斋各三间、大门三间。又建后堂五间，名之曰"酉山书院"。为此，他致书同科进士、内阁学士倪承宽，请他专门写了《创建酉山书院记》。
  酉山书院在清末改为县立高等小学，最后演变为禹里中心小学，始终是北川人才的摇篮。
  二是重建石纽禹庙。姜炳璋又捐出部分薪俸，加上募集资金，重建大禹庙，亲自撰写了《重建夏禹庙记》。
  与此同时，还创建"神禹故里"坊，亲撰坊联：

  刳儿之坪产石如血青莲好古大书禹穴
  石纽之村笃生圣人皇皇史册古迹常新

  后来，他作《禹穴考》，以大量有力的证据纠正前人"禹生汶川"的误传，为日后北川县认定"大禹故里"提供了史实依据。
  三是亲自参与民族文化建设。石泉羌族有语言而无文字，老百姓到县衙打官司要靠翻译，还往往搞错讼者原意。鉴此，姜炳璋曾作《番译》一文，用汉族土语近音翻译羌语中常用词语九十多条，成为简易的翻译工具。另外，他还在县志《疆域》中，分别记载了"白草河东""白草河西"以及"青河东片""青河西片"羌寨等六十处名称，并在卷首《番寨图》中标明这些番寨的地理位置，保留了石泉羌族的珍贵史料。
  四是创修《石泉县志》。乾隆三十二年（1767），姜炳璋花了三个多月时间，终于完成了立县以后历史上第一部县志。《石泉县志》共四卷,分为"地理""经制""人物""杂志""艺文"五章二十九目,共六万多字。除按常规记载了石泉的建制沿革、山川物产、民情风俗,还收录了大量关于大禹生于石泉的史料、艺文,记录了唐以来一千一百多年里历代朝廷与羌民之间的重大矛盾和冲突,其中一张"石泉番寨图",明确标出了当时县内保留的六十个羌寨及其地理位置,给后世留下了研究大禹文化和少数民族历史文化的重要依据。可以说,二十世纪八十年代后,北川恢复和改正民族成分,研究和弘扬大禹文化,其主要依据都源自姜炳璋编修的《石泉县志》。

一代鸿儒姜炳璋,他在石泉的作为,堪比苏东坡在海南,杨升庵在云南。

5.

乾隆三十二年(1767),朝廷命姜炳璋兼任江油知县。他到任以后,处理了一些久拖不决的疑难案件,整顿官吏队伍,改革了书院学田租金,还主持修建了一条被百姓称为"姜公堰"的灌溉渠,使三百多亩农田得以灌溉。他在江油,时间虽短却政绩突出,深得民心。半年以后,当他返任石泉时,江油百姓闻讯,纷纷自发前来送别。

姜炳璋在石泉履职虽然有五个年头,但减去兼任乡试同考官、署理江油知县半年和编修县志三个多月,实际主政石泉只有三年多。如此之短的任期内,做了如此之多的实事好事,其政绩实在卓著。

面对石泉、江油父老的赞誉之声,姜炳璋却在《石泉县志序》中,对自己这三年做了与众不同的总结:

> 予宰斯土,殆三载矣。疆域犹是,山川纠错,而水泉灌溉之利未能尽兴。木棉桑柘椒桐未见交亚蔽亏、弥亘远近。黔首耽曲蘖,往往犯义犴三尺,弃井墓来为风俗蠹。子衿寡见闻。此三年中,口瘏手据,左支右绌,所为踌躇满志者几何?

字里行间充满了自责、歉疚和遗憾。其官德之高,胸怀、格局之大,令人肃然起敬。

6.

乾隆三十三年（1768）春夏之交，姜炳璋以年老体衰为由，辞去知县之职，返回象山。

回到老家的姜炳璋，读书，访学，写作，一直过着学者的生活。著述一生，他留下了《两汉总论》《尊行录》《尊乡集》《玉溪生诗解》《白岩山人诗文集》《尊行日记》等二十四种诗文传世，著作等身，名满南北，是一代经学大师。其中，《诗序广义》《读左补义》收入《四库全书》。当时学者，有著作收入《四库全书》的，不过十余，可见姜炳璋的学术地位。

乾隆四十九年（1784），姜炳璋在象山家中去世，享年七十七岁。

好友纪晓岚闻讯，当即写下挽联：

岱色苍茫众山小
天容惨淡巨星沉

7.

据载，姜炳璋死后葬于梅溪金钟山之巅。

离开象山之前，沿街打听"梅溪"或者"金钟山"，居然没有任何人知道。网上查询，也没有任何有用的信息。我只好由手机导航，一路走向姜炳璋位于青草巷的故居。

老远就看见给了象山县名的那座象鼻山，青草巷就在山下那片老城区里。当年的深宅大院已经被挤到了城市的最边缘。小巷曲折，好不容易才找到那个大院的入口。从姜炳璋的时代到现在，经历了大约十代人的漫长接力。在自己地盘上，每一代人都在这里留下了痕迹，甚至按自己的理解和愿望对大院进行了随心所欲的修改，像是在一件衣服上随意打下的层层补丁。水泥墙，铝合金窗户，自行车、摩托车和花花绿绿的衣服，很强势地要在这些古代民居上摁上现代印记。不过，虫蛀的挑梁，印着雨迹的粉墙，长着杂草的瓦当，还在为一个时代坚守。前檐门楣下，

"进士及第"的大匾早已不存，但承重的"老鸹嘴"还在，似乎还在等待主人有一天回来，重新把光宗耀祖的匾挂上去。

其实，里面院落套着院落。当地人讲，当年这里面住的，并不全是姜氏家族。进士也并非仅姜炳璋一人。比如王涣、王梃父子，他们的资格更老——是明代的进士。

姜炳璋故居就在王家隔壁，最显眼的标志是那个月亮门。作为故居，所剩下的也只有这个月亮门。

姜炳璋从这个门里出来，走向了石泉；他从石泉回来，又走进那个门里。

无须进去——我感觉到许多隔世隔代的气息，都在那个门洞里弥漫。

五、王家父子：小人物的血性飞扬

1.

一九三九年二月二十六日，农历乙卯年正月初八，下午。

因为抗战爆发，经济崩溃，物价飞涨，居民以小商贩、手艺人为主体的曲山场，比往年萧条了许多。大年一过，龙灯狮子很快销声匿迹，石板街面连鞭炮的碎屑都找不到了。突然，一阵劲爆的锣鼓声打破了小镇的寂寥。

危家巷口，王家杂货铺的王者成是老板，也是邮政代办，他正把一封封邮件插进墙上布幔的一个个隔袋。这时，小女儿筱琴气喘吁吁跑回家，扶着门枋喊：爸，好多人，朝我们家来了！

话还没说清楚，待老爹转身，小姑娘又跑出去了。

估计是拜年的龙灯狮子来了，王者成并不在意。

听锣鼓声越来越近，到门口伸头一看，他看见的是满街的人簇拥着一块锃亮的黑漆木匾正往上走。打头的是两个军人，他们在曲山乡长曾旭初陪同下，径直朝王家走来。到店门口，为首的军官啪的一个立正：王先生，我代表四川省政府主席、军管区司令王缵绪，给您送匾来了！

王家小店被围得水泄不通。李清源在人群里看见他肉铺里的伙计邓永禄和蒋孝源，马上让他们去陈铁匠铺子里买了三个"老鸹嘴"，两个抬匾的团丁也找来了梯子，按照下面两个上面一个，把"老鸹嘴"钉到门枋上面，然后把匾挂了上去。

这时人们才认真看那匾：长约六尺，宽约两尺有余，镶万字格金边，生漆漆得镜面一般光亮。匾上四个魏碑大字：父义子忠。上款：义民王者成送子出征光荣。下款：四川省军管区总司令王缵绪题赠。

　　袍哥大爷兰子洲说：者大爷，省主席、总司令送匾，不要说在我们曲山场，就是在全县，在剑阁专区，古往今来，你肯定也是第一个！你光宗耀祖，也给我们曲山场长脸啦！

　　王者成看着门楣上方的匾，看着看着眼泪就出来了。他在心里说，儿啊，你现在在哪个地方打仗？

2.

　　曲山场的王者成，在川西北这一带可是名人。

　　他出名，不是因为开这个小店，而是因为他是著名的川剧玩友。安县（后北川）王者成、灌县王瑞成、新都肖克成、江油焦大成，并称川西四"成"。其中，王者成居首。他擅长须生，经常唱有关伍子胥、诸葛亮、老令公、岳飞、文天祥的经典唱段。只要他在曲山，蓝、韩、李三家茶馆都争着请他去"打围鼓"。因为名气太大，做小本生意的王者成经常在安县、绵竹、北川、平武、松潘、茂县等周边县份走动。因为赶路，经过一些城镇都必须绕道走——怕被留下来唱戏。经年累月地唱戏，他就像剧中英雄附体，古道热肠，疾恶如仇，打抱不平，非常受人尊敬。才五十来岁的人，几年前就被人称"者大爷"。

　　王家重视教育。长子王建堂读过私塾，后来还被舅舅带去内江上过初中，在江油上过高中，还上过孙震等联合创办的江彰文学院。但是，王建堂每一阶段的学业都没有真正完成，要么是学校停办，要么是家庭困难不得不辍学。不过，他在当时也算是知识分子了。离开江彰文学院后，他先是在安县民众教育馆做职员，后来又做老师。二十出头，和普通的年轻人一样，娶妻生子，生活虽不富裕，但也不愁温饱。

　　一九三七年，震惊中外的"卢沟桥事变"打破了生活的宁静。国土沦陷，人民苦难，同样喜欢川剧的王建堂，潜伏在内心深处的英雄情结被唤醒了：国家兴亡，匹夫有责！我这样的年轻人不上战场，谁上战场？他决定奔赴前线，保家卫国。

　　因为父亲的声望，也因为自己教书育人的身份，他登高一呼，同学、朋友、亲戚、发小，很快就在身边聚集起一百七十多个志同道合的小伙子，取名为"川西北青年请缨杀敌队"。他们准备集体投军，马上就要奔赴前线。

没错，那时候的曲山还属于安县。

七七事变震惊了全国人民，卢沟桥的炮声成为民族抗战的号角，中华大地到处都是"大刀向鬼子们的头上砍去"的怒吼。王建堂和他"川西北青年请缨杀敌队"的伙伴们视死如归，共赴国难的精神，感动了所有的安县人。十一月底的一天，安县社会各界在人民公园召开群众大会，送"川西北青年请缨杀敌队"壮士出征。

天气阴晦，细雨斜飞。安县人民公园广场，依然黑压压地聚集起好几千人。县长成云章正要致辞时，邮差匆匆走到他身边，送来一个包裹。他狐疑地打开，却是一面白色的旗帜。旗帜是土白布做的，宽四尺，长五尺，中间写着一个大大的颜体"死"字。

右边竖排写着两行小字：

我不愿意你在我近前尽孝，只愿你在民族份上尽忠

左边同样是竖排，写着：

国难当头，日寇狰狞，国家兴亡，匹夫有份，本欲服役，奈过年龄，幸吾有子，自觉请缨，赐旗一面，时刻随身，伤时拭血，死后裹身，勇往直前，勿忘本分。

那时的日军，因为国力远超中国，军队训练和装备上的实力，比之中国军队有碾压的优势。抗战打响，中国军人每天都在承受着巨大的牺牲。这时候上前线，差不多就是把自己投入绞肉机。王者成知道儿子将要奔赴前线，心情自然极其复杂，三天三夜没有睡着觉。他明白，儿子此去，几乎没有生还的可能，他很可能将永远失去这个儿子。但他也知道，国家民族存亡之际，抗日救国，人人有责，绝对不能儿女情长。必须鼓励他抱着为国捐躯的决心，以慷慨赴死的姿态上前线。于是，他

含着眼泪亲手制作了这面"死"字旗,让旗帜永远跟在儿子身边,伤时拭血,死后裹身。

这是父亲对儿子最深刻的理解,最贴身的温暖,最直接的激励。

曲山到安县县城是六十华里的崎岖山路,王者成那些天身体不好,同时也是为了让儿子更少牵挂,他没有将"死"字旗亲自送进城,而是利用自己代办邮政的便利,以邮递方式寄出。为了让更多的人受到激励,他把旗帜直接寄给了县长成云章。

成云章明白了王者成作为一个父亲的爱国热情和良苦用心。当他现场解说了"死"字旗背后的故事并高声朗读了旗帜上的内容之后,在场的各界群众受到了巨大的震撼和感染。许多人号啕大哭,更多的人噙着泪水,紧握着双拳,咬紧牙关,双脚跺地,仰望着成云章手上那面白色的旗帜,任凭满脸的泪水和雨水一起流淌。

尔后,王建堂从成云章手上接过旗帜,穿上旗杆,举着它和一百七十六名主动请缨杀敌的壮士走上了征途。广场上,街道两边,人山人海的民众自动为他们让开通道,目送那面写着大大"死"字的白色旗帜在寒风中渐行渐远,直到消失在雨雾弥漫的尽头。

3.

"川西北青年请缨杀敌队"的壮士们步行到了成都,再步行到重庆,经过短期训练以后,被正式编入二十九集团军四十四军,坐船出三峡,开赴战场。

这之后,王建堂随部队转战于湖南、湖北,先后参加了武汉会战、大洪山保卫战、鄂西会战、常德会战、长沙会战等战役。大大小小几十次战斗,他多次率领敢死队冲锋陷阵。

一介书生,经过战场的淬炼,他终于成为一个优秀的军人。

一九四三年十月,常德会战即将打响。这时,王建堂是排长,所在部队驻扎在洞庭湖边,与日军隔湖对峙。因为日军一时没有先进的水上交通工具,不敢贸然行动,利用这段时间,部队在二十多公里的湖岸线上,构筑了较为坚固的防御工事。不久,日军调来了汽艇,经常对中国军队进行袭击。一日黄昏,一百多日军分别乘多艘汽艇,向王建堂的防御阵地快速驶来。王建堂发现,前面是一片开阔的滩涂,这样的地形使敌军没有任何隐蔽,他下令战士们埋伏在阵地上,保持静默,耐心等待。直到快艇靠岸，全部日军完全暴露在我军强大的火力之下，他才下令开火。这场战斗，一直持续到次日的凌晨。战斗结束，敌人的尸体布满滩涂。岸边还有三艘汽艇。上去检查，日军在船上除了留下几具尸体，还有一个皮质公文包和地图筒。公文包里的日军作战计划和军力分布地图，成为常德会战极具价值的军事情报。

此次战斗，王建堂以很小的伤亡代价歼敌一百多人，缴获汽艇三艘，再加上获得的军事情报，战区长官部授予王建堂甲等勋章一枚。

一九四四年六月，王建堂奉命带领一个排的兄弟趁黑夜摸入湖南茶陵县城，向驻守县城的日伪军发动突袭。双方激战一昼夜，敌军伤亡过百，而我军仅负伤二人。此次战斗表现，由于王建堂有勇有谋，指挥有方，在敌占区造成巨大震动，战区长官部再次授予他甲等勋章一枚。

残酷的战斗，危险甚至死亡随时都可能降临。在王建堂的记忆里，最危险的有两次。

那是一九三八年夏天某日，他还是见习排长。当时，据可靠情报，有一股日军向我防区进犯。团部命令王建堂带着他那个排作为先头部队前去阻击，预定的阻击阵地在日军必经之地的一个马鞍形山脊上，距我军营地二十多华里。情报显示，日军距马鞍形山脊的里程要比我军远很多，并且都是更崎岖难走的上坡路。也就是说，我军进入阵地之后，还将"恭候"多时。正因此，在烈日当头的行军途中，王建堂非常放松，既没有派出"尖兵"在前面搜索前进，自己还脱了上衣，挎着手枪，优哉游哉地走在最前面，整个队伍稀稀拉拉。没多久，意外发生了：他刚踏上马鞍形山脊，另一边突然冒出三个头戴钢盔的日军来。鬼子看见王建堂，立马大喊一声扑上来，三支上着刺刀的枪同时向着他刺去。千钧一发之际，王建堂身后紧跟着的机枪手范大汉出手了。范大汉是山东人，不但是老兵，还会武术。当时他虽端着机枪，但他在王建堂身后，哪敢开枪啊。在敌人刺刀即将捅向王建堂的那个瞬间，他右脚一个扫堂腿朝王建堂扫去。王建堂站立不稳，顺势倒在坡地上。王建堂这一倒，左边两个日军的刺刀立马刺了空，最后那个日军的刺刀本来对准的是王建堂的心脏，这下也刺偏了，捅到了他的左肋。范大汉抓住机会，对准三个日军就是一阵扫射。消灭了敌人，王建堂一边紧急包扎，一边指挥部下赶紧构筑工事，准备阻击敌人。部署完毕，他才同意把自己送往附近的战地医院。但奇怪的是，留在那里的战士们在阵地上坚守了一天一夜，除了先前被消灭的三个鬼子外，再没有见到敌人的影子。

事后分析，那三个日军应该是敌军派出的"尖兵"，范大汉消灭他们时，机枪声惊动了后面的部队，对方猜测到我军已经在上面严阵以待，便直接撤离了。

最让王建堂刻骨铭心的战斗，发生在一九四三年十二月初的常德会战期间。常德是西南大后方的门户，日军觊觎已久。这次，他们集中了七个师团十余万人，接连拿下石门、慈利和桃园，然后横渡澧水，直取陬水。常德会战被称为"东方的斯大林格勒保卫战"，四十四军在常德北面滨湖各县与日寇激战二十余日。此后，川军一五〇师奉命死守陬水。面对狂潮般推进的日寇精锐的一一六师团，战斗极其惨烈，一五〇师几乎全军覆没。师长许国璋重伤昏迷，被卫士抬着冲出了包围圈。醒来，当他想到几乎全部战死的兄弟，想到失守的陬水，冷不防从卫士手上抢过手枪，饮弹自杀。

陬水之战，许多据点和阵地都经过了反复的争夺。连长王建堂率领敢死队冲锋在前。在敌人密集的火力面前，战友们纷纷倒地。奔跑中，他突然感到腰腹部和胸部像是被人猛的两下重击，立刻栽倒在地。

当他醒来的时候，已经躺在战地医院的担架上了。

王建堂苏醒过来，手术医生递给他一块变形的银圆。

是它救了你的命。医生说。

王建堂摸了摸自己右边的上衣口袋，他只摸到一个洞。他明白了，一颗要命的子弹，却不偏不倚，直接命中了这枚银圆。此前，王建堂还是连副，分管全连后勤。一次发军饷时，里面混有一枚缺损的银圆。士兵们觉得这枚银圆没法用，谁都不肯要，他只好随手放在自己的上衣口袋里。战斗间隙，闲得无聊的时候，他会把这块银圆拿在手里把玩。

很庆幸，一块残缺的银圆，让自己免于一死。

但是，父亲亲手做的那面"死字旗"却不见了。入伍以来，"死字旗"都被他叠得整整齐齐，放在挎包里。几次作战受伤，身边没有卫生兵时，他的确是用它拭血。战斗结束，他马上把它洗净，晾干，重新叠好放进挎包。他已经把他它视为自己的护身符,须臾不离。包括这次死里逃生,他都觉得跟它的护佑有关。

显然,"死字旗"遗落在战场上了。还好,上面的每一个字都已经刻在心上,融化在他在血液中,永远不会丢失。

二十世纪九十年代,当他已经成为家乡曲山镇一个普通的古稀老人时,绵阳市博物馆知道了当年的故事,找上门来,想复制一面"死字旗"予以收藏。

这太容易不过了:尺寸他记得很清楚;和父亲一样,他也是初学颜体,再练柳体,毛笔字写出来几乎和父亲一模一样。只是,他们找土白布稍微费了一点工夫。在北川县文化馆临窗的那个大桌子上,土白布一铺,他先是用斗笔大大地写下"死"字,再用抓笔写下左右两边的小字,十几分钟,当年曾经感动过成千上万人的"死字旗",就在王建堂手上"复活"了。

4.

现在,该说说走下战场的王建堂了。

王建堂入伍的时候已经二十五岁。和普通人一样,当时已经结婚,并且有了一个两岁的女儿。妻子端庄贤惠,女儿天真可爱。弃笔从戎,保家卫国,这个"家",妻女当然是重中之重。在硝烟弥漫的战壕里,每当枪炮声稀拉下来,女儿的笑脸,妻子泪别的复杂表情,都会浮现眼前。

一九四四年即将过去的时候,王建堂曾经走出陆军医院,回到曲山场养伤。

兴冲冲走进家门,没有出现他期待中妻子拉着女儿带着幸福的笑容迎接他的场面。在父母更加苍老的面容里,他看到了明显复杂和异样的表情。

幺姑(妻子的乳名)呢?她们两娘母哪里去了?还没有坐下来,他就迫不及待地问。

回娘家了。母亲淡淡地说。

两天以后,王建堂才知道真相。他上前线以后,频繁的作战和转移,有很长一段时间,根本没有机会写信,家里人听到传闻,说他已经阵亡。母亲周氏性格强势,对儿媳颇为刻薄。王者成作为小商贩,东边买西边卖,利润薄如蒜皮。战争期间,在大后方的曲山场,他们这样的人家日子就更加难过了,多一张嘴吃饭就是一个沉重的负担。听到王建堂阵亡的传言,一家人眼泪还没有擦干,她就借故给儿媳施加压力，让她不得不离开王家。直白地说，是母亲赶走了自己的妻子。

王建堂准备去接回妻子。

莫去了。母亲拦住了他。

为啥？

都是别人家的婆娘了，你好意思去？母亲冷冷地说。

像是有一颗炮弹在面前爆炸开来，王建堂靠在门枋上，脑子嗡嗡乱响，差一点倒下。

一家老少度日艰难，母亲的行为尤其让他伤心。母子关系越来越紧张，终于，在大吵一架之后，他负气离开了曲山。

重伤未愈的王建堂，抗战胜利后随陆军医院来到南京。

一起住院的朋友，见王建堂郁郁寡欢，经过交谈，终于知道了他在老家的故事，决心帮他走出阴影，开始新的生活。

刚刚光复的南京，与中国人的扬眉吐气相反，滞留在这里的日本侨民，脸上写满焦虑和彷徨，见人就点头哈腰。曾经不可一世的日本军人，成为战俘以后，乖乖地服从命令，天天去郊外掏臭气熏天的阴沟。每当国军的卡车来接他们的时候，老远就立正敬礼。有日本女人丈夫战死，主动找中国老百姓嫁人。王建堂曾经亲眼看见，有一个日本女人养不活孩子，只好将孩子送人。母子分离，孩子撕心裂肺的哭喊十分令人动容。

中山东路和珠江路之间的碑亭巷是南京著名的古街，也是日本侨民的聚居地。一天，朋友把他带到那里，给他领来一个叫枝子的年轻女子。枝子曾经是护士，父亲战死在中国战场，母亲已于两年前病故。她明眸皓齿，身材苗条，楚楚可怜的样子让王建堂一见就觉得她是自己的女人。

他的感觉是准确的。枝子非常温柔，体贴，也非常能干。她给他做饭，洗衣，把租住的一个小家收拾得干干净净。作为护士，她每天照顾他吃药，给他按摩，陪他散步。王建堂一有空就把她带出去，逛夫子庙，把"包顺兴"的熏鱼银丝面、"永和园"蟹黄烧麦、"蒋有记"的锅贴和牛肉汤等等都吃了个遍。枝子的汉语很差，他们基本上都是比画着交流，但也让从枪林弹雨中过来的王建堂感觉到了前所未有的温暖和幸福。他想，出生入死，枝子就是老天爷给他的最大补偿。

但是，王建堂把事情看得太简单了些。枝子的身份是日本人，无论是战俘还是侨民，他们最终都必须遣返回国。

一九四六年初春那个寒冷的上午，他唯一能做的，就是给枝子大包小包塞满东西，抱头痛哭以后，再把她送去下关火车站——她和滞留南京的所有日本人一样，将在上海登上回国的轮船。

5.

抗战胜利，和大多数国军将士一样，王建堂厌倦了战争。他只想早点回家，重建生活，医治战争创伤。淮海战役战场上，他在地下党团长的领导下参加了起义，拿着解放军发的路费回到四川。

解放前夕的四川，时局空前混乱。淮海战役中，四十四军全军覆没，军长王泽浚被解放军俘虏。这支部队是王缵绪的老底子，王泽浚是他最宠爱的儿子。为了救儿子的命，他在《新新新闻》发表给毛泽东主席的公开信，请求宽大处理。为了增加筹码，他在成都招兵买马，成立成都市治安保卫总司令部。王建堂恰在此时路过成都，与搜罗旧部的老长官邂逅，于是加入了成都治安总队。一九四九年十二月二十二日，王缵绪在成都通电，宣布所部四万三千人起义。王建堂，正是其中之一。他这是第二次参加起义。

一九五○年初，王建堂再次拿着解放军发的路费，从成都回到曲山。

6.

打仗十余年，王建堂发现，家乡已经有了翻天覆地的变化。

曲山场早就划归北川。中华人民共和国成立后，发誓一辈子只做玩友不粉墨登台的父亲王者成，不但牵头组织成立北川川剧团，还亲自登台唱戏，在培养年轻演员方面更是不遗余力。

面对日新月异的新社会，王建堂似乎还没有做好准备。

作为曾经的抗战名人和稀缺的文化人才，县里对王建堂还是相当重视的，安排他去县里做小学校长，但一看那里有一位校长还好好地干着，并且，说起来还是王建堂的朋友。

我怎么可以去抢朋友的饭碗呢？王建堂断然拒绝。

接下来，政府要安排他去通口做管理市场的干部。通口，靠近江油的平坝地区，在山区县北川，那算是很好的条件了。

算了吧，那地方太远了。他又婉言谢绝了。

是的，王建堂说的是老实话。那时候没有公路，从家里出发去通口，要翻好几座大山，需要整整一天的时间。他想得很简单，就在曲山做事，娶妻生子——经历了九死一生的人，他太想在家乡过安稳平静的和平生活。

但是，他盼望的那种生活，永远没有到来。

机遇稍纵即逝。终其一生，他都是一个零工。

7.

硝烟散尽，尘埃落定。

随着中华民族伟大复兴的进程，王建堂父子"死字旗"的故事所蕴含的伟大民族精神，越来越为人熟知。新华社、《人民日报》和中央电视台等中央媒体，凤凰卫视、四川乃至全国各地的媒体，对"死字旗"的讲述和解读，把这种精神进一步像种子一样播撒到中华大地。

包括我在内，成千上万的中国人，都在为王建堂洒下感动之泪。

我相信，地下的王建堂，一定可以感知。

六、故乡之子——从杨朝熙、杨子青到沙汀

1.

清光绪三十年农历冬月十三（1904年12月19日）凌晨，在今北川县安昌镇（原安县县城）大西街杨家老宅，一个男孩呱呱坠地。

杨家是一座前后三进的大院，后面庭院很大，有两棵巨大的皂角树。这样的大院，在安昌城里也算得上很大的大户。堂屋的神龛上挂着一幅中年男子的画像，穿清代官服，正襟危坐。他就是主人杨仁和，曾经在重庆做官，攒下这份家业。不

过，这时他已经埋在祖坟里好几年了。

杨仁和有五个儿子，长子杨义质，就是这个新生儿的父亲。此前，他已经有了一个儿子，叫杨朝绶。

"杨朝熙"这个名字，差不多就是杨义质作为父亲为二儿子做的最大一件事了。他一介书生，迂腐、懒散、百事无成，杨朝熙才五岁他就去世了。

幸好，杨朝熙有一个泼辣、能干、有主见的母亲郑妙贞。她虽是女流之辈，却能独力支撑起一个家。朝熙曾经过继给没有孩子的二叔，二叔和叔母都先后去世。分家的时候，朝熙代表二叔单独算一房人。爷爷置下的二百亩田产、三进大院，由五房人均分。朝熙家分得近一百亩地、两进正房和后面的空地。郑妙贞孤儿寡母，居然没有吃亏。从外人的视角看来，他们甚至还占了便宜。

分家以后，母亲用她全部的精力来重整家业。她把免受族人欺负的所有希望都寄托在弟弟郑慕周和儿子身上。为了这个目标，她比男人还要敢作敢为。她出钱为弟弟造了两只木船，从安昌江到涪江，从绵阳、三台到射洪，甚至下遂宁，贩运土特产和木材。虽然郑慕周聪明能干，但还是太嫩，亏得连船都搭进去了。郑妙贞不死心，让郑慕周去川甘边境的碧口一带做鸦片生意，依然是她出本钱。后来，郑慕周拉起了队伍，她忍痛变卖了部分田产，支持他买枪支弹药。

郑妙贞实在是强势。郑慕周买武器，是她找的渠道；犯了命案的袍哥，她也敢把他藏在自己家里；有人给发达以后的弟弟郑慕周送了两口阴沉木棺材，他把其中一口送给敬爱的姐姐。后来，这棺材被一个小军阀看上了，要"征用"了装殓自己的母亲，她居然敢躺进棺材又哭又闹，吸引了半城的街坊，让一众官兵无可奈何，悻悻而退。

慷慨，大方，高情商，郑妙贞在安昌建立起自己的好口碑，连袍哥界的兄弟伙都把她尊称为"杨大姐"。

性格决定成败。强势的郑妙贞，充分利用分家得来的有限财产来栽培弟弟郑慕周，终于扭转了杨家的颓势。

长子杨朝绶胆小，很像父亲。所以，强势的郑妙贞对朝熙表现出明显的偏爱，甚至溺爱。在幼子面前，她总是放下威严的面孔，露出过多的微笑和温情。她经常带他出门，几乎有求必应。她喜欢吃酒，吃甜甜的柑橘酒或者米酒。看母亲喝得很享受的样子，他也要。只要他要，母亲都会让他喝一口，再喝一口，朝熙由此开始了他喝酒甚至嗜酒如命的人生。

在母亲巨大的保护伞下，朝熙像许多纨绔子弟那样，懒散，贪玩，读书也是读"要要书"。

朝熙十二岁那年的冬天，一个早晨。日上三竿的时候，他还赖在床上。母亲似乎突然顿悟，狠狠心，掀开被子，照着他屁股就开打。才两三巴掌，儿子还没有哭，她自己却哭了。她诉说丈夫的早死，说孤儿寡母的无依无靠，说不懂事的儿子如何伤自己的心。

也许，这是一出精彩的苦肉计。平时像男子汉一样顶天立地的母亲之哭，给朝熙极大的震撼。他感到母亲的可怜，恨自己不争气的样子，下决心用良好的表现来安慰母亲。

2.

幼年，无微不至呵护朝熙的，除了母亲，还有一个奶娘。她姓朱，是永安场的人。他是吃她的奶长大的。两三岁开始，她经常把他抱着或者牵着，走出家门，走遍了安昌的角角落落。

他们是逛街，看热闹。不逢场的日子，最热闹的地方是茶馆。所以，朝熙的安昌记忆里，茶馆占了最大的比重。

三百来户人家的安昌镇，大大小小的茶馆差不多有三十家。

每天天亮不久，男人们从被窝里爬起来，趿着鞋走出家门，一边扣着纽扣，一边直奔茶馆。这时，已经有人斜靠在低矮的竹椅上，用茶船子托起茶碗，从歪扣的茶盖间咝咝地品咂。朝熙喜欢看堂倌提着茶壶，吆喝着穿堂而过，夸张地表演续水入碗点滴不溅的绝技。

茶馆门口，总是聚集着各种小吃挑子。抄手，醪糟蛋，担担面，凉粉，散发着诱人的香气。朝熙最喜欢挤在"陈麻子"的糖饼摊前，看他捏各种各样的糖人。

最热闹的是晚上十字口的夜市。只要夜色降临，朝熙几乎都要拉着奶娘，闹着要带他去那里。这时，母亲往往会给奶娘几个铜板，以便他买一个兔脑壳、鸭脚板或一串鸡菌肝哄哄他的嘴巴。

朝熙是戏迷。他看戏是从茶馆里看打围鼓开始的。响亮激越的川剧锣鼓，高亢而婉转的川剧声腔，总让他魂不守舍。不管是十字口的"尚友社"还是南街的"益园"，只要有人在唱，他就会黏在那里不走。他迷恋围鼓，稍大还学围鼓，会唱几句《夜奔》《杨延昭》之类。母亲怕他小小年纪唱坏了嗓子，强行禁止，他才不得不放下。

他多次跟奶娘回永安场。一路上，有不少让他入迷的所在。比如"金厂梁子"，他喜欢看金夫子光着膀子在围堰里洗沙；在白马堰的索桥上，他喜欢跑来跑去，剧烈的摇晃让奶娘紧张得大呼小叫；在永安场口奶娘家那个破草房里，他喜欢看两个姐姐打草鞋，吃奶娘在灶火灰里烤熟的红苕。

故乡的林林总总，化入了他的气质和性格，规定了他最初的眼界，也成为他习惯、趣味和嗜好的基点。

在安昌出生，又注定要冲出安昌的朝熙，也正是被它所塑造。

3.

母亲之外，舅舅郑慕周就是朝熙最近的亲人了。

郑妙贞和郑慕周，父母先后去世，姐弟俩在继母严苛的管教下长大。他们都身材高大，都具有敢作敢为的性格。姐姐出嫁后，十五六岁的郑慕周无法忍受继母的约束，一气之下离家出走，开始在社会上闯荡。虽然精明强干，但因早年辍学，身无一技之长，流落市井之后，他只有凭着强烈的生存欲望寻找生路。最初，他当卖零食的小贩，白天顶着一簸箕赊来的油饼沿街叫卖，夜里就蜷缩在餐馆的灶边过夜。后来，他帮人拉船，放排，常常靠姐姐周济过日子。操袍哥以后，他投靠在安昌龙头老大李丰庭门下。二十六七岁时，李丰庭见他豪侠仗义，胆大心细，做事有板有眼，就破格把他提拔为"三排"，当"执法管事"，人称"三爷"，终于在江湖上有了一席之地。

四川袍哥因为"保路运动"而崛起。随着地方头面人物的加入，它黑社会的性质几乎被漂白，游离于执政与在野之间，与政府、军阀形成三位一体的格局。当时的安县，安昌李丰庭、桑枣何鼎臣、永安陈洪绍，在川西袍哥界都是著名的人物。

操袍哥的舅舅当了"三爷"，也算是茄子掐了两个眼睛——混出了人样。朝熙从小跟他进茶馆、串门、走亲拜年，接触三教九流，给他展开了整整一个袍哥世界。

永安场的袍哥大爷陈洪绍，人称陈红苕。他干瘦矮小却心狠手辣，本是土匪，操袍哥当然属于"浑水袍哥"。一九一四年，他收编了两连垦殖军之后，势力大大扩张，成为川西北最大的恶势力。一九一六年春天，冯玉祥部受命对他进行清剿，陈红苕元气大伤却实力仍存，根本不把李丰庭看在眼里。一天，他到城里请客，按规矩，李丰庭应该坐上座，但陈红苕突然自己坐上去了，并且大大咧咧地说：来给我看酒，你以后好生跟着我操。

当众受到羞辱，李丰庭无地自容，闭门不出。老大还在隐忍，小兄弟郑慕周却不干了。他决定为老大出头，与民除害。

一九一七年农历正月十三，早上。陈红苕骑着高头大马，带着八个卫兵从永安来到城里。郑慕周早就知道了消息，预先做好了准备。陈红苕一到南街就被他接到，迎入益园茶楼，喝茶，抽大烟。

郑慕周与陈红苕私交一直不错。这时，一年一度的"灵官会"还没有结束，每天的大戏还在持续上演。陈红苕高兴，接受了郑慕周的建议，八个卫兵都放去看戏。当身边唯一的贴身跟班上茅房的时候，郑慕周亲热地对正在烧烟的陈红苕说：大爷，小弟新买了一支英国枪，您帮我看看。陈红苕抬起眼皮，正要接枪，郑慕周却对准他脑袋扣动了扳机，啪啪啪三枪，陈红苕栽倒在地，脑浆迸裂，死得很难看。

听见枪声，陈红苕那个跟班冲出茅房，郑慕周的兄弟伙早就埋伏在侧，两枪将他撂倒。

做下了惊天大案，郑慕周东躲西藏，朝熙也只有跟着到处"跑滩"。他们出没于安县周边各乡镇之间，坐茶馆，看杀人，看舅舅和形形色色的人物打交道。他被动地进入到一个弱肉强食的成人社会，让他早早地看到了社会的残酷真相。

两年后，母亲卖地买枪，帮助郑慕周拉起了自己的队伍，直到陈红苕死党刘世荣接手的土匪部队也被打垮，他才结束了"跑滩"的日子。

4.

朝熙回到家里，继续读书。郑慕周进入川军吕超的部队，随着他军阶的晋升，郑妙贞振兴家业的理想正在他身上部分实现。那天早晨罕见的打屁股和哭诉，是朝熙从玩童到懂事少年的转折点。他开始认真读书，每天天亮即起，读书至夜深。

川西大大小小的军阀，尽管自己出身行伍或者土匪，靠枪杆子说话，但他们面对文化，内心还是自卑的，骨子里还是信奉"万般皆下品，唯有读书高"那一套。这也包括郑慕周。他坚决反对外甥操袍哥，也不同意他进入军队。当郑慕周当了团长驻防灌县的时候，把朝熙带在身边，要他上中学，接受新式教育，然后去报考成都的学校。

一九二一年秋天，杨朝熙穿一身长袍马褂，来到成都盐道街省立第一师范学校。从两座石狮子之间走进学校大门，沿着竹丛夹道前行。走过礼堂是高年级学生宿舍；走过一片教室和实验室，跨过池塘上那座小桥，是低年级宿舍。从这里开始，从预科到毕业，他将在这里生活五年。

环境非常陌生。师范学校是公费，富家子弟是不屑的，把它称为"稀饭"学校，所以同学们基本上都出身穷苦，衣着破旧。放假时，不少同学需要典当衣物换路费才能回家。杨朝熙的少爷装束和经常下馆子的生活习惯，与他们形成极大反差。尤其是朝熙几乎是直接从私塾进入现代学校，基础很差，能够入学全凭舅舅转弯抹角的关系。他带着强烈的自卑感，把长袍、马褂、洋袜和皮鞋换成寻常布衣、布袜、布鞋甚至草鞋，努力融入他们。很快，他就感觉到了这里师资的强大和风气的现代清新。他努力补习英文和数学，同时如饥似渴地阅读《新青年》《向导》《中国青年》之类的刊物，急切地接受新思想。袁诗荛、张秀熟等导师，张君培、周尚明等同学，启发了他对社会科学的兴趣和思维。而汤道耕（艾芜）同学对他的直接影响，则是让他接受了"五四"新文学的洗礼。

后来，他与艾芜成为终身挚友，以非凡的文学成就，被誉为四川现代文学的双子星座。

作为一个进步青年，他还被挟卷着参加了各种政治活动，让思想进一步接受大时代的激荡。游行，示威，油印和散发传单。在争取教育经费独立的示威游行中，和同学们冲进省议会副议长熊晓岩的公馆，他随手抱起一个花瓶，把他家的穿衣镜砸得稀烂。

五年的时间，在省一师，他完成了自己的脱胎换骨。

因此，他给自己取了一个新名字：杨只青。意思是，只有青年才是国家的前途和希望。

再后来,他把"杨只青"正式改为"杨子青"。

5.

一九二五年夏天,杨子青结婚了。新娘李增萼,岳父的名字我们早就熟悉:李丰庭。

联想到他和郑慕周的关系,在那个时代,这种联姻很正常。尤其是近年,郑慕周与李丰庭之间的关系变得有些微妙。郑慕周已经官至旅长,防区范围达七八个县。权力当然是很大了,大得连防区内的县长都得听他的。郑慕周记恩,就保举自己曾经的老板当了茂县县长。但是,李丰庭没有官运,境内发生的一次教案,几个基督徒遭抢劫,还死了人。上边追查下来,无法找人背锅,郑慕周只得将他解职。于是,两人之间多少有了些隔阂。这样一来,杨家与李家的联姻,就有了非同寻常的意义。

李增萼,在安昌不管怎么说也是大家闺秀。门当户对,人也端庄漂亮。但是,杨子青并不喜欢。这个未来的妻子没有上过学堂,还是小脚。这两点,被人们有意无意忽略,但在受了现代教育的青年知识分子杨子青看来,却是致命的缺陷。

她有点像胡适之的江冬秀,也有点像后来徐志摩的张幼仪。

杨子青不是胡适之,更不是徐志摩。他没有反抗。从小坐茶馆、嗨袍哥和跑滩的他,太懂得家乡的人情世故。母亲一片苦心,舅舅一直在为他操劳。两个最敬爱的亲人的意愿,以及亲情、孝道和家乡的伦理规范,像是绳子,一道一道将他绑定。当然,作为一个还没有恋爱对象的年轻人,按家乡的标准,李增萼的条件已经非常优越了,她,于他并非绝对不可接受。

不管怎么说,婚姻的基础毕竟是带着缺陷的,这也为他们后来的婚变埋下了定时炸弹。

6.

对许多安昌人来说,郑慕周的下野,是县里一个重大而意想不到的事件。军阀混战,权力的牌桌上经常都在洗牌。他厌倦了,放弃了继续高升的前景,把自己一手打造的军队交给了值得信赖的部下，永远地离开了军界。

那是一九二六年。

杨子青也在那一年结束了五年的学业，回到了家乡。母亲依然雄心勃勃，买地建起了杨家碾房，距离"振兴"的梦想似乎越来越近。

但他已经不是原来那个杨朝熙了。他毫无配合母亲起舞的意愿。他决定离川求学，目标是北京，或者上海。北伐已经开始，如火如荼的形势，他想抵近体验。鲁迅在北京，他还希望成为他的学生。

他第一次远行并不成功。要么不对他的胃口，要么错过了考期，总之他没有任何大学可以上。在武汉，他在现场看见北伐胜利的狂欢，人的洪流、旗帜的海洋、口号的浪潮。激荡人心的一幕幕，让他眼界大开。这算是他此行最大的收获。

成都是他观察外部世界的窗口。回到家乡，他每年都多次在成都和安昌之间往返。无论住哪里，办什么事，他都走不出省一师的同学圈子。周尚明是众多同学中往来最密切的。一天，在舅舅老部下肖维斌的家里，他又与周尚明碰头。周尚明突然问他，你如果愿意加入中国共产党，我愿意介绍。杨子青早就猜测到他的身份，所以，一听他的问话，毫不迟疑地抓住他的手说，我愿意，当然愿意！

过了几天，再次碰头的时候，周尚明说，上级已经批准了你的入党申请，今后就由我直接联系你。又过了几天，周尚明带他去春熙路孙中山铜像旁的"来鹤楼"与刘愿庵见了面。刘是党的川西特委负责人。他给杨子青的任务是，回故乡，筹备国民党左派县党部。

在整个二十年代，对杨子青个人来说，入党是一个重大事件。但他的感觉却非常平静。因为他读了很多马列主义的书刊，积极投身各种进步活动，一切都是水到渠成，没有任何悬念。

真正对他有巨大冲击的事情，发生在此后。那是一九二八年二月十六日下午，他又一次来到成都。这次，他住在舅舅郑慕周新近安在成都的家里。黄昏时分，一个老同学突然闯进郑家，告诉他刚才发生的一件惊天动地的大事：袁诗荛、周尚明等十几个人被军警杀害于下莲池！

最亲近的老师、同学和同志，也是他这次来成都准备要见的人，猝不及防地就这样离他而去!

杨子青一下子感到失去了依傍,像一只断了线的风筝。

过些天,又传来刘愿庵牺牲的消息。在白色恐怖中,刘愿庵负责恢复组织,不幸被捕。在去重庆教场坝刑场的路上,他被滑竿抬着,由一个手枪连押送。冷雨霏霏,下坡路滑。轿夫跌倒,把他也摔下来了。他从地上爬起来,扶起轿夫说,对不起,对不起,这个该怪刘湘,不然我怎么要你们抬起走呢?如此淡定的风度,让人想起法国大革命时那位被绞杀的优雅皇后。

几分钟以后,刘愿庵从容就义。

在此之前,川西北的军阀还在观望,白色恐怖暂时还没有扩散到安昌。舅舅的支持自不用说,有军阀背景的县长夏正寅和舅舅关系友好,本人也开明进步,并且他自己家里好几个人都是共产党员。有县长的支持,国民党左派县党部筹备处不但顺利挂牌,还办起了团干校。郑慕周卖了一百多亩地,让杨子青创办汶江小学和县图书馆。子青找了一些省一师的同学来安昌任教。按照张秀熟老师开的书单,他为图书馆买回很多新文化的书籍。一九二七年中,夏正寅让他接任了教育局长。总之,他在安昌如鱼得水,工作有声有色。

上年春天,李增荨在杨家碾房的新房里,为他生下了第一个女儿。孩子很健康,但因难产,长时间的折腾让产妇痛苦不堪。母亲找来一个半仙做法事,镇邪,驱鬼。最终母女平安,让他松了一口气。

然而,发生在成都和重庆的惨案,让杨子青一下子与党组织断了联系,一些工作戛然而止。不久,随着夏正寅的去职,安县的形势也很快也变得复杂而严峻。

革命的低潮中,一个叫黄玉顼的姑娘风姿绰约地向他走来。

7.

安昌北街昭忠祠内,培英女子小学附设了一个师范班。十五岁的花季少女黄玉顼,忽闪着一双黑亮的圆眼睛,蹦蹦跳跳地在这里进出。

美丽活泼的姑娘总是引人注目的。几乎是她来安昌的第一天,杨子青就注意到了她——她和母亲就住在舅舅郑慕周家里。

其实杨子青早就认识黄玉颀。

那还是在灌县的时候，玉颀母亲黄敬之在灌县女子学校当校长。郑慕周的私宅就在学校对面，他的三姨太在成都读书时就认识黄敬之，他们有往来，子青也就跟着认识了。不过那时候玉颀才十来岁。没想到，几年不见，她已经是亭亭玉立的大姑娘。黄敬之是江苏人，现代知识女性。玉颀作为她的掌上明珠，在家里多少有些娇生惯养，所以她落落大方，在这个闭锁的古镇里有一种与众不同的气质。

杨子青自己也不清楚，他对黄玉颀那种异样的感觉始于何时。但他知道，她并不讨厌他，甚至还喜欢他。于是他有意无意地接近她。要接近她，也是很容易的。郑慕周家里，或者汶江小学——黄敬之现在是这里的教员。

感情一旦发酵就不可遏止。他对李增蕚本身就没有多少感情。现在，复杂的时局他需要有人和他讨论，心中的苦闷需要向人倾吐。两夫妻活在不同的世界里，各有各的想法，各有各的诉求。天平两端的两个女人，他并不需要多少纠结就可以做出选择。况且，老师、朋友和同志的牺牲让他深陷悲伤，爱情，或许是命运之神为他及时送到的解药。

那么，远走高飞，离开故乡，就是必须的了。

8.

就像当年土里土气去成都，现在杨子青也土里土气来到了上海。

最初，他落脚在法租界菜市路天祥里。首先见到的是老乡肖崇素。他刚从日本回来，搞左翼戏剧运动，给报纸副刊写文章。杨子青与肖崇素都是安昌的世家子弟，他们后来都成为文化名人，彼此的友谊持续终身。

当时大革命失败以后，大批共产党人和左翼青年纷纷从第一线退下来，隐藏在上海。他先后与任白戈、周扬、周立波等左联的中坚密切交往，接受他们的建议自学文学，一头扎进普希金、屠格涅夫、果戈里、托尔斯泰、梅里美、莫泊桑、巴尔扎克和芥川龙之介的世界。后来，又与一群来自四川的左翼文化人创办辛垦书店。

为筹款，杨子青回过一次安昌。但是因为李增蕚的事，母亲和舅舅对办书店的事情都非常冷淡。待不下去，他很快离开安昌。

在成都上高中的黄玉颀已经放了寒假，他们从遂宁、重庆水陆兼程，义无反顾地前往上海。他们在德安里十三号前楼安下了自己的小家。黄玉颀想读书，进了美专，他自己一边继续自修文学，一边参与辛垦书店的各项事务。

一九三一年春天，在上海熙熙攘攘的马路上，他居然与阔别了六年的艾芜不期而遇。那是在北四川路的横浜桥上，他们俩差点撞了个满怀。抬头一看，彼此都惊呆了，都觉得好朋友像是从天而降。而杨子青身边，居然还有个年轻漂亮的女子！

艾芜这次是从南洋回来。于是，艾芜很快搬过来，和他们做邻居。艾芜在缅甸、马来西亚和新加坡一路漂泊，吃了很多苦头。这次是因为与马共发生了关系，被驱逐出境。

半个多世纪以后，两个朋友检索自己的文学生涯，都认为是对方激励了自己。不过事实的确是，那时他们几乎天天聚在一起，晚上读书，白天埋头写作。

第一批小说写出来了。他们都是初出茅庐，困惑很多，很不自信。尤其是与左联倡导的直接反映大时代的作品相比，相去甚远。从事左翼文学，到底该怎么写？

他们想到了鲁迅先生——他就住在附近的景云里。踌躇了很久，他们决定联合给先生写封信，请他指教。

他们很紧张，无法想象鲁迅先生可能的反应。两个人还不是左联的成员，连作品都没有发表过。而先生那么忙，忽略他们的来信，也是非常可能的。想不到的是，他们很快收到先生十二月八日的回复。信很简短，解释说他正在生病，病愈以后再来详细回答他们的问题。果然，过了二十天，先生写来了一封相当长的信，这就是著名的《关于小说题材的通信》：

> 两位是可以各就自己现在能写的题材，动手来写的。不过选材要严，开掘要深，不可将一点琐屑，没有意思的事故便填成一篇，以创作丰富之乐。……
>
> 现在能写什么，就写什么，不必趋时，自然更不必硬造一个突变式的革命英雄，自称"革命文学"，但也不可苟安于这一点，没有改革，以致沉没了自己——也就是消灭了对于时代的助力和贡献。

鲁迅，茅盾，巴金。在上海的这些文化巨人们，都曾经给杨子青许多毫无保留的指导和帮助，使他能够作为文学新人在文坛崭露头角。

一九三二年，接近年末的时候，杨子青的第一个小说集《法律外的航线》由辛垦书店出版。即将付梓的时候，大家都望着他，等他给自己起笔名。他的思绪从《法律外的航线》溯流而上，从长江、嘉陵江、涪江一直抵达故乡的安昌江。他想到了家乡河滩上那些"金夫子"，马上从脑海里蹦出一个名字：沙丁。

艾芜说，这不太像一个名字，干脆给丁加三点水吧。"沙汀"怎么样？

艾芜的建议得到了朋友们热烈掌声的响应。从此，"沙汀"这个名字就跟定了杨子青。

杨朝熙、杨子青和沙汀，这是逐级脱落的三级火箭，助推一个青年作家迅速进入著名作家的方阵，成为中国现代文学灿烂星空里璀璨的一员。

对提携自己的大师们，沙汀永怀感恩之心。一九三六年十月十九日，严重的肺气肿夺去了鲁迅的生命。巨星陨落，沙汀觉得自己猛然失去重心，眼前一片空白。二十二日下午，上海万人空巷，为先生送行。十四个作家抬棺而行。名单里本来是没有沙汀的，但临时有人缺席，巴金和靳以急忙挥手将他召唤，让他有机会最后一次向鲁迅先生表达自己的敬意。悲痛中他感觉棺木很轻，轻得似乎真的要飘入天国。

当天，沙汀为先生写下了这样的文字：

> 在五四运动后的数十数年中，每逢一次新的巨大的激变，都能够勇敢地站在前线作战的，只有先生一人。而能够使一切丑恶畏慑的，也仅仅只有先生一人。

9.

一九三五年夏天，沙汀一家人和艾芜住在青岛的时候，突然接到哥哥来信，告诉了他母亲去世的消息。

冬天，他终于凑够了路费，再次踏上了回乡之路。他决定回乡，安葬母亲，也是想借此机会，再一次接触故乡的生活。

回到安昌，走进杨家碾房就让他大吃一惊：院子里赫然停着两具棺材。那副阴沉木棺材里，躺的当然是母亲。而杉木棺材里入殓的却让他万万没有想到——那是嫂子。哥哥脸色死灰，手足无措。他抽大烟，经常烂醉如泥，现在已经沦落到靠变卖家产度日了。

不顾舅舅和众亲戚的反对，沙汀力主卖掉一宗土地，给家里还债，同时风风光光地送走母亲和嫂子。

丧事办得不是一般的隆重。这与他左联作家、共产党人的身份相去甚远。本来，他离开家乡久了，和母亲已经渐行渐远。但他一回来，面对的故乡像是一部按照它自己轨迹运行的机器。而他，又变回了那上面一个小小的零件。母亲的慈爱和几十年的辛苦，立刻严严实实地笼罩了他。

五天道场。家祭。放烟火。但凡参加送葬，都送很大气的孝布。什么人都可以拖儿带母来吃丧宴。

丧事办完，碰到郑慕周家来了两个不速之客。他们是省上派去北川查灾的，路过安昌，拜访郑慕周，无非是想求得关照。郑慕周很给他们面子，派当过旅长的老部下刘俊逸带着人亲自陪同。沙汀岂能放过这样的机会？反正也没有谁知道他的真实身份，说一起去看看，散散心，理由恰如其分。

从安昌到永安，再到曲山。羊肠小道在莽莽大山里蜿蜒。雪花零落，山顶白雪皑皑。红军过境之后，接下来是"剿匪"的各路人马，然后是到处土匪趁乱而起。他们一路前行，不见行人，俨然全部是无人区。

偌大的北川县城只剩下二十多户人家。河水滔滔，北风呼啸。偶尔可以看见几个流浪儿在街角东张西望，衣不蔽体，瘦骨嶙峋，冷得瑟瑟发抖。墙角往往有冻僵的尸体。一个老太太上半身裸露，显然是有人在她身上翻找，希望发现什么有用的东西。湔江河边也随处可见死人。有的似乎还没有完全断气，身上已经落满乌鸦，开始疯狂地啄食。

当地的权势人物，给沙汀留下了很坏的印象。县长是一个退伍军官，依然全副武装，在灾民面前咋咋呼呼。那些联保主任穿着油腻发光的花缎马褂，满脸灰暗，一副烟鬼模样。只有那个邮政局长，喜欢读书，还存有几分忧国忧民之心。

他私下找城里的居民摆谈。小商贩，手艺人，邮局的职工，个个唉声叹气，对生活充满了绝望。

北川之行是一次令他满意的社会调查。丰富的素材，触目惊心的背景，直接引发了一批重要的短篇小说，成为他彻底转向乡土写作的契机。

10.

一九三八年八月十四日，沙汀从成都出发，开始了他的延安之行。

在延安这个红色首都，他在"鲁艺"讲课，任文学系主任。也曾跟随贺龙部队去华北前线。但是，他人在北方，心却永远留在故土。延安的冬汉菜让他想起故乡，听贺龙讲桑植让他想起故乡。就像在上海十里洋场他写的主要还是故乡题材一样，在延安，他即使以饱满的激情写了《随军散记》《闯关》《记贺龙》等作品，但关于故乡的小说灵感却频频找上门来。最终，他忍不住了，下决心回四川，回故乡，连贺龙、张闻天、周扬也挽留不住。

根据自己的能力、天赋和素材"库存"，他已经冷静分析过自己的写作前景。他想明白了，故乡是一座金矿，他就是一个为故乡而生的金夫子，只有回到故乡，才能焕发自己的文学生命。

当然，黄玉颀非常不习惯陕北的干燥和小米，她的意愿，也是沙汀必须考虑的。

11.

真正意义上的回乡，是在皖南事变之后。

从延安回来，沙汀一直待在重庆，在周恩来直接领导下从事文化工作。皖南事变之后，国民党又一次掀起反共高潮。重庆没法待了，他们必须疏散撤离。他不选择去解放区，而是征得周恩来同意，又一次回到安昌，潜心创作他的乡土小说。

仿佛时光倒流，一九四一年春天的安昌，看起来与从前没有什么变化。

不同的是，他与玉颀无须太多避讳，不用躲闪谁的目光。她已经是汶江小学的音乐老师，开始夹着教鞭、歌谱给小学生上课。

郑慕周毕竟当过旅长，至今与成都的军界还有联系。作为当今安县的袍哥老大，他的势力在县内依然盘根错节，大小袍哥码头，龙头老大都是他招呼得住的兄弟伙。所以，沙汀回乡，躲在安昌是第一选择。

想不到的是，沙汀刚回到安昌，一张蒋介石亲自签署的逮捕令，很快跟到了安昌。

抓沙汀，兹事体大，县长任翱叫来了师爷。

想不到啊，那个杨子青，还是共产党的一条大鱼呢。县长说。

一个文弱书生，又有好大个事？师爷不以为然。

上面要我抓人，还要求就地正法。县长苦着脸说。

他是郑慕周的外甥，是我们随便可以动的吗？我看还是拖吧，反正他东躲西藏，也没有那么好抓。师爷建议道。

恐怕只有这样了。县长叹一口气，将密件锁进了抽屉。

听到抓人的风声，在安县无所不能的郑慕周还是紧张了。自己就是吃了豹子胆，也不敢硬扛国民政府、招惹蒋介石啊。杨子青如果有什么闪失，怎么向九泉之下的姐姐交代？他左思右想，喊来了秀水的谭海洲。

谭海洲是郑慕周当旅长时的营长，跟着他出生入死，是绝对可以信任的兄弟伙。后来郑慕周辞职退伍，谭海洲也跟着回乡在秀水开锅厂。因经营有方，他家的锅畅销川西北，成为秀水有钱有势的袍哥大爷。

烟榻上，谭海洲听郑慕周将事情一说，马上把烟枪一推，站起来毕恭毕敬地说，大哥放心，兄弟以脑壳担保杨二哥的安全！

谭老板锅厂后院那间密室，沙汀并没有待多久——因为他无意中被熟人撞见。谭海洲只好连夜把他送到睢水。

睢水是川西北地理上的一个重要节点。这里与绵竹、茂县为邻，后退一步是风调雨顺的成都平原，前进一步则是干燥少雨的青藏高原，是农耕与游牧的分界，也是汉与藏、羌的分界。从平原上去的盐、茶和粮食，藏地下来的药材、皮张和山货，被骡马或者背脚子驮着背着，都在这里来来往往。牲口的蹄子和人的脚板，把小街的青石板踩踏得光可鉴人。商号、客栈、茶馆、妓院，后来还有烟馆，密匝匝挤满小街。

掩护杨子青，在袍哥们看来就像击鼓传花。现在，沙汀的事情该睢水乡长、袍哥大爷袁寿山来管了。

经他安排，沙汀秘密地住进了刘家酱园。

二十多年前，我曾经去过刘家酱园。

那是一个盛夏的午后，太阳火辣。睢水唯一的老街，也就是睢水关两个城门之间的石板路上，杳无人迹。刘家酱园在小街中段，两间铺面的右侧，将阴影里一道两尺宽的窄门推开，就进入了一条暗无天日的甬道。一进，二进，三进。到底了，往右一拐，一间更黑暗的房间，就是当年沙汀避难兼写作的秘密小屋了。

房间里摆着神位，供着菩萨。据说，这里经常有"狐仙作祟"：夜深人静的时候，这里就会响起窃窃私语。有时候厨房里还会响起脚步走动声和切菜、炒菜的声音。人们说，那是鬼在请客呢。传说越传越神，大白天也没人敢进来。不过，无论是共产党员杨子青还是受过新式教育的沙汀，都是坚定的无神论者。人们闻之色变的鬼屋，反倒成全了他极致的隐居。在隔壁酱油、麸醋、辣酱气息和临街店铺的嘈杂声里，孤灯如豆，照耀着作家孤独的创作空间。一本小学生的空白作业本铺开，他的小说世界就打开了，安昌、睢水、塔水、秀水、桑枣、永安、曲山……方圆百里，他熟悉的各种人物争先恐后地拥到笔下，接受他的调遣，听候分配角色。

在这里，他写完《淘金记》，又写了《闯关》和一些短篇小说。

这是一个秘密。袍哥掌控下的小镇，竭尽全力守护着这个秘密。即使妻子黄玉颀，她就在睢水小学教书，也绝不往这边走。

但是，重庆或者成都，军统或者中统，特工们的嗅觉似乎比猎犬还灵，最终还是找到睢水来了。一天，一个外地客商模样的人转弯抹角地打听杨朝熙。恰好被问的人是袍哥的一个管事，他死缠烂打，以袍哥的方式将这个不速之客拉到酒馆里灌了个烂醉，最后礼送出境。

又一次，睢水关外，两个操下江腔四川话的人拦住一个老汉，反复打听杨朝熙或者杨子青。老汉装疯卖傻，将他们糊弄一通。两人被惹毛了，拔枪威胁，却被老汉一个闪电般的动作缴了枪，卸了子弹和枪机。两人又惊又怕，赶快逃之夭夭。他们不知道的是，这老汉是个德高望重的老军人，一直坚持习武，袍哥大爷们也不敢轻慢他。

即使困居暗室，沙汀还是可以感觉到外面风声之紧。他的感觉器官随时都是全部打开的——捕捉灵感，也捕捉一切可疑的风吹草动。街上一阵疯狂的狗咬，或者街上发出布谷鸟叫的暗号，他都会迅疾吹灭油灯，抓起稿子冲出后门，跑过那个菜园,上山,一口气钻进山林。他是一条鱼,这时已经游进了深水——密林深处,一条小路通往茂县,通往更广袤的藏羌之地。

逮捕令一直没有撤销,沙汀的写作一次次被不速之客打断。

在睢水一手遮天的袁寿山,也感到郑慕周托付给他的,是难以完成的任务。他虽是流氓土豪,但在视桃园结义、梁山好汉和瓦岗英雄为神圣的袍哥世界,面子是输不起的。他必须把杨朝熙转移到更安全的地方。把手下的袍哥逐一梳理,他叫来了刘家沟的刘云山。

刘云山是刘家沟保长。他个子瘦小,是个不起眼的角色,却很有袍哥人家的侠义和敢作敢为。刘家沟素有夜不闭户的好名声。一次袍哥聚会,说起刘家沟,他意外地感到了人们面带讥笑。绕来绕去,他终于明白了是自己堂弟刘云洪近日在外面做贼被当场抓住,连带刘家沟也被人小看。刘云山丢了面子,回家赓即叫来堂弟,二话不说,拔枪就将他打死在自家院坝。

袁寿山把刘云山叫到家里。事情交代清楚,他拔出手枪,晃了晃说,杨朝熙的命比你的命贵多了,如有闪失,它是要说话的!

漆黑的夜,小街家家关门闭户。刘家酱园的黑屋子里,刘云山矮下身子,反手相握,让沙汀跪上去,趴在他身上。刘云山没有想到,大名鼎鼎的杨朝熙,竟瘦成这般模样。多年以后,他对人谝:背在背上,跟背一只猴子差不多!

这是一九四三年,已经入冬,阴雨连绵。昔日的茶马古道因为天气,也因为棒客出没,白天都少有行人,现在更是鬼都没有一个。出睢水关,到太平桥不远就进山了。星光下,若隐若现的小路在林间的陡坡上缠绕。泥路滑,乱石上有青苔,更滑。刘云山感到背上负担越来越沉重。沙汀长期颠沛流离,困居斗室,一身是病。这样的山路,他只有把自己交给刘云山。走一段歇一段,八九里地竟走到夜深。

家里灯光还亮着。因为杀了年猪,刘云山大伯也过来做客,虽然碗碟里的猪油已经凝结,大家依然围在桌边摆条。刘云山见大伯在,脸色突变,放下沙汀,也不管有客人在场,拔出手枪往桌子上一拍,板着脸说,新客住在我家的事,哪个也不许透露半句,不然,它是不认人的!

刘家沟位于大山深处。说起来一二十户人，其实散落在不同沟坳，都是独居。刘云山家三间瓦房，两间草房，坐北朝南，居于溪涧侧畔，站起来就可以将睢水关尽收眼底。虽说与世隔绝，但为安全起见，刘云山还是把沙汀安顿在草房的夹墙里。一个小小的米柜，一张缺了条腿的小凳，一只尿桶，就是沙汀卧室兼工作室的全部。就这条件，沙汀也觉得已经比刘家酱园好了许多，至少他可以不受打扰地写作。一日三餐，都由女主人邱廷珍端来。萝卜白菜，洋芋红苕，苞谷粥，他也觉得香甜可口。每天天麻麻亮，他端一个木盆，到溪边洗漱，呼吸新鲜空气。夜幕降临，他也可以在周边两百米范围内散散步。睢水关有一个邮政代办所，隔些日子刘云山就会下山，代沙汀寄邮件。《困兽记》等作品，都是经刘云山的手寄出去出版的。回来时，他会捎回黄玉颀带给丈夫的鸡蛋、猪油、腊肉，以及从秘密渠道传来的书刊和信件。

刘家有二十来亩地，在当地只算中等人家。但是刘云山还是想方设法让沙汀吃得好一点。黄玉颀带来的食物，自然是特供沙汀的"小灶"，自家的鸡、蛋和腊肉，他也会拿出来与沙汀分享。

沙汀病恹恹的样子，刘云山看着很不放心。尤其是沙汀吐血，让他非常紧张，生怕有一天死在他家里。于是，他到处求医问药。当然，睢水是不能去的，他只能选择绵竹方向。听说二十里外的拱星场有一个专门治吐血的老郎中，他就多次背沙汀过去看病。老郎中给出的处方是，将洗净的胎盘在瓦上焙干，研末，然后以醪糟汁送服。

刘家房前屋后有二十来棵柿子树。柿子健脾养胃，是沙汀最喜欢的水果。一个夜晚，沙汀完成了当日的写作计划，刚咬了一口女主人白天送来的柿子，外面突然响起一阵惊呼和杂乱的脚步。情况不明，沙汀躲在夹墙里不敢吭声。一个时辰过去，复归平静，外面飘来了香蜡纸钱燃烧的气味。沙汀小心翼翼出门，问刘云山，才知道刚才有一条碗口粗丈多长的蟒蛇，身子桥一样架在两棵柿子树之间。一家人都吓坏了，赶快磕头敬香，为"蛇仙"送行。

一场虚惊。这也是沙汀在刘家沟受到的唯一一次惊吓。

一九四九年十二月二十三日，安县解放。很快，沙汀得到上级通知，离开安县前往成都。这次依然是刘云山送他，亲手把他交到袁寿山手上。

这次，不再需要刘云山背，他是自己走出山外的。

睢水十年的创作，是沙汀文学生涯的巅峰。没有睢水，就没有文学史上的这个沙汀。睢水时光，近半是在刘家沟度过的。所以沙汀对刘云山一家念念不忘。一九八八年十月六日，他亲笔给刘云山遗孀邱廷珍写了一封感谢信：

> 廷珍同志：我称您为同志，我感觉是理所应当的，因为四十年前，您全家人都为我担当过风险，以抵制反动派对我的迫害、追捕……

12.

中华人民共和国成立以后，在成都等待沙汀的是军管会文艺处的工作。从此，一个写农村小说的作家将定居城市，成为一个文艺官员。

他先后担任川西文联和重庆市文联的负责人。他穿不惯灰布干部服，总是想去农村。他参加了在重庆巴县的海棠溪、成都石板滩的土改，也一次次做了详细的创作规划。但是，需要他做的行政事务实在太多，不可能给他提供创作空间。后来，他在北京主持中国作家协会的日常工作，依然无法创作。离开了他的"根据地"，从事他并不擅长的管理协调工作，不但没有精力从事他喜欢的创作，而且还常常被动地卷入是非和纷争。这让他很不适应，甚至痛苦不堪。

他坚决要求回四川工作。在批判胡风的滔滔声浪中，他终于得到批准，带着厚厚的几本关于合作化的笔记回到了成都，担任省文联主席。

一九五五年底，郑慕周因为脑溢血猝然去世。

舅舅郑慕周一生跟沙汀的人生际遇有太多的重合。少年时的跑滩，青年时被他送进省一师读书，睢水十年，他又是自己的保护人。中华人民共和国成立以后，郑慕周作为民主人士成为安县的副县长，这样他们又多了一层同志式的关系。噩耗传来，沙汀连夜离开成都，赶往安昌料理后事。出绵阳不久，他赶上了从绵阳医院运送郑慕周遗体回乡的队伍。躺在滑竿上的舅舅，闭着眼睛，脸上现出几分和生前一样的安详，悲痛中又让他感到几分安慰。在安昌，他亲自为舅舅选定墓地，入殓。看着他穿着寿衣，躺进和母亲一样的阴沉木棺材。那时，他再也忍不住了，毫无顾忌地号啕大哭，泪流满面。

13.

中华人民共和国成立后的沙汀，在公务和写作、异地与故乡之间处于两难境地。无论他在成都还是北京，故乡都在另一头随时把它召唤。但是，写不写、写什么、怎么写，他都身不由己。他想努力适应新的形势，并做出文学的反应。那些作品，远离了故乡丰饶的土地，更远离了自己独立的思考，社会反响平平，更不能令自己满意。"文革"中，他失去了自由，被拘禁在成都昭觉寺，那更是长达十年的噩梦。

新时期十年，他时刻想的都是追回失去的文学生命。他曾经有一个宏大的计划：写一部由三部长篇组成的关于故乡的史诗式作品。不过，作为一个古稀老人，并且长期折磨他的胃病、支气管炎和肺气肿越来越严重。身体就像是衰朽的支架，无法支撑起他那一座宏伟的文学大厦。他虽然老骥伏枥，《青枫坡》《木鱼山》《红石滩》等中篇差不多已经让他油尽灯枯。那些鸿篇巨制的计划，他实在是难为自己了。

睢水十年写的《困兽记》《还乡记》和《淘金记》以及《在其香居茶馆里》，这样的高度，他永远无法超越。

14.

李增荨和黄玉颀一共给沙汀生了六个孩子。

长女杨刚俊受他影响，学生时代就成为地下党员，中华人民共和国成立后做过县级党委宣传部长、市级部门领导。她的弟弟妹妹们基本上都受了良好的教育，分别成为工程师、教师、名校校长、科学家和企业家。

刚俊的儿子宋明是孙辈的老大，大学毕业后进入绵阳党政机关工作。5·12大地震时他是北川县委书记，为北川的经济社会发展和灾后重建呕心沥血，贡献卓著。

一九八六年夏天，沙汀最后一次回到故乡。在安县县委招待所小花园里的树荫下，第一次见到了宋明蹒跚学步的儿子宋爽，沙汀特别开心——这是他曾孙辈的老大。当宋爽跌倒，又抓着他挂着的手杖站起来的时候，沙汀不顾身体的虚弱，高兴得一把将他揽进怀里，亲了又亲。

15.

　　一九九二年十二月十四日。因为肺衰竭，沙汀于成都逝世。

　　根据他的遗愿，骨灰安葬在安昌江畔。

　　他在安昌出生，一生书写故乡，精神从来没有离开过故乡。

　　现在他回来了，长眠在故乡的怀抱，再也不会离开。

第四章：关隘

一、曲山关：北川第一地标

1.

"关内"和"关外"，这是北川非常重要的地理概念，常常被北川人挂在嘴边。

关外，指的是永昌、永安、擂鼓、通泉、曲山、陈家坝、桂溪和都贯等乡镇，其余则为关内。

关内、关外之"关"，指的是曲山关。这是北川最重要的地标。

曲山建关于明大顺四年（1460）。这一年，白草番攻劫石泉县城，战火延烧到安县、绵竹一带。为了确保石泉县城的安全，防止羌人南下安绵，威胁成都平原，茂州卫指挥曹敏奏请朝廷修筑城垣关隘。获准后，由镇守参将周贵、都指挥李文，会同副使刘清一起赶到石泉具体规划实施。其成果，一是将石泉县城已有的宋代土城墙改砌为石墙，二是在交通要道上新建了烂柴湾堡、鱼滩子堡、曲山关和擂鼓坪堡几个城堡关隘，派遣茂州卫军一百名、成都后卫军三百名常年驻守。

在四百多年前的明代，曲山西通茂州，东北通龙安，南达绵州、成都。这条交通干道叫"小东路"，曲山关建成以后，就控扼了它的咽喉。

说起来，"小东路"是一条干道，是茂州和松潘数以千计的官军将士的生命线。其实，它只是些崎岖难行的羊肠小道。正如民国《北川县志》所说：

半倚石壁，半逼急流，不特车不方轨，亦且人难并肩。

道路险恶如此，就有人想独辟蹊径，打水路的主意，意欲疏浚湔江河道，开辟禹里到曲山的航道，以船运代替陆运的人背马驮。但最终，因为工程难度太大，并且需投入巨额资金，方案只能胎死腹中。

在公路修通之前的漫长岁月里，上至达官贵人，下至贩夫走卒，都不得不在"小东路"的羊肠小道上来来往往。

2.

　　曲山城西，顺着藤家沟一条小道上行，半个多小时就可以登上曲山关。沿途坡陡，路窄，的确是羊肠般曲折细瘦。山脊称"旧关岭"，悬崖上一个隘口宽不过一丈，把石墙一砌，关楼一修，就把路卡得严严实实。只需少量军人把关，就是"一夫当关，万夫莫开"了。

　　进入关门，稍平缓，但依然是小路。沿左边一条更加羊肠的小路攀上陡坡，从两棵巨大的古柏之间穿过，平地展开，密密麻麻的一大片坟头突现眼前，让人猝然心惊。这是一个人迹罕至的地方。改革开放前，曲山缺电，更没有天然气，绝大多数人家的孩子都会上山捡柴。这里长满灌丛，有的是枯木朽枝。偶尔，孩子们捡柴来到这里，如果谁喊一声"鬼来啦"，立马就一窝蜂逃离。掉在后面的会紧张得毛根奓立，直冒冷汗。

　　路远，难行，关楼附近几乎是无人区。附近唯一的人家是曾太玉一家。曾太玉是曾旭初的儿子。中华人民共和国成立之初，曲山乡长曾旭初因为组织策划叛乱被镇压，曾太玉那时才搬离曲山场，来到关上。

　　显然，曲山关那些墓葬肯定不是本地百姓，更与曾太玉无关。

　　那么，墓里埋的，只能是军人。因为曲山关建成以后的许多年里，这里都驻有百余人的常备军。

3.

　　曲山关建成，因为石泉西北还有一系列军事要塞的阻遏，即使羌人隔些年就会滋事甚至反叛，曲山关也始终没有受到攻击。

　　唯一的大战是清初的明将曹洪抗清之战。

　　民国《北川县志》记载：清军抵达北川时，忠于明朝的守将曹洪拥兵自卫。清军多次出动重兵攻打，均受阻于曲山关下。前后数易其将，都无功而返。后来，清军屯兵曲山关外，数月不动，却悄悄派人侦查，窥测附近山型地貌，终于找到可以绕过曲山关直驱禹里的小路。待一切准备充分，乃向曲山关发起攻势。刚一交战，清军"败退"。曹洪不知是计，率全军追击，一直追到江油漫坡渡，忽然消息传来，说清军已入曲山关。曹洪知道中计，急忙回撤，与清军大战于曹山坡。曹洪兵败被杀，石泉遂被占领。清军将曹洪头颅解往京城，朝廷念其忠勇，命将其头颅送回北川，与遗体一起埋葬于曹洪当年练兵的青石凤凰台。当地人把曹洪战死的地方叫曹丧坡，后人忌讳说"丧"，就把"曹丧坡"改称"曹山坡"。

曲山关坡上的无名坟地，应该与曹洪的部队驻防与作战有关。

曲山关内外，因为地形复杂，人烟稀少，民国时期民不聊生，遂成土匪乐园。民谣唱道：

> 过了曹山坡，本钱摸一摸；
> 过了旧关岭，本钱才得稳；
> 过了凉风垭，才能见爹妈。

民风剽悍，社会情况复杂，在中华人民共和国成立之初，除旧布新之际，新旧势力的碰撞就格外激烈。作为新政权的对立面，国民党残余势力、地方恶霸、土匪纠合在一起，要进行鱼死网破的挣扎。

一九五〇年三月五日上午，以"夏二神仙"夏泽和为首的红灯教大刀队四百余人，他们打着彩旗，穿着花花绿绿的衣裳，浩浩荡荡出曲山场，上曲山关，准备参与攻打北川县城。就在曹山坡前，他们与一队解放军狭路相逢。看见解放军，夏二神仙分外眼红，马上扒开外衣，袒胸露背，叽叽咕咕念起咒语，抡起大刀带头向解放军扑去。解放军见这个奇奇怪怪的队伍来者不善，先是对天鸣枪警告。夏二神仙见没有死人，趁机呐喊着"刀砍不进，枪打不死"，指挥匪众一拥而上。解放军不得不直接对夏二神仙等人开枪。两发子弹洞穿了他的腹部，瞬间栽倒在地，"刀枪不入"的神话立马破灭。气势汹汹的大队人马，其实是一群乌合之众，绝大部分还是被裹挟的普通农民。头目一死，吓得魂飞魄散，乱纷纷四散逃命。

击毙"夏二神仙"这场遭遇战，是继清初曹洪之战后，在曲山关发生的唯一战事。

4.

昔日，进曲山关，一路森林蓊郁，风景如画。路上的"屙屎树"和"老屄岩"，在北川是尽人皆知的景点和地名。

屙屎树是一棵老黄连树。这树与众不同的是，它不是直立，而是横着长在悬崖上。一百多年前，一个背脚子背着两百多斤的豌豆路过这里时，想拉屎，但又找不到地方。这背脚子劲大，胆子也大，憋急了，他干脆放下背架子，爬上那棵黄连树就开始排泄。虽然那树的树干有水桶粗，虬曲苍劲，长着鳞片状的树皮，粗糙耐滑，但毕竟只是一根树干。尤其是下面是万丈深渊，稍微不慎就会粉身碎骨。同伴都为他胆战心惊，他在树干上却拉得从容而酣畅。胆大包天的背脚子一屙成名，于是屙屎树遂成地名和景点。

羌人社会，万物有灵。名目繁多的自然崇拜，就包括了生殖器崇拜。因此，各地都有"打儿窝"或者"打儿崖"。具体地说，那是一处颇像女性生殖器的崖腔或岩缝。青年男女婚后不孕，丈夫就会来到这种地方，用石头击打。如能击中目标，预示着将会得子。如果连中三下，则预示着多子多福。而屙屎树对岸的"老屄岩"，应该是北川境内盼子心切的丈夫们最想一碰运气的地方。

那是一堵绝壁，形状酷肖女阴的洞穴贴近河水。枯水期，洞穴完全暴露；丰水期洞穴一半沉入水底，但倒影将另一半天衣无缝地补齐。天造地设的一处奇特风景，但凡路经此地，所有人的目光都被吸引。尤其是那些光棍，会情不自禁地停下来，久久盯着那个地方傻笑。

两个故事，两处景点，两个地名，看起来粗俗。但它们与本地的人文自然地理有关，与羌人质朴、粗犷的民族性格有关。

屙屎树的故事不过百年。而后者，那个"岩"，也许已经存在了千年万年。它伴随人类走来，附丽了人类童年时期的心理特征。景点、地名和故事，像羌人的历史一样古老。

5.

大约是一九六八年吧，一个初春的早晨，城边米市沟的李婆婆家门口，一头母猪卧倒在李婆婆脚边，嘴鼻流血，奄奄一息。李婆婆愤怒地骂道：狗日的豹子！把我的猪咬得好惨！你明天就要挨枪！

是的，北川县城也出现豹子了。那天才蒙蒙亮，曲山镇还在酣睡，李婆婆却被猪圈里异样的响动惊醒。出去一看，发现猪圈门已经被拱开，那头母猪不知去向。她以为有贼，边喊边出门探看。晨光熹微中，闻声而出的家人也一齐到处张望，终于隐约看见王家岩山下，一只野兽拖着一头猪正往曲山关走。大伙急忙操起锄头木棒，大声吆喝着撵过去。近了，才看清是一只金钱豹。它一边咬住猪嘴，一边用尾巴鞭打，前后用力，驱赶着母猪。也许，人们还是第一次发现豹子如此厉害。猪嘴被它咬住，发不出任何声音；因为豹尾的鞭打，还不得不一路前行。那畜生看见人们追来，放了猪，还呲牙咆哮，直到人们抵近，才恋恋不舍地跑开，消失在曲山关废墟后面。

清代，驻军被裁撤，城堡随之废弃。

二十世纪五十年代，曲山关的城楼还保存完好；六十年代仅剩城墙；5·12地震时，残余城墙再次遭到毁损。现在的曲山关，只剩下城楼两边的残墙了。

曲山关的豹子下山，到曲山城里捕食，这是我听到的关于曲山关最后的"历史"故事。

二、永平堡：历史在这里拐了一个弯

1.

阴沉的早上，永安村在深秋的潮湿里格外静谧。大山从白草河谷底拔地而起。山名三面山，为龙门山余脉。乳白的云雾团团簇簇地在山间缭绕，刻意给过于雄莽的大山平添几分阴柔和妩媚。

由村支书王官清陪同，村副主任刘伟开车，前往永平堡。上山的公路很窄，很陡。秋雨连绵，路边有多处塌方。沟坳里，山洪已经变成清澈的细流。流水漫过公路，在路面留下腻滑的苔藓，昨晚的塌方又给它铺上了一层薄薄的黏泥。以前在白马藏族聚居区挂职体验生活，冰雪路上，车子滑进路边排水沟的经历让我对山间路滑的紧张病根儿一样留在了身上。现在，我敏感的神经缠绕在车轱辘上，越拉越紧。好几次，我清晰地感觉到了车子后轮的打滑和车屁股的甩动。

盘旋，转折。偶尔有农舍一闪而过。不见炊烟，未闻鸡鸣狗吠，村子仿佛荒芜。静谧的山野，像是在酝酿着什么。

2.

古城遗址是突然从路边冒出来的。几段石砌残墙，被灌丛、蒿草和藤蔓几乎完全遮蔽，像是这个要塞精心设置的伪装。直到走近了，进了城门，才看清它格局的庞大和复杂。里面路很宽，宽得可以开进一辆汽车。云层中有阳光透出，石板路面和覆盖了绿苔的石砌墙体因潮湿而闪闪发光，俨然有青铜的质感。"铜墙铁壁"。这个词像是一件前朝遗物，从时间深处弹射出来。

我仿佛看见，那些"铜墙铁壁"后面，站着一身红袍铁甲的何卿。

明嘉靖二十五年（1546），何卿来三面山，应该是在初春的某一天。来这里，他已经很多次了。当然，过去主要是路过——去松潘，这里是必经之地。这次，他不是过路，更不是观光，而是奉当今皇上之命，出狠招，下重手，平定如火如荼的番乱。一个攻防兼顾让石泉长治久安的大棋局，他决定从这里落子。防的一手，主要是在各条交通要道上构筑坚固而完善的防御体系。此前，在修筑了曲山关等要塞之后，官军因应形势，不断推进军事堡垒的建设。

成化十一年（1475），龙州土司击退进入平通河的白草羌后，增修了罐子堡、徐坪堡等八个城堡。

成化十四年（1478），四川巡抚张瓒发兵经石泉溯青片河至墩上，再向茂州、叠溪，对沿途羌寨进行了一次大规模的征剿。战事结束，修筑了坝底堡、石板关、石泉堡、白印堡、青杠堡等城堡。

嘉靖十一年（1532），都御史宋沧率兵平定白草羌之后，在今开坪乡境内修筑了平番堡、赤土堡和奠边关。

但是，在何卿看来，面对势力强大的白草羌，仅仅是这些现成的堡垒还不足以应对。自己曾经镇守的坝底堡险些被攻破；近在眼前的平番堡，去年被反叛的白草羌攻陷，百姓死伤数千不说，连包括都指挥邱仁在内的几百驻军都被一锅端了。所以，他要在三面山打造固若金汤的城池永平堡，以此为中枢，构建覆盖石泉全境的堡垒群，它们既是防御阵地，更是前进基地。

何卿的具体实施步骤是：进剿前，安排一千精兵修建永平堡下城；走马岭战役结束之后，硝烟尚未散尽的当年（1547），又在永平堡下城所在的半山上修筑了中城，在山顶修筑了上城。

三座城堡自山麓依次而上，直至山顶。下城在白草河与小园河交汇的牛背梁上，控扼了这一交通的节点；上城则位于三面山的制高点。上下两城，拱卫着中城。不仅如此，何卿还在三座城堡的周围修筑了九个称为"墩"的烽火台，以便迅速将警讯传达到各城堡。

同一时期，在何卿的主持下，又在永平堡附近修筑了伏地堡、万安堡、大方关、伏羌堡。这些城堡与此前的军事重镇坝底堡连成一线，严密地控制了从内地通往松潘、茂县的道路，北川也成为四川西北地区军事城堡最为密集的地方。

由三城、九墩组成的庞大军事基地，鼎盛时期这里曾经驻军九千。几百年过去，即使只是废墟、遗址，总面积也达近三万平方米，为西南地区同类遗迹之最。

3.

上、中、下三城，中城作为明军的指挥和防御中心，当然最大、最重要，设计也最为精巧。

站在东城门前回望。只见小路右侧是数十米高的绝壁，左侧是数十米深的峡谷，这条进城之路——也是当年军队、商旅和马帮不能不走的那条著名古道，它是在陡峭的崖壁硬生生掏凿出来的。整座中城，就建立在南高北低的一溜斜坡之上，占地大约六十多亩。水资源当然是守军的生存之本。这里没有水源，当年官兵的饮水不得不从上城引来，水道就隐藏在悬崖之上，设计非常巧妙。

这么一处天险之地，何卿竟又率军修筑了内外两道城墙。从高处俯瞰，整座中城城墙构成"回"字形。其外墙全长近一里有余，又高又宽，全部条石码砌。东、西方向各开一道门，门一开一关，这条川西北边地的生命线就尽在掌控之中了。

进外墙东城门后十多米远处，便是内城墙的东城门。在两道门之间的右侧，是一块荒草掩没了墙头、面积大约百余平方米的方形空地，形如瓮城却又不当道。王官清告诉我，这是当年的一座监狱。这监狱并未分隔出若干小间，出于人性化考虑，只关押女犯。就像古城所有的建筑一样，牢房屋顶早已不存，里面一棵梧桐鹤立鸡群地长在极其高大的玉米之中。植物肆无忌惮的生长，恰恰与监狱的定义相反。像是一个隐喻，横跨了生物学与社会学。

走过第二道东门，便进入了内城。街道的左边，一处底部宽达六七米、由粗大的石条砌成的台阶映入眼帘。台阶共二十四级，由下向上逐级收窄，凛凛然令人明显地感到威慑。果然，台阶之上的平台，便是当年松潘总兵巡行驻地，也称松潘总兵衙门。

这里也是点将台。不过，在高高的台阶上俯瞰，下面没有黑压压的军阵，只有一片玉米和黄豆，金灿灿地等待着主人前来收获。

4.

作为国家级文物保护单位的永平堡，何公生祠碑是其最重要的文物之一。"何公"，当然是何卿。所谓生祠，即为当时尚在人世的人物修祠立碑，表彰其丰功伟绩。这在历朝历代都罕见，在北川更是仅此一例。

何公生祠早已不存，其碑还在，现存于走马庙。碑用一整块石板凿成，碑面呈古铜色，因风雨侵蚀，碑文已经漫漶难辨，但"何公生祠碑"五个大字和"驱数万之兵深入羌地""朝夕瞻仰，其庶乎系边人之永思""嘉靖二十六年"等语句还较清晰，由此大体可知为何卿建祠立碑的缘由。

庙是典型的农村小庙，为当地百姓自发集资所建，位于东门外五百米。庙里供的是一个叫"走马老爷"的泥菩萨。"走马老爷"，他是何方神圣，王官清和刘伟都说不清楚，但他们对何卿亲自主持督建的关帝庙，其前世今生，却了如指掌。

作为世袭军人，何卿对"武圣"关羽的崇拜来自基因。如此巨大的军事基地，当时语境之下，关帝庙或者说武庙，这是标配。

关帝庙是个四合大院，后来改建成为永安小学。村民蹇学东曾经是这个学校的学生。他回忆，那些年的"六一"，全乡的小学生都会集中在这里开会庆祝。小朋友们从各村步行上山来，一律自带午饭——一般是玉米面粑粑、馍馍和盐菜。学校的大毛边锅可以免费给孩子们热饭。负责的工友是流落红军任万禄。他与弟弟任万成一起参加红军，在草地的战斗中，他与部队失散了，不得不一路流浪回家。而任万成却战死在草地。王官清的三爷王兴顺也参加了红军,听说饿死在草地。他们的名字都刻在禹里红军纪念碑上。

5·12以后,永安小学停办,村民们自作主张,重新恢复了关帝庙。

关帝庙曾经是这一带的政治中心:一九三五年的红军指挥部、乡苏维埃,中华人民共和国成立后的乡公所,都设在这里。打土豪分田地、清匪反霸以及后来的大跃进,时代的浪潮,一浪高过一浪,拍击着古老的城墙。

5.

走马岭一战,白草羌的主力被明军消灭,几乎所有的碉楼被夷平,军事设施被捣毁,被彻底解除了武装;永平堡军事堡垒群以及几大交通要道沿线防御体系的建成,让白草羌所有的羌寨都处于官军严密监控之中,进一步失去了反叛的条件。新生代的羌人部族首领显然受到了震慑,他们掂量了一下自己的斤两,不得不承认现实,归顺政府。

一五七九年某日,石泉北关驻军校场张灯结彩,锣鼓喧天,一个精心策划的受降仪式正在举行。数百羌人代表排成纵队,秩序井然。笑容可掬的石泉知县李茂元让大家取下羌式头巾,然后将簇新的帽子逐一给大家扣在头上。帽子里面,事先都写好了汉族姓氏。就像抓阄,不管赵钱孙李,里面写的是什么从此就姓什么。

从此,统治者对羌人实行以怀柔为主的政策。白草羌人也由频繁"滋事""剽掠""叛乱"转而"卖刀买犊",走上"生番"变"熟番"再到汉民的融合之路。

躁动不安剧烈动荡的白草河、青片河和都坝河几大流域的广袤山地,终于消停下来。

硝烟散尽,冲突变为融合。羌人的历史,在这里来了个大转弯。

清顺治九年(1649),清军入川之时,明安绵道詹天颜,率军抗击清军,欲凭借永平堡为明王朝作最后一搏。无奈大势已去,永平堡并非屹立于历史大潮中的中流砥柱。詹天颜最终兵败被杀,成为永平堡一曲悲怆的绝唱。

从那以后,威震百年的永平堡,以及周边的关、堡、墩,几乎在一夜之间失去了军事意义。随着驻军的撤离,被废弃的永平堡,曾经固若金汤的堡垒,马上显现出普通石头的本相，在时间面前一败涂地。

还好，几年前"国家重点文物保护单位"的新身份甲胄一样套在它身上，让它有机会为一段厚重的历史做证。

战争的遗迹还有坟茔。永平堡周边，如城后墩、会堂地湾，都可以看见大片的坟头。

改革开放之初，生产队在校场坪改土翻地，大量的骨骸被挖出来。小学生王官清从那里路过，突然，一个骷髅头咕噜噜滚到路边，他冲上去，把它球一样一路踢着——以此显示自己的勇敢。

作孽啊，谁知道我踢的是谁？是士兵，还是将军？也可能是战死的羌族英雄。

还好，小孩子不懂事，他可能已经原谅我了。王官清不好意思地说。

6.

想不到，永平堡城内还有农户。

内城西北角一栋农家小楼住着赵国南和吴万华老两口。七十五岁的赵国南已是赵家在这里的第五代了。老祖宗刚搬来的时候，城里还是野猪的天下，连将军衙门里都是猪窝。用火铳把野猪赶走，然后才打地基，修房子。赵家定居很久之后，又有一户人家搬来与他们为邻。这家人姓黄，忠厚，与赵家世代友好，甚至成为儿女亲家，亲上加亲。

也许这里是军营的缘故，杀气重，能镇邪，他们住在这里从来不闹鬼。二十世纪三十年代，他们父亲曾经看见大队的红军和川军在城里经过。解放北川那阵，赵国南躲在墙角，也曾亲眼看见解放军和国民党军队的大队人马分别从这里过境，甚至就在城里驻扎。军人在城里扎营，埋锅造饭，在城边挖战壕、修工事，让他们胆战心惊，但最终有惊无险。唯有一次他至今还感到后怕：临近解放北川那年，春天的一个上午，一群武装土匪闯进他家。土匪穿得稀烂，脸上抹着锅烟墨，把家里所有的坛坛罐罐打得稀烂——希望在里面找到金银财宝。

藏在刺笆林里，听着家里让人心惊肉跳的打砸声，一家人吓得瑟瑟发抖。

既然是古战场，与军事有关的遗物还是很多的。赵国南几年前曾经捡到一把马刀，虽然锈迹斑斑，但磨出来依然可用。

当然，它不再是武器。他用它来剁猪草。

几年来，一把杀人武器的大刀，赵国南用它切碎的猪草已经喂肥了好几十头肥猪。

三、伏羌堡：一部军事机器空转百年

1.

隆冬季节。临近中午，太阳还在云层里挣扎。薄薄的雾霭之下，群山淡远，四野苍茫，唯有眼前这些残损的城墙，在凋零的森林和枯黄的野草间突兀地闯入视线，明显地与现实拉开距离。内部建筑早就荡然无存。城门洞开，山风、野兽、牛羊和附近的村民，都可以自由出入。进入城内，作为标配的瓮城已经不见，校场、围墙、点将台虽然残损，但还说得上大致完好，当年的规模和格局一目了然。城堡坐东向西，北面靠陡峭的高山而建。它占地大约三十亩，四面筑墙，墙体由毛石砌成。城周一百一十七丈，城墙长一百四十丈，面积近万平方米。

堡，堡垒、城堡、碉堡、地堡、暗堡之"堡"。它们都属于军事设施，用于防御。伏羌堡，在"堡"的前面加上"伏羌"二字，简单粗暴，冷酷无情，直截了当地宣示了这座大型军事基地的用途和针对，也反映了当年官民之间、汉羌之间矛盾和对立的严峻现实。

2.

伏羌堡始建于明世宗嘉靖二十五年（1547），位于都贯乡皇帝庙村的一处斜坡之上。当时，松潘总兵何卿率领明军刚刚取得了走马岭之战的胜利。为了巩固战果，一劳永逸地杜绝番乱，伏羌堡及其配套的烽火台工程，与永平堡、万安堡、大方关等要塞一起布局于汉番交界的交通要道，构成了完整而有强烈针对性的防御体系。这九处城堡，自东向西一字排列，大致和今都开公路一致，严密控制了白草羌向东进入龙州的通道。当南向道路被官军控制以后，这里就成了西北部羌人外出的重要通道，羌民所需的盐巴、茶叶等生活必需品，都经由此道输入。官府动辄以"革赏抚，断盐茶，永塞入龙州之路"相威胁，迫使羌人就范。由此可见，当时伏羌堡等城堡发挥了非常明显的威慑作用。

伏羌堡是在废弃罐子、徐坪、平通三个旧有城堡基础上修建的，因为地位重要，所以派"重兵守之"。原罐子堡、徐坪堡、平通堡三个城堡废弃后，其守军可能都集中移驻到伏羌堡了。另外，伏羌堡后面石壁上有"江山雄壮"石刻，在四个大字下方，刻有参与錾刻的六个总旗的名字。明代将带兵五十人的军官称为总旗，由此推断，镇守伏羌堡的官军应该是三百多人。

在伏羌堡左侧，有墓葬群一处，其中一块小石碑上刻有"故军周銮之墓——明万历十四年一月二十五日立"等字样。万历十四年即一五八六年，此时并未发生战事，周銮等人只能是戍守城堡时病故的军士。此外，伏羌堡附近还有一处"蒋洪武将军墓"。因为仅有土塚而无墓碑，所以这个"蒋洪武将军"来历不明，面目模糊，估计是镇守伏羌堡的主官。他很可能与那个名叫"周銮"的军士一样，也是被重病夺命，埋骨异乡。

3.

伏羌堡背后有一个山口，名箭和垭。这是金凤、开坪、小园方向东去龙州（今平武）的必经之地。这里建有一座烽火台，取名"绝番墩"——与伏羌堡一样冷酷而充满仇恨的名字！这是伏羌堡的配套工程，一旦白草番有什么异动，可迅速将消息传递到伏羌堡，再传到永平堡。

不过，从明嘉靖二十六年到明末，随着民族融合加深，矛盾缓和，北川地区再无战事。翻开地方史志，其中也没有伏羌堡、永平堡等军事堡垒受到攻击的记载。这说明，官军此前的征剿让白草番元气大伤，失去了对抗的实力；伏羌堡等城堡的存在，对番寨地方势力形成巨大的威慑；官府也加强了对地方的控制，汉文化逐步深入羌区。综上所述，羌人再也没有了反叛的意志。因此，伏羌堡和永平堡等军事设施渐成摆设，失去了存在的价值。另一方面，大山深处的长期驻军，也是国家财政的沉重负担。因此，废弃，就成为必然。

停止驻军，城堡废弃，应该是在清代统一中国之后的某个时候。

随着最后一批驻军的撤离，没有了士兵的操练，没有了集合的哨音，没有了屋顶的炊烟，门口也没有了全副武装的哨兵，没有官员前来视察，更没有谁来宣布接管。

威风凛凛戒备森严的军事要塞，一旦没有了军人的存在，就像一个挖空了内脏的猛兽，再没有谁对它产生惧怕。邻近的老百姓隔三差五溜进去，搬走一切有用同时又可以搬走的东西，就像秃鹫甚至乌鸦和喜鹊也可以啄食一头雄狮的遗骸。开始是家具和房料，再后来是石材——他们修房造屋，垒砌堡坎和围墙，铺设路面和晒坝，修建牲口圈舍，都需要大量的石材。废弃的城堡似乎属于无主的"采石场"，可以供他们很方便地就地取材，各取所需，似乎还取之不尽，用之不竭。直到有一天，伏羌堡遗址受到地方政府重视，被评定为省级文物保护单位，这种人为的毁损才戛然而止。

4.

皇帝庙村，因为从前有一座皇帝庙而得名。

皇帝庙位于伏羌堡下方。庙宇早就不存，但遗址旁边有一块残碑，披露了关于它的一些关键信息。庙宇建于明天启三年（1623）。北川境内的庙宇，大都兴建于清代，明代后期的皇帝庙，算是县境修建最早的汉式庙宇之一了。都贯的位置较为偏僻，明清时期，这里虽有北川关内地区通往龙州（平武）的交通线，但来往于此的主要是关内地区的羌人，而属于龙州（平武）管辖的都贯一带，也以羌族为主，彼时他们都还处在接受和学习汉文化的初级阶段，不大可能修建一座汉式庙宇来满足自己的宗教需求，所以皇帝庙很可能与伏羌堡的驻军有关，与何卿在永平堡修建关帝庙类似。

久无战事，在和平环境里，镇守官军既然可以在城堡后面的山石上刻下"江山雄壮"来抒怀遣兴，也完全可能修一座供奉玉皇大帝的庙宇来满足自己的心理需求。而事实上，北川境内较早修建汉式庙宇的禹里、坝底等地，明代都有官军驻扎。驻扎在城堡内的官军，不仅行使着武力弹压北川羌族的职能，还有意无意地发挥着文化教化的作用。

皇帝庙的建筑虽已无存，但遗址尚余一棵与庙宇同龄的参天古树。树是红豆杉，树干粗约两米，在高地上像一面巨幅的绿色旗帜，高扬在空旷的天地之间。这样巨硕的古树，理所当然地被当地人视为神树。

香烟袅袅，羌红飘飘，与伏羌堡遥相呼应，彰显出一方土地的古老、深厚，充满了来自时间深处的神性。

5.

城子湾，即都贯乡皇帝庙村八组，这里海拔一千四百米，居于此地的乡亲们，世世代代都对伏羌堡怀有亲切的记忆。他们从小就在城堡里进进出出，摸爬滚打。春夏秋冬，从幼年、少年、青年直到老去，在人生的不同时段，伏羌堡扮演着不同的角色。

童年时期，它是游乐场，孩子们在里头打闹，疯跑，藏猫猫。

少年时期，它是放牛娃的牧场，他们在里头放牛放羊。四周有围墙，曾经的演兵场，到了春夏之交长着半人高的杂草。牛儿大黄、荞麦子、牛张口、水麦草、铁线草，都是牲口们喜欢的植物。大家把牛羊赶进城里，只需偶尔用余光看看城门，接下来尽可以痛痛快快地玩。大家模拟电影里打仗的场景，以抓阄的方式决定当解放军还是日本鬼子。砍刀砍下一根棍子就是大刀、长矛、步枪甚至是机关枪。大家营垒分明，呐喊着捉对厮杀。

采摘野果也是孩子们的最爱。野草莓、野樱桃、羊奶子、酸枣、板栗、石枣子，十几个品种的野生水果，可以从春天吃到秋天。

在禁猎之前的那些年，城堡有时还会成为男人们的狩猎场。兔子、野鸡、麂子、野猪甚至老熊，都可能在城子里看到。今年六十岁的村民戴洪武，曾经多次在城子里打到野鸡野兔。有一年秋天，他一黑一白两只猎狗将一只麂子堵在城子里，最终将它活捉。

是的，伏羌堡是城子湾乡亲们的乐园。

但也不尽然。三十岁的戴红梅给我说，汶川大地震后的第二年夏天，一个中午，她母亲到城子里割牛草。那天阳光炽烈，母亲带着草帽，背着背篼，从城门口开始割草。后来她到了点将台下，太累了，她伸伸腰，不经意就看到了几米开外的浅草地上簸箕那么大一团黑糊糊的东西。她揉了揉眼睛，定睛一看，原来是一条盘起来的蟒蛇！它有碗口粗，黑黑的蛇皮上古铜色的花纹在阳光下清晰可见。

"我的妈呀！"她惊叫一声，扔了背篼，转身就朝家里狂奔。她草帽掉了，鞋子丢了，镰刀也不知去向，跨进家门就昏厥过去。

大病一场之后，虽然她最终活过来了，但永远地留下了惊厥、精神恍惚的病根。

从此，再也没有人敢在夏天单独进入城子。

最近的伤心事属于戴洪武的女婿陈光荣。

他是现北川狩猎队的队长，主要职责是狩猎泛滥的野猪以恢复生态平衡。二〇二二年夏秋之交，他带着猎狗围捕一头至少三百多斤重的猪王。他的头狗是一条麻黄的纯种青川猎狗，它率领四条猎狗将野猪王堵在了城堡里。困兽犹斗，野猪凭着皮糙肉厚对猎狗进行了疯狂的反扑。陈光荣和他的队员们赶到的时候，野猪被咬得遍体鳞伤，但他价值上万的头狗却被野猪的獠牙捅穿了肚子，流出了肠子。虽然他开车以最快的速度赶到江油的动物医院，但他心爱的狗还是死在了手术台上。

陈光荣含着眼泪，将他的猎狗埋在了城堡后面的山上，就像埋葬一位亲人，甚至一个英雄。

从此，他经常做梦。梦里出现最多的，就是那条死去的猎狗。

6.

一个庞大的军事基地，曾经扼守险要，壁垒森严，龙盘虎踞。

"伏羌"二字，像一双血红的眼睛，凶光毕露，虎视眈眈，逼视着周边的羌寨。然而，一五四七年始建以来，却没有一个羌民对它有过冒犯和挑战。作为一部军事机器，它有具体的假想敌。但事实上，敌人却像空气一样虚无。

空转百年，百无一用。它像是被历史狠狠地捉弄了一番。

青山不老，沧海桑田。当历史新的一页被掀开，伏羌堡，这座大墙环围的古代军事城堡，像是一个巨大的容器，里面既盛满历史和往事，也荡漾着田园牧歌，也许还有别的什么——每一个人都可能在里面有不同的发现。

第五章：红色一九三五

一、红潮席卷北川峡谷

1.

清明那天的蒙蒙细雨中,一群背脚子带来的消息让北川县城陷入巨大的恐慌之中。那个消息说,"霉老二"(当时四川军阀对红军的蔑称)马上就要从中坝打过来了!

其实,关于"霉老二"的传说,早在两年前就在北川闹得沸反盈天。不仅是北川县城,连最偏远的乡间场镇,赶场的老乡见面就说"霉老二"。正月间,那个大雪纷飞的下午,陈家坝茶馆里川剧玩友们正在打围鼓,团总杨晓初打着酒嗝进来,一把抢了鼓师的鼓槌扔在地上,吼道:"唱个锤子!通南巴的霉老二马上就要打过来了,还唱!"

鼓师嘟哝道:"有啥子好怕的?邓猴子(邓锡侯)不是厉害得很吗?"

杨晓初眼睛鼓得像牛卵子:"你晓得个屁!跟你说吧,霉老二又叫红军,凶得很!他们红头发,红眼睛,喝人血,吃人心子,吃人脑花,最喜欢吃小娃儿!"

杨晓初的说法并非原创。类似的骇人听闻的谣言,那时随时挂在北川各地乡长、团总们的嘴上,把老实巴交的老百姓唬得惶惶不可终日,被迫接受各种摊派和劳役。现在,被称作"霉老二"的红军真的要打过来了。背脚子们说得很具体:"红军队伍多得牵线线,把武都(当时的江油县城)围得水泄不通,炮火打得地动山摇;他们打下了中坝,杀了几百有钱的歪人!"

越来越吓人的消息,让北川县城人人都成为热锅上的蚂蚁。有钱的立刻收拾金银细软,揣上地契拖家带口仓皇跑路,无钱无势的寻常百姓也藏起衣物、粮食和猪膘,逃进深山老林。

一九三五年四月十二日,红四方面军从桂溪镇的沙窝进入北川,国民党川军望风而逃。红军先遣队经过陈家坝到达邓家渡时,见渡船被川军沉入江底,无法渡过湔江,便沿油房沟小路向漩坪方向进发。四月二十日,红军向曲山镇东溪之插旗岭发起进攻。驻守插旗岭的国民党县大队遭到重创,慌忙向漩坪方向溃退,过了索桥到达漩坪场后,立马烧毁了漩坪的篾索桥,阻止红军过河。

当天黄昏，国民党川军团长兼北川县长李国祥，也做了他在北川任上最重要的一件事：令所部和县府机关全部撤出禹里，同时焚毁南门外的索桥。

他叫人抱来一捆苞谷秆，亲自引火，将索桥点燃。干透的苞谷秆和竹缆编成的索桥，本身就是易燃之物，毕毕剥剥的燃烧如同鞭炮炸开。在冲天大火中，索桥很快断裂。但桥楼还继续燃烧了很久，映红了湔江两岸的夜空。

逃难的人们在密林边朝县城方向张望，心中充满不祥的预感。

2.

一九三四年十月，远在江西的中央红军开始了大转移。

一个多月前，红四方面军刚刚取得了万源保卫战的胜利。在庆祝胜利的欢呼声中，无论是方面军最高领导张国焘还是总指挥徐向前，无论如何都高兴不起来。

是的，在对川军的作战中取得了重大胜利。但是，部队伤亡惨重，从原来的八万余人锐减到六万人，不得不把十五个师缩编为十一个师。更为严重的是，川陕根据地良田荒芜，十室九毁，满目疮痍，一片废墟。土地都没有耕种，其原因一是没有种子，二是老百姓担心即使下种，战火一来也是白忙活。放弃耕种，就等于断绝了红军的补给来源。战争还导致当地大量青壮年死亡，使根据地内劳动力和兵源趋于枯竭。与此同时，川军对根据地的封锁也空前严厉，必需的各种物资比如粮食、食盐、被服和药品等补给越来越困难。因为缺少原材料，兵工厂供应部队的弹药数量也急剧减少。随着饥荒的蔓延，伤寒和疟疾等传染病也开始流行。

一九三五年一月二十二日，就在广（元）昭（化）战役打响的当天，红四方面军接到中央电报，要求他们"全力向西线进攻"，而中央红军也将"转入川西"。

中央红军北渡长江受阻，原定的计划并没有实现，但红四方面军根据中央命令而制订的西渡嘉陵江的计划，已经开始实施。形势已经大大改变：川陕根据地东线部队向西压缩之后，川军刘湘的主力部队占领了万源，然后向通江、巴中方向推进；在西线，苍溪、阆中、仪陇各县在红军部队移动以后，也相继被川军田颂尧和罗乃琼部占领。

根据地已经被大幅压缩。因此，红四方面军西渡嘉陵江的作战计划，用徐向前的话来说:"箭在弦上,非进不可。"

规模巨大的嘉陵江战役,从一九三五年三月二十八日午夜在苍溪东南的嘉陵江西岸打响,到四月二十一日攻克北川止,历时二十四天。其间,红四方面军强渡嘉陵江,先后攻克南部、阆中、剑阁、昭化、梓潼、彰明、平武和北川八座县城,歼灭川军十二个团,控制了东起嘉陵江、西至北川、南起梓潼、北至平武,纵横三百里的广大区域。

连续征战之后,终于有了喘息之机。红四方面军的将士们,无论是来自鄂豫皖、大巴山还是通南巴,现在,在他们的眼里,这是一块多么美好的土地呀。尤其是富饶的中坝,这个以江彰平原为腹地的小城,它才真正配得上"小成都"的称号。仅仅是这里,红军就筹集到粮食九百多万斤,还有大量的布匹、盐巴、腊肉、豆瓣酱和辣椒面。红军将士们吃着大米和腊肉,第一次真正体验到了"丰衣足食"的美好。那些天,大量的民工往返于中坝和北川之间,任务就是搬运这些珍贵的物资。

扩充红军队伍的工作也很顺利。据不完全统计,仅仅是北川地区,参加红军的贫苦农民就达一千五百多人,许多红军游击队也改编成了正规的红军部队。

红四方面军不但使在嘉陵江战役中受到损失的各师团都得到了补充,而且还重新组建了一个补充师——第三十一军九十三师二七四团年仅二十一岁的团长被任命为补充师的师长。他就是后来大名鼎鼎的秦基伟。

徐向前元帅后来在回忆录里写道:

> 我还记得,我们的电话机工作人员本来就不少,三天中又扩进一百多名新兵。因电话机有限,用不上这么多人,只好把他们分配到部队中去。四军十师第二十八团,强渡嘉陵江战役中减员二百来人,但扩红近九百人,全团人数达一千七百余人。武器、弹药、粮食、被服、经费等,各部队亦获得较大补充,比在川陕根据地后期的日子,要好过很多。全军共八万多人,加上从川陕根据地撤出的党政机关人员和革命职工,总计不下十万之众。

3.

一九三五年四月十二日开始,红军先后兵分五路进入北川。

首先进入北川的红军部队来自江油。四月十二日，他们在松花岭击溃了小股川军之后，于当日经沙窝子到达北川的甘溪。在这里他们一分为三：一部分沿平通河继续北上，进入平武境内；一部分留驻甘溪；一部分经北川的桂溪到达垭上。

留驻甘溪的红军在苏家院子设立了团部、后勤部；在梅家院子、雍家山两地设立了战地医院；在王家院子设立了被服所、机械制造修理所。

到达甘溪以后，红军随即向广大群众宣传党的纲领和政策，宣传抗日救国的道理，领导和发动群众打土豪分田地，并建立了白柳坪乡苏维埃政权。在熊家院子成立了村苏维埃，组织了游击队和童子团。广大群众积极为红军带路、打粮，协助红军从深山老林中捉回了土豪劣绅蒋少文、苏少奎、沈金顺等。随后在桂溪召开了群众大会，当众处决了他们。在各级苏维埃政权的领导下，游击队带领群众冒着敌机轰炸往返于中坝，为红军背米，运送布匹和武器；妇女们为红军碾米，打草鞋，缝军装；童子团，一边学习文化，学唱红军歌曲，开展宣传活动。

随后，大队红军从江油开来，经过甘溪，分别进入北川和平武两县。四月二十日晚上，红军分两路来到贯岭：一路从平武的豆叩出发，翻旋麻垭到贯岭；一路从北川的崖上出发，过洞洞岩到贯岭。红军到贯岭主要是过路。留下来的红军主要任务是接待通过此地的主力部队，接待站设在谌家湾徐家院子。自此，经过此地的部队川流不息，朝都坝方向开去。

和甘溪一样，红军在这里也成立了贯岭乡苏维埃和村级苏维埃，打土豪，分田地。

四月十九日，红四方面军一部从江油沿涪江左岸北进，准备在含增境内渡过涪江，从通口开启向北川的通道。但是，川军孙震部已经在右岸布防，控制了渡船，重兵把守渡口。含增和通口之间的篾索桥早已被砍断。红军只能顺河而上，砍树扎筏子，打算在距离通口一里远的开阔河岸渡河。但对岸有川军的机枪阵地严密封锁，红军几次试渡均未成功，只好放弃渡河计划。他们沿涪江左岸而上，过金光洞下的李家坪，到了邓家渡下游的两河口，涉水过陈家坝流来的溪沟，进入北川境内与陈家坝方向开来的红军会合，再经油房沟到东溪。

另外，红军于四月中旬进入平武境内攻占县城之后，其中一部从桂溪到平武豆叩，再经平武桥头、新民、大印、锁江、同心进入北川的片口。

红军在北川期间，相继建立了中共北川县委和北川平南两个县苏维埃、五个区苏维埃、二十八个乡苏维埃、一百一十九个村苏维埃政权，以及工会、农会、妇女会和童子团等群团组织，领导群众轰轰烈烈的开展了打土豪、分田地和支援前线等活动。

在三个多月的时间里，红四方面军的四、九、三十、三十一、三十三，五个军全部从北川境内通过。

4.

撤离川陕根据地以后，关于红四方面军十万大军为什么要进入北川，徐向前在回忆录里有过详尽的介绍：

> 蒋介石为防止红一、四方面军会合，实行各个击破，正调遣兵力，企图以江油、中坝为中心，对我实施东西堵截，南北夹击。敌人的部署是：以刘湘主力王缵绪部十三个旅为右路纵队，由罗江地区出绵阳、魏城，沿涪江东岸向彰明、两河口、重华堰进击；以邓锡侯第二十八军和孙震第二十九军各一部为左路纵队，由三台、绵阳出动，沿涪江西岸经香水场、双合场向中坝、江油进攻；以胡宗南部南下青川、平武，配合左、右两纵队的夹击；广元以北的邓锡侯一部南下，向剑阁推进，唐式遵一部守备昭化至阆中一线，防我东返；邓锡侯另一部封锁土门及北川河谷，防我西进；李家钰部防守阆中及其以西左壁垭、店子垭一线，阻止红军南下。
>
> 涪江流域的江油、中坝地区，枕山面水，紧邻川西平原，物产丰富，利于我军休养生息。然而，"梁园虽好，终非久恋之乡"。要打破蒋介石的合围部署，要策应中央红军北上，我军不能在这里久留。这时，张国焘、陈昌浩已经上来，立即在江油附近召开了高级干部会议，各军的负责同志均参加。会上，张国焘讲了撤出川陕根据地，是为了迎接中央红军北上。两军会合后，要在川西北创造根据地，赤化川、康、陕、甘、青等省。为打破蒋介石的合围部署，方面军下一步应首先占领北川、茂县、理县、松潘一带地区，背靠西康，作立脚点。他还提出，那一带是少数民族杂居地区，应成立苏维埃西北联邦政

府，以利开展工作，等等。陈昌浩也发了言。大家没有异议，一致同意按张国焘的意见行动。

西向岷江地区，建立川西北根据地，迎接中央红军北上，实现两个方面军的胜利会师，成了动员和鼓舞部队的巨大动力。全军指战员，士气高昂，精神焕发，纷纷表决心，做准备。我们计划，首先突破邓锡侯在土门、北川河谷设置的防线，占领岷江流域的松潘、茂县、理县、汶川。

穿越北川大峡谷，是红四方面军西进的唯一选择。

然而，这一路山高谷深，极其艰险。悬崖绝壁之上，马帮和背脚子都只能在栈道或硬生生抠出来的羊肠小道上单人行进。沿途的伏泉山、大垭口、千佛山、老君山、观音梁子，一列列的巨大山脉绵亘南北，横断东西。一个个隘口几乎都是一夫当关，万夫莫开，早就被国民党川军邓锡侯的部队封锁，变成了吞噬万千生命的血盆大口。

现在，红四方面军出发了。

十万之众，除了战斗部队，还有医院、随军家属、兵工厂、被服厂，甚至还有造船厂。

十万！浩浩荡荡如长江大河，这是多么巨大的人流啊。这种规模的军事力量的移动，在中国国土上的任何地方出现，都是惊人的。而在西南腹地，在川西北崇山峻岭中的北川大峡谷，这滚滚红流更是亘古未有。

巨大的红色笔触，将重重地摁在北川的史页上。

二、千佛山中，关键之战里的一个小人物

1.

雨季提前到来，千佛山一带的山路崎岖而泥泞。

红四方面军副总指挥王树声满脚稀泥，带着他麾下悍将八十八师师长熊厚发和几个参谋人员站在吉祥庵一块巨石上，眺望着云遮雾罩的千佛山，一脸凝重。

千佛山南起安县的千佛、高川，西抵茂县的东兴、土门。北川境内，它北起漩坪，西至墩上。主峰海拔近三千米。从这里开始，以千佛山为中心的连绵群山，既是北川大峡谷的天然屏障，又是成都平原的北方"城墙"。红军要顺利通过北川峡谷西进，就必须占领千佛山这个屏障；蒋介石要消灭红军，川军要保住自己的地盘，都必须控制这个屏障。因此，千佛山一线成为双方必争之地，千佛山之战也就成为关键之战。

红四方面军的作战计划是：攻占北川境内的各个隘口，控制北川河谷，然后全军突破土门要塞，挥师西进，和中央红军会师。

敌人早就在山上完成了布防：深深的战壕，坚固的工事，强大的火力。安县、绵阳还有强大而足够的预备队，随时可以前来增援。此外，国民党军还有大量的飞机，天天抵近轰炸。

战斗空前惨烈。

出生在擂鼓镇柳林村的羌族学者李德怀回忆，小时候经常听父亲讲，那时候他们村里住了好多兵，不但村子里住满大兵，附近几条沟里密匝匝的都是竹棚搭建的临时军营。有一天他进苏保沟放牛，沿途十几里全是营房。还看见许多兵在河滩上打靶，靶子都是沙袋，上面分别写着张国焘、陈昌浩和徐向前的名字，被士兵打得尘土飞扬。

沿河随处可见倒毙的遗骸，空气中飘散着阵阵恶臭，让人想呕。那些死人要么是重伤而死，要么因瘟疫而亡，都是和红军对阵的川军士兵。

他还听妈妈讲，每天天一亮，就有飞机从头顶飞过，向千佛山方向飞去。飞机飞得很低，几乎擦着门前那棵水桶粗的桤木树的树梢，连飞行员的脑袋都看得清清楚楚。巨大的轰鸣声震耳欲聋，感觉房子在颤抖，大地在颤抖，震得人心子都快要蹦出来了。

从五月上旬开始，通过攀岩偷袭，红军先后拿下了伏泉山、大垭口。接着，在付出重大伤亡代价之后，千佛山也拿下了。但是，因为红军换防，川军趁机又重新将千佛山夺了回去。

上千佛山的道路，左右都是万丈悬崖。半山有一个天然石洞叫天门洞，可以藏兵。要上山，必须从洞里穿过。天门洞前那一段路，大约两百米长，笔陡，窄得只能容一个人通过，并且必须手脚并用，小心翼翼地攀爬而上。

在这里，只须一挺机枪就可以堵住千军万马。

天险难以逾越，红军多次发起正面攻击，都因为在天门洞遇到凌厉的阻击而被迫后撤。

千佛山北麓，青片河南岸是明代军事要塞石板关。红三十军八十八师的师部就设在这里的五显庙里。从这里出发，沿着一条羊肠小道上行一小时就是张家大院。这是一座上下两台三进的大院子，担任主攻任务的的二六五团团部就在这里。继续上行，一小时以后可以到吉祥庵。这是一座当地老百姓修建的庙宇，敬观音，也敬玉皇大帝，还是当地戏曲"十二花灯"的主要演出地。山下的小道上，负重前行的民工络绎不绝。粮食、蔬菜、油盐以及其他供应前线的物资，被他们背到这里，由乡村的苏维埃干部清点之后，整整齐齐地堆码在墙角，准备运往最前线。

吉祥庵不仅仅是军需物资的转运站，还是临时的野战医院。

王树声看看远方的千佛山，再看看不断从山上抬下来背下来的伤员，心急如焚。

2.

挥汗如雨的民夫队伍里，走着一个三十出头的汉子。他身材颀长，稍显瘦削却极其精悍，眼睛细小却炯炯有神，透露出过人的精明。

他就是苟玉书。

吉祥庵再往上走是大湾头，苟家世世代代都住在这里。

这里是北川和茂县的接合部，两县羌民交错而居，但苟玉书在这一带拥有非同一般的影响力。他的影响力来自他的公道无私，疾恶如仇，还来自他超人的能力和技艺。

"十二花灯"是当地独有并相传已久的地方戏曲，男女角色都是由男人们扮演。苟玉书男角、女角皆精，唢呐、大锣、小鼓和响板也都会，早就是花灯的会首。

他还有一个更重要的身份：释比（羌族巫师）。现在，只要见到上了年纪的村民，他们都会给你讲起苟玉书作为释比的那些神奇的往事——

他能够赤脚行走刀锋，能够用舌头舔烧红的秤砣和锅铲，还可以将烧得红彤彤的犁铧木屐一样穿在脚上咣当咣当地走。他还会"收水接骨"。谁骨折了，他捏几下，吹一口水就好了。他甚至给砍断的竹子吹一口气，竹子就可以复原如初。更被人们津津乐道的，是他的"呼酒术"。几桌人的聚会，他端着一个小酒壶，不停地挨着斟酒。他手不离酒壶，也不见他朝壶里掺酒，但壶里总有掺不完的酒。直到有人说"不喝了"，他才将壶倒过来，让人看见里面滴酒未剩。老人们都非常肯定地说，每逢某个有钱但吝啬的东家修房造屋得罪了帮工的工匠和乡亲，苟玉书就会利用他的"呼酒术"让大家痛饮，直到将他家所有的酒坛喝光。

农历三月，红军还没有进入北川，他们喝人血吃人肉的可怕谣言，在千佛山下已经家喻户晓。红军还在桂溪、都坝一带时，苟玉书和乡亲们已经背着粮食和衣物遁入密林。

农历三月二十九，正是苞谷下种的季节，人们也只能在林子里躲着。黎明时分，有激烈的枪声从墩上方向传来。藏在密林好几天了，苟玉书感觉浑身都不舒服，决定摸下山去探个究竟，也舒展一下筋骨。他刚想走，家人和乡亲将他死死拉住。

你吃豹子胆了？霉老二共产共妻，喝人血吃人肉，就不怕把你吃了？

苟玉书笑笑：要共产呢，我是穷人一个；要共妻呢，我是光棍一条。况且，我是打鹿匠（猎人），攀悬崖、钻老林惯了，不是那么好抓的。再说，藏在这里已经好几天，也实在是撑不住了。

这时，另一个胆大的也站出来，要和苟玉书结伴。他是张世禄，绰号张牛儿，张家大院的主人之一。他家曾经是坝底的首富，现在家道中落，兵荒马乱，就从场镇搬回山里，和老乡们一样过起了农耕生活。

看见他们两个要下山，侯明珍、朱元富等几个小伙子也跟着走了。

张家大院上面山势相对平缓，几乎没有什么遮挡。炊烟袅袅，阵阵饭菜的气息从风中传来。苟玉书伸长脖子正朝下看，大院里，一个个背枪的人，担水的担水，扫院坝的扫院坝。他还想看得更清楚一些，没想到一个系着围腰端木盆的汉子一抬头就发现了他。

同志哥，下来嘛。那人边喊边招手。

苟玉书们赶快趴下身子，把头藏进草丛。他还算见多识广，感觉叫他们那个人是大巴山一带的口音。而且语气友善，毫无敌意。只是，他没有听清楚"同志哥"，感觉好像是在叫"桐子壳"。桐子壳，啥意思嘛？

他们正在想怎么脱身逃跑，下面又有人在呼唤"苟长子"。那是一个非常熟悉的声音：小伙子些，怕啥子嘛，喊你们下来就下来嘛！

他们大胆朝下一看，喊他们的正是张世禄的叔叔张大爹。他一直病恹恹的，现在被两个年轻人扶着。看样子，张大爹很愉快，和院子里那些人相处融洽。他朝山上喊，扶他的那两个人也跟着喊。

苟玉书们不再害怕，就大着胆子下去了。

那个系围腰端木盆炊事员模样的人，一直站在院子中间，看着他们下来。

啥子桐子壳？你砸开吃吧。苟玉书不惊不诧地对炊事员说。

炊事员放下木盆，愣怔片刻，终于明白了。他一把将苟玉书抱住，大笑着，很夸张地用嘴在他头上哑了一口：我吃不下你这个核桃壳！

3.

在张家大院，红军给他们宣讲了政策，也让他们吃了几天来第一顿热乎乎的饱饭，然后让他们马上上山，把乡亲们都叫了下来。

第二天，在红军的领导下，村里成立了苏维埃。在苏维埃的领导下，乡亲们做了分工，男的参加挖工事，搬运东西；女的负责打草鞋洗衣服和做饭。因为作战的需要，村里要组织一个"支前连"，让苟玉书当连长。苟玉书不知道"支前连"是干啥的，坚决不干。穷哥们儿都说：苟长子，让你当我们的官就整对了，我们保证跟着你好好干！

大湾头、许家湾和刘家山，村民总共不过六七十户人，还分属北川、茂县两县。还好，刘家山刘三大爷是族长，也是袍哥大爷，很讲义气，和苟玉书是铁哥们儿。他们两个人一起出面，一支八十个人的支前连当天就组建起来。支前连的任务很简单：往千佛山前线运送粮食等军需物资。从此，在整个千佛山战役期间，他们爬山路，钻刺笆林，天天在后方和前线之间往返。

在运粮路上来来往往，他注定了将与一位著名的红军将领相遇，让他的生命绽放出平生最绚丽的光彩。

那是打下桃坪后的某一天。下午，苟玉书背着沉重的玉米面，和他的队员们前往吉祥庵。

道路无比崎岖、湿滑。苟玉书他们脚上都套着脚码子。脚码子是一个圈起来套在脚上的铁环，脚下分别安有四颗防滑铁钉。这是山民们雨天出门的必备。但是，下雨过于频繁，山路上走的人多了，即使穿了脚码子，有拐把子杵路，行走还是非常艰难。到了吉祥庵，几个年轻的红军军官站在路边，一边说话，一边朝着千佛山方向指指点点。看见来了大队的民夫队伍，为首的那个三十来岁的魁伟汉子转过身来，突然发问：老乡同志，你们有谁知道天门洞后山的路吗？

苟玉书朝前跨出一步说：我知道。不过啊，恐怕你们爬不上去。

只要你爬得上去，我们就爬得上去！红军军官斩钉截铁地说。

敢死队是从熊厚发的八十八师二六五团选拔的。熊厚发十五岁参军，十九岁任二六三团团长，二十岁任八十八师师长，是一员难得的虎将。一九三四年九月，反六路"围攻"进入最后阶段时，红四方面军总指挥徐向前命令三十军以主力火速抢占黄木垭，切断孙震部向苍溪的退路并将其全歼。十一日，熊厚发率八十八师到达预定阵地，占据有利地形，多次打退敌人的冲击。后来，子弹打光了，在最后的肉搏战中，熊厚发亲自抡着大刀冲锋陷阵。战斗结束，他满身鲜血，一柄马刀已经砍得变形。经过一天一夜的血战，孙南甫的两个旅全部被歼，缴获了大量的枪支弹药。战斗结束后，八十八师的二六三团和二六五团被分别授予"钢军"和"夜老虎"奖旗。

夜老虎团，显然善于夜战，打恶仗。他们善于搭人梯登悬崖，攀绝壁，穿密林，钻荆棘，凡是敌人认为根本进不去、攻不进的地方，都是他们的突击方向。现在，拿下天门洞，占领千佛山主峰，就看他们的了。

而几天前正是苟玉书带路，从桃坪后山的绝壁下去，奇袭成功，让红军顺利地占领了桃坪。所以，故伎重演，爬上天门洞后山，利用夜袭拿下天门洞，他信心十足。

黄昏时分，由一位营长带队，二六五团三十名敢死队员从三观塘出发了。他们一律短枪、马刀加手榴弹，手臂上绑着白布条，跟在苟玉书后面，悄悄来到后山。他们解下绑腿，将衣服撕成布条，搓成绳子，把人吊下深谷，再爬上山沟对面的悬崖。

他们来到了天门洞侧后。这里是云崖，笔陡如削。

天早就黑了，一轮半月照耀着勇士们在绝壁上壁虎一样攀爬。绝壁上那道若隐若现的崖缝，那是连岩羊也站不稳的地方，却是他们唯一可能通过的"路"。苟玉书在前面示范，不断轻声地给大家交代要领，提示注意事项。尽管小心翼翼，挑出来的都是大巴山里长大的精壮小伙，但还是有四五个战士接二连三从悬崖上掉了下去。夜老虎真是名不虚传。即使是那些不幸坠崖的战士，明知这一坠生命难保，在坠落的过程中也没有人哼一声，保持了绝对的静默。

拂晓时分，敢死队终于摸到了天门洞侧后的花园坪。天未大亮，营长亲自带两个人潜入敌人后方，利用他们换防之际两边开火。碰巧，换防的双方早结下矛盾，红军轻易促成他们相互火并，敢死队趁乱发起攻击。

天门洞的敌人听见后面激烈的枪战，以为是老巢被端，军心大乱。埋伏在天门洞附近山路上的后续部队趁机一拥而上，迅速夺占天门洞，然后一鼓作气攻占了峰顶的制高点——佛祖庙。

几天以后，支前连继续背粮来到千佛山上。佛祖庙前的坝子里，部队正在开庆功会。台上，一位红军首长认出了苟玉书，就招手把他叫了过去，拉着他的手对总指挥王树声说，这就是那个支前连的连长。

王树声也认出了苟玉书。他站起来，拍拍苟玉书的肩膀，转身对台下的红军将士说：同志们，这位，就是支前连的苟连长！支前连是好样的！他们是模范支前连！

王树声话没说完，台下已是掌声一片。

从此，人们都把苟玉书叫"模范连长"。

4.

拿下千佛山，突破土门要塞，红四方面军在隘路上的每一个要点都与疯狂反扑的川军进行了激烈的交战，保证了北川峡谷的畅通。随后，红军战士和民工抬着机器、粮食和各类物资，在这条崎岖的小路上走了数十天才全部通过。

苟玉书和他的支前连，始终伴随着红军战斗的脚步。

毋须讳言，战争是残酷的绞肉机。伴随着惨烈的战斗，在前行的道路上等待着支前民工的，也是生死莫测的命运。

红军走后，苟玉书和他的支前连有八十人参加了运输大军。但是，回来的只有他和李明珍两人。

在还乡团疯狂报复的恐怖日子里，他们躲在干岩窝老林子里，刀耕火种，艰难度日。两年以后，风声过去，他们才悄悄溜回村里。苟玉书凭着在本地的威望和影响，以及袍哥的背景，才躲过一难。

村苏维埃成立以后，张世禄也当了干部。他帮助红军筹粮、运输、带路，也是还乡团要报复的对象。他也和苟玉书躲进了深山老林。回到村里以后，因为张家是大家族，时任乡长和驻军营长都是亲戚，他的事情也不了了之。

5.

中华人民共和国成立后，苟玉书把家搬到了许家湾。他一直是普通农民，沉默寡言，不再唱他最喜欢的"十二花灯"，也从来不提起与红军相关的往事。

直到改革开放以后，传统文化和民俗得到恢复，他才重新活跃起来，成为许家湾"十二花灯"的带头人。

十二花灯，顾名思义，表演者十二个人。他们穿羌服，拿着唢呐、二胡、大锣、小锣、大鼓、小鼓和响板，各自扮演不同的角色，唱的都是从川剧改编而来的故事。苟玉书有一副好嗓子，不但唱他擅长的花脸，还可以根据需要救场，客串多种其他角色。

唱十二花灯是为了祈福，保一方平安。演出主要是在春节期间，场地以吉祥庵为主。正月初三出灯，元宵节那天收灯。演出期间，四乡八里的乡亲都会赶来看戏，吉祥庵比赶庙会还要热闹。

八十岁以后，苟玉书身体每况愈下，但是他对花灯的演出和传承依然充满热情。在他生命的最后阶段，人们在背架子上垫上棉絮，把他背往演出场地，培训演员，指导排练。

6.

一九八五年十一月十九日，农历十月初八。这天晚上，苟玉书在许家湾家里走完了他的人生。

红四方面军突破北川大峡谷，与中央红军会师，这是决定中国前途和命运的重大事件。

所以，打通北川大峡谷，拿下千佛山，是关键之战。

派出敢死队，攀上云崖，从侧后占领天门洞，是千佛山战役的关键一环。

苟玉书所作所为，其意义不言而喻。

但是，苟玉书终其一生，都是一个普普通通的农民。

临终前的苟玉书骨瘦如柴，所有的器官几乎都处于衰竭状态。弥留之际，唯一的儿子和十二个孙子女围在他身边，和他告别。他最后一句话是对儿子讲的：你有那么多孩子（十二个），要好好把他们盘（养）大。

——这也是农民式的思维和表达。

7.

秋天，雨后初晴的下午，我在村支书谢宝庆的陪同下，去苟玉书的家拜访。

房子是普普通通的农舍，但很宽敞。檐下和圈舍顶上晾着几簸箕金黄的玉米，晾架上架着一捆捆的黄豆。没有人影，只有几只鸡在院坝里找食。先前狂吠了几声的一只小黄狗站在竹林边，警惕地望着我。

苟玉书的儿子已经去世，健在的八个孙子孙女，要么在外面打工，要么外出办事。

见不着家人，我们在院子下面不远处的路边找到了苟玉书的墓地。

墓很普通，也矮小，像它的主人一样低调，甚至可以说有点儿寒碜和卑微。

我伫立在墓前。草丛中，几朵明黄的野菊花在清风中摇曳——就借用它们来向无名英雄表达我的敬意吧。

三、一个土司行进在红军队列

1.

一九三三年初夏，北川北部边境松潘一侧的白羊乡，刚刚迎来了入夏的第一场大雨。黎明时分，雨停了。白草河右岸山坡上的白草土司衙门，在缭绕的云雾中越来越清晰。

大门紧闭。也没见家丁出来开门，站岗。异常地安静。在潮湿的天地间，只有白草河的阵阵流水声从山下传来。一进，二进。一直到了后院，才知道衙门里发生了惊天动地的大事——六十五岁的老土司安兴武断气了！

安兴武从春天开始就一病不起。凉寒病让他像是打摆子，即使在渐渐热起来的天气里，盖了三床棉被还冷得瑟瑟发抖。

哭声此起彼伏，衙门里一片慌乱。泪流满面的长子安登榜站在病榻前，心事重重地看着父亲。病榻上的老土司脸色蜡黄，眼睛半闭。对身后的世界，他像是有几分不舍，还有几分不安。

2.

白草土司，本来叫呷竹土司，驻地在镇坪的呷竹寺。明嘉靖二十五年（1546），先祖恩登喇嘛鉴于战祸危害，历尽艰险去成都请来官军平定了战乱，恢复了地方秩序。次年，他奉召进京朝贡，被赐封为世袭长官司，并赐汉姓安。从此，安氏土司便管辖着岷江流域上至镇江关、下抵平定关沿岸的六关三十二寨以及白羊十一团（类似村寨）的辽阔土地，其中包括与北川毗邻的白羊。

历代安氏土司深知"皮之不存，毛将焉附"的道理，统治刚柔相济，对百姓较为体恤。他们还通过与茂县的郁、苏两大土司家族联姻来巩固自己的地位。经过几代人的苦心经营，遂成为松潘南部最显赫的世家大族。

呷竹土司辖地衙门所在的镇坪地区地处高原，气候、物产和宜居程度远不如与北川毗邻的白羊。白羊与北川贸易往来非常密切，加上岷江流域战乱频仍，衙门曾受毁损，于是，二十世纪二十年代初，安兴武便把衙门迁到了白羊乡的溜索头。

从新衙门落成起,安登榜就跟着父亲来到白羊。虽是羌人,安兴武对自己接班人的文化教育,还是下足了功夫。他从内地高薪请来塾师授课,还让他跟着自己到处游历,增长见识。长大成人的安登榜身材伟岸,英气勃勃,羌语之外,还会流利地说汉语和藏语,在民族杂居的松、茂地区如鱼得水。

他的最爱是枪。

从少年时开始,他就把各种长枪短枪都玩得烂熟。

玩枪的人自然喜欢狩猎。他经常带着猎狗在深山老林一钻就是十天半月,飞禽走兽,百发百中。他还亲自配料,饲养了一群猎狗。猎狗毛色黑黄,看似偏于精瘦,却嗅觉灵敏,凶狠好斗,耐力超强,是大名鼎鼎的凉山撵山狗。神枪手加好猎狗,他每次的狩猎都收获满满,下山时都不得不调遣好些人去帮忙搬运兽肉和皮毛。因此,他早早地就获得了"神枪手大少爷"的称号。

老土司去世,安登榜袭位毫无悬念。

但是,事情并非如此简单。其原因就在继母张玉清身上。

张玉清出身于北川片口场的大户人家,绵阳南山中学初中毕业。安兴武去世时她才三十出头,年纪比安登榜这个继子还要小。年轻漂亮,精明强干,又进过洋学堂——这样的女人,不要说在山区,就是在大户人家的女人堆里也算得上鹤立鸡群。

大凡优秀的女人,总是有些野心的。张玉清结婚多年没有生育,新寡之后,未来存在变数,为自己的未来着想,她觉得必须把权力抓到自己手上才踏实。

她决定放手一搏。她首先想的是接掌丈夫的土司位子。但是,长子袭位,这是必须遵从的传统,不可逾越的规矩,是自古以来的代代相传的铁的秩序,她一个小女人想撼动和颠覆,谈何容易。何况,安登榜优秀得无可挑剔,从普通百姓到部落头人无不拥戴。明里暗里,她使出了浑身解数,还是败下阵来。

土司衙门里的内斗,早就被另外两双眼睛看得清清楚楚。

白草土司衙门辖地名义上属于松潘,实则是境内水泼不进的"国中之国"。松潘县长于戒需,军阀邓锡侯的代表松潘城防司令吴子问,早就在觊觎自己鞭长莫及的那半个松潘。听闻老土司的死讯,县政府专门派代表参加葬礼,授权他摸清衙门底细,相机行事。

面对封官许愿,安登榜软硬不吃。

张玉清却悄悄给政府代表石铺铨送了重礼，让他给县长于戒需带话：只要你们把白羊土司的地盘给我，我支持改土归流。

3.

一九三四年的春天伴随着干旱而来。

坐上土司大位的安登榜，立刻没有了"神枪手大少爷"放狗打猎的快乐与潇洒。去年的叠溪大地震，本地不是震中，但损失还是严重的，不少房屋倒塌，有人死伤。久旱无雨，更是雪上加霜。他和后妈张玉清一直不和，父亲去世，围绕继承人的问题，两个人的矛盾更加表面和尖锐。

但是，对安登榜来说，最严重最致命的问题不是这些，而是县政府和地方驻军的极限施压。

鉴于安登榜在自己地盘上的威望，县政府并没有硬刚。他们不敢贸然把张玉清扶上台，于是不管安登榜愿意不愿意，给他委以区长"重任"，辖区依旧是原土司辖地：岷江流域上至镇江关、下抵平定关沿岸的的六关三十二寨，以及白羊十一团。

这是笼络，更是釜底抽薪——土司废了，安家老祖宗传下来的基业，就将在安登榜手上戛然而止。

这还不是全部。县政府给他摊派了一大堆苛捐杂税。特派捐、团练费、购枪款、军饷费等等，总数二万多银圆。对贫瘠而灾难频仍的这一方土地来说，这是要把人民朝绝路上逼啊。

安登榜只能软磨硬扛。县政府通知他开会，他称病不去；而苛捐杂税，他列出无数理由要求豁免。

如此反复多次，于戒需大怒，给他记过，再记大过，勒令他限期缴齐那些银圆。于戒需拍着桌子说：共产党即将犯境之际，你胆敢抗捐抗税！

吴子问也拍拍腰间的手枪说：这些款项，说白了就是"防共枪支款"，大敌当前，耽误了军国大事，拿你的人头是问！

一九三五年春天，在政府、军阀和自己人民的夹缝中，安登榜实在没有任何的回旋余地。他召集部落头人和亲信开会研究对策。大家都劝他：出去躲一段时间吧，看看风声再行定夺。

4.

　　安登榜出走的时候，只带走了几个亲信和十来个全副武装的精干家丁。按照妻子廖登洁的要求，也带上了八岁的大儿子安本钦。大儿子是未来的土司继承人，带上他，是防止被绑架为人质，成为敲诈勒索的筹码。

　　他准备秘密前往北川。土司衙门地盘虽然在松潘，但和北川似乎更加紧密。不但张玉贞是北川片口人，自己的妻子廖登洁也是北川人。她的娘家在外白，具体地说是在一个小地名叫"道宝"的地方。那里是一个高山村落，廖家在当地是大户人家，岳父和舅子都是当地有影响的人物，树大根深。这是他可靠的大后方，随时可以落脚。

　　潜行北川还有一个重要原因，那就是土司衙门历来和北川县政府关系非同一般。

　　故事还要从一九二二年说起。那是秋天，安县武装土匪几百人攻陷北川县城，知事刘维翰带着家属和随从仓皇出逃，从小园翻山到溜索头投奔白羊土司衙门。一见面，刘维翰就声泪俱下地诉说土匪暴行，拜安兴武为干爹，请他主持正义，帮助北川驱逐土匪。

　　安兴武热情地接待了这群特殊的逃难者。让他们在衙门里舒舒服服地住了一个多月之后，"干爹"经过充分准备，集合起一千人的武装，由武艺高强的大儿子安登榜率领，护送着刘维翰一行浩浩荡荡杀向北川。他们经片口、小坝、开坪直驱县城。还没有到北川城下，乌合之众的匪众已经望风而逃。刘维翰重新复位之后，安登榜还留下部分精锐武装继续"护驾"，直到确信北川完全恢复秩序。

　　次年春天，安登榜大婚，娶北川外白廖家的二女儿廖登洁为妻。刘维翰亲自登门祝贺，并送上一块大匾。匾是上好的楠木，光可鉴人的生漆底子上写着"永守藩土"四个鎏金大字。上款是"宋徽宗帝赵传赐，惜三次兵燹被焚，今又重刊复赠松潘世袭呷竹长官司兴武老大爷"；下款是"中华民国十二年三月署理北川县知事刘维翰敬"。

　　刘维翰虽然早已离任，现任北川县长李国祥由川军田颂尧部团长转任，但他同样重视与白羊土司衙门的传统关系，并且，他也是安兴武的生前好友。他后台硬，与松潘属于不同的军阀系统，完全可以不理睬松潘方面。

有县长和岳父家的双保险,他们在北川应该可保无虞。

他们天不亮就悄悄出门了。哪知,他的行踪还是被人发现。

那个人叫蔡洪藻,是本地的土豪,跟安登榜素来就不对付,而且和张玉清关系密切。他迅速派人去松潘城里,以他和张玉清的名义,向于戒需和吴子问诬告安登榜"携款潜逃"。

于戒需和吴子问马上派出一个连的正规军,由连长曹均衡和收款委员石铺铨率领,去北川捉拿安登榜。

随后,由邓锡侯亲自签批,松潘县政府出文,免去安登榜松潘县第六区区长职务,由张玉清接任。

5.

安登榜出走的第一站是外白的岳父家。

他明白,这里也不是久留之地。廖登洁的娘家在外白,很多人都知道,更不用说片口是后妈张玉清的娘家,他的行踪很容易被她掌握。

早上,天才麻麻亮,安登榜就把儿子从床上拍醒。他对睡眼蒙眬的儿子说:钦儿,大大就要走了,你就乖乖地在外婆这里耍哈。

听说大大要走,钦儿马上坐起来,两把穿上衣服,说:我要跟你一起走!

安登榜含着眼泪说:大大要去的地方路很远,你没法走。你就在外婆这里耍几天,我很快就来接你。

安登榜一行刚刚出门,外婆马上把钦儿的衣裳扒下来,给他换上一件满是补丁的外套。外婆说:你就在家里耍,不能出去。假如有人问你姓啥,不能说姓安,只能说姓廖。如果别人知道了你姓安,马上就要把你抓走!

从此,安本钦就在外婆家住下,足不出户。只要外面狗叫,就马上藏起来。

不出所料,李国祥也热情地接待了安登榜,让他在北川住下。松潘县政府多次来人或来函向他要人,他只是支吾搪塞。

其实,以当前形势,李国祥并不能确保安登榜的安全。

红军已经打过嘉陵江，占领剑阁、梓潼，北川已是风声鹤唳，李国祥自己都准备跑路了。安登榜感觉北川县城不是久留之地，补充了一些枪弹后，又去了外白，仍然住岳父家。没多久，觉得这里也不安全，又准备开始新的逃亡。

安登榜在北川乡下东躲西藏。

曹均衡的嗅觉似乎像猎狗一样灵敏，安登榜始终无法摆脱他的追踪。有一天在青片河右岸的叶家院子，终于被他追上。幸好临河一面有后窗，在部下的掩护下，安登榜跳窗而逃，才躲过一劫。

感觉最终难以逃出魔掌，他决定离开北川去茂县。这时，土地岭已经被川军陶凯部封锁。行至蒙心沟，守军不准通过，他试图强行冲关。双方交火，安登榜的十几个人根本不是对手，只好退到墩上，在岭岗半山腰一家农户院里住下。

五月一日，红四方面军第四军十二师先头部队抵达，击溃驻墩上的陶凯部之后，追歼逃敌时发现了安登榜的"番兵"，便主动前来联络。红军对安登榜的处境非常同情，在对他进行抚慰的同时，又进行了一番关于红军宗旨和民族政策的宣传。

他们告诉他，红军为各族人民谋利益，团结各民族领袖，消灭反动派和军阀，将建设一个没有压迫，人民当家作主的新中国。

红军首长的话，句句都说到他的心坎上。困境中的安登榜早有投奔红军之意，现在亲自见到了红军，了解了红军，就毫不迟疑地参加了红军。

6.

一九三五年四月二十四日，红军先头部队三十多人占领北川片口。

于戒需和松潘驻军，获悉红军接近松潘，便派出保安团，同时胁迫安登榜的带兵官王光宗、达拉孝率领的三百多"番兵"一起南下阻击。他们与曹均衡部会合不久，在吴家梁与红军接上火。

因为后续部队没有及时跟进，敌众我寡，红军失利以后退至小坝的走马岭。敌人紧追至野猪窝，隔着峡谷对峙。

成为红军的安登榜，师政治部给他分配了一匹马和四个警卫员，其中包括一位班长和文书。听说野猪窝那边与红军对峙的敌人中有他的土司兵，他主动请缨，去野猪窝劝降部下，分化敌人。

安登榜从墩上到白什，依然夜宿姨姐夫家。第二天翻黑尔明山到龙藏（今桃龙）。他亲笔给他的领兵官王光宗、达拉孝写信：

你们要认清形势，不要受骗上当，为反动政府充当走卒送死。我参加了红军，亲眼看见到红军多得无数，力量强大，政策很好，是为了受压迫的民族、受苦难的人民谋福利的军队，请及早醒悟，以地方人民利益着想，赶快率领士兵向红军投降，既不追究，你们被逼参加阻击红军的行为，由我保证大家的安全，又能避免地方遭灾，人民受难，请多方考虑作出决策答复。

安登榜派出亲信左传富走小路，经踏花寨、庙子湾、过外白桥、登江河、翻客包岭，把信送到野猪窝王光宗等人手上。

王光宗和达拉孝很快回信：

原来不知道老爷已参加红军，大家对红军政策不了解，被国民党政府军队胁迫率领士兵随从曹连阻击红军入境，激战几次红军受了一些损失，如投降，即是自投罗网。

见此情况，安登榜再次写信。王光宗和达拉孝终于有所醒悟，回复道：

老爷在红军关心大家，再三来信要我们投降红军，是个好意，但困难很大，如不听劝，违背了老爷的意志。

招降虽不成功，但安登榜还是和老部下达成了默契。

当晚，红军出客包岭、内外沟，几路佯攻野猪窝。王光宗和达拉孝只是朝天放了一阵枪就迅速撤离了。缺口打开，红军迅速占领有利地形，居高临下对敌军形成合围。经过一个多小时的激战，敌军伤亡惨重，仅剩二三十个残兵经片口、白羊翻桦子岭狼狈逃回松潘。

野猪窝、东岳庙战斗胜利之后，安登榜随红军从片口进入白羊，重新回到土司衙门。在自己曾经的地盘上，他夜以继日地工作：宣传红军的政策，发动群众，稳定地方，为红军筹粮，运输物资，协助红军建立乡、村苏维埃政权，成立游击队，发动群众用牛皮羊皮给红军做皮衣和鞋子。他还为红军提供了有关当地民族分布、社会现状、政治组织、军事实力、经济状况、语言习俗等方面的丰富资料，对红军的正确决策起到重要作用。他还以土司的有利身份，向驻守桦子岭的少数民族武装做工作，让红军的两个团顺利翻过了桦子岭。

农历四月初，他和部队离开白羊，翻桦子岭到镇坪一带。两天后他带红军由格早沟上山，配合"夜老虎团"去马场，消灭了那里的胡宗南部队。

红军隆重地在镇坪东岳庙坝子里召开庆功大会。参加大会的红军有四百多人，因为还不了解红军政策，到会的老百姓稀稀拉拉只有几十个人。

在会上被任命为红军番民游击大队长的安登榜，抱着刚刚缴获的机枪向台下的百姓喊话：大家不要以为胡宗南的部队有什么了不起，他们不是被我们打跑了吗？他们的枪不是被我们缴获了吗？我是本地人，希望大家不要轻信反动派的谣言，都赶快回来。

三个入伍不久的红军战士，在西坝擅自牵走了羌民俄加扎的一群羊。俄加扎找到安登榜告状，安登榜马上把情况反映给政治部黄主任，部队马上在镇坪集合，召开大会，当众严厉处分了那三个战士。消息迅速传开，躲在山上的乡亲们不再害怕，都回到了村里，冷冷清清的寨子又重新恢复了生机。

7.

在镇坪，安登榜享受了人生最后一段幸福温馨的时光。妻子和孩子们来到了这里。他们住的地方就在岷江河边的张家大院，和政治部的黄主任、后勤部的魏部长做邻居。

在此期间，红军和游击队在搜山时抓住了张玉清。念及亲情，安登榜给政治部首长写信，说明情况，请求宽大处理。张玉清很快被释放。安登榜捐弃前嫌，主动与她和解。年轻的后妈，处处与他作对的"政敌"，不久前还野心勃勃的国民党"区长"，在这里安静下来。她甚至放下架子，和一些大嫂大妈坐在一起，为红军缝制军装。

一九三五年八月初，部队就要离开了。早晨，安登榜骑着大白马，带着一支两百多名由羌、藏、汉、回乡亲组成的武装，与黄主任并马走在部队的最前列。他和包括后妈张玉清、妻子廖登洁在内的所有亲人一一告别。他告诫大家：搞好团结，随时想着红军，万勿听信谣言。我们不久就会回来。临行前，他还留下一床军用毛毯和一个军用水壶给家人做纪念。

他微笑着对家人说，看见了它们，就等于看到我了。

两天以后，他又给妻子带来一封信："我要随红军北上，你带上子女回白羊衙门居住，后会有期。"

8.

不久，安登榜随红军从松潘红土坡经黑水到达毛儿盖。

在这里，他每天早出晚归，依然负责宣传和筹粮的工作。

毛儿盖是河谷中的一块狭长平地，一条小河自北向南，把两座大山隔在平地的边缘。八月是高原上最美的季节。青山蜿蜒，河水清澈，遍地花开，两岸即将成熟的青稞在微风里起伏，令人沉醉。

毛儿盖是通往草地的通道。这里的重要性，连胡宗南都知道。此前，他就派李日基率一个加强营抢先占领了这里的索花寨和索花寺。杨成武率领的部队猛攻了八天，才歼灭这个营的大部分，李日基只带着百余人狼狈逃窜。

一大早，战友们看见安登榜带队出发，他的目的地就是索花寨。

但是，他直至深夜都没有回来。

第二天一早，红军派出一个连和游击队出发去寻找。在索花寨山背后的半坡上，他们发现了安登榜和战友的遗体。他们横七竖八地倒在血泊中。安登榜头上被砍了一刀，腹部被铁矛刺穿。显然，他们是中了敌人的埋伏，寡不敌众，全部战死。

敌人是谁？是土匪？是李日基的散兵游勇？还是其他敌对势力？

至少，我没有确切的资料可以证明。

中国唯一的红色土司，一个羌族的民族英雄，就此长眠。

9.

次年七月，由著名戏剧家李伯钊（杨尚昆夫人）与易世钧合作填词，采用《奋斗者》曲调演唱的一首歌曲《歌唱安登榜》在红军中传唱开来。激昂的旋律，通俗易记的歌词，使安登榜永远活在战友们的心中：

安登榜，
战斗英雄，革命模范，
羌民游击大队长。
他是那镇江关里一羌族，
一心拥护共产党。
安登榜，安登榜，
羌族好儿郎。

安登榜，
能骑善射，武技高强，
恨死那国民狗党。
大家看，三十六寨他带头反，
镇江六关他敢挡。
安登榜，安登榜，
革命志气强！

安登榜，
战马飞驰，战刀鹰扬，
冒险闯敌去筹粮。
直到那弹尽刀折浴血战，
拳打嘴咬斗志昂！
安队长，安队长，

红军好榜样!

同志们,

摩你的拳,擦你的掌,

压倒困难而北方。

他不怕雪山重重西风凉,

千里草原不厌长。

安登榜,安登榜,

我们的好榜样!

四、至暗时刻

1.

  红军开拔了,一路向西,目标是与中央红军会师。

  红军自一九三五年四月十二日首批进入北川县境,至七月二十三日全部撤离,在北川一共一百零三天。

  红军离境,如同红日西沉。

  川军接踵而至,国民党政府组织还乡团卷土重来,北川立刻坠入黑暗的深渊。

2.

  这应该是北川历史上最惨绝人寰的大屠杀。

  据我所知,大开杀戒,是从川军邓锡侯部的连长曹均衡开始的。他开始是率部追捕安登榜,然后是会同松潘的民团和被胁迫的安登榜的土兵,在白羊的吴家梁向片口进攻。当时红军已占领片口、小坝一线,只有三十多人的先遣队在片口、外白(今属小坝)工作。因为有绝对优势的兵力,曹均衡一直攻到东岳庙、野猪窝。

  在曹均衡所占之处,凡抓到苏维埃干部和游击队员,一律格杀勿论。

  在东岳庙,他把抓到的内外沟村苏维埃主席高贵云吊在树上用荆条抽打,要他说出其他所有干部和游击队员的去处。高贵云被打得浑身伤痕累累,口鼻流血。他不但没有屈服,还骂道:我看你现在凶,红军回来会把你千刀万剐!

曹均衡恼羞成怒:要剐?老子今天先把你剐了!

骂骂咧咧的曹均衡,亲自动手剐了高贵云的双腿,然后剐上半身,直至把他活活痛死。

3.

那是农历五月中旬的一天,闷热,天黑了也没有退凉。

陈家坝太子庙十七岁的小伙子桂娃子,正和母亲在桐油灯下喝小麦糊糊。突然有人敲门,从门缝一看,是远房兄弟心富。他站在门外急切地说,王心正要我传话,叫大家赶快去祠堂,有要紧事!

啥子事?桂娃子问他。

我也不晓得。王心正说了,我们王家的青壮年都必须去!

王家祠堂不久前还是村苏维埃活动的地方。那些天,王正怀当了主席,经常把他们叫到这里开会,听红军宣传,打土豪分田地,为红军筹粮、背粮,动员年轻人当红军。现在红军走了,村里不少年轻人都跟着走了。当兵打仗,让穷人有好日子过,桂娃子也曾经心动。但是,他是独子,不忍心扔下守寡的母亲,才没去。王心正是远近闻名的歪人,有钱有势。红军还没到,他就跑了。现在他回来了,成了还乡团的头子,更惹不起了。

桂娃子耐着性子喝完了滚烫的小麦糊,不紧不慢地来到王家祠堂,偌大的屋子里已经坐满了人,闹嚷嚷的。他瞄了一眼,五六十个人,清一色都是姓王的本家。王心正挎着盒子枪,背上别着大刀,站在屋子中间,正口水子四溅地说个不停。桂娃子找个墙角坐下,听了一阵才明白,屋子里的人,包括自己,现在都是民团。

看来,王心正一直在给大家洗脑,诉说红军如何坏:霉老二杀我们的人,烧我们的房子,现在他们的报应来了!该报仇了!他们大队伍走了,总还有些跑不赢的,就藏在山上!村里也有人鬼迷心窍,也跟着跑了。跑得了和尚跑不了庙,婆娘娃儿还在嘛。还有那些跳得高的,都给我朝死里弄!他们杀我一个,我就要拿他十个人填命!

听到王心正说得杀气腾腾,桂娃子心里猛然一惊。看样子真的要杀人了!人命关天，家里有人跟红军走了的，大祸临头了！没有多想，假装出去拉屎撒尿，出去就一阵狂奔，找到住得最近的堂嫂，把消息透露给她。她丈夫心善和心武、心定几个兄弟都跟红军走了，只剩下老父老母和她在家。

回到现场，他边进门边系裤带，若无其事地坐回墙角。

行动很快开始了。首先突袭了几户苏维埃干部和红军家属。

人都跑光了。王心正怒气冲冲，正要把大家带到祠堂训话，突然听到有婴儿的哭声。大家循声看去，哭声来自不远处崖下。那里有一堆麦草。王心正狞笑着，提着大刀，快步走向草堆，照着哭声响处一阵乱戳。

惨叫停止之后，扒开血糊糊的麦草，一大一小两具血肉模糊的尸体，正是堂嫂和她半岁的女儿。

4.

一九三五年那个黑色夏天，几乎在红军经过的所有地方，都在上演大屠杀。

首当其冲的是红军的尾队和掉队的伤病员。北川峡谷的道路，细如麻绳，几乎都在断崖绝壁之间。许多还是硬生生在石壁上用錾子凿出来的。一边是悬崖，一边是深谷。如果不是本地人，不要说厮杀，就是徒手走路都会胆战心惊。

掉队的绝大多数是非战斗人员。即使是有武器的战斗人员，要么来自异乡，要么刚刚扩红而来，多数还伤病体弱。一旦脱离组织，战斗意志和能力都会大幅下降。还乡团都是土豪劣绅，以及被他们煽动、忽悠和胁迫而来的当地羌民。只需藏在必经之地的某一个咽喉拐角处，一把锋利大刀往往就可以突袭得手。

在都贯的都坝河右岸，有一个"闷篷崖"。

闷，在四川方言里，是动词，也是名词，有盖或者盖子的意思。走在石壁上凿出来的道路上，头顶的崖壁不是像盖子和顶棚吗？以"闷篷"来形容，太形象了。还乡团头子邓显富，就带着人在这里多次袭击红军，一百多人惨遭毒手。

坝底堡区正侯天兴和团防局大队长刘国志，带领一伙人，三次堵截红军尾队，杀死六十多人。

桂溪的黄开模，为报家仇，纠集一百多人，在梯子岩截杀红军尾队，凡经此地通行的尽遭杀害。

前面说到的王心正，在本地的虎跳崖等地袭击红军尾队，追捕苏维埃干部，杀害七十多人。

青片河左岸的马槽，这里的邱家大院曾经是红军总医院。有当地老乡告诉我，当年红军撤离的时候，有红军伤病员、医护人员和家属上百人。他们无法跟上大部队，全部惨遭杀害。他们甚至还用削尖的竹竿从孩子们的肛门插进去，然后像稻草人一样在河边插成一排。惨无人道的屠杀染红了从马槽到坝底的漫长河道。一具具尸首，漂木一样漂流在河面上。马槽场镇阴气浓重，尤其是红军医院所在的邱家大院，很长时间都传出闹鬼，阴森恐怖。到"土改"时，分到这里房子的群众，都不敢搬进去住。

被捕获的红军、游击队员和苏维埃干部，等待他们的往往是更残忍的折磨。枪毙，刀砍，活埋，吊死，乱棒打死，砍掉手脚痛死，推下深谷摔死，吊在岩上饿死。这些都算比较"文明"的了。最残忍的，还有活剐，把人用铁钩倒吊，从中一劈两半……

就此打住吧。时隔半个多世纪，提起这些血腥的往事，即使只是诉诸文字，还是太残忍。

一九三五年前，北川统计人口近五万，到一九三六年，只剩下两万八千多人。

一部分跟红军走了，包括参加红军和民工。苟玉书八十人的支前连，因为战斗死亡和伤病减员，只剩下四十人。后来他们继续运送物资西去，活着回来的，只有他和李明珍两人。

战乱往往滋生瘟疫，安登榜的后妈张玉清，就死在那个时候。有多少人因此而死？我没有看到任何统计。

因为缺粮，因为极度的贫困，肯定有不少的人病饿而死。

除此之外，减少的人口，一定是死于屠杀。极其残忍无法无天的大屠杀，杀得连当时北川县政府也无法容忍了，不得不发文制止。

一九三五年过去，疯狂的屠杀暂告段落。但恐怖的记忆挥之不去，有些还作为地名留存下来。比如：活埋地、砍头梁、杀人沟、吊人树……

据不完全统计,这场惨绝人寰的大屠杀,死难的红军掉队人员和苏维埃干部,以及他们的家属,人数达二千多。

5.

还要说说那个杀人魔王王心正。

一九五〇年,中华人民共和国成立以后,彻底洗牌,旧政权及依附其上的一切都被打倒。这时,王心正得到清算。王家族人把他五花大绑交给了政府。不为别的,只因为他当年杀了同宗兄弟的妻子和女儿。六亲不认,惨无人道,丧尽天良,在当时就遭到族长的痛骂。此后,也一直被族人耿耿于怀。

自然,王心正被判刑,坐牢。

没几年,他因为瘫痪,被提前释放,又回到了太子庙家里。

时间到了一九六八年,又是"清理阶级队伍"。这次,他终于被觉悟了的乡亲们检举和揭发,许许多多令人发指的罪行,才得以彻底暴露。

不久,在北川县城曲山镇的杨家河坝,人山人海。这天,王心正作为刑场上的死刑犯,第一次被全县所聚焦。

许多人还记得当时的细节。已经瘫痪的王心正一身黑衣,挂着白色的纸牌,上面的名字上血淋淋地画着一把大叉。他被两个解放军战士架着进入刑场。到了行刑点,两个战士让他跪好,然后放下他,迅速退开。

枪响的瞬间,他朝前栽倒在地。

6.

红潮过去,白色恐怖中的北川大地,依然处处可见不熄的余火。

面对屠刀和枪口,许许多多的民众还是表现出羌人的彪悍和倔强。

麻窝场的群众乱棒打死了叛变后为虎作伥的侯志模;曲山东溪的王团正先是混进了苏维埃当了干部,败露后潜逃,红军走后又回来反攻倒算,被愤怒的群众处死。

许多群众秘密串联,在林间、岩脚和路尾暗杀罪大恶极的还乡团头子和土豪劣绅。

一些群众冒着杀头的风险,收留、掩护红军。红军和苏维埃干部被害以后,乡亲们悄悄收殓烈士遗体。有的老人还把自己的寿木都献出来安葬烈士。

在墩上麂子坪，乡亲们将被还乡团杀害的十几位红军以公墓的形式安葬，每月初一、十五上坟祭奠。还乡团知道以后，决定将公墓捣毁。还没有来得及动手，一个"神灵显圣"的神话传开，多人信誓旦旦地说自己亲眼目睹了"神迹"。受到震慑的还乡团怕遭报应，都不敢出头。一个疯狂的平坟计划，最终不了了之。

冬天，一场罕见的大雪降临北川大地。雪落无声，纷纷扬扬，覆盖了沉寂的群山。

五、硝烟散尽之后

1.

一九四九年十二月二十七日，中国人民解放军二野六十一军一八二师抵达北川县城，北川县宣告解放。一九五〇年一月十五日，北川县人民政府成立，北川历史翻开了崭新的一页。

2.

马槽乡的麻柳湾，有一个叫"包包上"的小村落。村里的蹇珍琴，是乡亲们心目中最苦命的人。因为穷，她前后生过十个孩子，其中九个不是病死，就是冻死、饿死。一九三五年，唯一的儿子王世明参加红军走了，不久丈夫王成贵又被还乡团抓去杀了。那个年月，北川的农民活人难，作为"匪属"的农民活人更难，既是"匪属"又是孤寡女人的蹇珍琴，活人就更是难上加难。

跟红军走的人，个别的又一路乞讨回来了。听他们说，千佛山，土门，都是打仗很凶的地方，好些红军都战死在那里；接下来三过雪山草地，又死了很多人。她就想，儿子一定也凶多吉少。

丈夫死了，儿子多半也死了。不过，她并不死心。杳无音信，生死未卜，就还有一线希望。这残存的一线希望就是支撑她活下去的唯一精神支柱。佛，山神，观音娘娘，玉皇大帝，土地公公，她见神就拜，祈求他们保佑儿子，希望有一天重新见到儿子。

解放了，听说当年的红军又回来了。当村里照顾红军家属，"土改"时把地主大院最好的房间分给她住时，她确信，这回红军真的打下了天下，穷人翻身了，希望像火苗一样在心里呼呼地燃烧。

时间来到一九五一年的春天。随着镇反运动的展开，土匪绝迹，躁动千年的北川大地，终于安静下来。

一个中午，上山打柴的蹇珍琴背着柴捆回到家门口的时候，她老远就看见了侄女王世珍站在房前。世珍满脸带笑，将一个牛皮纸信封在手上使劲挥动。

信？她不识字，不会写信。活了大半辈子，没有、也不可能有谁给她写信。难道是——

她的心猛跳了几下，伴随着一起跳动的是儿子的名字。但是，十六年的等待，也是十六年的杳无音信，她不敢相信。

世明哥哥的信！当世珍喊出那个名字，蹇珍琴僵住了，憋了很久，她才哇的一声，号啕大哭。

不久，一个在戏里才有的故事在乡间传开了：一个叫蹇珍琴的孤寡老人，守寡十几年，吃苦受气，终于等来了参加红军当了大官的儿子，被接到北京享福去了！

事实上也是。蹇珍琴在北京真的很享福。自己的亲生儿子就不用说了，儿媳妇徐树英待婆婆亲如亲生母亲，照顾得无微不至。

可惜，蹇珍琴大约是早年生活过于困苦，又生育了太多的孩子，丈夫死后又经历了太多的磨难，到北京五年后竟身患癌症。王世明两口子竭尽全力，仍未能留住母亲。不过，蹇珍琴从北川的大山里一步步走进首都北京，充分享受了天伦之乐，还亲眼看见儿子事业成功，家庭幸福，王家人丁兴旺。在八宝山公墓里，她应该放心地"安息"了。

"一将功成万骨枯。"不管这句唐诗的背景如何，它都无情地说明了战争的残酷。的确，能够从枪林弹雨中全身而退的人，不能不说，他们都是命运的宠儿。包括王世明。

王世明身经百战，曾经有四次差点丧命。

一次是过草地。当时，连队给每人发了几斤生麦子，连长印成真告诉大家这是过草地的救命粮，一定要省着吃。但是，走到离腊子口还有四五天的路程时，意外发生了，王世明的麦子竟莫名其妙地丢失了，面对着荒芜人烟的茫茫草地，他绝望地哭了起来。印连长得知后，拍着他的肩膀说："别怕，跟着我吧，有我吃的就有你吃的。"王世明知道连长和战士分的一样多，不忍心挤占他的。连长却说："没啥，我撑得住。"从那天起，每到宿营地，连长总是先拿出一个小酒杯，从他的口粮中舀一酒杯给王世明，让他再找点野菜充饥。靠着印连长从自己口粮中挤出的救命粮，他才活着走出了草地。不幸的是，部队刚走出草地，就和堵截他们的国民党部队遭遇了，激战中，印连长头部中弹，英勇牺牲。这是王世明终生的痛。

第二次是在山西昔阳的一次阻击战。一股日军冲进我军阵地，肉搏中，一个日本兵突然从侧面袭来，将他的枪抓住，同时刺刀已经逼近胸口。千钧一发之际，他枪膛里幸好还有一发子弹，一扣扳机，将鬼子送回了"老家"。

第三次是接下来的一次战斗。他在冲锋中被鬼子的歪把子机枪击中，背包着火了，衣服也冒烟了。万幸的是他背包上背了一把小洋锹，三发子弹打穿了洋锹后在背包里炸了，只是烧着了棉絮和衣服。

第四次是在一九四八年的太原战役中，敌军假投降，打出了白旗。已经是团政委的王世明从掩体里一跃而起，准备带头发起冲锋，正在此时，敌人的机枪扫射过来，幸好警卫员一把将他拉了下来，虽然子弹打穿了上衣，他依然毫发无损。

王世明十五岁就离开了北川。部队西去，家乡越来越远，但他对家乡的怀念从来没有停止过。中华人民共和国成立以后，他把母亲接到身边，娘俩只要坐下来，话题总会说到北川。母亲来了，等于把大半个家乡也带过来了。老人家去世后，再没有人能够陪着他说家乡。后来他调离北京，转战南北，先后挪动了许多地方。虽然大部分时间都是后勤单位，但他毕竟是主官，战备训练抓得很紧，他只有把家乡装在心里，全力以赴地工作。

直到一九七六年的初夏，在离开家乡四十一年以后，他才有机会第一次回到了家乡。无奈那时交通非常不便，时间又特别紧，所以只在县城里看了看便匆匆返回了部队。

一九九二年七月,在小儿子王建辉的陪同下,离休以后的王世明直奔北川而来,他这次主要的目的地,是马槽麻柳湾,是他的出生地"包包上"——回家乡,看乡亲,这是他多年的夙愿。

入夏的北川,天蓝地绿,满眼生机。公路在绿树繁花之间蜿蜒前行,让王世明觉得改革开放以后的北川风景如画,以前家乡穷山恶水的印象,荡然无存。当他看见路边耸立的"大禹故里欢迎您"石碑,眼泪一下就涌上来了。

晚上,大雨倾盆。王世明在招待所房间里临窗而站,看着雨水在玻璃上哗哗流淌,脸色越来越严峻,连连叹气。

第二天早上,他最担心的消息也终于传来:因特大暴雨,北川境内发生多处山体滑坡,导致包括马槽在内的多个乡镇交通中断。

雨还在下。窗前就可以看见湔江河水浑黄,不时有整棵的大树从上游冲下来,很快又消失在河湾的尽头。

老家是回不去了。为了不给地方增加负担,他再次带着深深的遗憾,冒雨踏上了归程。

王世明一路上忧心忡忡,不断念叨"乡亲们又要遭罪了"。回到西安的家里,儿子给他送来一份《新民晚报》,上面一条北川洪灾的消息,更让他辗转难眠。

没多久,北川县委门口贴出了一张"红榜"——上面公布了给受灾群众捐款的名单。捐款的都是县级机关干部。排在第一位的却是大家都感到陌生的名字:王世明。他排第一,不是因为红榜特别注明的"羌族老红军"这个特殊身份,而是捐款最多。

一九九二年夏天之后,王世明再也没有机会重返家乡,直到二〇〇一年去世。病危之时,北川县民政局的领导代表北川父老乡亲专程去看他。因为"假性球麻痹",他已经失去了说话的能力。在专为他买的一块磁性写字板上,他歪歪扭扭地写着:谢谢家乡亲人!一定要把北川建好!

这是他在这个世界上最后一次写下文字。

二〇一四年国庆,以长子王建新为首,王世明的子孙后代一共十人,分别从北京、石家庄、厦门和西安汇聚绵阳,然后前往北川马槽乡的"包包上"。他们登上那个叫"白石崖"的山梁，代表王世明祭拜祖先。他们严格按照北川羌族风俗点蜡、焚香、烧纸、敬献刀头等供品，然后祭拜王世明的祖父和父亲。

王建新代表大家宣读了祭文：

> 亲爱的太爷爷和爷爷：七十八年前，我们的父亲王世明，为了使穷苦百姓不再过你们那样的生活，离开故乡参加了红军。在他四十五年的军人生涯中，他出生入死，历经磨难，为创建我们的共和国立下了不朽的功勋。他被国家授予了三级八一勋章、三级独立自由勋章、二级解放勋章和二级红星功勋荣誉章，他是我们王家人的骄傲。从一九三五年参加革命到二〇〇一年他去世，六十六年的时间里，他每时每刻不在挂念着家乡，不在思念着你们，追忆你们的恩情，追忆北川的父老乡亲对他的抚育之恩……

3.

王世明参加红军的时候，十万之众的红色军队，还包括了一个特殊家庭的十一位成员。

他们是：陕南第一个党组织的创始人陈锦章，他父亲陈大训，弟弟陈文华、陈文芳，以及陈锦章的妻子和两位弟媳，妹妹陈真仁，女儿陈亚民、陈汉兰和她们的两岁的堂妹春梅。一九三五年二月红四方面军的陕南战役期间，他们全家在宁强老家参加了红军。他们扶老携幼，随大军一路来到北川。但是，在一场接一场的战斗中，他们走散了。到土门时，只剩下了陈真仁和她的两个侄女：十二岁的亚民和四岁的汉兰。

本来是姑姑带着两个侄女，但现在情况倒过来了，是亚民要照顾姑姑和妹妹。妹妹身体不好，有脱肛的毛病。现在，营养不良，更加瘦骨伶仃。更要命的是，姑姑染上了伤寒，经常处于昏迷之中。

此前，年幼的妹妹都是由爸爸和叔叔们轮流背着走的，后来他们编进了战斗部队，照顾妹妹的重任就落到姑姑身上。亚民明白，无论如何，自己都没有办法把这一大一小带着上路。反复权衡，只能留下妹妹。如果有好心人家收留，她也许还有一条生路。

亚民背着妹妹来到土门街上。这是一个只有几十户人家的小镇。大战过后，街上的人都跑光了，满街灰土，死一般的寂静。在一家茶铺，终于找到一个看门的羌族老婆婆。亚民在门口放下妹妹，进门就给老婆婆磕头。

"我妈妈死了，跟爸爸走散了，姑姑也病了，我没有办法背着妹妹赶路，只有把她托付给您。您收留她吧，好心的婆婆！"

对突如其来的一幕，老婆婆没有反应过来，本能地摆手："孩子，不行，不行……"

这时候，妹妹似乎也明白了什么，大哭起来。亚民一把将她搂着说："妹妹，你咒你姐姐吧！"说罢，突然推开妹妹，抹着眼泪跑了出去。她一口气跑回山坡上的东岳庙驻地，蒙头大哭。

夜里，亚民心里有事，辗转难眠。夜半，迷糊中，她仿佛听见妹妹在外面呼唤。完全清醒了，那呼唤的声音越来越清晰。真的是妹妹！她翻身起来，几步跨出庙门。朦胧的月光下，又长又陡的石梯上爬行的那个小小身影，不用说就是妹妹。她叫了一声，马上传出妹妹撕心裂肺的哭喊。她飞奔下去，搂过妹妹，姐妹俩相互紧紧抱住。

"你莫丢下我。"妹妹抽噎着说。

"好，姐姐不会丢下你。"她把妹妹背在背上，一边哄着，一边踏着石梯朝上走，还没进庙门，妹妹已经睡着了。

东方欲晓，天边已经涌出暗红。部队出发的时间越来越近了，她必须抓紧时间。

妹妹还在熟睡。亚民把她拉起来，重新背在背上，下山，再次来到老婆婆的门前。她把妹妹放在门口，然后重重地敲了几下门。

敲门声惊醒了屋里的老婆婆，也惊醒了妹妹。还没等妹妹叫出声来，她就拔腿开跑，一直跑到庙里。

这一次，她始终没有回头。

一九九五年，春夏之交的一天。北川县运输公司的一名普通职工张光志的家里突然来了一群奇怪的客人，他们有男有女，扛着摄像机，举着照相机，一看就是有备而来。

张光志的母亲孙开玉从沙发上站起来迎客。她头缠黑布帕子，身穿阴丹布长衫，系羌绣围腰，一脸茫然。

来客中那个为首的老太太，一进门就紧盯着孙开玉，从头到脚，反反复复地看。

"叫什么名字？"老太太问。

"孙开玉，小名叫香莲。"

"还记得吗？你原来的名字叫汉兰。"

"记不得。"孙开玉摇头。

"你今年多大年纪了？"老太太继续问。

"七十二。"

"你是本地人吗？"

"不是。我是从土门那边过来的。"

"你还记得以前的家里有什么人吗？"

"有妈妈和姐姐。"

"你小时候生过什么病吗？"

"得过重感冒，差点丢了命。"孙开玉使劲地想了想，又说，"哦，我小时候拉屎，经常拉出一截肠子来，长大了就好了。"

"你还记得土门街上面的庙子吗？"

"庙子？记不清楚了，但我老是做梦，梦见自己在石梯子上，往山上那个庙子爬呀，爬呀，总是爬不到头。"

"妹妹！"老太太一把将孙开玉抱住，"我的亲妹妹呀，姐姐终于找到你了！"

时隔整整六十年，在上海电视台摄像师的见证之下，亚民和汉兰姐妹俩终于重逢。并且，在上海纪念红军长征六十周年的盛大晚会上，姐妹俩终于与姑姑陈真仁见面。随后，汉兰也随姐姐回自己的出生地陕西宁强县的烈金坝，拜祭祖先，了解了更多自己的身世和家族的故事。

当年全家十一人参加红军，幸存的，只有她们三人。

姑姑陈真仁全程走完了长征路，后来和红军总医院院长傅连暲结婚。

陈亚民就没有这么幸运了。长征途中，在翻越达拉山的时候，她掉队了，后来流落到哈达铺，给人打短工却被主人狠心卖到岷县，她逃跑，却被抓回去毒打。八年后，再一次逃跑的时候，她依然被抓，毒打后，将她抛弃于荒野。

还好，她命不该绝，碰巧被过路的宁强老乡发现并将她带回家乡。

而汉兰，不幸中的万幸是，茶铺老婆婆将她收养。老两口善良，没有子女，视她为己出。

在擂鼓小学，我见到了汉兰的孙女张闪辉。

中年女老师张闪辉，身材高挑，大方端庄。也许，从她身上，我们多少可以看到汉兰的影子。

土门茶馆的养父母姓孙，在汉兰未成年的时候就去世了。临终前，他们将汉兰托付给族弟。这家人是普通农民，两口子已经育有三个儿子。因为没有女儿，同时他们也像茶馆老两口那样善良。他们将汉兰养大后，将她嫁给了在这里打短工的张明清。但是，新婚不久，孙家遭遇了一场火灾，张明清不得不带着汉兰回到北川墩上的老家。

陈亚民和上海电视台一行，碰巧在土门遇到了孙家的族人，他听说过茶铺老人收养女孩的事，循迹一路找到北川，终于有了六十年以后的重逢。

汉兰随丈夫回到北川墩上，过着普通农妇的生活。张明清能干，善良，对妻子很好，她的生活总的说来是幸福的。尤其是晚年，每当过年，七个子女都带着孩子回到家里团年。大家将四张八仙桌拼起来，老老小小，坐得满满当当。鸡鸭鱼肉，腊味野菜，摆满桌子。儿女们，孙辈们，大家端着酒或者饮料，排着队给老太爷、老太太敬酒。

每当那个时候，陈汉兰或者孙开玉，感觉非常开心，幸福，开心幸福得热泪盈眶。

与姐姐重逢，尤其是从宁强老家走一遭再回来，她觉得自己是世界上最幸福的那个人。

4.

二〇一九年十一月八日，在安徽省军区合肥某干休所，老红军熊玉坤迎来了自己一百岁的生日。

他的三个儿子和三个女儿，都带着自己的家人一起来给老爷子拜寿。五世同堂，儿孙们按辈分依次给老爷子拜寿。

这一幕，与晚年的陈汉兰十分相似。

"幸福的人都是相似的，不幸的人各有各的不幸。"无论是陈汉兰还是熊玉坤，托尔斯泰这句名言，放在他们身上都是适用的。

一九一九年十一月，熊玉坤出生在陈家坝的一个叫青林的穷山村。母亲早逝，父亲熊世和带着他和弟弟，继母带着一个女儿，一家五口人艰难度日。熊玉坤很小就在父亲带领下起早贪黑，放牛，打柴，卖柴。生活苦不堪言，未来看不见任何希望。

一九三五年春夏之交，红军来到北川，来到青林山，熊世和家里也有红军入住。一到熊家，红军给他们讲革命的道理，帮他们挑水，劈柴，干农活，相处得像家人一样融洽。

红军刚走，还乡团回来了。一天，有好心的乡亲告诉熊世和，有人把你告了，说你跟"霉老二"裹得紧，你要小心哦。

本来，熊世和早有跟红军走的想法，但家里缺劳力，妻子又是儿子们的后妈，自己走了，这个家就彻底没法过了。现在，有人告他，促使他下定决心，索性就当红军去。红军还在北川境内，熊世和很快追上了红军，成了红军战士。

没过多久，家里接到了一封陌生人的来信。

熊世和读过私塾，他在熊玉坤很小的时候就教他读《三字经》，所以，家里虽穷，熊玉坤却粗通文字。他打开来信，才知道信是父亲的战友写的，告诉他们父亲已经战死。这件事，对十六岁的熊玉坤非常震撼。在家里他再也坐不住了。几天后，他悄悄离家出走，沿着父亲的足迹去找红军。

参加红军的上千北川儿女，熊玉坤算是最幸运的。

有关资料显示，熊玉坤一九三五年参军，一九三六年入党，少将军衔，曾任安徽省军区政委。他曾经三过雪山草地，参加过百团大战、挺进大别山、淮海战役、渡江战役等战役战斗。先后三次受重伤。曾荣获三级八一勋章、三级独立自由勋章、三级解放勋章、二级红星功勋。一九八六年离休，现居合肥。

二〇一九年十二月，一百岁的熊玉坤到驻皖某部参观，还能够举起机枪熟练地操作。其健康状况，可见一斑。

安徽省军区合肥第一离休干部休养所里，熊玉坤家客厅的正中，挂着一幅大幅全家福照片。照片中，熊玉坤和老伴端坐正中，六个子女和他们的配偶都穿着军装。

只要熟悉北川的人一看就知道，这幅照片的背景是北川老县城。

这是老将军特意嘱托女婿找来的航拍照片，合成以后挂上去的。

为国出征数千里，难忘故乡哺育情。熊玉坤曾经三次回到北川故里。二〇〇八年，当他准备动身踏上最后一次故乡之旅的时候，地震阻断了他的回乡之路。无法回乡，他能够做的，只有捐款，再就是久久的思念。

客厅里的大幅照片，让他天天和故乡见面。

就在我本书即将完稿的时候，我得到了老红军熊玉坤去世的消息。

二〇二三年三月二十二日凌晨，中国共产党优秀党员、离休干部、老红军、安徽省军区原正军职顾问熊玉坤同志，因病医治无效，在合肥逝世，享年一百〇四岁。

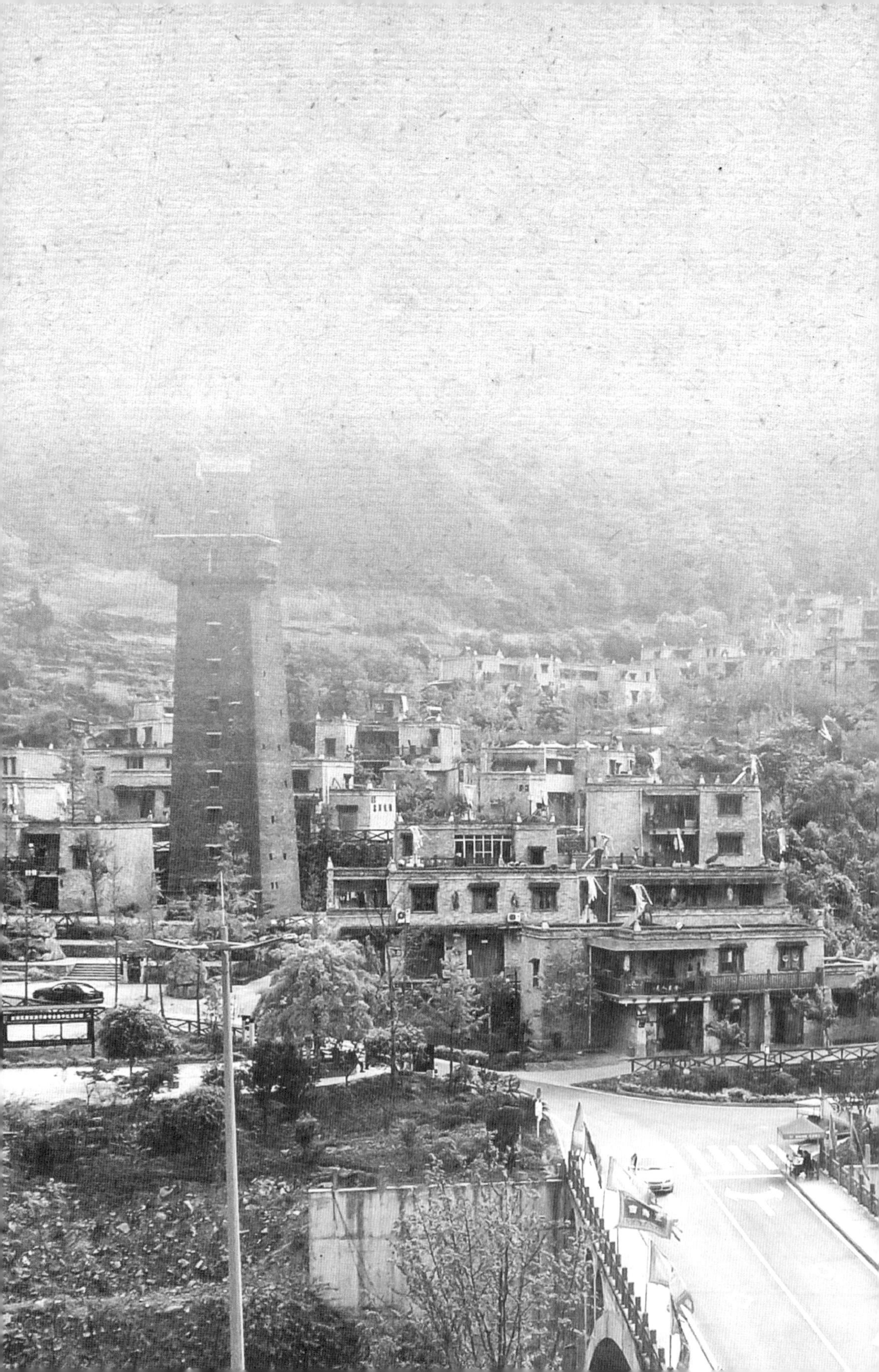

第六章：古镇

一、片口：追忆似水繁华

1.

在三千多平方公里的北川大地，众多的集镇里，片口说得上最为神奇。

从新县城永昌镇出发，到禹里，溯白草河而上，开坪，小坝，一路向北，直抵片口。这是北川大山的最深处，是北川最北的边境。

让人大感意外的是，一路穿山过峡，上溯百余里，到这里地势却豁然开朗，白草河竟不可思议地在这里冲积出一大片开阔地。更让人惊喜的是，这里有完好的老街，古老的碉楼，甚至还有一座天主教堂——这是真正意义上的古镇。

并且，它规模很大，是北川境内最早兴建的场镇之一。

2.

出老街往东，从桥上跨过白草河，一片平坦的坝子就是白草坝。片口场镇已经扩张到这里，片口小学就在过桥不远的地方。

白草坝，一个看起来平淡无奇的名字。视野里，我看到的是学校、商店、居民小楼或者农舍。一个阳台上，晾晒的衣服色彩鲜艳，现代时尚，与城里无异。路边的簸箕里晒着玉米，一只花母猫带着一只猫宝宝躺在玉米粒上晒太阳。我经过的时候，它们睁开眼睛，伸了伸懒腰又继续睡觉。一辆白色的长安轿车从桥上慢慢驶来。一男一女两个孩子，小半截身子从天窗里钻出来，小脑袋东张西望，手里的彩色气球在风中剧烈飘荡。

很难想象，这就是历史上"白草羌"的腹地。

对，就是白草羌。这个名字，是北川和平武羌族的代名词，也代表了一片特定的地域。它曾经无数次出现于川地官员给皇帝的奏章里，也无数次闪现在古代尤其是明代的史页中。北川一次次"番乱"，其策源地和大本营，正是这里。

明嘉靖年间，不知天高地厚的白草羌首领勒都在这里起兵。他自称皇帝，野猪窝等几个主力羌寨的头人被他封为总兵或者将军。一五四六年腊月底，何卿率大军围剿白草羌，兵锋所指，其终极目标就是勒都的"老巢"白草坝。走马岭天险被突破之后，官军以摧枯拉朽之势，迅速将白草坝占领。逃回片口的勒都，也没能逃脱被活捉处决的命运。

当时的明军指挥佥事刘成德在《安绵父老思何公》诗中写道：

茄鼓谁吹出塞声，摧锋唯有石泉兵。
蛇矛横捣磨盘寨，虎杖高悬白草坪。

白草坪就是白草坝；磨盘寨就在片口场镇东北方向，桥的上游，差不多就是当年白草羌"首府"所在地。

3.

走马岭战役之后，白草羌青壮年男人几乎全部战死，剩下的老幼妇孺据说被迫迁往小坝野猪窝。白草坝渐渐荒芜。

大约在明末清初某年秋天，松潘杨柳沟几个羌族猎人从北向南狩猎。到筛子背，突然头狗不知去向。猎狗中的头狗最健壮、最灵敏，也最有经验，是狗群里的带头大哥，猎人最重要的帮手。大家很着急，一直往上搜索寻找。到山顶，大家登高望远，见现今片口一带地势开阔，是水草丰茂的沼泽地。几个猎人从干旱少雨的高原来到这里，既震撼，又兴奋。他们继续深入，踏勘后发现，是白草河下游岩窝店一带峡谷发生了大塌方，泥石流堵住了河道，堰塞湖的回水淹没了白草坝。他们明白，这是一块膏腴之地，比杨柳沟强上十倍。回去以后，猎人们迅速行动，联络了部分乡亲，于第二年春天开始迁徙。

这次迁徙，分别是董、王、黄、包、何、冉、钟、田、杨、魏、安、刘诸姓，共十二户人家。

这十二户人家，就是现今片口人的始祖。他们"插枝为业"，各自圈占安身立命之地。杨家占来兽坪，钟家占白羊寨，刘家和安家去白草坝，包家和冉家去三江口，何家去磨盘沟，魏家去上片口和小西沟。

大家齐心协力，先是疏浚河道，放干沼泽，然后烧荒，播种，砌碉楼，建栅栏。过了若干年，为了交易，他们在现今白草坝沟口村的地方修了一条很小的街，取名"复兴场"。

又过了好些年,随着人口的繁衍,他们发现复兴场实在太小,不得不迁址另建。

经过勘察,他们有两个选择。一是地势平坦的白草坝,二是斜坡上的保儿窝。两个地方各有短长,难以取舍。头人们决定用羌人最古老的办法来决定:在两地各取一碗土,晾干,再用秤称。重的那一碗土,就是未来集市定点的地方。他们最终选择了保儿窝,除了它那碗土要重四两外,也许还在于,保儿窝得名于那个形状像人屁股窝的石头,据说孕妇去坐一坐就可以保胎——繁衍人口,这不也是象征着人气旺吗?

在保儿窝斜坡上,他们依山就势,将场镇修成船型,寓意"水涨船高"。船两边排水,街心开一条阴沟,每十户人家留一个水口,供大家取水、洗菜、洗衣和防火。早上取水,下午清洗,由头人亲自监督,以形成习惯和规矩。街道逢高就高,陡处石梯,平处石板。场镇是独街,但非常长。从下场口到了上场口的横街子,还继续延伸,抵近王家沟,总长近七里。水巷子、麻园头、三清庙,凡出口,都有栅门,天黑即关,设有岗哨。王家沟的水被引至场镇一侧,一路下来,水磨、干磨十几座。水磨小,推豆腐、凉粉、粉条和嫩玉米;干磨大,磨面粉和玉米粉。

大约是在清中期,场镇已经形成雏形。刘、王、董、安四家渐渐发迹。为了自家和场镇的平安,他们出钱修建庙宇。

这说明,片口羌人的汉化,这时已经有相当深度。种种迹象都表明,他们是主动汉化。

4.

在这里,我不得不再次说到威尔逊。

这个名气很大的英国植物学家和探险家,大约在一九一〇年八月十四日,曾经路过片口。他在旅行笔记中写道:

> 片口场海拔3800英尺,是个较为重要的集镇,但最近一场火灾烧毁近半。我们在找住宿时遇到麻烦,唯一适合的客栈已经客满,住客不肯让位。经过长时间的交涉和坚持,我们终于赢了,舒适地住下来,虽然很挤。有个住客

发烧病倒，我给他服用奎宁，并给了他足够服用数天的剂量，他非常感谢。我的行为传开，很快有大群的人前来求药。

片口给威尔逊留下了深刻印象。他拍摄了吊桥、东岳庙的神树，也注意到往来片口的脚夫、商旅。从片口运往松潘的，除了传统的盐、茶而外，与其他地方有很大的不同：大量的本地产品。猪膘、油坨（卷起来的猪板油）、粉条、白酒和大刀、长矛、匕首等兵器。松潘还有大量羊毛运过来，在片口洗净、纺线，织成袜子、绑腿和毡毯，再卖回松潘。

片口的区位优势和商业潜力，给威尔逊留下了深刻的印象。作为植物学家，一种特别的植物——鸦片，更引起了他高度的关注。据片口的朋友讲，威尔逊在回成都前，就与天主教会的人士讨论了鸦片，并建议片口教会在这方面有所作为。于是，教会不久就在片口推广鸦片。人们试用，渐渐成瘾；试种，长势良好。社会条件和自然条件都大大优于松潘的片口，鸦片很快泛滥开来，成为重要的鸦片种植基地和集散地。

威尔逊是片口鸦片泛滥的始作俑者吗？当时，鸦片已经在松潘地区兴起。作为来自鸦片帝国的植物学家，威尔逊不是没有可能。

但是，我并没有找到这方面的证据。

片口位于北川"小东路"最西北的端点，除了商旅过境，它自己就是一个繁华的大集镇。离开这里，很快就是连续三天的无人区，其中包括翻越海拔三千多米的桦子岭。所以，片口是最后的补给站，路上一切生活必需品，都必须在这里办齐。

在这样的条件下，不管有没有威尔逊，教会是否介入，鸦片进入片口，片口成为鸦片集散地，都是迟早的事。

5.

片口本来就是重要商埠，鸦片进来后不久这里还发现了金矿，大量金夫子聚集，后来还有潘文华一支几百人的部队以"铲烟"名义常驻。多种因素叠加，形成畸形繁荣。

二十世纪四十年代后期，是片口的鼎盛时期，人称"小成都"。当时的场镇规模是现在的好几倍。沿街走去，商铺、货栈、旅店、茶馆、酒楼、烟馆比比皆是。据一九四八年统计，片口共有坐商七十多户、行商八十多家，茶旅店十三家，酒馆、饭馆二十多家。此外还有二十多家红灯烟馆。几乎四川各大专区都有人经营商号，也有来自陕、甘、宁、青的商人。最大的商号"广神号"和"义神号"，就是"老陕"开的。他们经营的商品，高端的纺织品有绫、罗、绸、缎、呢子、毛料，时髦的有各种花布、细纱阴丹布、学生蓝、安安蓝，性价比很高的有太和镇的蓝白土布，以及各种鞋、袜等。在食品方面，银耳、燕窝、海参、鱼肚、墨鱼和其他山珍海味等无所不有。

片口商人夸耀：成都有的，这里都有！

有畸形的经济，就有畸形的社会。

首先是烟帮多。每年有两百多个大烟帮和上千个小烟帮，到了春秋二季约有三四千人来往，常住片口场的也有两三千人。其中，最著名的烟帮有金堂帮的高莫辄、邓宗翰，江彰帮的雍子顾、左先成、邹顺华，安县帮的周怀德，以及青、平、北有名的大土匪李采之、邓从善等。

二是枪多。种、贩鸦片，钱来得相对容易；畸形繁荣，赚钱的机会也相对较多。购买力有了，枪的来源也跟着来了——大量的驻军在片口，他们有枪。片口也算是小小的花花世界，当兵的也想吃喝嫖赌，没有钱，就打自己部队的主意。那时的行情，一支手枪只需要一两烟土就可以换到。到了四十年代，连背柴捆子卖的汉子都别着手枪，有些大户人家甚至拥有好几挺机枪。有人估计，小小的片口，那时民间枪支在千支以上。

三是斗殴多。羌人剽悍，被袍哥掌控的社会，人人好面子，好勇斗狠成为风气。手里的枪支让他们更加肆无忌惮。饭桌前，茶馆里，市场上，话不投机就要开打，动辄拔刀动枪的事情，随时都可能发生。一天，么排的袍哥陈老么与一个平武商人在茶馆里相遇，只因为以前因小事结下梁子，陈老么二话不说，拔枪就将那人的大腿打断。

四是土匪多。那时不但东岳庙、麻柳湾是土匪经常打劫的地方，就是在场镇，当街抢人的事情也经常发生。镇上许多有头有脸的人物和土匪都有或明或暗的关系。有些土匪夜间抢人，溜回家把锅烟墨擦掉，又变回了街上的"良民"。

五是妓院多。二十世纪三十年代，安县花荄镇的八大财主联合在片口开"合欢旅舍"，引进四个妓女日夜接客。本地人纷纷跟进，陆续开张五六家。暗娼更是多得无以计数。街上的闲人多，戏迷自然很多，曾经有七八家戏班子同时演出。有的班子唱烂了，有的吃鸦片成瘾。回不去了，男的卖苦力，女的就沦为妓女。筛子背有个地方叫"戏娃子棚子"。老辈人说，有一年两个挖药的在山上药棚子里过夜，半夜忽听有人轻声叫喊，你们压到我了！如此反复，两人辗转难眠。天亮，他们刨开身子下垫的树叶，下面现出一具干尸，身上压着纸条，告知他就是某戏班子唱小生的某某，冻饿而死。

六是赌馆、烟馆多。有专门的赌馆，也有专门的烟馆。一度多数茶馆也成了烟馆和赌馆，随时有人在吞云吐雾，吆五喝六，弄得乌烟瘴气。

最有名的豪赌故事，发生在一九四七年。大约秋天某日，片口豪绅张进秋与一个叫"朱矮子"的江油人打牌。张进秋很有钱，又是赌场高手，人称张老仙。但是山外有山。那个朱矮子更精于此道。三天三夜不下桌子，手气很臭的张老仙不断输钱，不断加注，不断派下人回家背银子。有人对朱矮子耳语：见好就收。但朱矮子舍不得大好局面，还想赌。张老仙脾气也上来了，将桌子一拍说：尿！赌就赌！又赌了一天一夜，直到张老仙将家底输了个底朝天。

在赌桌上发了横财的朱矮子没能走出片口地界。就在麻柳湾，他被人伏击。枪声一响，几个跟班抱头鼠窜，他本人身子被打成筛子，最终落了个人财两空。作案的，到底是土匪还是张老仙，至今成谜。

6.

拨开历史的烟云，让我们聚焦于被历史忽略的市井。

位于中街子的刘家茶馆，是现今中年以上片口人熟悉的百年老字号。

每天天亮，铺板取下，宽阔的门面敞开，茶客就三三两两地到来。进门靠里，是长长的炉灶，一溜十几个大铜壶，早就热腾腾地冒着蒸汽。茶馆两进大厅，桌子上很快就坐满了人。茶博士唱歌一般吆喝着穿行于茶桌之间。提着篮子的小孩，嘴巴甜甜，熟练地向人兜售花生瓜子。

很多人坐刘家茶馆，是为，听评书。在差不多半个世纪的时间里，这里的说书人都是何天仇。他说书没有拜师。小时候爱听，后来读了些书，无师自通地就会了。他说的内容既有听来的，也有从书上看的。很多时候，他还信马由缰，即兴编撰和发挥。他天天泡在这里，除非他在外面帮人干活——他是片口唯一正规的泥水匠。

在片口，何天仇的评书无人能敌。他的好嗓子，不但说评书，还唱川戏，是唱做俱佳的小生。他的评书、川戏和泥水匠手艺，在片口是生活的重要元素，贯穿了半个多世纪片口人的共同记忆。

人们都说，何天仇年轻时长相俊朗，身材颀长，皮肤白皙，是片口数一数二的美男子。

他的好身材和好脸孔来自母亲。

二十世纪二十年代，片口何家也是大户，何天仇母亲排行老大，所以人称何大小姐。她成人后出落得亭亭玉立，有大家闺秀风范。情窦初开，却和一个外地人好上了。他姓陈，是做药材生意的，来自成都。毕竟是大地方的人，陈先生风度翩翩，能说会道，在片口很有人缘。何小姐长在大户人家，同样有山里姑娘敢爱敢恨的天性，爱上了就不管不顾。

在片口，虽然羌人汉化逐步加深，但毕竟还是羌人。孔孟之道、程朱理学、三纲五常和男女授受不亲之类，普通人没有多少这些概念。所以何大小姐坠入情网，和陈先生好上了，还怀上并生下了他的孩子，大家并不觉得是值得大惊小怪的事情。直到何大小姐抱着孩子去了成都，才知道陈先生是有家室的人。她只有悲伤地回到片口，独自抚养孩子。她让他姓何，取名天仇。

何天仇登上刘家茶馆的舞台说书，那是二十世纪四十年代末的事情。何天仇成年不久，成天泡在茶馆，打牌是少不了的，吃鸦片也是少不了。片口的头牌说书人何天仇，挣的钱都填进了烟枪，烟瘾越来越大。鸦片把英俊潇洒的小伙子变成了一个骨瘦如柴的"干"人，失去了生育能力。于是，人们渐渐忘记了何天仇，只记得"何干娃"这个绰号。

中华人民共和国成立后，畸形繁荣的片口马上被打回原形。"何干娃"的鸦片生涯也走到了尽头。他被送去强制戒毒。因祸得福，他跟里面的一个泥水匠师傅学习半年，摇身一变，作为一个泥水匠回到片口。

开天辟地,片口第一个由高手教出来的泥水匠"何干娃",像说书或者唱川剧的何天仇一样受乡亲们的欢迎,成为二十世纪下半叶最具存在感的片口人。

二〇〇五年,何天仇去世了。不久,刘家茶馆也摘下了"工商会"的木质牌匾,彻底关张。

一个时代的大幕,悄然落下。

二、小坝:宏大叙事寓于局部和细节

1.

小坝。这个地名,在不久前我还非常陌生,甚至可以说不知道它的存在。我想,对普通人而言,它的存在似乎仅限于北川。

当我稍微了解了北川,就感觉崇山峻岭里的北川,在很长的历史时期都是内敛而自足的。它很大程度上是自我循环。无论是白草河还是青片河,越往下,它自己的气息就越淡。每一道山梁都是一道围墙,阻挡了我们对它的接近。

北川如此,小坝更是如此。

当我抵达了小坝,了解了小坝,才发现小坝其实非常不简单。它就像是一个质地优良、色彩绚丽繁复的器物,被一个过于朴实的容器所收纳。

2.

到小坝,车还没停稳,我就迫不及待地奔向我的首要目标:元代羌汉盟誓的摩崖石刻。

从小坝下街上行,到蟠龙桥头,往右,推开一户普通民居的窄门。黑暗中,过一小段甬道,再从一架陡窄的楼梯攀爬上去,推开一扇木门,就有一堵巨大的石壁和我们面对面了。空间逼仄,微弱的天光下,崖上一块约一平方米大的石刻文字,慢慢清晰起来。

因为年复一年的日晒雨淋,石刻的二百零三个字,部分已经风化,但通过仍能辨认的一百六十二个字,还是能够明白其大意。这是一块小小的历史切片,通过它,我们可以在一定程度上还原当时小坝乃至北川的社会场景。

事情发生在一二九〇年。这时，元政府对石泉县实施管理已经有三十多年，但小坝一带尚处于无政府状态。这里是白草河流域的中心，也是石泉县西北重要的物资集散地，上抵松州，下达绵安，扼盐茶古道之要冲。但是，羌族头人管辖的白草河流域民风剽悍，经常发生抢劫过往客商的事件，影响商贸物流，更影响军队补给。元朝廷准备武力解决。还好，接到任务的官员并不鲁莽，只把武力作为后手，采取先礼后兵——在军事行动之前，先派人谈判。

由于这次军政官员们一改历朝的高压姿态，放低身段，尽显怀柔，表明了只要羌寨管好自己的人，不再抢掠，就不再兴师问罪。眼看问题可以和平解决，免受战乱之苦，耿直的羌族头领们满口答应了朝廷的要求。为了确保互不反悔，决定采取羌人"木刻记事"和"打狗埋石"的方式，庄严承诺，共同盟誓。

这是大元至元十七年（1290）七月二十七日。

包括石泉县令在内的军政官员和白草十八寨的头人们，共百余人聚集到走马岭下。主要议程有三项：

首先，跪拜天地，宣读誓词；

第二，刻木记事——用一段拇指大小的木棒，刻一个形同"父"字的符号，再一劈两半，各持一半作为凭证；

第三，"打狗埋石"——把一只白狗倒吊树上，然后由双方代表抡起大棒将狗打死，然后面对死狗对天发誓，说如有违反誓言，后果如同死狗。

事由和誓词，随后都刻在路口石壁上。这就是这处摩崖石刻的来历。

元王朝在北川地区充分尊重当地羌人，用和平手段化解矛盾，在具体解决问题的始终使用的都是羌人能够听懂的"语言"，取得了良好的效果。

在崇尚武力、歧视"南人（包括羌人）"的元代，这一处摩崖石刻所记载的故事，实属罕见。

成百上千个即将落地的人头，依然长在原来的地方。

3.

不过，即使这样的"仁政"，争议还是有的。比如乾隆年间对石泉（北川）地域文化建设做出过巨大贡献的知县姜炳璋，就对此不以为然。

姜知县说，从宋代到元代，都只知道推行羁縻政策，大量给少数民族头人加官进爵，以至于佩戴金印、玉印者随处可见，其结果仅仅是让民族地区各州县得到一时的安宁。然而这种政策的实施，就像是任由毒疮扩展一样，最终难免溃烂。

在他看来，大明一朝的北川"番乱"，都是这种养痈为患的政策导致。

和姜炳璋持同样看法的，肯定还包括明朝的两位四川军政大员：四川巡抚张时彻，以及松潘总兵何卿。

我无意评点历史，臧否人物。我感兴趣的只是，因"白草番乱"而发生在这里的"走马岭战役"，以战止战，扭转了北川的历史走向，也塑造了作为场镇的小坝。

4.

走马岭就在场镇背后。山并不算高，但一个"九十九道拐"，奇陡奇窄，是盐茶古道上咽喉中的咽喉，天险中的天险。

羌族民间传说，石泉（北川）是古羌王阿巴白构小儿子尔国基的封地，首府就建在走马岭上，有上中下三个城子。尔国基的战马浑身雪白，日行千里，是一匹神马。后来，尔国基在征战之中死于外地，遗体被送回这里火化。按照他的遗嘱，神马被放生。但是，它一直不肯离去。不吃不喝一个月之后，它突然在山顶上纵横驰骋，无数个来回之后，终于倒地而亡。羌人感念它对主人的忠诚，也把它火化，然后把它的骨灰和尔国基的骨灰一起撒在他们曾经作战和生活的地方。后来，人们不止一次看见尔国基骑着神马在山上驰骋。

走马岭由此得名。

的确，走马岭上，有开阔的台地，可以屯兵数千甚至上万。这样的地势，易守难攻，很方便割据的羌人头领们安营扎寨，据险而守。所以，这里既是白草羌南向进攻、劫掠各地的前进基地，又是他们保卫家园、击退来犯之敌的最重要的阵地。

自然，白草羌对走马岭的经营，从来都高度重视。

一五四三年，白草羌酋长勒都，头脑膨胀，自以为兵强马壮，天下无敌。从他自称皇帝开始，就注定了有一场必败的大战。

5.

　　大战发生在一五四六年除夕的前一天。

　　战争总共只有十来天，但准备工作却长达大半年，甚至更长。

　　尤其是开战前夕，何卿率领的明朝三路大军三万人马齐聚走马岭下，扎下大营。

　　为战争服务的民夫、工匠，也是一个非常庞大的规模。他们随军而来，来自异乡，更多的来自石泉本地。

　　旌旗猎猎，壁垒森严。营帐漫山遍野，填满沟沟壑壑，绵延数十里。这是多么壮观的景象啊。

　　战争以官军的完胜而结束。白草羌人元气大伤，再也没有反抗朝廷的力量。坐井观天的头人们，非常痛彻地领教了国家机器的厉害，终于下决心收敛起反叛的欲望。加上何卿和地方政府在战后实行怀柔政策，源于本地的大规模战争，终于彻底地画上了句号。

　　历史翻开新的一页，和平成为生活的主旋律。栖居于山上的羌人开始迁居于山下河谷。百年以降，这里的羌人越聚越多，形成人气超旺的新的羌寨。

　　清嘉庆年间，朝廷征讨茂州和松州一带的白莲教，盐茶古道的后勤保障作用更加彰显。为了更好发挥其功能，官民结合，在白草河上修建了蟠龙桥，在聚宝河口修建了飞龙桥，还拓宽了经外白到片口的官道。

　　自然形成的交通枢纽和物资集散中心，急需基础设施的配套。

　　场镇，集居住与贸易于一体的聚居地，是时候开建了。

　　场镇，具体选址何处？上坝地、坝底坪和下坝地，三个地方都进入了政府的视野。最后定址的方案照例用古法确定：在三个地方取绝对等量的泥土，晒干水分，分别称量，重者胜出。于是，上坝地成为场镇地址。

　　这与毗邻的片口的做法如出一辙。

　　上坝地不大，但周围有走马岭、江家梁、荣华山、泡花山、周家梁五条山脉，形如五龙下水抢宝，被视为风水宝地。场镇以十字口为界，分为上下两街。并且它三面临河，一面靠山，河岸悬崖峭壁，易守难攻。

　　那是清嘉庆二十一年（1816）。

可以说，小坝场镇的起点很高，格局和规模很快就形成。场镇有百余间铺面，包括百货铺、铁匠铺、茶馆、酒坊、旅社、饭馆、骡马店以及戏楼和庙宇，场镇该有的，都有。那时，人们还是把它叫上坝地。

清宣统二年（1910）夏天，英国著名植物学家威尔逊曾经路过这里去片口，并做了如下文字记录：

> 离开开坪，我们……步行30华里到小坝场。从各方面衡量，该场镇相当的大（约有100栋房屋），有很多农舍分布于周围。山也不如其他地方崎岖陡峭，可以种玉米。房子低矮用泥质页岩砌墙，用粘板岩石片盖顶，集市正进行中，食物、柴薪和钾盐是主要出售商品。有一座竹吊桥横挂河面，大路穿过田野，最后与石泉县和茂州之间的大路相接。

从威尔逊的文字里，我们大致可以知道，一百年前的小坝是一个已经有几百人规模的小镇，虽然建筑简陋原始，但相当繁荣。须知，在十九年前，即光绪十七年（1891），它曾经被大火毁过一次。

不幸的是，威尔逊离开的次年，它再次遭遇了毁灭性的火灾。

一九三五年，红军来到这里，在走马岭宝华寺建立小坝乡苏维埃，随后又在场镇建立了小坝区苏维埃。

"小坝"，从此正式得名。

6.

想起了小坝的铁匠铺。

年纪稍大的小坝人，都记得五郎庙下面的石家铁匠铺。也许，小坝曾经开过的铁匠铺不止这一家。但是生意最好、最源远流长的只有石家。

石家的铁匠铺最早可以追溯到走马岭战役。冷兵器时代，铁匠永远是重要的军需，跟粮草一样重要。除了兵器，还有马掌、车船和各种器具的铁钉，哪一样都离不开铁匠。当然，经济不发达的羌区，会锻造技术含量高、与军事和经济关联度极高的铁器的铁匠，有更加特殊的地位。

石泉（北川）的铁匠，具体地说是石家的铁匠，地位就更加特殊——他们由政府授予特权，垄断了全县的铁器生产。

据说，这是因为他们的先祖立有军功。

当年，何卿在走马岭久攻不下之时，张贴告示征集破敌之策。两军对垒，虽说是官民对决，羌汉之争，但羌族从来没有统一过，白草羌南下攻掠，很多时候关内外的不少羌寨都不能幸免。所以，何卿张榜问计，出主意的就有很多归顺的羌人，包括后来带领官军攀岩奇袭的本地的猎人，也包括了石家的铁匠。铁匠出的主意是：铸炮。

羌人也用炮。那是一根青冈树干，把里头掏空，箍上铁箍就是炮筒。里面照样装填火药、铧铁和铁砂子。这种土到掉渣的炮，射程只有几十米不说，打一次就会烧焦内膛，不得不重新锯树干制作。而铁匠的主意是，铸造铁炮。

这是一个不错的主意。铁炮不但射程远，威力大，而且炮声惊天动地，除了直接的杀伤，还有巨大的震慑作用。当然，它很沉重，运输是一个问题。然而，战争是可以创造奇迹的。红四方面军突破嘉陵江，要出其不意，就是在高山上隐蔽造船。体积巨大的木船在高山上建造，连工匠都不知道造出来有什么用。后来，红军真的是蚂蚁搬家一样，在伸手不见五指的夜里，在险峻崎岖的山道上，把巨大的木船从山顶搬到了嘉陵江边，顺利保证了袭击的突然性，一举占领渡口要地，打赢了嘉陵江战役。

何卿如何铸造铁炮，接下来怎么使用和使用的效果，文献并无记载。但是，官方特许，让石家世代垄断这一行业，足以说明铁炮发挥了巨大的作用。

事实也是，石家铁匠铺，从小坝开到了全县各场镇，多少年来，都是石家子弟铿铿锵锵地在敲打。

石家铁匠铺生意最红火的时候是一九三五年——那时，敌我双方都需要大量的马刀。红四方面军的十万大军，大刀、匕首和马掌，让石家的汉子们，挥汗如雨，夜以继日地锻打。也是从那个时候开始，石家铁匠的垄断终于破防，不得不收异姓徒弟。

在片口，由铁匠半路出家的文化人石开忠说，他爷爷石文贵和临时破例收的徒弟们——一个完整的"兵工厂"，都随红军从小坝去了片口，最后又走上了长征之路。据说，他们都牺牲在过雪山草地的某个时候。

包产到户以后，农民走在发家致富的路上，锄头、镰刀和犁铧的需求激增，让铁匠们迎来了又一个黄金时代。不过，随着退耕还林和生态保护，很多农具退出生产，猎枪也被收缴，铁匠生意又急剧萎缩。在小坝，五龙庙下的石家铁匠铺，生意红火的时候，开始把作坊扩张到院坝里，再扩张到庙子里。

后来，又很快收缩。

石家的末代铁匠石开林，歇业大概已经快二十年了。

铁匠铺没有了，破败的五郎庙还在。

走马岭大战前后，作为职业军人的何卿在永平堡修了关帝庙，以表达他对武圣关公的敬仰；小坝的五郎庙，供奉的当然是杨五郎，也就是金刀老令公杨业的五儿子杨延德。他同样是军神。

这也是何卿修建的吗？

三、白什：以舞蹈照耀生活

1.

二〇二二年羌历年的第二天上午，我从绵阳开车来到北川。

这是一次期待已久的采访。我计划用一个星期的时间，将青片河流域各乡镇跑一遍。选择这个时间是为了躲过雨季。现在，雨季的确已过，但依然细雨连绵。季节已过霜降，这是冷雨。

公路正在改造，路基在雨中一片泥泞。因为外面湿冷，挡风玻璃起雾，我不得不开着空调。

到白什已临近中午。街道冷清，几无行人。车子缓慢驶出场镇。雨中的泥泞里，有一个老太太孤独地在路边行走。她一身标准的羌族老太太装扮：黑色头帕，阴丹布衣裳，绣花围腰。细看，她身上居然也有与时俱进的东西：穿一双旅游鞋，背一个出门打工年轻人背的那种双肩包，鼓鼓囊囊。虽然她撑了把大黑伞，但行走的艰难显而易见。我超过了她以后，靠边，再倒回去，停在她身边。我为她打开车门，请她上车。

老太太告诉我，她叫沈福珍，八十九岁了，就住在前面的麻窝。她心口痛的老毛病犯了，去白什看病。

2.

直到沈大娘下了车，我才知道世界上还有个地方叫麻窝。

路边有个小店，卖些日用杂货，也卖猪饲料。老板张志贵，是一个留着两撇小胡子的中年人。他主动搭话说，你莫看麻窝场小，历史悠久得很，当年这地沓热闹得不得了呢。

于是，我把车停到路边，到他店里给茶杯续水，听他讲麻窝，也顺便看看麻窝。

在我已有的经历中，这应该是世界上最袖珍的小镇了。

一条小街，长不过两百米，狭窄而弯曲。参差的房屋都是瓦顶，虽然砌着砖墙，安着铝合金的玻璃窗户，有的屋顶还支着钢架，盖着塑料雨棚，但老街的痕迹还在。街面，墙角，台阶，檐沟，那些来自久远年代的石材，在风化，碎裂。潮湿的季节里，蔓延其上的青苔强化着它们残存的古场镇属性。偶尔还有木质的阁楼，雕花的栏杆，陈旧的褐黄，镶嵌在灰白瓷砖和雪白外墙为主的杂色中间，像是显眼的补丁。

街道虽短，却很有起伏。显然，它既是集市，昔日也是过境的唯一通道。道路通向青片河边。也许上游有小寨子沟保护区的缘故，植被很好，没有水土流失，河水不似白草河的浑浊，清清亮亮的河水，带活了深秋里萧瑟起来的河岸。昔日，河上架有竹缆桥，通往青片河最上游那些羌寨。不仅是青片，下游的白什、马槽，甚至茂县那边也有人过来赶场。不过现在，我只能从残存的那些古建筑开始，努力想象当年那个拥有很多商铺、餐馆、酒坊、茶馆、当铺和染坊的麻窝有多么繁华。

"耍板凳龙，那才是麻窝最热闹的时候！"张志贵兴奋地说。

原来，他就是耍板凳龙的，并且是世家嫡传。

3.

说起板凳龙，张志贵立刻额头发亮，满面红光。见我有浓厚的兴趣，立刻穿上舞龙时才穿的民族服装，找到钥匙，去村公所保管室取出一条龙，不但让我仔细看，而且还抓着龙脚呼呼呼地舞动起来。

从小就看舞龙。这肯定是世界上最短的龙了——龙头龙尾加起来最多一米二长。龙肚子上安的四条短短的腿，其实就是舞龙的把手。竹管做的，尺把长，让龙看起来很像乡间的长板凳，不问也知道，"板凳龙"就是因此而得名。

板凳龙的龙身，骨架是竹编的。竹子必须砍处暑以后的竹子，划为篾条还要用开水煮过以防止虫蛀。龙的骨架编好以后，外面再用火麻编织缠绕，最后蒙上龙皮。龙分为青、绿、黑、白、黄五种，分别代表撒向人间的五段龙身，也代表东南西北中五个龙王。质朴的羌人不像汉人那样，什么孔孟之道、程朱理学、男女授受不亲，封建礼教那一套，他们没有那么多的讲究，男男女女都可以上阵表演。表演需要三个人，两个人在前，各抓一只龙脚；一个人在后，抓两只龙脚。表演主要在节日的街头和院落。凡节日，冬至、过年、元宵，是最火的时候。

张志贵从孩提时就迷上了板凳龙。大锣、小鼓、铙钹、马铃子，全套的响器响起来的时候，孩子们就魂不守舍。他看得手痒，十二岁就上场舞龙了。

板凳龙究竟起源于什么年代？张志贵并不清楚。从老一辈人的口里知道，至少在清代，乡亲们就开始舞龙了。舞龙的高手们，在乡间像明星一样被乡亲们追捧。

他的师父是大伯周张武。既然是大伯，就应该姓张。但是解放战争后期，战事吃紧，国民党政府疯狂拉壮丁。为了不当炮灰，三兄弟变成了三姓兄弟。老大周张武，老二巩张全，老三张维成。三兄弟三个姓，但全都带了一个张字。

其实，老张家本行是厨师，板凳龙是业余玩玩。他们的厨艺远近闻名，红白喜事抢着请。无论是厨艺还是耍龙，都是周张武影响更大。他在乡政府当炊事员一直到退休。要说玩儿，板凳龙、狮子、龙灯、笑和尚、龙灯耍宝，哪样都精湛。

搭我车的沈老太太，正是周张武的老伴儿。

周张武大老伴十岁，已经去世十年。

4.

在白什，说板凳龙，就不能不说"马马灯"。

板凳龙起源于麻窝，现在的大本营也在麻窝。

而马马灯,则起源于龙背村,现在的大本营也在龙背村。

麻窝和龙背,都在青片河边。麻窝在白什上游,龙背在白什下游,相隔大约十几公里。

张志贵一个电话,就联系上了龙背村胡家大院的熊登银——马马灯非遗传承人。

让人大感惊讶的是,在最偏远的少数民族地区,这种最乡土的民间舞蹈居然和北宋开国皇帝赵匡胤扯上了关系。

在龙背村,马马灯有一段唱词家喻户晓,很多人都会唱:

> 正月里来是新春,
> 家家门前挂红灯。
> 我乃前朝赵匡胤,
> 为送京妹出朝廷。
> 酒中误把良将斩,
> 斩了良将郑子明。
> 三春关内把反造,
> 斩了黄袍折罪名。
> 元宵佳节春灯会,
> 百家门上除瘟神。

有故事说,两百多年前,几个放牛娃把牛赶到土主庙旁,牛一放,小伙伴就玩开了。他们把牛嘴笼拴在腰间当马头,折一根马桑条子作马鞭,于是他们就很惬意地扬鞭催马了。玩得兴起,就收不住手,几次玩下来,可怕的牛瘟来了。不得了啦,找到释比。释比的对策是,敬神,许愿,继续跳马头舞。他们照释比说的做了,牛瘟很快好了。乡亲们觉得这种马头舞好玩儿,就决定继续跳下去。大约是后来有戏班子来唱《赵匡胤千里送京妹》,就觉得赵匡胤是皇帝老儿,有杀气,更能够震慑邪魔,于是,就让他为这一带的老百姓打工,完成扫瘟神的任务。

因此,马马灯还有一个很好玩的叫法:"耍赵匡胤"。

鱼背村的村民正月初五从山顶的玉皇庙请神，出灯，再到每家每户去跳马马灯，请神，安神，说吉祥话扫瘟神。活动一直持续到元宵，耍灯的足迹遍布邻近村镇的家家户户。

一段完整的马马灯表演，至少需要十一个人的完美配合。

耍手（表演者）四人：赵匡胤、马夫、京娘、京妹。

灯头二人：负责举着写有神位的牌子。

乐队五人：唢呐匠和四名打手——锣、鼓、铙和马铃子。

表演的一切道具、乐器，事先都由释比开光。

马马灯的表演是从请神、敬神开始的。他们凌晨就出发前往玉皇庙。

这是一支真正可以惊天地泣鬼神的队伍。我们可以想象，群山还在沉睡的时候，他们走在崎岖的山道上，可以闹出多么大的动静。几个"耍手"身上系着的铃铛忽略不计，那些唢呐和响器，只要那些彪悍的羌族"打手"们憋足劲，然后放手鼓吹和敲打，那惊乍乍的声音响彻天地之间，一定会吓得那些山间鬼魅屁滚尿流。

玉皇庙祭祀的当然是玉皇大帝。王母娘娘、川主大帝、观音老母、土主大帝、药王大帝、猪瘟天主、马王大帝、牛王大帝以及门口的天门土地诸神，他们想得起来的各路神灵，谁也得罪不起，必须一一拜祭。拜完诸神，释比还要用鸡冠血和清水分别给马马和众乡亲除秽。一系列烦琐的仪式结束以后，才正式开始出灯。

白什乡间，最热闹火爆的过大年活动，正式拉开序幕。

5.

北川羌人生活在大山深处，触目皆山。

自然可畏，人很渺小，生活很脆弱，命运很无常。他们战战兢兢地活着，需要强大的精神力量支撑他们摇摇欲坠的生活，也需要热热闹闹的娱乐来照亮他们的生活。

板凳龙和马马灯，白什人民独创的民间艺术，娱神，也自娱。两种民间表演形式，有同有异，但本质完全相同。他们的表演，范围在扩展，影响在外溢。到了当代，现代交通让两个本来就相距不远的地域，更近在咫尺。有一天，它们相向而行,终于相遇,相融,相得益彰,变成了分分合合,可分可合的"麻龙马灯"。

有推陈,也有出新。

这是一个鼓励创新的时代。

对白什这一方民间艺术的沃土,我们有理由充满新的期待。

四、安昌:越走越远的县城往事

1.

二〇二二年国庆那天上午,天气难得地晴好,驾车从永昌去安昌。

从山东大道过彩虹桥,入安州大道,沿途风景如画。临近安昌,远山重叠,从青黛、浅绿、灰蓝,最后成为若有若无的一抹,水印一样涂在天边。

这是一段令人沉醉的行程。全程不到十分钟,路到尽头,抵近山脚,安昌就到了。

2.

安县和北川关系是如此地密切:先秦时期,这里还有牦牛出没,和今天的北川地区同属羌地,都是羌族部落国冉駹的势力范围;宋代,北川的前身石泉县因为军事的需要升格为石泉军,安县是其属县;后来,安县升格为安州,即使后来安州又降格为县,随着石泉军的取消,它们虽然没有了从属关系,但同属绵州或者绵阳,是邻居,是兄弟县;北川(石泉)去绵阳(州)、成都,无论往返,安县都是必经之地;5·12大地震以后,因为灾后重建的需要,包括安昌在内的安县部分区域划归北川,数万安县人一夜之间成为北川人,两县(区)之间,关系更加特殊。

安昌曾经是安县县城,历史要追溯到明洪武七年(1374)。安州降格为县,县城从火盘山迁驻现今的安昌河畔建场设市,从那时到二〇〇二年安县县城迁往花荄镇,共有六百二十多年的县城史。

从北川的视角看过去,安昌是连绵大山的结束,也是川西平原的开始。大山、平原和河流,丰富的地理元素注定了这里人文历史的精彩。

3.

在今天，如果要做关于安昌的口述史，就是土生土长的耄耋老人，他们记忆的最远端，最多也只能抵达郑慕周那个时代。

郑慕周是现代文学大师沙汀的舅舅，他深深地影响着沙汀的人生。

沙汀在安昌出生长大。他尽管一次次远行，又忍不住一次次返乡，终身都以故乡为创作源泉和主要书写对象。一根精神的脐带，永远系在他与故乡之间。

沙汀本名杨朝熙，老街坊都叫他杨二哥。杨家是安昌著名的大户人家，位于西街中段路南的杨家老宅，是沙汀祖父杨仁和置办的。杨仁和曾经为官，据说官至户部典吏。官不大，但是书法远近闻名。杨家那些楹联、神匾都出自他的手笔。

杨家大院，有一副对联却是他人所写。他就是大名鼎鼎的李岷琛。李家也是安昌世家，与杨家关系密切。

李岷琛（1838—1913），字少东，清同治十年（1871）进士。他是安昌历史上唯一翰林。他历任云南学政、直隶天津道道员、北洋大学堂（今天津大学）督办（校长）、湖北按察使、江西布政使、湖北布政使、署理湖广总督等职。

普通的安昌人，对李岷琛宦海沉浮也许不甚了解，但关于他和家乡豆腐乳的故事，却津津乐道。那应该是在李岷琛直隶天津道任上，家人带去几罐他最爱吃的豆腐乳，他把其中两罐送给了直隶总督李鸿章。李鸿章品尝之后，非常喜欢，遂将其中一罐转送慈禧太后。据说，"老佛爷"对来自安昌的美味赞不绝口，时隔多年，还和臣下念叨。

十字口是安昌的中心。古镇的南北稍长，一条正街中间铺着石板，两边镶嵌着小碗大的鹅卵石，经过上百年的踩踏，已经油光可鉴。沙汀学会走路不久就在上面行走。

沙汀的童年记忆，最深刻的始终是茶馆。十字口的尚友社、瞎子"唐摸王"开的唐家茶馆、肖清淼开的肖家茶馆、南门外的半边茶铺，朱奶娘都带他去逛过。他最熟悉的还是大南街的益园，因为这里是安昌袍哥的码头，他从小就跟舅舅在这里进出。益园堂口很大，清一色的红漆桌凳，当时显得很高大上。这里除了喝茶、谈事、赌博，还进行鸦片和枪支的地下交易。袍哥时代，这里几乎天天都有密谋、交易和算计，许多重大事件，包括郑慕周枪杀陈红苕，这里就是现场。

茶馆也是日常的娱乐场所。除了川剧围鼓，沙汀最喜欢去半边茶铺听金钱板和竹琴。《济公传》《七侠五义》《水浒》《杨家将》，他都是在这里听到的。在烟馆油腻肮脏的门帘外面，还有游方道士和云游和尚分别背着韦陀像和灵官像在唱"善书"。还有讲"圣谕"的老先生，天黑以后就在茶馆里搭了台子，又唱又跳，演绎一本一本的历史传奇。尤其是安昌城里的李裁缝，鼻梁上架一副断腿的老花眼镜，其貌不扬，却凭一副清亮圆润的好嗓子征服了全城，赚够了那些多愁善感的少女少妇的眼泪。

全城看戏，最重要的地方在灵官楼。这里离杨家老屋不远，楼下的坝子里有万年台，几乎天天唱戏。最热闹的是每年正月初九，那时广场上必有连台大戏在唱。台上的剧情令人沉迷，台下人头攒动的观众中，一个浓妆艳抹的年轻女子却让一些浮浪子弟胡思乱想。那是一个叫"小把戏"的妓女，后来被心狠手辣的袍哥陈天藻霸占。但是，"小把戏"昔日的相好不甘心她被人独占，竟想瞅空子幽会。陈天藻索性一枪把她打死，说是"砍了树子，免了老鸹叫"。

小城当然不是世外桃源。袍哥掌控的社会，也是弱肉强食的丛林。活跃于安昌社会前台的，除了前面已经说起的李丰庭、陈红苕以及随后崛起的郑慕周，还有一个狠人不能不提。他就是何鼎臣。

何鼎臣满脸刀疤，豪放又斯文。本是富家子弟，被土匪绑架破产，不得不入伙求存。他天不怕，地不怕，绰号何天王。一次犯了案被铁链子锁在县政府门口，他居然拿本《三国演义》在看，就像在自家书房一样神态自若。辛亥年间，他拉起一支队伍，穿着"勇"字号褂在安昌街上游行，然后去绵阳和其他民间武装会合，开往成都参与攻打赵尔丰的都督府。他转一圈回来，名气更大，成为全县袍哥的总舵爷。他后来追随全军第五师师长吕超成为团长。

当年郑慕周拉起队伍，投奔的正是何鼎臣。

冯玉祥作为北洋军旅长驻防川西北时，曾经率军负责二十个县的剿匪。清剿永安巨匪陈红苕时，何鼎臣帮他收集情报，并且亲自带路。一九一六年，袁世凯死后，冯玉祥率部回汉中。因为蜀道难、部队穷，各类武器装备只能靠官兵肩挑背扛，据说就连冯玉祥自己也得扛着大箱子。何鼎臣又找了五百匹骡马帮助冯玉祥运输装备。那时，冯玉祥的部队从川西向川北行军，路上肯定会有土匪出来抢掠，但因为有何鼎臣遍撒英雄帖，竟然一路平安。对此，冯玉祥念念不忘，曾经在自传里写到这些往事。

4.

八十二岁的傅培珊，"文革"前毕业于西南政法学院，从县文化馆退休。在现今安昌城里，他这样的知识分子已经为数不多。他的少年记忆，与沙汀一样丰富多彩。

回忆儿时的安昌，他脑海中马上就会浮现出一幅安昌江边的小城风景画。安昌江在城边清粼粼地流淌，高大的黄角树掩映着人来人往的渡口，船尾有篷的渡船慢悠悠地在河里撑过来又撑过去。河里有成百上千的鹭鸶在游弋，看见渡船过来并不惊慌，只是慢悠悠地让开。胆大的甚至还远远地尾追渡船，希望有人丢下什么食物。

随时都有几十只渔船密匝匝地泊在岸边。篙杆横在船头，上面歇满鱼老鸹。傅培珊不止一次跟着银行工作的父亲去河边买鱼，鲢鱼、黄辣丁、沙沟鱼，偶尔还有一米长棍子一样的鳡鱼。要买什么鱼，揭开舱板抓就是。

到了盛夏，只要没有洪水，满河边都是游泳的男男女女。水深几米，也可能十来米，河里的石头依然历历可见。

傅培珊儿时常去的南街依然热闹。特别是雨后的夏夜，沿街红灯笼次第亮起，几乎所有的铺面都拥满顾客。湿漉漉的石板小街在灯光照耀下，每一个鹅卵石都熠熠生辉。街心一长溜都是卖小吃的摊子。杨米粉、陈汤圆、朱凉粉、刘春卷，都是城里的老字号。傅培珊记得很清楚，花生五分钱一大堆。米粉五分钱一碗，盛在粗巴黑碗里，浇一勺鸡汤或排骨汤，加一勺牛肉或者杂酱，再抓一撮葱花，人们站在摊位边就开吃。最幸福的时刻是跟大人一起来买卤鸭子。半边鸭子称了，马上剁下翅膀和脚板，让孩子们一路吃回家。

5.

我直奔人民公园。这是因为，公园是沙汀任安县教育局长时规划修建的。

里面里有一个精巧玲珑的人工湖。环湖皆古树。香樟、丹桂、石榴、紫荆和杨槐，它们不但古老，似乎还保持着原始森林延续而来的自然。

湖边有一个"其香居茶馆"。《其香居茶馆》是沙汀的短篇代表作，里面丰富的茶馆元素，都来自安昌的那些老茶馆。它虽然纯属虚构，但也成为中国最著名的茶馆之一。茶馆门口有一副很好的对联：

洗墨池边迎墨客
其香居里品香茶

对联由著名作家李准所撰，与巴金、张秀熟、沙汀、艾芜并称"蜀中五老"的马识途手书。

现实中的"其香居茶馆"，名字来自沙汀同名小说，再配上这副同是出自名人的对联，多种元素叠加，它也就理所当然地成为安昌的一个文化符号。

茶馆后院有一个小池塘，人称洗墨池，自古以来就是文人雅集的地方。李调元当年经常来这里与朋友雅集，曾经即兴写诗：

何处乘凉有好风，旁人指点说城东。
紫薇一村当阶发，映得云霞八面红。

不得仙居哪有池，果有活水洞中滋。
问谁洗墨无人应，莫认扬雄又到此。

从其香居茶馆出来，左边山脚有一座烈士陵园。里面安葬的六位烈士，都是中华人民共和国成立之初在睢水火烧店和安昌附近尖子山剿匪作战牺牲的解放军战士。年纪最大的周荣楷，四十岁，遂宁人，却是刚入伍的新兵。其余皆为北方人，河南、山东、山西都有。最小的年龄才十七岁。这些来自远方的战士，为了异乡的一方平安，倒在了土匪的枪口之下。中华人民共和国成立，新社会、新秩序、新生活刚刚展开，而他们年轻的生命却在这里戛然而止。还好，有烈士陵园和这些墓碑和纪念碑，铭记着那两场已经远去的并不知名的战斗，铭记着这六位曾经默默无闻的年轻士兵。

6.

二〇〇二年，县城搬迁，做了六百多年县城的安昌，从此沦为普通乡镇。

政府走了，领导走了。那种深深的失落，那种被抛弃感，留在安昌的居民人人都有。二〇〇八年5·12大地震之后，安昌临时作为北川县城，安昌人感觉获得了一种补偿，重新找回了县城居民的感觉。

安昌、永安和擂鼓，距离很近，习俗相同。历史上本来就是古羌之地，似乎久远的历史记忆很容易恢复。当安昌划入北川，仅仅是一夜之间，安昌人突然发现，大街小巷的商招，纷纷换成了"西羌""禹羌"和"羌风"之类。

二〇一九年，行政区划进一步调整，安昌并入永昌镇，彻底从历史中消失。在普通的安昌人看来，成为永昌的一部分，县城的一部分，也是一个不坏的结果。总之，融合是迅速而顺畅的。

但是，历史印记不会马上消失。因为文化，因为过往，因为惯性，某些东西可能还会顽固地存在。

在西安工作的青年作家王佳，曾以三卷本《风雅大宋》在文学界崭露头角。我曾经读过她发表在《中国青年报》的《乡关何处》：

> 我还记得20年前的安昌，树木茂盛，空气清新。高大的梧桐把夏日的朝阳挡在门外。我和同学在黄家吃米粉，总有那么几缕阳光不安分地从树叶的缝隙中探出脑袋，在彼此脸上勾勒出一道毛绒绒的金边。人们裹着棉袄，脚底生着火盆，手指冻得像红萝卜，却不妨碍搓麻将的壮志豪情。浩浩荡荡的麻将桌摆满了一整条滨河路。那时候的川西北小镇安昌，就如同它的名字一样，平安昌盛。
>
> 日暮乡关何处是？我有时候问自己。
>
> 我成了一个来历不明的人。
>
> 安昌河永不停歇，地图上的小点仍然存在。米粉店还是热气蒸腾，文化广场继续人声鼎沸。而我的家乡安昌，永远地留在了历史里。

也许，这代表了早前走出安昌那部分人的复杂心态。

第七章：寨子

一、西窝：北川羌人最后的文化样本

1.

从青片乡政府去西窝，与其说这是一条大约二十公里长的峡谷，不如说是二十公里的风景长廊：清澈的溪流，巨大的乱石，粗粝嶙峋的峭壁，颜色驳杂高低错落或舒朗或浓密的树林。

随着峡谷的起伏、弯曲和抑扬顿挫，我在"画廊"里看到的是变幻无穷的画面。

路程过半，公路渐次升高。视野开阔之际，高潮出现了：阳光穿透云层，泼洒在巨大的山体之上。由近及远，一切都变得格外地鲜明亮丽。翠绿、苍绿、土绿，金黄、橘黄、棕黄。最抢眼的却是红：大红、橘红、绛红、紫红、赭红、土红。据说，所有的色彩中，红色在光谱中拥有最长的波长，是最容易被视觉接收到的颜色。所以在莽莽大山之上，红叶经阳光照耀，就显得最热烈、最抢眼、最强势、最震撼、最有冲击力。它在其他色彩的烘托和参与之下，形成色彩的泛滥，色彩的汹涌。那些高大乔木，巨大的树冠向天撑开，像是此起彼伏的红色爆炸。

到西窝，我并非奔红叶而来，但满山红叶偏偏一头撞进了我的视线。

不得不把车停下，用手机频频拍照。这色彩的饕餮盛宴，我贪婪地想截取若干带走。但是，我号称地表最佳拍照性能的手机，却根本拍不出它本来的样子——这就像我们盛宴结束时的打包，回家打开餐盒，名厨大菜已经面目全非。西窝的红叶，照片无法还原，文字更不堪大任。在激动中我只能一声叹息：唉，太美了，美得一塌糊涂，无法用语言形容！

2.

抵达西窝羌寨，太阳已经滑落天边。

暮色强调了岁月的痕迹，让那些吊脚楼、古树、古井、索桥和拱桥，叠加了更多的沧桑。即使后来修的客栈，也因为披上暮色而有了浅浅的历史的质地。石块拼镶的道路在木楼间穿行。它不是切割而是联系，把若干组团或者若即若离的老宅串成一个叫"寨子"的聚落。

炊烟四起。我觉得每一个半开的房门，都有成色不同的故事在探头探脑。

王安莲家。这是一栋大约两千多平方的羌式建筑，三层，有一个下沉式的天井。她家是西窝羌寨最早经营民宿的人家。我早就听说过王安莲。三天前在石椅羌寨过羌历年，我还听了她唱的羌族民歌。她不但歌唱得好，羌绣、跳沙朗，都是顶级好手。她全家都是羌文化的传承人：母亲王泽兰，口弦、羌绣；弟媳妇陈中碧是她徒弟，主要唱民歌；儿子王浩，跳沙朗；老公梁元斌拥有的绝技最独特，打岔。据说"打岔"相当于快板或者脱口秀，故事加上插科打诨，押韵，节奏铿锵，朗朗上口，很多时候都是联系现场实际即兴演唱。这是只有西窝才有的民间曲艺。下地干活累了，中途休息时来上一段，生动风趣，很解乏。我加了梁元斌的微信，从中看到了很多他打岔的照片和视频。仅此，也让人知道他表演时是多么地尽兴，像是有神灵附体。可惜，他前年肺部查出严重问题，切除了半边肺，现在就是在寨子里走路，上坡下坎都要慢步徐行，不然就喘得慌。我最终不好意思请他表演。

作为羌族自治县，北川的羌文化却是从西北到东南递减，最终汉化。西窝在县境西北的最边沿，与茂县、松潘都只有一山之隔。并且，山那边的土司曾经主动汉化，羌民族自己的东西丢失不少。而西窝，无论北川还是茂县，统治到这里都是强弩之末。所以，这里原生态的羌文化，如同压箱底的祖传宝贝被一如既往地珍藏。

仅仅是王安莲一家，就可以说是当代北川羌文化的重要源头。尤其是王安莲，5·12大地震以来已经走得很远很远，在很大很大的平台上展示她的艺术绝活。比如香港"国际大舞台"、北京国家大剧院的"国际音乐周"、沈阳的"世界非物质文化遗产活动日"、上海世博会、全国少数民族民歌擂台赛，都有她惊艳的亮相。

西窝，这是羌语，意为神奇，梦幻。

放下行李，打开窗户。天边的晚霞如同火塘灰烬里残存的火炭，在微风里明明灭灭。

今夜，我把自己存放在西窝的梦幻中。

3.

　　王安莲正在做早饭。四川女人都勤劳，能干，但王安莲这样的羌族女人更加能干。从早到晚，我看见她都在忙碌。摆上桌子的菜包括自家养的土猪肉，自酿的咂酒。从食材的生产到厨房里的加工烹饪，主要都是她在打理。饭后，在火塘边，他们一家人陪我摆龙门阵，安莲也拿着没有完成的绣品在穿针引线。

　　出门是艺术家，家里是当家巧妇。羌族女人，为什么这么能干？

　　朝阳升上了山顶。金色的光芒斜射到寨子里。

　　走出广场，在浓重的阴影里沿着老屋的墙根往东头走。乱石堆砌的老墙上面是转角走廊，挂满了金色的玉米和大红的辣椒。天空是纯净的蓝，隔着屋檐，它把铺在地上的阴影都变成了蓝色。金黄的屋檐、梁、柱和门廊下面晾着衣服，镶着花边的阴丹士蓝和同样镶着花边的粉红，在阴影里若隐若现。

　　右边是菜地。间作的玉米掰了，秸秆还立在地里，大片的青葱与一行行的枯黄形成强烈对比。地边的乱石矮墙瓜藤已经枯死，摘下的南瓜成排地放在石墙上。地里的妇女正在摘菜，我认出她就是和王安莲一起在石椅羌寨表演歌舞的演员之一。她告诉我，这种南瓜之所以放在外面，是因为霜打以后才好吃。

　　远远地看见了几株银杏。这座小院拥有的银杏，完全暴露在阳光下，这是天底下最纯净最耀眼的金黄。微风中，落叶如雨，像是上帝在慷慨地将金币撒向人间。金黄的落叶均匀地铺在地上，铺在院子中间的石桌上。大片的金色呼应着屋檐下吊坠的大坨大坨的玉米的金黄，再加上先前那些大红大绿，这些最夸张、最强势的色彩，和古朴原始的道路、石墙和吊脚楼融合在一起，非常和谐，极具美感，形成极强的视觉冲击力。

　　羌寨的生活还没有展开，但我已经明白了联合国环境规划署为什么评价这里是人文与自然结合最为和谐的地方，明白了美国自然保护协会（TNC）为什么会将这里认定为全球二十五个热点地区之一。

　　自然，"国家级传统村落"和"中国少数民族特色村寨"，并非浪得虚名。

4.

梁元斌领着我一路朝西边走，去找他父亲梁玉平。

梁玉平是释比，今天在紧邻河边的女儿家。

他们还在吃早饭。两个不锈钢盆子里分别盛着腊膀炖萝卜、青菜和土豆莴笋烧鸡。女儿解释说，家里养了十五头肥猪，体重从一百多斤到三百多斤不等，所以天不亮就上山打猪草。苦蒿、刺萝卜、马蹄叶、屎瓜藤、鸡儿苔，一共打了五背篼。所以，这顿饭晚了点。

这间屋子不是正式的厨房，没有现代化的铁炉子，只是在屋子中间挖了坑，架着一个大树蔸在烧。梁大爷很客气，见我应约而至，匆匆吃完饭，就面向树蔸坐下来。他不紧不慢地掏出烟锅。铜头烟锅，金竹长烟秆。过去的羌人抽兰花烟，这种自家种的土烟，味很重，久而久之觉得口臭难闻，所以他早就改抽外面出的烟丝了。他把烟锅在凳子鞋帮上磕了磕，塞上烟丝，凑在树蔸上猛咂两口。淡蓝的烟雾弥散开来，将老释比罩住。

生于一九三八年农历三月十七的梁玉平，红光满面，除一只耳朵有点背外，思维还是很敏捷。梁家远在爷爷以上就很重视文化，家里为孩子们办着私塾。在他那个年纪的西窝人中，算得上是文化人了。

梁大爷多才多能。他是木匠，可以当"掌墨师"修带天井的四合院；他是打猎高手，豹子、盘羊、老熊都打了不少；他会石刻，周边好多墓碑都出自他之手。此外，他还是皮匠、裁缝，会硝皮子以及吹拉弹唱。

当然，作为释比，他最被人所知的还是做法事和给人看病。

释比最重要的基本功是唱经，一本经书，能够完整地唱完才能服人。他十多岁开始做学徒，记性好，别人一个月背的东西他几天就背会了。基本的仪规，有老师教，也很容易掌握。其实，念经都是照本宣科，节奏铿锵，朗朗上口，再配上一定的肢体语言，现场的感染力就出来了。他认为，法无定法，心正才有法；心无正气，神仙不理。

作为受汉文化影响颇深的乡土文人，梁玉平对神灵的世界有自己的认知。他认为，神肯定是有的，存在于虚空。每一个人都是因为信仰而有神。而鬼则是一种

"幽幽"，火气不旺的人，碰到就倒霉。不过，见到鬼只要摘下帽子，头顶上摸三把就平安无事了。

现在，寨子里也经常有人请他看病。"万病一碗水"。点起一炷香，念咒语，烧三张纸化水喝。那时候，心中默念师祖师爷，他们随叫随到，帮他解决各种问题。

"抬头看青天，师父在身边。"梁大爷强调。

5.

无意中撞上一起婚礼。

新娘杨舒苹，就住在王安莲家隔壁。新郎陈明，也是本寨子的人。其父陈文东，前天也在石椅羌寨表演沙朗，当时我们还留了电话。

婚礼是全寨子的大事，像是过大节。大喜的日子就在后天，路上常常看见乡亲们用塑料袋提着礼物在行走。礼物各不相同，随心所欲。半个猪头，一二十斤米，若干鸡蛋，一盆豆腐，几斤粉条，一背篼蔬菜，只要婚礼上用得上的，都可以送。

送礼后，有许多人留下来帮忙。杀猪，打柴，搭彩棚，准备餐具、桌椅、食材、烟花爆竹。里里外外忙碌，就像在忙自己的事。

从今天开始，全寨子的乡亲们家里就不再开伙，都在新郎新娘家里吃饭，直到大后天中午。从开始帮忙起到婚宴，这种集体伙食要吃五天。

王安莲家也停伙了，我和乡亲们一起，也在新娘家吃饭。

早饭是稀饭、馒头、包子、炒蔬菜、酸菜和煮鸡蛋。这些都不特别，但自己用老面发的馒头包子，带一种诱人的酸甜味。

馒头太好吃了。我由衷地称赞。没想到，同桌的女人们嗤嗤笑开了，说要是过去呀，你说"馒头"，别人是要和你打架的。

我马上明白了，"馒"与"蛮"同音，山里的羌族老乡听了，至今多少还有些敏感，只是可以坦然听我说"馒头"而已。

婚礼的灵魂人物是"支客师"。

支客师乔官元，不仅是婚礼的主持人，还是婚礼全过程准备工作和安排所有细节的指导者。乔官元是梁玉平的女婿，前村支书。此前，寨子里的支客师是多才多能的梁玉平。前些年，因为年纪大了，怕自己脑子不好使，说错话不吉利，得罪人，就把女婿乔官元收为徒弟，悉心教导。乔官元非常聪明，性格豪爽，有激情。他自己经商，当村干部，见多识广。加上全寨子无人能比的口才，让我这个外人都看得出来，他是青出于蓝。

婚礼的准备工作很早就开始了。特别是新娘家，几年前就开始准备——主要是羌绣。首先是传统的绣花鞋，少的一二十双，多的七八十双。这里头除了新郎新娘，同时还要考虑对方家庭成员，至少一人一双。鞋子之外，还有袖子、吊边、围腰子、裤子脚边。完成所有的羌绣，一般需要三至五年时间。如果新娘父母因为种种原因不会羌绣，那么则由奶奶或者外婆做。

同样，男方也要为儿媳妇一家准备"过礼"。人人有份，但重点还是新娘。给她的礼物，包括传统的祖传手镯、首饰和羌绣衣物和饰品。假如祖传没有，就需要制备。总之，新娘从头到脚的全套装备，在接亲的早上送过去。

早饭刚过，男方给女方的"水礼"送过来了。这是老规矩：一百斤肉，一百斤米，一百斤酒，一百元钱。半头白条猪，两大袋米，一大缸酒，都挂着红，由小伙子抬着。卸下礼物，小伙子们还要在支客师率领下敬天、敬地、敬各路神灵和新娘家的祖先。

传统羌人的婚姻是父母包办。要么指腹为婚，要么在孩子三五岁时订婚。现在移风易俗，多数青年都是自由恋爱，包括杨舒苹和陈明。

二〇〇一年出生的杨舒苹在绵阳艺术学校学声乐，毕业后在坝底当幼师。陈明比杨舒苹大几岁，在外面跑大货车。

十八岁那年，杨舒苹艺校毕业，这是该"说人户"的年纪了。回到家里，陈家就过来提亲。但那时，杨舒苹觉得自己还小，还没有做好结婚嫁人的心理准备。杨家一直开客栈。开得早，加上位置好，善经营，家庭条件在西窝属于一流。陈家虽然也开客栈，但他家位置稍偏，加上陈明的妈妈有病，条件要差一些。还有一个障碍就是，陈、杨两家虽然没有直接的血缘关系，但转弯抹角还是亲戚，论辈分陈家比杨家要高。因此，杨家断然拒绝了提亲。

然而，陈明对杨舒苹的确是真爱。他锲而不舍地追求，杨舒苹感觉陈明上进，自强自立，吃苦耐劳，对她心细如发，渐渐地就喜欢上了。

见女儿喜欢，当父母的慢慢地也接受了陈明。两家定亲以后，准岳母舒蓉还专门为女儿女婿绣了一幅"双栖双飞",画面上一对鸳鸯依偎在荷花丛中,非常温馨美丽,寄托了父母对孩子的深情祝福。

婚礼的高潮当然是正婚那天。

我参加陈家中午的婚宴。陈家杀了两头三四百斤重的大肥猪,还准备了五十条鱼、五十只髈、五十只猪手、二十几只鸡,二百多斤白酒,此外还有啤酒、饮料、酸奶各几十件。

客人除了本寨,还有来自北川、绵阳和茂县那边的亲戚朋友,屋里、彩棚里,一共五十桌。

这是乔官元最忙的时候。客人来了他要迎接,指挥烟管(敬烟)、茶管(敬茶)、酒管(敬酒)、奏乐、端盘(出菜)、下套(上桌)。

入席后,支客师要讲"礼节话"(祝酒词),主持新郎父亲给大家看酒。

晚上的"花夜"是婚礼高潮中的高潮。

晚餐后,先要给新郎"开红"(披上羌红),让新郎敬所有的长辈,相互祝福。接下来,就要开始"坐歌堂"了。堂屋里,新娘坐上席,有请亲戚朋友和新娘一起唱《嫁女歌》,由此揭开歌舞晚会的序幕。男男女女大家唱歌,对歌,最后到广场上围着篝火,跳锅庄和沙朗,狂歌狂舞,几乎通宵达旦。

6.

西窝属于上五村。它由古时著名的"上五簇"演变而来。姜炳璋编修的乾隆版《石泉县志》记载,青片河中上游地区的羌族,被统称为"青片番",它又分为上五簇、中五簇和下五簇三个聚落,范围大致包括现今青片、白什和马槽三个乡所辖境域。簇即族,上五簇就是今天的上五村。明代中后期官军征服白草羌和白什、马槽的青片番以后,上五簇迫于官军的强大压力,主动归顺。从此,这里结束了无政府状态的自治,接受土司管理。后来土司制度废止,设置行政村,上五簇演变为上五村。

原先的西窝在现今村委会附近的半山上。那是一个有八十八户人家的大寨子,青一色的碉楼和石雕房。

寨子建在山上是为了安全。当年的主动归顺,既避免了许多人的脑袋落地,也避免了寨子被官军推平。后来,天下太平,没有了安全的考虑,为了方便生产生活，人们最终选择到河谷定居。山区地势陡峭，很难找到居住的平地，所以，建新房就必须利用现成的旧屋基。而迁居河谷以后，屋基无须再利用，一个老寨子，就作为上一个时代羌寨的标本，原封不动地"雪藏"下来。

因为刚刚下过暴雨，上山的路无法通行。没有看成的老寨子，又给我再次的西窝之行提供了充分的理由。

二、尔玛：在神话与现实之间

1.

夜宿村干部王蓉家。早晨开门，正河狂野的涛声立刻灌了进来。夜雨已停，山间云雾缭绕，但天空已是耀眼的瓦蓝。一架飞机正在高空，因太高太远，乍一看像是处于静止状态，似乎是一枚银针别在蓝色的天鹅绒上。深深地吸口气，伸了个大大的懒腰，我一步跨进新的一天。

河边的王蓉家是全村的最低点。所以去尔玛羌寨，车子过了河就开始爬山。爬的是筛子背。筛子背在北川是著名的大山，也是北川与阿坝州松潘县的界山。因为山顶有一块圆形草甸，中间有纵横交错网格状的土埂，酷肖筛子，故名。上山的路很陡，急弯连着急弯。后来，我专门在卫星地图上看过这条路，它像是一根弯曲的枯藤攀附在大山之上，让人觉得一阵风来就可能把它吹走。但是，王蓉车开得娴熟，边开车还边给我讲筛子背的故事。

故事说，两三百年以前，这里还是无人区。有一年，松潘那边大旱，庄稼颗粒无收。有一家人快揭不开锅了，父亲就带着儿子上山打猎。一头野牛被他们打伤，逃进了密林，父子俩穷追不舍，分头包抄。小伙子后来在密林中迷路了，就一路朝高处走。穿出密林就是山顶，一块百亩以上的大草甸毯子一样铺展在蓝天下。他看见草地边缘的杜鹃林中有一座碉房，一个白胡子老爷爷坐在门前剥玉米，老远就向他招手。

他走过去，在老爷爷端来的凳子上坐下，两个人摆起了龙门阵。小伙子老老实实地说，他家穷，租了几亩坡地，但庄稼都被干死了，这次出来，如果打不到猎物，全家都得饿死。

老大爷呵呵一笑：没事，我这里有的是玉米。说着，拿来一只大口袋，指着满箩筐的玉米说，你尽管把口袋装满，吃完了你再来拿。

小伙子坚决不同意，因为他家从来不平白无故要别人的东西。但是，老爷爷实在热情，非要送他玉米。盛情难却，他只好随意抓了几把——他是看到玉米颗粒大而饱满，准备带回去做种子。

告别老爷爷，小伙子好不容易才找到父亲。但是，没找到野牛，父亲很生气。儿子给他讲了碰见的那个老爷爷。他更加生气了，因为他知道那个叫筛子背的地方，那里根本没有人家。生气归生气，父亲还是跟着儿子找回去。到了，父亲更生气了：那里的确没有人家，只有空旷的草地和开满繁花的杜鹃林。

越来越生气的父亲从儿子手上抢过口袋，从里面抓出一把玉米，他惊呆了：手里抓的哪是玉米啊，是亮得耀眼的金豆子！

父子俩还发现，筛子背这边空气湿润，土地肥沃，溪流密布，就把全家搬到筛子背下面，用神仙给的金子请人来砍火地，盖碉房，然后把兄弟姐妹都喊过来一起生活，这就是尔玛羌寨的起源。

其实，在尔玛羌寨，关于金子的故事，还不止这一个。后来，村支书何飞就给我讲了两个。

第一个说，从前筛子背有一头金牛，松潘那边的人过来打猎，子弹根本钻不进牛的皮肉，只打飞了几根牛毛。牛毛掉到地上，瞬间变成了金条，传说尔玛羌寨过去那些碉房和碉楼，就是用它修起来的。

第二个说，筛子背有一个秘密洞窟，里面装着很多金子。洞窟之门，只有一把金钥匙可以打开。那钥匙，就藏在寨子里某户人家的磨刀石下。事情如此简单。从前的尔玛人家，可能都在自家磨刀石下反复找过，当然不可能找到。

金子的故事，其实都因为过去的羌人太穷，太想摆脱贫困。现实中办不到，就使劲幻想，最终想出了一堆和金子有关的故事。

2.

筛子背海拔将近四千米。尔玛羌寨海拔大约在一千七百米到一千八百米之间，其实山腰都不到。山外秋意正浓，这里已经入冬。高山彩林色彩斑斓，赭红与苍绿相间。而寨子，基调却是玉米、大豆以及槐、柿子、银杏和栎属杂树构成的金黄。

王蓉把车停在一座石雕房旁边。她喊了声，房门打开，现出一个老大爷的身影。大爷八十开外，身材魁梧，方正饱满的黑红脸庞，加上羌式长袍和外套的羊皮背心，简直可以作为老年羌人的形象代表。

后来才知道，这是寨子里仅存的一座石雕房。房子的墙体和堡坎全部石砌，格局也是最典型的羌族式样：一楼是牲畜圈舍，二楼住人，三楼堆杂物。

灰黑的石墙，原木的走廊，覆满葱绿蕨类植物的石头堡坎。阳光下的原始老屋，还恰到好处地搭配了一株古树。树是野梨，树冠巨大，落叶给地面均匀地铺了一层赭红。我赶快拍下一张照片。画面对比强烈又协调和谐，单纯、沉着中有几分绚烂，像油画。

老人叫张家兴，是一位独居老人。不过他并不孤独，火塘上坐着另一位老人苟洪江。王蓉喊他之前，两个老哥们儿正一边烤火，一边聊着往事。

坐下来，请他们继续讲往事。

两位老人说，改革开放前，尔玛羌寨总共四十八户人家，分成紧挨着的上中下三个寨子。张大爷家属于下寨子。寨子全是羌族，都来自松潘县杨柳沟。源头是四户人，分别是张、杨、何、苟。因为那边人多地少，必须向外发展，于是有人打猎，走到某一个无人区，看见土地肥沃，水源充足，就丢下青稞或者荞麦种子。第二年打猎又来，见禾苗长势良好，证明这里宜居，于是开始迁徙。具体年代已经模糊不清，但故事跟西窝、片口甚至平武白马一样，讲的大同小异。

当然，开始全部都是石雕房子，也有碉楼。但走马岭之战以后，羌人大败，碉楼都被推平，但依然住雕房。到了清朝，姜炳璋从江南来北川做知县，就觉得雕房落后，动员大家学汉人修吊脚楼。当时真的有杨氏兄弟修了，姜炳璋非常高兴，亲自带着一块匾前来祝贺。

我一直很关注姜炳璋。这是一位大学者，又是一位有情怀有政绩的好官，没想到，在川北的边陲之地，居然也有关于他的回响。

但是，吊脚楼的推广并不成功。杨家而外，乡亲们依然顽固地住在自己的雕房里。直到一九七六年，松（潘）平（武）大地震把许多雕房震垮了，这才纷纷改为穿斗结构的房子。

继续讲往事。

这次他们讲的是何氏兄弟。这应该是二十世纪二三十年代的事情。他们兄弟五人，老大何大友，老二何大兴，老三何大春，老四何大明，老五何大祥。五兄弟个个武艺高强，都是顶级的猎人。其中，老三何大春最厉害最传奇。他身体一边白一边红，连他两腿间那玩意儿也是。但不幸的是，一次在山上遇到山体滑坡，飞石将他的左臂打断，从此成为独臂。不过，独臂似乎并没有废他武功，相反让他变得更加传奇。他仅存的那只右手，拳头有钵碗大，力大无穷。

那时寨子里家家户户有枪，包括何家五兄弟。乡亲们经常看何老三表演枪法，白天表演是将一个圆菜墩从山上飞滚而下，而他随手一枪命中；晚上则表演枪打百步之外的香火，也是枪响火灭。他除了枪法好，还擅长飞刀。他的刀巴掌宽，一尺多长。这刀用于打猎，主要是猎杀野牛。

他猎杀野牛主要是在晚上。月光朦胧的夜晚，他提着刀在野牛可能出没的地方搜寻。在一颗巨大的杉树旁，他听到陡坡下面有了动静。那沉重的脚步，箭竹林的响声，他知道那一定是野牛。他躲在树后，从下面一棵树的树梢看过去，紧盯下面。很快，野牛出现了，他的刀也飞了出去。随着箭竹一阵呼呼的巨响，野牛消失了。他感到这一刀落空了，非常失望，非常生自己的气，抬起右手，狠狠地就是一口。他惩罚了自己，还是不甘心，借着月光朝下面搜索。没多久，在倒伏的箭竹林下面，他终于找到了那头死去的牛。而他的刀，早就从牛身上一穿而过，插在一根树干上。

红军过北川那年，何家有个小伙子叫何秋丫，刚满二十。战乱中，乡亲们纷纷钻进原始森林。后来，部队都走了，乡亲们回到寨子里，生活重回正轨。但是何家小伙却没回来，大家估计他可能死了。一天深夜，他家突然发出一声沉闷的巨响，闹的动静太大，家人都吓坏了。早晨小心打开房门，才发现门口放着一头杀死的野牛。从此，每当牛肉吃完的时候，在夜里门口又会出现杀死的野牛。不可思议的事情一次次发生，乡亲们决定揭开真相。估算到接下来那个日子，就预先埋伏在暗处。那个深夜，一个汉子扛着一头牛哼哧哼哧来到门口，当他把牛扔到地上的时候，十几个人跳将出来，一起把他摁住。点燃火把，大家看清这个人一丝不挂，周身长毛。他比老三还有蛮劲，几个大汉好不容易才制服他。遗憾的是，由于他野性十足，而乡亲们也过于硬刚，他当场就急死了。

大家很快就知道了，他就是何秋丫。

3.

中华人民共和国成立前，尔玛羌寨家家户户有枪，家家户户打猎，一年三百六十五天，有三百天都在打猎。

打猎，也是因为穷。地里出产的青稞、荞麦和洋芋远远不够糊口，不得不上山。上山的猎人，全部破衣烂衫，裹着兽皮。有些小青年，都上山打猎了还是光屁股。

苟大爷说，他父亲还是医生，一家人也经常饿肚子。假如哪年过年能吃上一碗米饭，那就无比奢侈了。不少人活了一辈子，连米长什么样子都不知道。

令人欣慰的是，寨子里的乡亲们终于迎来了好日子。

寨子里最重要的产业是旅游。村支书何飞、综合干事王蓉都是搞乡村旅游的带头人。几十户人家组成了合作社，游客来了统一安排食宿，集中全村的力量，一起搞篝火晚会。而王蓉，不但是跳沙朗、唱羌歌的好手，还是气场极其强大的晚会主持人。

第二大产业是药材。独活、羌活、大黄、木香。王蓉家就种了几十亩。三年疫情，旅游受到重创，因为有药材的收入，才帮助大家扛了过来。

苟大爷都说，肉是自己养的粮食猪，菜是自家种的有机菜，家家都有大彩电、洗衣机，很多家庭还有汽车。我们比过去的土司老爷都过得幸福。

我参观了张大爷的家。他虽然是孤老，但养的两头肥猪分别都长到了两三百斤，还养蜂。家里整齐干净，大彩电、洗衣机，都有。我还注意到他的火炉也很新式，省柴，无烟，让整个屋子都很温暖。他自己能劳动，政府还要给他补助，送米、面和油。他顿顿吃肉，闲下来就看电视。有关抗日战争、解放战争和朝鲜战争的连续剧是他的最爱。

作为一个从苦难中走过来的老农民，夫复何求？

近几年,尔玛羌寨新的一页又将翻开。王蓉告诉我,他们整合各种资源,以村里为主,投资打造升级版的旅游产业。对面山坡上,七八栋小木屋已经建成,还有一个中高端的精品民宿今夏就将投入使用。

对了,村支书何飞,曾经被曲山镇的石椅村邀请,出任著名的"石椅羌寨"总经理。

4.

离开寨子之前,我还特意去看了杨家老屋。

房子高大宏敞,一看就是曾经的豪宅。只是杨家后人在北川开火锅店,生意红火,老宅没有人气养着,已经开始颓败。留守的老太太给我找来电筒,让我爬上楼梯,在楼上的杂物堆里翻出那块木匾。匾是清同治六年(1867)制作,与这栋老房子同龄——那是亲戚为新房落成送的贺匾。

不属于姜炳璋时代,匾更非姜炳璋所送。但无论如何,这是一百五十多年前的老房子,仍然值得珍惜。

也许,只需适度修葺和改造,北川一处乡村旅游的新热点,就是这里了。

三、神树林:神树下的羌寨时光

1.

曾经看过一张照片。

那是夏天,雨后的早晨。郁郁葱葱的群山,浓浓淡淡的云雾,东北向西南排列的山脉。画面的中间,云雾恰到好处地亮开,一道山梁从深谷里浮现出来。浮现出来的还有一条路,蛇一样往上爬行,直抵山梁上的寨子。寨子房屋参差,色调赭黄,在青山环抱、绿树簇拥、薄雾缭绕之中,超凡脱俗,像是来自另外的世界。

太美了,如果这里算不上仙境,那世上再无仙境。

这个美如仙境的地方,就是神树林羌寨。

"神树林"这个名字,当然是有故事的。

一百年前,寨子里有位姓杨的猎人上山打猎,快到筛子背时,远远看见林子里有一棵从未见过的大树。那树树干巨大,虬枝阔叶,满树繁花,香气扑鼻。猎人断定自己遇到了传说中的沉香树。老辈人都说,如果在除夕之夜在火塘里烧沉香木,芳香之气将飘进天宫,玉皇大帝闻到后,就会给整个寨子赐予财运和福气。猎人狂喜。但他除了猎枪没有其他工具,只好解下红布腰带,撕成小布条,系在沿途树上作为路标。第二天,当猎人带着几个兄弟上山寻找那棵沉香时,路标不见了。好不容易找到那片树林,不见沉香,却见林子里每棵树上都系着红布条。大家马上明白了,这是神树林,于是赶快匍匐在地,祈求树神保佑寨子平安,赐给大家幸福。

从此,"神树林"就成为这个羌寨的名字。

2.

二○○五年的夏天,我第一次去神树林,也是雨后。从绵阳开车出发,感觉特别特别遥远。好不容易到了,最后几十米,我居然在寨子下面困住了——坡陡,道路泥泞,车轮打滑,最终还是从寨子里找来人,硬把车子推进了寨子。

但是进了寨子,刚才的一切烦忧就都忘了,因为它太迷人了。那种感觉,我很快把它写进了文章:

> 神树林那些保留了木质本色的羌式民居,重重叠叠挤在山腰。村外的山嘴有巨硕的神树,荫地数亩,上面密密麻麻的红布条在晚风中吹拂,弥散开来的神秘笼罩了寨子。炊烟慵懒,山野空旷,少有人迹,好像整个羌寨都沉浸在遥远的回忆之中。暴雨刚过,山风夹着土腥从河边吹来。泥泞的路上,牛蹄窝里注满积水。胡豆花幽兰。杜鹃花灿烂。房前屋后那些喇叭花,吹响的似乎都是苍凉辽远的羌笛。
>
> ——《青片河,在我们不知道的地方流淌》

那次我在寨子里住了两天,第一次接触到了有名有姓的羌人:杨华志和覃杨明。

3.

杨华志曾经是寨子里狩猎的顶尖高手,但后来改为放牧牦牛。牦牛大都在筛子背、野猪梁子那一带的高海拔大山上活动，他很少回家。但那天碰巧他回来了。我们在他家火塘边大碗喝酒，吃烤洋芋，听他讲故事。印象最深刻的是关于他偶像杨四飞的故事。杨四飞也是他的祖爷，是羌人中的传奇人物，与尔玛羌寨的何大春类似。他虎背熊腰，拳头也是钵碗那么大，手臂比很多人的脚杆都要粗。他力可拔柳，飞刀可以百步取人。一日，他上山打猎时蹲在山窝里拉屎。没想到，他拉屎拉到野猪窝里来了。一头成年公猪感到它的家受到了威胁，就背后偷袭，一口咬住他的腿。杨四飞猛然警觉，一手提裤子，一手捏紧拳头，转身就朝猪头上猛砸一拳。一拳下去，野猪脑浆迸裂，立马断气。

　　他也讲自己打猎的往事。他十五岁开始上山打猎，到中年，他猎杀的老熊、野猪、野牛、青羊、岩羊、麂子以及野鸡野兔数以百计。

　　杨华志两口子养育了一儿一女。儿子在外上中学。我无意中看到了他们的女儿。她是老大，一看她的体型、五官和表情，我就知道她有智力残疾。杨华志妻子何廷秀伤心地跟我说，那时她怀上女儿才七个月，从楼上朝下搬东西，下独木梯的时候背篼在梯子上挂了一下，她失足跌了下来，不但早产，而且女儿先天受损，成为脑瘫。

　　寨子里有人议论，杨华志本人也想：是不是因为打猎，杀生太多，报应？

　　过去的羌人因为近亲结婚，滥酒，生下残疾儿并不罕见。那时候穷，养不起更医不好，还拖累一家人，出于无奈把孩子扔掉的也有。

　　但是杨华志两口子不这样想。好歹是自己的骨肉，一条命啊，无论如何都得养着她。

　　为了女儿，杨华志也不打猎了。原来，青片乡里集体养了一群牦牛，管理不善，越养越少。因为牦牛的活动都在海拔三四千米的高山上，所以放牧是一个非常艰苦的活，也很难找到接手的人。杨华志就贷款把这个小小的牛群接过来，成了养牛专业户，他的目的，是为了给女儿攒下一份家业，让她今生有靠。

　　两口子为了女儿，完全是豁出去了。

　　他们的故事让我非常感动。适逢中国人民抗日战争暨世界反法西斯战争胜利六十周年，《人民文学》杂志举办以"爱与和平"为主题的征文，我就将杨华志两口子养育残疾女儿的故事写成报告文学发了过去。也许是神树林的神树给我带来的运气吧，我的作品竟得了大奖。对此，我非常感恩神树林羌寨的宝贵赐予，也感谢杨华志两口子以自己无私的爱为我提供的好素材。

这也是我重返神树林羌寨的重要动力。

4.

那次在寨子里，我住在覃杨明的"神树林羌寨"客栈。

客栈很大，外面走廊、内部楼板都是实木。尤其是房间，墙壁和天花板贴着木板，保留着木质本色，房间里充满了木质的芳香。

覃杨明是老板，也是个文学青年，中学时代就读过但丁的《神曲》、普希金的《欧根·奥涅金》以及海明威的《丧钟为谁而鸣》和《老人与海》。

他给我看了自己原创的诗歌：

> 残碉映余晖
>
> 落寞黄昏
>
> 隐约有前辈的气息
>
> 背着夕阳
>
> 足迹已深藏草里
>
> 掀开乱石堆
>
> 许多故事
>
> 散在墙角
>
> 生成铧犁的锈迹

父亲没有文化，更不懂诗歌，不可能给他这方面的遗传。不过，生活在大山的褶皱里，从小看老释比做法事，听他们讲《羌戈大战》，在火塘边听老人讲古代的英雄传奇，还有大自然里的蓝天、密林、飞雪、山岚、云雾，以及大山精灵般的飞禽走兽，都是文学的诱因。

我想，一个敏感而有悟性的孩子，在万物有灵的羌山羌寨成长，一切皆有可能。

然而，命运没有给覃杨明做诗人的机会。

改革开放以前，为了温饱，所有人家都全靠打猎、挖药和砍火地生存。寨子里的人们常把一句话挂在嘴上："要想穷翻梢，刀砍放火烧。"他十二岁就开始跟大大（爸爸）上山挖药，天气冷了，还穿着草鞋。草鞋烂了，捡到一双伐木工人扔下的破鞋，穿在脚上，用藤蔓一捆扎，又继续在山上攀爬。他也上学，但小学时，总共一元的学费都交不起，父亲还得从生产队、大队到公社层层申请，找领导签字盖章。磕磕绊绊读到高二，最终还是辍学回家。

和所有羌族男子一样，他也喜欢打猎。寨子里，他最佩服的猎人是杨华志。

他最难忘的是一九八九年冬天的集体出猎。那时已经进入农历腊月。按理说，狩猎的最好季节是在秋季，树叶落光，能见度好，容易发现猎物。没下大雪，在山上行动相对容易。不过，那时虽然已经改革开放，生活改善了许多，但是，快过年了，要充足的年货——肉食，还得去山上找。

寨子里去了将近二十个人，带了二十多条猎狗。天上下着鹅毛大雪，阳山的雪都有一尺多厚，有些地方能陷到腰杆处。积雪压低了树枝，一不小心雪团就落在头上。稍久，下意识一摸，冰条与头发一起折断。整整五天时间，大家都在山林里奔走。白天追赶猎物，晚上就睡在崖腔里。找不到崖腔时，找一块平地，将积雪踩严实，铺上草就是床铺。又冷又累，到最后一天很多人都拖不动了。但这时候的杨华志，好像冷和疲倦都和他没有关系，依然不知疲倦地冲在最前面。

杨华志偏于筋瘦，就像最厉害的猎狗也筋瘦一样。筋瘦，也许最有可能成为顶级的猎人。从少年到中年，他一直在山上摸爬滚打，大山的气息在不知不觉间渗入了他的肌肤、血液和灵魂，让他有惊人的嗅觉和耐力。林海雪原，十几个人组成的狩猎小分队，他始终最活跃，倒在他枪口下的猎物，当然也最多。

猎人们遭遇了极限考验，但收获是丰硕的。山驴，青羊，岩羊，麂子，扭角羚，几十只猎物堆了一山，回到寨子里，忙活了两天才分完。

辍学回家的覃杨明很快加入到砍木头的行列。这是当时最重要的挣钱之道。虽然也需要指标，但执行得并不严格。到山上砍下树，拖到山下卖给木材贩子，一笔现金就到手了。那些年，大家都砍，疯狂地砍，从海拔一千六百米的寨子后面砍起，一直砍到接近三千米的山顶。

幸好，退耕还林，禁伐，寨子边缘的原始森林还不至于砍光，还有恢复的条件。生态旅游的兴起，覃杨明以读书人的眼光赶上了第一波机会，他用卖木头赚到的第一桶金，从木头贩子华丽转身，成为客栈老板。他的"神树林羌寨"占地八百平方米，建筑面积二千七百多平方米，五十几个房间，床位百余。

　　后来，包括杨华志，寨子里的乡亲纷纷投入乡村旅游。

　　从那时到5·12地震以前，整个神树林的旅游都搞得红红火火。旅游旺季，乡亲们什么都可以卖钱，土特产、野菜甚至野花。白天牵马、服务，晚上唱歌跳舞。牵一周的马都可以挣几千，相当于当年砍一年木头的钱。

　　旅游，让神树林富了，也出名了。

5.

　　重访神树林，还是由王蓉开车陪同。

　　时隔十八年，神树林发生了很大的变化。

　　首先是神树。一个寨子没有神树那是不可想象的。作为圣物，成为神树就像封王，需要在树界有绝对超卓的条件。一要足够古老，二要足够高大，三是要有最德高望重的人——一般是受人尊敬的老释比来最后认定。

　　万物有灵，羌人眼里的神树就绝对具有灵性了。寨子里的孩子，体弱，多病，怕不好带，就拜神树为干爹干妈，做父母的就放心了。孩子们的启蒙教育，最重要的一条就是要让他们知道，不可侵犯神树，哪怕一枝一叶。

　　让寨子里的人们万万想不到的是，神树——寨子里最重要的地标，男女老幼的精神支柱，居然倒了。

　　那是二〇〇九年的夏秋之交，人们一夜醒来，突然发现神树倒在地上。神树，真正倒下来，人们才知道它有多么巨大。它是榉木，直径超过两米，高达几十米。神树下面不远处有好几户人家，连他们都不知道神树是什么时候倒下的。

　　按理说，山坡上，那么大的树倒下来，必然会引起塌方的。如是，下面几户人都将被掩埋。然而，倒下的神树几乎没有带起泥土，更没有引起岩石的崩塌，平静得就像一个百岁老人的安详离去。

　　人们都说，神树在生命的最后一刻，还在护佑着人们。

杨华志的女儿也死了。

那是二〇〇七年的冬天。两年前将我困住的那条进寨之路，又陡又窄，还是泥路。在政府的支持下，乡亲们要把它加宽，打成水泥路。那是全寨子的大事，杨华志全家都必须全力以赴。那天的鹅毛大雪下了整整一天。晚上回家，才发现火塘熄灭，女儿受冻。随后一场重感冒，竟夺走了她的生命。

5·12大地震让整个北川的旅游受到重创，道路中断，地处北川大山尽头的神树林，本来已经高速运转的旅游产业戛然而止。接下来，不止一次爆发山洪泥石流，后来再加上疫情，再没有了宾客盈门的好日子。

不过，在当今北川，神树林毕竟是羌文化的重要源头。原村支书杨华武是杨华志的弟弟，是北川羌族乡村旅游领军人物，还是今北川艺术团团长；寨子里的陈云珍，是北川羌绣的代表人物，党的二十大代表。神树林羌寨羌文化积淀的深厚，可见一斑。

当地干部对我说，神树林搞乡村旅游的条件太优越了——人才济济，民族文化浓郁，周边还是原始森林，处于大熊猫国家公园的核心区。乡里正考虑打造大熊猫大峡谷和大熊猫院落，以生态体验为特征的旅游产业，为神树林羌寨翻开新的一页。

四、黑水："上五簇"时代的生活若隐若现

1.

从石桥上跨过青片河，车子就离开了大路，驶上了小路。

路与一条叫黑水沟的小河紧紧纠缠着，曲折地往上，再往上。小河细瘦如枯藤，深陷峡谷底部，多数时候都不见它的身影，却有如雷的涛声响彻山谷。清明将至，峡谷两边植物葳蕤，蓊郁的浓绿望不到头，仿佛都是这条小河一路喷涂的结果。

终于，水到尽头，路到尽头。前面陡峭的山脊上，层层叠叠的吊脚楼沿山势顺势而上，剪影一样排列在蓝天之下。

这就是黑水羌寨。

2.

山很大，坡很陡。窄窄的水泥村道生猛地爬坡上坎，入户的岔道像是章鱼伸出的触须，把那些聚散不定的吊脚楼拽在一起，是为寨子。

自从游牧转入农耕，羌人就聚居于寨子。

关于寨子的定义，它应该是四周有栅栏或者围墙的聚落，或者是据险而居的村子。总之，都是山间易守难攻的地方。而当年的羌寨，其要素，除了围墙、栅栏和天险，还少不了碉楼。

碉楼是羌寨的标配，类似碉堡。矮的三四层，高的十几层。寨有寨碉，家有家碉，此外还有烽火碉、阻击碉。它们功能各异，但都与防御相关，有重要的军事功能。修建碉楼无须图纸，甚至不用吊墨线，仅凭经验就可以平地起高楼。碉楼的建筑材料是当地的片石，把麦秸秆和麻秆剁成寸节，按比例与黄泥调和成糊状，层层灌浆，粘砌石料。碉楼内墙与地面垂直，外墙由下而上向内稍微倾斜，形成金字塔造型。碉楼结构坚固，稳如泰山。在冷兵器时代，一旦外敌入侵，人们只要携带兵器和粮食退入碉楼，就可以做到"一碉当关，万夫莫开"。碉楼的门都设在距离地面数米高的地方，上下的独木梯一旦抽走，入侵者想打进来比登天还难。碉楼内部分为若干层，每层都有碉窗和枪眼。居高临下，远可射击，近可砸下石头。敌在明处，自己在暗处，以逸待劳，简直游刃有余。

所以，在古代，无论战争多么残酷，只要碉楼还在，就可能保存部分有生力量。养精蓄锐，假以时日，完全可以卷土重来。

清代以前，青片河上游的羌人被称为"青片番"，分为"下五簇""中五簇"和"上五簇"。

"簇"，也可视为"族"，指的是羌民聚居群落。

上五簇即今青片乡上五村；中五簇包括今青片乡茶湾村、正河村、安绵村、高峰村、西纳村，以及白什乡的清溪村、高溪村，和马槽乡的平地村、木坪村；下五簇在今马槽乡和白什乡境内，与中五簇大致以青片河为界，包括青片河西面的白什乡白什村、鱼背村、七星村、白水村、河坪村，以及马槽乡苦山村、明头村、花桥村、黑亭村和黑水羌寨所在的黑水村。

黑水寨地处海拔一千五百米的高山，位于马槽乡西南面。

明代中后期爆发的"白草番乱"，是白草番盛极而衰的分水岭。兵败走马岭之后，白草羌主力被官军消灭，失去了与朝廷对抗的能力。自古以来被历代皇帝视为眼中芒刺的碉楼，也在战后作为军事设施被全部夷平。黑水村的碉楼当然也无法幸免。

至此，北川的羌寨几乎不再有碉楼，取而代之的吊脚楼舒适实用，却毫无防御功能。

3.

黑水羌寨——严格地说是黑水村三组，小地名犀角坝。因为羌族没有文字，这里的历史兴衰并没有翔实可靠的记录，村民们的记忆只能上溯到二十世纪四十年代初。当时，五户村民在这里集中建房，形成唐家院子。到了六十年代，居民增加到十三户，形成蒋家院子。再后来，周边的老百姓发现这里居住条件优越，继续向这里聚集，又增加了"杨家坪"和"梁子上"两个聚落，最终形成有三十二户人家的羌寨。

三十二户人家，清一色的吊脚楼。作为多民族文化融合的产物，汉式民居的影响显而易见，但更多的还是延续了少数民族的传统。羌寨地处阳坡之上，整体坐北朝南，而具体的一户户人家，朝向则为坐东向西或坐西向东，择缓坡依山就势而建。因地势所限，每个吊脚楼有两级筑台，一部分建于较高筑台之上，一部分吊脚挑出，柱子落于较低筑台之上，与自然的山体紧密贴合。建筑为穿斗式木结构，其基本特点是正屋建于实地上，厢房除一边靠在实地和正房相连之外，其余三方悬空，靠粗大结实的柱子支撑。这种榫卯结构非常牢固结实，即使遭遇了5·12大地震，寨子也几乎毫发无损。

所有的吊脚楼都带环绕建筑而存在的外廊。它增加建筑的美感，更增加了人们的舒适度——人们在这里喝茶、吃烟、绣羌绣、看风景、谈天说地。栏杆上常年架着金黄的玉米棒子和大红的辣椒串。这是晾晒，收藏，也是恰到好处的装饰，让平常的农家生活陡然增加了许多诗情画意。

木质的吊脚楼，带着岁月浸染的痕迹，与周围山体、树林、菜畦、田园、溪流融为一体，组合成一幅幅令人心醉的风景画。

4.

　　从高大的寨门进去，路过一座碉楼，走过一段斜坡就是蹇洪友的家。

　　蹇洪友曾经是村主任，家里开着农家乐。疫情已过，旅游正在复苏，蹇家正对自家房子进行改造提升，主要是加宽外廊，增加客房。因为家里请了工匠，晚餐就特别丰盛，让我充分享受到了黑水羌寨的特色美食。

　　食材全部来自当地。肉食主要是自家养的猪、鸡、牛和羊，蔬菜除了自家菜园里采摘的蒜薹、莴笋和莲花白，还有蕨苔、刺龙苞、石盖菜和菌子等野菜。豆腐是自己推的，豆芽是自己发的，腊肉、腊排是去年年底杀年猪之后吊在自家火塘上用柏树枝熏过的。

　　一大桌子的美食，盘子重重叠叠。大盆的莴笋炖鸡，大盘的蒜薹回锅肉，煮熟直接装盘的腊肉腊排，焯水以后配以姜、葱、辣椒清炒的野菜。烧菜都放了丁香、桂皮和八角，炖菜除了香料，还加了烘焙过的当归，汤汁香浓，非常可口。

　　当然要喝酒。酒有两种，高度的马槽酒和低度的蜂蜜酒。

　　酒至半酣，累了一天的汉子们都喝得满面红光。

　　我起身为大家敬酒，不经意就看见了立在柜子上的那只唢呐。

　　这应该是世界上最土的唢呐了。喇叭是刮灰刷漆的竹编，杆子是山间普通的罗汉竹，因为全是竹制，拿在手上轻飘飘的。

　　这唢呐能吹响吗？我问。

　　怎么吹不响？北川羌族自治县成立挂牌那天，明海带着二十几个唢呐手在主会场上吹奏《接月亮调》和《将军令》，镇住了全城的人。蹇洪友说着，把唢呐塞给了他旁边的小舅子杨明海。

　　杨明海也不客气，接过唢呐，把唢呐嘴用衣角擦了擦就吹了起来。一开始他就吹了一个高音，嘹亮，尖锐得刺耳。

　　杨明海说，唢呐的曲调很多，主要分为婚事、丧葬、官府纪念三大类别。每一大类都包括了很多曲调。比如婚事曲调类就包括了《敬神调》《接亲调》《上套调》《下套调》《花儿纳吉调》《开坛祝酒调》《催亲调》《离娘调》《上花轿调》《过路调》《过街调》《拜堂调》《送客调》，一共二十来个曲调。

　　杨明海为我吹的是《离娘调》。那是男方接亲的队伍到达新娘家门外吹奏的曲调。曲调缠绵婉转，有几分感伤。可以想象，唢呐声中，即将离开娘家的新娘将回忆起和小姐妹在一起的快乐时光，也会想到今后陌生的生活环境和无法预知的人生命运。情到深处，一定会眼泪汪汪。家中兄弟姐妹也会情不自禁，相互拥抱，放声大哭。

　　和其他少数民族一样，羌人也是能歌善舞的民族。杨明海的唢呐一响，对大家来说是一种撩拨。我只需稍微提议，大家就唱了起来。

　　比如山歌对唱：

　　　　唱来哟我再哟来哦嘞
　　　　我在高山呀儿哟晓不哦来
　　　　打湿那裙衣哟莫笑哦地哟嘞
　　　　打湿鞋儿呀儿哟烤得哦干
　　　　你不唱来哟我又要来哟哎
　　　　我把山歌呀儿哟拿来唱
　　　　山歌那不要哟以前来哟哎
　　　　只要奴家呀儿哟有懂哦
　　　　才你是唱来哟我再听我来
　　　　隔山隔水呀儿哟听不真
　　　　快过前来哟听真来哟哎
　　　　……

比如在婚礼最隆重的"花夜"唱的情歌：

　　　　听说情哥要远行哎
　　　　阿妹心中难舍分哟
　　　　送哥一双云云鞋啥
　　　　腾云驾雾快回来呀

  我送阿哥一双云云鞋

  阿哥穿上爱不爱

  鞋是阿妹亲手绣

  摇钱树儿换不来

  我送阿哥一双云云鞋

  阿哥不用藏起来

  大路小路你尽管走

  只要你莫把我忘怀

  ……

  这些歌唱，质朴，直截了当，让歌唱者欲罢不能，让聆听者沉醉其中。

5.

  黑水寨的村民普遍富裕。

  当地产业以种植业为主，但因为人多地少，玉米、洋芋、蔬菜仅供自己需要。养殖业规模也不大，猪、羊、鸡，也主要是自己食用。

  主要收入来源在于中药材，主要是黄连、当归、重楼、厚朴、杜仲、木香、枣皮等。药材种植的规模较大，几乎家家都有几十亩、上百亩。近几年药材行情好，各家的收入少则十几万、几十万，多的甚至上百万。

  种植和养殖，其具体的品种和项目，随市场的变化而变化。

  但养蜂，这是寨子里恒久不变的产业。

  杨明海是寨子里的养蜂大户。早晨，我看见他用背架子背着七个蜂桶往山上走。

  您背着蜂桶是赶场吗？是不是要卖掉它们？我很好奇。

  不，我的蜂桶要背到林子里去，让它们在那里采蜜。杨明海说。

  就把他们搁在房前屋后不行吗？

  要采好蜜，就必须上山，到老林子。我的蜂场不远，去不去看看？

  听说不远，我就跟着杨明海一路往山上走去。距离就两里地，没走多久就到了。在老林子边的缓坡上，搭建着一溜敞开的草棚，棚子里是一长溜木架，已经放了几十桶蜂巢。杨明海说，他一百多桶蜜蜂全部都要放在这里的架子上。现在背上来，中秋节前采蜜以后又背下去，年年如此。他的蜂桶全部搬上来，要耗时半个多月。

杨明海的蜂桶都是水冬瓜树掏的，填缝用的都是牛屎——牛屎消毒保暖，还防蚂蚁。

他说，这里空气好，环境质量比房前屋后好得多，不会因为有些人家给农作物打药而导致蜜蜂死亡。并且，方圆几里的原始森林，蜜源非常丰富。五味子、党参、木通、猕猴桃、藿香、独活、板栗、金银花、蒲公英、夏枯草、刺龙苞，数不清的中药材，一年四季有不同的花种。你说，哪里的蜜会比这里更好？

看来，秋天，仅仅是为买原生态的土蜂蜜，都值得来一趟黑水寨。

五、石椅：一个嫁接或者再生的羌寨

1.

今年天暖，春早。但在石椅羌寨的村民感觉中，今年的春天从去年腊月二十七就开始了——

这天上午，习近平总书记以视频连线形式看望慰问基层干部群众，石椅村是全国六个点位之一，也是乡村的唯一代表。

天刚亮，乡亲们就开始在广场聚集。村支书陈爱军和"石椅羌寨"的老板杨华武兴奋得几乎通宵不眠，一大早也来到广场，再次对今天活动场地的细节进行检查。广场周边彩旗招展，枇杷和李子树挂满羌红，一串串玉米和辣椒在羌楼檐下闪耀着金黄和火红。

临近中午，视频连线正式开始，晴空丽日之下，身穿绚丽民族袍服的几百村民聚集在巨大的LED屏前面，那是一广场的繁花盛放啊。习近平总书记高兴地说，新时代的乡村振兴，要把特色农产品和乡村旅游搞好，你们是一个很好的样子。

石椅羌寨北靠景家山，西望王家岩，老县城遗址和5·12地震纪念馆就在它脚下，是5·12地震灾后重建村。它海拔一千米以上，距大中城市近，是避暑康养的好地方。村党支部审时度势，着力发展水果种植和羌族特色的乡村旅游，近年荣获"全国文明村""中国乡村旅游模范村""天府旅游名村"等称号。习近平总书记视频连线的新闻播出，更引爆了这里的旅游。从腊月二十七开始，包括春节期间，这里所有的民宿和农家乐都爆满。这本是春暖花开甚至盛夏才有的景象，加上李花盛开、枇杷长出新叶似乎也早于往年，更给人以季节提前的错觉。

2.

习近平总书记视频连线那天，石椅羌寨载歌载舞的狂欢我无缘在现场体验，但去年农历十月初一，我受邀到石椅羌寨参加羌历年活动，目睹了相关盛况。

过羌年，羌语称"日美吉"，意为羌族人自己的节日。这是羌族最隆重的节日，相当于汉族的大年三十。相传羌历（夏历）最早为"平阳历"。古羌人以角卡推历时计羌年，一年分十个月，后来才逐步改变，为农历十二个月。

自从公路修通，母广元、杨华武和青片乡的民间艺术家们加盟，石椅羌寨每年的羌历年都非常热闹，成为北川重要的文化庆典。

没有身临其境，很难想象在大山区的北川羌寨，会这样隆重热烈地过年。或者说，年，还有这样的过法。

我们过羌历"年"，是从车到寨门下那一刻开始的。车门打开，喧天的锣鼓，嘹亮的唢呐，原生态的羌歌，还有朝天齐射的火枪，潮水一样把我们淹没。一道宽阔的青石阶梯，从公路边天梯一样直通遥远的寨门。这是一个让人不得不仰望的高度，以便让宏伟古朴的寨门成为焦点。黑底金字的"石椅羌寨"两边是同样黑底金字的对联：

天赐石椅羌寨
神造火盆仙山

石椅子的典故早已被人们熟知。而火盆仙山，讲的却是另外一个故事：传说羌族火神蒙格瑟的儿子燃比娃为人间取火，当他端着火盆正要走出天门时，恶神喝都阻拦，并使魔法降下暴雨，不仅浇灭了火盆，而且洪水滔天，要将燃比娃席卷而去。后来洪水退去，这个装火种的火盆就陷在了山谷之中。燃比娃见火种不能公开带走，便想出妙招，将天火藏在白石里面，成功带回人间。两块白石相撞，火花四溅，人间就有了烟火。羌民们感恩燃比娃取火之功，便将石椅村上面的小盆地取名为火盆山。

石椅村的羌民开门迎客，端出的真是火盆般的热情。阶梯两边，羌族男女的节日盛装花团锦簇，在初冬的暖阳下像最绚烂的羊角花、辛夷花的怒放。尤其是羌族美女们的袍子，以最热烈的大红、桃红和湖蓝肆无忌惮地宣泄自己独特的美。鼓乐震耳欲聋，但歌手们飙出的天籁之音似乎可以穿透一切。所有的来宾都被震撼，被裹挟进一个火盆般的"场"里。

客人还在阶梯的中段，热情的主人已经迎上来，给你披上羌红，端来咂酒，年过八旬的著名主持人母广元在寨门下亮开了罕见的洪亮嗓门：

堂前喜鹊叫，羌寨贵客到，远来的朋友，大家辛苦了！我们热烈欢迎朋友们来到美丽的羌寨，在这里，希望你们能保持潇洒的心情，浪漫的激情，饱满的热情，绵长的友情，当然还有甜蜜的爱情！也祝福大家在今后的日子里，车车装满幸福，让平安为你开道，平安与你环绕，愿你天天潇洒无烦恼，平安带温暖把寒冷赶跑，大家一生平安幸福，永远向你微笑！

3.

羌民族具有明显的自然崇拜特征。他们栖息大山，依附大山，敬畏大山。所以过羌历年，祭山是非常重要的内容。这是以寨子为单位，所有村民都要参加的祭祀大典。

羌寨的广场上柏树枝燃起白烟，带着猴头帽的释比穿着法袍，腰挂法刀，手持羊皮鼓和响盘，拄鹰头法杖，走在队伍的最前面，边走边念经；紧随其后的是众徒弟，他们挥舞着缠着飘带的柏枝，后面是端着瓜果和太阳、月亮形状的馍的童男童女。走在队伍前面的还有一只白羊，它即将成为祭品。再后面，依次是羊皮鼓队、唢呐锣鼓队和盛装的村民。这是一个完全开放、参与性很强的仪式，来宾和寨子里的游客都可以参与。在鼓乐声中，庞大的队伍逐一走向各个祭祀对象。

首先敬白石塔。释比在塔前点燃香烛，摆放刀头、白酒和着了色的蒸馍，然后唱歌除秽，点燃一小堆柏树枝——这是除秽的主要措施，众人依次从这里跨过，那只白羊也拿烟熏过，表示污秽已经去除。这时，释比开始唱经，求神消灾免祸；唱开天辟地词，感谢上苍赐给万物；唱羊替罪词，求神宽恕一切过错。接下来杀羊，砍下羊头置于塔上，给白石抹上羊血。一路上还要向天空撒青稞和荞麦，感谢上苍，感谢大自然，祈求风调雨顺，五谷丰登。

仪式在鞭炮和火枪声中结束，队伍以原来的顺序前往陈家（石椅羌寨村民以陈姓居多）祠堂（现村史馆），祭拜神树。那是一棵千年皂角树，长在祠堂广场中间，极其巨硕。祭拜神树的仪式，和祭塔仪式大同小异。

寨里事先已经杀了羊，用毛边锅在祠堂门口炖着，热气腾腾，肉香弥漫，肉块和萝卜都在锅里翻腾。偌大的竹筐里盛着蒸馍和煮洋芋，来宾和村民自己拿碗取食。

神树周围，或蹲或站，密匝匝都是吃肉喝汤的人。

这也是古风。乡亲们在尽情狂欢之后，欢聚在这里，共同分享美食，交流感情。即使平时心有芥蒂，面对天、地和神灵，一切都可能变得云淡风轻。

4.

哦，对了，在石椅羌寨的所有祭祀活动，都少不了敬石椅子。

"石椅子"这是老地名。至今，附近的乡亲们还这么叫。

石椅寨，石椅山，石椅村，这些地名的源头在一座石头。

名叫石椅子的石头，就在老支书邵再贵家的自留地里。它真的像椅子，很大，中间有扶手隔开，天然的两个座位。那么大的椅子，可以想象，它匹配的是多么大的屁股。自然，他们不是凡人，而是神。传说是三公主木姐珠和凡间小伙子斗安珠成亲时，至高无上的天神阿巴木比塔赐给他们这把座椅。细看，椅子左边稍大，右边稍小。男左女右，是标准的"龙凤椅"。

天神阿巴木比塔所赐、属于木姐珠和斗安珠的石椅子，已经被羌民视为主宰婚姻和生育的神灵。他们相信，单身男人诚心祭拜并坐了石椅子，就会等来他心仪的女子做妻子；单身女子来拜了，坐了，会遇上如意郎君；如果恩爱夫妻拜了，坐了，会早生贵子；如果中老年夫妻拜了，坐了，会更加健康，白头偕老。

"文革"时期，石椅子曾经被人视为封建迷信，准备炸掉，把石头用于砌地埂。但根红苗正的邵家，像命根子一样护着石椅子。他们围着石椅子种菜，在周边种上大板刺。大板刺采自老林子，是多年生木本藤蔓，有强大的生命力，长势极为迅猛，栽上的当年就把石椅子围了起来。

5.

石椅村的村民们是羌族不假。但作为北川最靠南的寨子，在当下，就羌文化而言，他们本身的含"羌"量其实很少。

在解决了温饱，衣食无忧之后，尤其是大家都走上追梦之路，选择旅游作为自己主攻方向之后，为业态注入民族文化，让全体村民重新向自己的民族传统回归，这是事关成败的关键。

我忽然明白了，杨华武、母广元和一批非遗传承人被请来石椅村，把羌歌唱起来，羌舞跳起来，让羌风重新笼罩全村，这是人才的输入，文化的输入，更是石椅村的脱胎换骨。

随着石椅村含"羌"量的迅速上升，一个货真价实的石椅羌寨，终于满血复活。

6.

乡村旅游是石椅村的主要收入来源，年游客接待量达到二十多万人次。算上枇杷、李子、苔子茶等农业收入和务工收入，去年人均纯收入超过四万元。但时光倒转二十年，这里却以穷出名。有一个顺口溜流传甚广：

有女莫嫁石椅山，天晴下雨路不干。
男人要穿脚码子，女人要挽篾圈圈。

对贫穷带来的耻辱，现任村支书陈爱军有最深切的体验。二〇〇〇年正月十八，那是他结婚的大喜日子。按照羌族婚俗，妻子车春华娘家十几个至亲送亲过来。晚上，他们将住在这里，明天吃过早饭才离开。但是，婚宴上，新郎新娘还在吃饭，送亲客们相互耳语几句，突然起身，给主人淡淡打个招呼就要下山。不管陈爱军一家怎么挽留，也留不住他们要尽快离开穷亲戚的决绝之心。

陈爱军两口子只好流着眼泪，看着那些新衣服上沾满黄泥的姻亲在雨中踏黄泥而去。当然，客人们脚上，防滑的"脚码子"和"篾圈圈"是必须的，否则寸步难行。

石椅村的行路难，七十出头的秦德翠记忆犹新。

那年秦德翠刚满二十，已经是民兵排长，改田改土专业队队长，是擂鼓坪一带小有名气的"铁姑娘"。当地老百姓中流传着一个顺口溜：

建兴八队秦德翠，不怕苦来不怕累。
今天背篼背土肥，明天大桶担粪水。

伯娘是媒人，带着嫂子、姐姐在前面走，秦德翠穿着一件从邻居董家借来的深灰色涤卡上衣，紧跟在后面，一直埋着头。她埋头，一是回避田间地头乡亲们好奇的目光，二是心怀忐忑，想自己的心事。

石椅子，地名谁都知道，但除伯娘之外，谁都没去过。伯娘介绍的对象，除了邵再贵的大名和"娃娃队长"的外号，其余一无所知。

出沟口，到凉风垭，在公路上没走多久就开始上山，秦德翠走上了一段终身难忘的路。

按理说，天天爬山干活比男人还吃苦耐劳的"铁姑娘"，空手走路算不了什么。

但是，这什么路啊。路只有一尺宽，藤蔓一样攀附在几乎是垂直的峭壁上。大部分地方都是利用凸起的石头和裸露的树根作为下脚的"梯步"，最陡的一段是用錾子在石壁上掏出来的，每一梯步都只有十厘米左右，刚好放得下一个成年人的脚。右边是绝壁，左边是悬崖深谷，秦德翠只觉得双腿打颤，不敢抬头，也不敢看下面，只能看右边的石壁。壁上稀疏的几丛丝茅草和马桑子、黄荆子，这是生命安全的唯一依托。她首先把它们抓稳了才小心迈步，等脚站稳，再次抓住杂草或灌木的枝条，又重新迈步。手抓杂草或者树枝，还只能轻轻带一点力，否则万一扯断，后果不堪设想。大约半个小时，她们终于走完了一千米惊险的路程，不经意看自己的手，手心有血浸出——她抓到刺居然浑然不觉。

中午，因为贵客上门，邵家精心准备了午餐。肥一碗，瘦一碗，排骨一碗，都是腊味。而蔬菜，炕菜一碗，酸菜一碗，萝卜一碗。在七十年代的农村，这就是豪华家宴了。

刚才，秦德翠还没有进门就看清楚了邵家有正、偏六间瓦房，在一个农村还大量存在草房的年代，算是非常不错的条件了。再加上上得山来，满眼金黄的黄豆和玉米，感觉还不是个饿饭的地方。现在，她从碗里抬起头，悄悄瞟一眼将来可能要做她丈夫的人，相貌堂堂，身体健壮，那做派一看就是实在人。

无须太多考量，她当天就同意嫁入邵家。

结婚的当天，当邵再贵听妻子再次说起相亲路上的惊险，他拍着胸膛说，我早晚要给大家修一条大路。

邵再贵没有吹牛。正是他在村支书任上痛下决心，发动乡亲们投工投钱，开始了艰苦的修路工程。整整三年半时间，他和大家一样，用箩筐把自己吊在悬崖上，用錾子一点一点地在石壁上抠出了一条宽五米的下山大道。从此，又甜又大的桐子李和五星枇杷在果园里就可以卖出高价，建农家乐搞乡村旅游不再是梦想。

但是，路通了，被誉为"羌山愚公"的邵再贵，却没来得及多走几回。5·12那天，他进城为乡亲们办事，永远地留在了老县城的废墟里。

7.

清明节的早晨，秦德翠带着儿子邵朝富和儿媳杨荣兰来到寨子外面的大路边，摆好刀头，点上香烛，面朝老县城方向祭奠丈夫。然后，她独自沿路巡视，清扫路面。她把这条出山之路视为丈夫的精神象征，走在路上，等于是在和他对话。

村支书陈爱军坐在自己"陈家大院"的门口，沏一杯昨天才炒的绿茶，一边喝茶，一边等待专家和领导上山来讨论打造石椅羌寨升级版的规划。

锣鼓、唢呐、火枪声和羌歌一次又一次从寨门口传来。这不是因为节日和庆典，只是在欢迎一批又一批进寨的游客。

大路上，旅游大巴一辆接一辆开来，到处都是成群结队踏春的游人。

李花已谢，樱花还在花期。春意盎然的石椅羌寨，它的升级版已经冒出了地平线。

第八章：山河

一、插旗山：北川的喜马拉雅

1.

插旗山位于北川西北最边缘，四千七百六十九米的海拔高度，让它成为岷山南段的最高峰。在绵阳境内，它是仅次于雪宝顶的第二高山，却是北川的喜马拉雅。

有资料说，因为当年红军曾经登上山顶，将红色的军旗插在那里，插旗山因此得名。

然而在插旗山脚的西窝羌寨，人们却另有说法。六十岁的乔官元告诉我，二十岁那年秋天，他跟着村里的老支书第一次上插旗山，任务就是换旗。旗杆安在山顶制高点一个石包上。那面国旗从背篼里拿出来，展开，比床单还大。乔官元记得，拉着旗绳，仰望着红旗一点一点地升到空中，旗杆顶端那个碗大的金属头在灿烂的阳光下反光刺眼，让他几近眩晕。

红旗和旗杆上的金属头，据说都是航线上的重要标识，方便飞机发现。

插旗山是北川和茂县的界山。

北川这边的羌民，尤其是西窝，好多人家在大山的背面都有亲戚。主峰下面的和尚头、水龙滩海子和二十四个蜈蚣包都是去茂县的必经之地。二十四个蜈蚣包是一串起伏的土包，浑圆，房子般大小，酷似蜈蚣。这里是广袤的无人区，大部分时间有冰雪。路险难行，民国时期还有土匪出没，大山南北两边的人们因此往来并不频密。虽然也有马帮和背脚子经过，但也只是偶尔的事情。

二十世纪六十年代，西窝羌寨有个姓王的汉子和几个乡亲结伴来到这里挖药，在一个隐秘的角落，他发现长着很多虫草，因为私心，他将同伴支走，自己装着撒尿留了下来。同伴走远，消失不见，他才开挖虫草，但第一锄头下去，他就迷糊了。他丢了锄头，围绕一个蜈蚣包不断地转圈，直到累得体力不支，晕倒在地。第二天日出时分，同伴们找到这里，将他摇醒，才发现蜈蚣包周围的杂草已经被他全部踩死。

大山空旷寂寥，对人形成威慑。

为了确保平安无事，无论本地羌民还是过往商旅，过路时必须带上一些白色的卵石，每个蜈蚣包都放上一枚。久而久之，蜈蚣包上满是石头。

这些亮闪闪的"珍珠"，是过路的羌人对神灵的纳贡。

2.

秋末冬初，细雨绵绵。

根据我曾经在高海拔山区生活的经验，在这个高度上，这样的季节，山下下雨，高山之巅一定有雪。果然，天刚放晴，我在西窝寨子里闲走，不经意就看见了积雪的插旗山。

它静静地耸立在群山之后。在深蓝的天空衬托下，金字塔形状的山顶像是纯银打造，逼人的锋芒是高冷的拒绝，也是不可抵挡的诱惑。

这是一次说走就走的登山。当然，这不是普通的旅游观光，而是上山赶牛。

插旗山有一个牦牛群，一百多头，都属于乔官元。与神树林的杨华志情况类似，牛群最初也是属于集体，也是因为管理不善，放牧过于艰苦，没有人愿意接手，于是乔官元收购了它们。

牦牛生活在海拔三千米以上的高原，周身覆有长毛，心肺发达，气管粗短，红细胞体积大，血红蛋白含量高，汗腺不发达，所以它们非常适应高寒缺氧的高原环境。它们还有马蹄铁一样的硬质蹄壳，在陡坡甚至悬崖也行走自如。它们体型庞大，犄角粗壮锐利，四蹄力大无穷。尤其是它们群居，动辄几十头上百头，虎豹豺狼之类的猛兽，一般也不敢轻易招惹它们。何况，在这里，老虎一百年前就绝迹了，五十年前狼和豺狗也很少看到了。牦牛几乎没有天敌。如果硬要给它们找一个天敌，那就是人。偷牛贼偷牛只需一杆土枪，对准牛的脑门一扣扳机，牛应声而倒，它全部的肉就属于那贼了。因为路途遥远，搬运困难，偷牛贼只割走最肥厚的那部分牛肉，剩余部分和内脏，要么被鹰、秃鹫和乌鸦啄食，要么烂掉。时光倒转十几年，每年至少有一两头牛被两条腿的动物干掉。现在好了，这里是属于大熊猫国家公园的核心区，很多地方都装有探头或者红外照相机，偷牛贼慢慢地也销声匿迹了。

没有了天敌和偷牛贼，乔官元的牦牛群在插旗山上像野牛一样，过着自由散漫的生活。他只需一个月上去一次,喂盐,清点数量。

牦牛四岁左右达到最高体重。每年这些时候,它们膘肥体壮,宰杀的时候到了。

3.

车子开到大火地小寨子沟自然保护区管理所停下,从凌冰沟进山,前面就是无人区了。

深深的峡谷里,我们始终与凌冰沟一路同行,逆流而上。每个人都打着绑腿,背着背篼或者双肩包,拄着一根两米长的木棍——这将是我们对付牛的主要工具。我穿上了冲锋衣和登山鞋,双肩包里不但有照相机、采访本、充电器和充电宝,还有大号的保温杯和够吃两天的干粮。我感觉像是武装到牙齿的特战队士兵,雄心勃勃,可以迎接任何挑战。

还有一匹马,驮着粮食、腊肉、玉米酒和铁锅。

一条尺多宽的小路攀附在峡谷边缘,大起大落,与溪流紧紧纠缠又若即若离。乔官元接手牦牛以来,为了牛马能够通过,曾经对这条小路的危险路段多次进行疏通和平整,但依然崎岖。黑色的腐殖质铺满路面,饱含水分,沉重的脚步依然踩得枯木朽枝嘎嘣嘎嘣响。除我而外,他们每人都带了砍刀,以便随时砍掉春天以来疯长在路中间那些挡路的灌丛和杂树。即使这样,我还是很快就湿了鞋和裤腿。河边湿地多山蚂蟥。它们藏在草丛中和树叶上,只要有人走过,它就会落下来,吸附在你的脚上、手上和脖子上。前年,我在平武山区,隔着袜子我的脚踝上都叮了两个蚂蟥,发现时已经鲜血淋淋。第二天我开车去成都,上了高速,居然在靠近仪表盘的挡风玻璃上又发现了一只,紧张得我不得不将车开进服务区仔细搜寻一番,直到确信再无后患之后才重新上高速。从此,每当走在山区的林间草丛,我都战战兢兢,生怕再遇到蚂蟥。后来乔官元说,十月即将过去,蚂蟥已经钻入地下,这才让我放下心来。

我有意放慢脚步,让自己落单。

世界安静下来了。插旗山下,这条溪流及其两岸,尘嚣不再。太阳已经出来,潮气正在散开。高天悬浮着几朵白云,像是蓬松的棉花团,即将对蓝色的玻璃再一次进行擦拭。

道路在灌丛和杂树之间穿行，开合不定。进沟还是满山满谷的彩林，色彩绚烂，热烈，像是盛大节日的精心装饰。后来，随着海拔越来越高，红叶不再，金黄不再，只剩下大面积单调暗淡的枯黄。冷风阵阵，落叶如雨。光溜溜的树梢像是冬天的一些触手，要把残存的秋意扒拉下去，只有溪流野性不减，澄澈依旧，巨大的水声始终是山谷里的主旋律。偶尔有水潭，那是溪流跌跌撞撞，经过了长距离的奔跑，累了，躺在洼地里轻轻地喘息。

　　几声嘎嘎的鸟鸣从远处传来。屏息细听，是乌鸦，或者寒鸦。隔一阵子，背后山上还响起两声单调而短促的叫声，应该是野雉之类。

　　近些年，基建迅速地改变中国。高铁和高速公路承载着人流物流，也牵动着世界的目光进入昔日的穷乡僻壤。但插旗山，依然是中国现代化交通网络重重包围下的孤岛，依然是目前亚洲自然生态保存得最完好的地区，放眼全球，也是同纬度自然生态保存最好的地区。它还能把自己处子般的原生态以及许多未知的秘密，不动声色地隐藏在大山的褶皱间。

　　说不定，当我在电脑上敲出"插旗山"三个字时，它才开始被文学聚焦。

4.

　　太阳偏西的时候，我们今天的目的地牛棚子已经在望。

　　这里的海拔已经超过三千米。草甸缓缓隆起，已经枯黄。成片的高山杜鹃还有绿叶，但已经高不过一米，树干只有手指头粗细。不远处，山体迅速下滑，深沟大壑已经被那些松杉树之类的针叶林和箭竹填满。

　　头顶飘来乌云，将太阳罩住。冷风袭来，气温骤降，没有任何预兆和预警，空中突然下起雨来。雨不大，正是所谓的"太阳雨"。当发现雨滴变成冰雹的时候，眼前既没有崖腔，也没有大树。无处可躲，只有拉起冲锋衣的帽子套在头上，拼命朝牛棚子跑去。短短的一段路，冰雹噼噼啪啪地打在头上身上，就像冒着枪林弹雨通过敌人的封锁线。

　　不过，雨也好，冰雹也好，来得快去得也快。我们刚跑到牛棚子下面，那些"玻璃弹子"还在屋顶上往下滚落，跳动在杂草间，头顶已经是丽日晴空了。

牦牛棚子由杉皮盖顶,乱石砌墙,大约四十平方米。里面有个大通铺,可睡十来个人。捆起来的被子吊在梁上,取下来,打开,就是我们今晚的卧榻。

海拔三千多米的大山荒野,牦牛棚子是插旗山唯一可以栖身的地方。它是乔官元千辛万苦搭建的,但他并不拒绝甚至乐于他人分享。门从来不锁死,驴友,大山两边的挖药人,谁都可以主人一样进去,生火做饭,取下被子睡觉。

趁天还早,大家分头去捡柴。当我从坡下抱着一捆枯枝回来时,血红的太阳即将滑下西山。棚子里火塘已经点燃,浓浓的白烟正从屋顶的缝隙里乱窜出来,与杜鹃林上空缕缕雾气混合在一起。一股山泉就在棚子旁边流淌,冷冷淙淙的水声成为一幅地老天荒的风景画恰到好处的背景音乐。老乔开始做饭。锅是吊锅,水是外面的溪水,食材都由那匹马驮来。没有多久,一顿别有风味的晚餐就做好了:香肠、腊肉、烧豆腐,主食是米饭。让我大开眼界的是烤玉米饼。火塘里的石板烧红了,将调好的玉米面拍成饼贴在石板上烤,一会儿,翻面,直至烤熟。大家围在火塘边,大碗的香肠、腊肉和豆腐,手拿烤馍,用纸杯喝玉米酒,一首接一首地唱酒歌。

当晚,枕在插旗山的胸膛上,我睡了一个难得的好觉。

5.

在距离插旗山顶大约还有七八百米的地方,我们找到了牦牛群。

这里刚好在雪线之下,没有森林,没有灌丛,只有浅浅的草铺在缓缓起伏的山脊,直至黑色裸岩的山顶。近两百头牦牛散布其间,就像是摊在地上的草黄色毯子上撒了把黑芝麻。

老乔双手做喇叭状,朝牛群打了一个长长的吆喝。荒野沉寂,群山无言,只有一个男人充满野性的嗥叫在天地之间回荡。老乔在吆喝的同时,还将一只不锈钢小盆砰砰地拍打。专注吃草的牛群如梦初醒,张望片刻,仿佛明白了什么,朝这边跑了过来。

牛群越来越近,蹄声杂沓,牛头攒动,尘土与草屑纷飞,大地也在雨点般的牛蹄下鼓面般震颤,像是一阵闷雷由远而近。

它们是为盐而来。即使在野外,牛群也需要经常喂盐。盐帮助消化,促进发育,也有利于放养的牛群的驯化。如果不喂,它们身体需要的时候,就会自己去舔食泥土或岩石里的硝盐，有胀死的风险。

我们一人一个盐盆子，抓一把盐，萌萌的牛犊、温顺的母牛，威猛的公牛，都围上来，贪婪地舔舐。

趁它们吃盐，把不产仔的母牛和多余的公牛分出来，朝山下赶。事先准备好的木棒这时就派上用场了，因为野外放养的牦牛是有相当野性的，有了棒子的威慑，可以确保牦牛不至于攻击人，并且乖乖地往山下走。

6.

山下，牦牛们最后的归宿地早就准备好了。那是建在寨子下面河坝里的一处围栏，以钢管为柱，粗大的木杆为栏，十几头即将宰杀的牛都被关了进去。

早晨，牦牛一头接一头地被拉出来，牛角被套在旁边的树桩上，动弹不得。这时，小伙子们轮番上阵，提一把尺长的尖刀，朝动脉血管一划，这些插旗山的精灵们，风一样的自由生命历程就戛然而止。

热气腾腾的牛血都接在桶里。大家都拿碗舀血，以牛血下苞谷酒。少的一碗，多的两碗，人人痛饮。老乔说，牦牛跟野牛差不多，它的血和鹿血、老熊血一样，大补啊。我都过六十了，在插旗山爬上爬下，年轻人都撑不上，就是因为牦牛血喝得多。一头牛的血在二十斤上下，第一头牛的血很快就喝光了。当剥了皮，胸腔打开，老乔把里面残存的血块也抬起来扔进嘴里。一块血，一口酒，吃得很享受。

牛肉早就被预定，剩下的牛杂、牛骨和筋头巴脑都在毛边锅里，和萝卜、洋芋炖在一起。这是老乔最快乐的时刻，因为他组了一个很大的饭局，一场饕餮盛宴。寨子里的乡亲们能出门的都来了。

天黑了，大家围着篝火，吃肉，喝酒，唱歌，直至夜深。

靠山吃山。乡亲们是在分享插旗山的馈赠啊。

二、小寨子沟：还给大熊猫们一个美丽的"家"

1.

这里是岷山南麓，气候温润，土地肥厚，大山海绵一样吸满水分。上五河和凌冰沟、石龙沟、瓦西沟、下里里沟、中里里沟、上里里沟和小寨子沟等支流支沟，都是大山乳房里射出的奶汁，滋养着那些常绿落叶阔叶林、针阔混交林、亚高山针叶林和高山草甸。总共二百六十二科、八百八十二属、二千一百五十种植物，其中包括珙桐、红豆杉等国家一级保护植物和贝母、虫草、天麻等二百多种名贵药材。

如此丰富的植物宝库，远古洪荒直至明末，"业主"只有大熊猫、金丝猴、苏门羚、扭角羚、林麝、黑熊和棕熊等野生动物。它们吃草，或者吃肉，一切都自有规律。年复一年，亘古不变。即使有变，也非肉眼可见，可忽略不计。

时间，在这里几乎是静止的。

有一个故事，看起来老套，对青片河流域来说却是影响深远的历史事件。

那是明崇祯年间，大山的另一面可耕地少，加上旱灾，也许还有战乱，民不聊生。秋天，有乔姓兄弟两人为了生计到和尚头一带打猎，见这边山青水绿，与北边祖居地的干旱和荒凉形成鲜明对照。继续沿溪而下，越发感到气候温和，地势平缓，土质肥沃，是宜居宜业的好地方。中途歇息时，他们从衣袋缝里翻找，终于找出几粒青稞，便将其插入野猪拱过的泥土，并做好标记。次年夏天，到了青稞成熟的季节，两兄弟专程前来探视，见青稞苗壮穗大，颗粒饱满，便于秋天过来，搭建木屋，刀耕火种。如是三年，都有好收成。见两兄弟及其家人过上了丰衣足食的小日子，原来的邻居羡慕不已，随之迁居过来，逐渐发展成为西窝、河坝、茶湾、大寨、小寨等五寨。

这就是所谓"上五簇"的由来。

"上五簇"鼎盛时期，人口数以千计。不过，羌民们沿袭千年的生活方式，让他们与大自然保持了较为友好和谐的关系。除了低山河谷，广袤山地还是无人区，基本保持着原始的生态系统。

2.

时间到了二十世纪中叶，在这里维持了几千年的生态平衡终于被打破。

中华人民共和国成立，百废待兴。尤其是工业建设和基础设施建设，成为全国人民的殷殷期盼。在四川，压倒一切的是成渝、宝成和成昆三大铁路工程和三线建设。铁路需要海量的枕木；国家在绵阳、德阳、广元一线布局了关系到国计民生和国防战略的一大批建设项目，也需要海量的建设用木材。

所有的项目都是嗷嗷待哺的孩子，都眼巴巴望着川西北的原始森林。顺应这种形势，当时的绵阳地区在青川、平武和绵竹都组建了伐木厂，在相应的林区用当时最现代化的工业手段砍树。七十年代初，因为青川的大规模砍伐引发的生态问题引起了央媒的关注，最终惊动了中央，促成了唐家河自然保护区的建立。青川伐木厂两千多伐木大军在当地没有了用武之地，不得不转战北川青片河地区。

林区公路随炸药和推土机进入深山，随后搭起工棚，建起一个个伐木场。松、杉、桦之类的参天大树被斧头和油锯一一放倒，锯成原木，装上卡车，运往绵阳、德阳和成都。

在炸药地动山摇的爆炸声和推土机和油锯的轰鸣声中，与世无争的大熊猫、扭角羚、绿尾虹雉和平日里不可一世的黑熊、棕熊和豺狼们都吓得屁滚尿流，四处逃窜。

伐木厂砍树，像屠户给猪刮毛一样，一个一个山头刮过去，直抵插旗山下。到九十年代，可以砍的地方砍光了，伐木厂也破产了。

还算不错，当初做采伐规划时，在几十条山沟中，留下了一条山沟作为自然保护区。山沟叫小寨子沟，出口在上五村，因为沟里有个叫"小寨子"的羌寨而得名。把地名信手拈来，顺便做了保护区的名字。

伐木厂下马，林区移交。于是，小寨子沟自然保护区的范围，扩展至青片河上游所有的国有林区。

放大版的小寨子沟保护区位于岷山山系的腹心地带，北交松潘县白羊保护区，南连茂县宝顶沟保护区，东靠北川县片口保护区，与平武雪宝顶保护区、安县千佛山保护区、绵竹九顶山保护区相望，是连接岷山自然保护区群的重要纽带。这里地处四川盆地向青藏高原过渡的高山峡谷地带，区内山峰、河流、草甸、森林和野生动物一起构成了复杂多样的环境类型，是全球同纬度生态系统保存最完整的地区。

为防止外人进来盗伐和偷猎，保护区拆掉了伐木厂在作业区建起的许多座桥梁，炸毁或者破坏了险要节点上的道路，让林区尽快恢复到原始森林的样貌。

小寨子沟野生动植物资源非常丰富。珍稀、濒危和保护物种繁多。其中有国家一级保护动植物十七种，国家二级保护动植物七十多种。

这像是孙悟空用金箍棒画下的那个圈,让唐僧有了妖魔鬼怪无法入侵的安全区;更像是给一个被频频侵扰和打劫的家园建起围墙,组建起安保和物管团队,从此,业主们在里面过上了安居乐业的日子。

3.

保护区的主角无疑是大熊猫。

它化石般的古老,高度的濒危,还有它憨态可掬的可爱形象,让它在中国有了国宝的地位。也因此,世界野生动物保护组织把它作为形象大使,是世界生物多样性保护的旗舰物种,是至今热度不减的全球网红。

在保护区里,它俨然是动物中的贵族,绝对的头等公民。所以,到了小寨子沟,在野外邂逅一只大熊猫,是所有人的梦想。

小寨子沟保护区四百多平方公里范围内,绝大部分都是大熊猫栖息地。全国第四次大熊猫普查显示,小寨子沟保护区内有大熊猫四十七只,位居全国大熊猫保护区前茅。但是,野生动物都是林中隐士。大熊猫更是独往独来,行踪尤其隐秘。在如此广袤的大山密林,几十只大熊猫藏匿其中,无异于针落大海。除了安在野外的红外照相机偶尔拍下它们的照片以外,哪怕是保护区天天巡山的工作人员,也很难看见它们的影子。即使看见,要么是太远,看不真切,要么是惊鸿一瞥,在密林或灌丛中转瞬即逝。

不过,毕竟在大熊猫保护区,人与大熊猫面对面的机会,总会有的。

二〇〇四年秋天,有挖药的村民在下里里河边捡到一只一岁大小的大熊猫。它是水喝多了,无法行走。他把它抱到保护站,随后送去了县林业局。

二〇〇五年春天,一只成年大熊猫溜进下西窝胡清平家,将胡家厨房、卧室搞得一片狼藉,然后爬上草楼,扯下挂在墙上的腊排骨就大快朵颐。太大的动静让回家的主人立马发现,喊人拿着棍棒一阵吆喝,它才叼着一块腊骨头跑了。

保护区的大本营在大火地,即原来的大西窝。

大火地,顾名思义,就是大规模烧荒的地方。也就是说,它是翻过插旗山的茂县羌人最早落脚的地方。

那是二〇〇八年冬天，入冬的第一场大雪覆盖了整个岷山山系。大雪封山，保护区的工作人员都被困在大火地。

早上，雪还在纷纷扬扬地下，天地一片昏蒙。值班室里，保护站站长伏勇不经意探头朝下一望，公路上一团东西让他一激灵：它是——大熊猫？

是的，大家天天念叨大熊猫，研究大熊猫，工作的一切的一切都是为了保护好大熊猫。大熊猫，已经成为大家最熟悉最敏感的一个存在。所以，一只大熊猫尽管卧在雪地上，它那特殊的外形还是让人第一眼就把它捕捉到了。伏勇立刻带着人赶了过去。这是一只成年雄性大熊猫。没有想到，见到人它并不逃跑，只是慢吞吞地站起来。大家估计它是下山喝水，水喝太多，"醉水"了。把它朝山上赶，但它不但不朝山上走，反而向河边走去。它走得很慢，大家围着它前后左右地拍照，依然走得不紧不慢。不久，它索性在雪地上躺了下来。

伏勇一下子明白：这只大熊猫生病了。他马上安排人在原地守候，自己马上报告县林业局，请求救援。

下午，几位大熊猫专家从卧龙保护区赶来。麻醉以后，将它抬上车，运往卧龙保护区大熊猫救治中心。

最幸运的是西窝羌寨的陈文东。

那是二〇一八年五月十五日，陈文东一大早就出了门。他一路往北，朝小里里沟深处走，目的是找自家的牛。没多久，峰回路转之际，居然看见一只尚未成年的大熊猫走在他前面。路是当年伐木场留下的林区公路，碎石路面上只有浅浅的杂草，走在路中间的大熊猫在他视野里一览无余。他按捺住心中的狂喜，掏出手机，悄悄跟在后面拍视频。跟了一百多米，拍得也差不多了。他紧走几步，在它十来米的距离上吆喝了几声。它回头，随意地看了一眼，依然扭动着肥滚滚的身躯，气定神闲地走自己的路，似乎是要让他再录一段视频。

这段珍贵的视频，在中央电视台第二天的"早间播报"里播出以后，立刻成为北川乃至全国热议的话题，也将成为陈文东这一辈子最美好的记忆。

4.

原始森林被伐木场砍光以后，所属的营林队随后补种了椴、冷杉、麦吊云杉、柳松、落叶松和辛夷。时光荏苒，人工林和原生杂树都在雨量充沛的环境里成长，它们成为次生林，渐渐郁闭了那些光秃秃的山头。人类重新把大自然还给了那些高度濒危的野生动物，让它们重新拥有了自己的"家"。

保护区的主要"居民"，除了大熊猫，还有五六百只川金丝猴，两百多只扭角羚，上千只苏门羚，一百头左右的黑熊。在前年，还发现了马熊（棕熊）的踪迹——已经有两头牦牛和多头黄牛被它吃掉。

春天里的小寨子沟，是一座几百平方公里的大花园。温高春早，润泽的绿意平涂了原野。迎春、野桃、野李、野樱、辛夷，还有北川的"县花"杜鹃亦即羌人的最爱羊角花，它们都急不可耐，争先恐后地要挤上这个绿色的大舞台。

小寨子沟是一个完整的小流域，地势西北高，东面低，众多条溪流瀑布飞泻而下，汇成主沟，注入青片河。溪水将山体切割成无数的幽深峡谷，高低大小各异的山梁纵横交错，千姿百态。独特的地形、气候、历史条件造就了小寨子沟奇异的自然景观。

"野生动物的乐园"，"罕见的物种基因库"，"第二个九寨沟"，这是三件华丽的外套，很贴身地穿在小寨子沟身上。

三、九皇山的二十四小时

1.

二〇二二年七月十九日，地球依然高烧不退，据说是百年不遇。北美的美国热死了人，临近北欧的英国，高温把铁轨都烤变形了。冬暖夏凉的绵阳也好不到哪里去：家家户户的空调昼夜不停，走出房门就像进了烤箱。到九皇山，是因为热得慌不择路，还因为近——距离只有六十多公里。

朋友开的这家半山民宿，海拔应该在一千米上下，幽静、凉爽，让我几天来终于在自然的空气里睡了一个好觉。早晨，被窗外尖锐的鸟叫惊醒时，开窗就看见了对面的九皇山。

九皇山隔平通河峡谷彼此相望，直线距离大约就两公里吧。在北川山区的许多地方，从现在这样的高度看出去，面对的常常是一列列大山重叠着，由葱绿、青黛到灰蓝，层次分明地过渡到天边，最后成为朦胧的一抹浅灰。但是眼前的九皇山，它拔地而起，海拔从山脚的五六百米几乎垂直地升至二千多米，像一堵巨大的城墙横亘眼前。它如此峭拔，有点像华山，也有点像剑门。但与它们不同的是，这里的山上植物葳蕤，饱和的绿色将山体覆盖得天衣无缝。山间当然也有褶皱、凹凸、小小的缓坡和台地，让一些建筑刚好可以站稳脚跟。有淡淡的雾气团团簇簇地飘来，这是恰到好处的神来之笔，让那些庙宇、羌寨和羌碉顿时像仙山琼阁般缥缈。景点之间全靠栈道、索道和滑车连接。一条公路在原始林间穿进穿出，像一根没有拉紧的细麻绳，软塌塌，松垮垮，反复折叠缠绕，盘旋而上云端。

　　出门，沿着竹篱笆来到这片台地的边沿。九皇山顶云霞满天，暗沉中透出亮丽的金红，绚丽得像人工绘制的舞台景片。鸟鸣声此起彼伏。斑鸠，画眉，布谷，山雀子，还有许多不知名的鸟儿。它们的歌唱像是一幕大戏的前奏。

　　羌族史诗《羌戈大战》说，英雄的羌王阿巴白构有九个儿子，最小的九王子尔国基分封在岷山之南的巨达，也就是今天的北川。九皇山的得名，据说也与此相关。

　　我们已经知道，九皇山的洞穴里，曾经发掘出远古人类的门牙化石、动物化石和火塘遗迹。这让我联想到此地的老地名：猿王洞。

　　九皇山亦或是猿王洞，或许就是九王子曾经栖居的大本营？

　　我极目远眺，试图在山间找到猿王洞之类的洞穴。

　　于是，九皇山更加成为一种诱惑，让人渴望登临，或者深入。

2.

　　和石椅羌寨一样，上九皇山，是由山门前隆重的迎宾仪式开始的。

　　一大群羌族姑娘小伙迎候在那里，绚丽的盛装，集合成绚丽的阵容。唢呐高亢，羌歌嘹亮，急雨般的羊皮鼓敲得人热血偾张。敬上咂酒，挂上羌红。这是羌人对贵宾才有的盛情，也是羌文化对游客的一次洗礼。

　　九皇山是旅游景区，一定程度上也可以说它是一座羌寨。从山门口这一场欢迎仪式开始，整个游程被打上了羌文化重重的印记。

　　入住的西羌酒店，建筑风格就融入了许多羌元素：屋顶装饰的羊头代表羌人的图腾；下面的脸谱是羌人先祖阿巴白构；客房墙上挂的是羌绣；巨大的餐厅，墙上装饰的是辣椒串；椅子设计以羊角为形，扶手刻着羊头；五楼那个多功能厅，正常情况下天天都会上演羌族歌舞，很多时候还举行羌式婚礼。

  酒店广场的左侧有一个羌绣馆。羌绣馆里陈列的，除了服装、围腰、云云鞋等穿戴用品，还有很多是纯工艺美术作品。最吸引我的作品是一幅风景画，原作是二十世纪初英国植物学家威尔逊拍摄的照片，拍的是石泉城（今北川禹里）外横跨湔江两岸的竹缆吊桥。羌绣画面很美，既忠实于原作，又呈现出羌绣的独特之美，据说出自这里老板娘之手。

  既然是羌寨，碉楼是少不了的。山上的碉楼不少，以四角碉为主。在后山，最高的那座碉楼应该是烽火碉。烽火碉，顾名思义，它用于羌寨与羌寨之间的传递信息所用。眼前这座烽火碉，相传始建于汉代，史书记载，这一带于"番汉要冲"，羌民"人尤劲悍、性多质直、工习猎射"，经常"剽掠汉地"。明嘉靖二十五年（1546），西蜀名将何卿平"白草番乱"时将其拆毁，二〇〇三年在原基础上恢复重建。因为它的前身地位显赫，所以它有资格被称为"西羌第一碉"。

  后山还有一座羌族风情园，在这里可以了解到浓郁的羌族风情，可以看到羌族用于住人的碉楼、石屋、吊脚楼，以及磨坊。长长的廊道上，我见到了面积最大、数量最多的玉米串，金灿灿地形成巨大的视觉冲击力，把羌家人的风土人情强调到了很夸张的程度。这里有一个半开放的餐厅，全是羌食羌菜。中午时分，在这里解决午餐正好。咂酒、马槽酒、荞面、荞面饼、蕨根粉、老腊肉、酥肉、酸辣汤，应有尽有，味道还很不错。

  羌寨都有神树和神树林。九皇山当然也有，它在后山。羌人信奉万物有灵，山有山神，树有树神，水有水神。森林是神灵最重要的聚集地。昔日羌俗，每年都举行吊羊封山仪式。由释比主持，召集全村寨的男子到林子里，把羊吊在树上。释比说，为了全寨人的幸福和安宁，必须保护好这一片森林，如谁乱砍树木，就会受到神灵处罚，就像吊着的这只羊。之后，每个人依次用棒子打羊一次，并对羊吐口水。仪式结束，大家高高兴兴地吃羊肉，喝咂酒。

  据说，每年到了吊羊封山季节，九皇山也会在神树林举行隆重的仪式。

3.

九皇山地区属于石灰岩，多溶洞。景区周边已发现的溶洞多达二十三个。猿王洞只是其中之一。它也是这里最早开发的旅游项目。我三十年前第一次上山时，洞内只有简单的照明，开发的游程也很短，即使这样，我已经为大自然的"川西北第一溶洞"的鬼斧神工震撼到了。

世界日新月异。那么，三十多年以后的猿王洞，里面又将是什么样子呢？

如果说，当年的猿王洞在我们面前像是一个素面朝天的女子，即使天生丽质，还是少了些魅惑的力量；而现在的猿王洞，步道、环境都经过了精心的打造，每一个景点都配置了色彩奇幻的灯光，导游的解说词也显得生动优美，总之它更像是浓妆艳抹的美人，本来就如花似玉，再一身锦衣华服，就越发风情万种，妖艳迷人。

进入猿王洞内部，也就是进入了大地的深处。温度骤然下降，感觉人间远去，一个光怪陆离的神奇世界在面前徐徐展开。那些奇形怪状、变幻莫测的钟乳石，在五颜六色的灯光映射下，不由分说地闯进视野。那些像龙宫、瑶池、石林、田园、书房、盘丝洞和宴会大厅的场景，那些像孙悟空、猪八戒、观音、雄狮、龙蛇、大象的人物和动物造型，那些光滑如玉的石柱、绿如翡翠的屏风、状如珊瑚的晶体、飞珠溅玉的瀑布，还有那些石笋、石柱、石幔……灯光辉映，似乎都有了金、银、碧玉、玛瑙、翡翠的质地，发出致幻的光彩。一步一景，步移景动，亦真亦幻，如入仙境，给我们提供了无限想象的空间。

我特别关注那个叫"万卷书库"的地方。这里的岩石酷似一摞摞的书，整齐地"堆放"在那里。说它是猿王的万卷书库似乎牵强了点，但作为一种沉积岩，其中包含的动物化石，也就是民间所说的"龙骨"，却具有巨大的科考意义。

北川两万年前那颗著名的早期人类牙齿化石，就出土于这一带。

考古学家们小心翼翼地用铲子揭开表层，层层黄土覆盖的岁月裸露出来，远古与现代的人类，在两万年的距离上隔空对话。于是，远古社会的许多信息，由此而大白于天下，远古人类的生活场景，很容易因此而复原。

后来听一位叫肖丹的工作人员讲，5·12那天，猿王洞也经历了天崩地裂的考验。那天虽然是星期一，游客依然不少，光是洞内就将近两百。山摇地动之后，洞口坍塌,出口大部分被石头堵上。外面的导游值班亭被巨石击中,被撞得飞落深渊。万幸的是,猿王洞内部几乎没有坍塌,人员无一伤亡。即使断电,里面一片黑暗,但因为有应急电筒,工作人员引导大家一一爬出溶洞。

这也证明了,石灰岩具有非常好的抗震功能。

4.

夜宿西羌酒店。晚饭后,出酒店,一个人往后山方向闲走。

拾阶而上,阵阵蝉鸣扑面而来。

这是由成百上千只蝉组成的合唱团,这是由无数个声部组成大合唱。这纯粹、浩大的蝉鸣,我是平生第一次听见。有喇叭一样的"叭叭"声,有唢呐一样的"嘀嗒"声,有蟋蟀似的"吱吱"声,还有拉锯一般的"吱嘎"声。

蝉是夏天最常见的昆虫。它们的外号多达几十种,除了"知了",还有"节令""消息"之类。在四川,我只知道蝉,或者蝉子。小时候,蝉是玩物,还是美食。我曾经在土里刨地蝉,收集蜘蛛丝捏成小球,安在竹竿上粘蝉。抓到的蝉在火上烤熟,掰开就是雪白的肉,有点像小龙虾。当然,它只能是鸣蝉,体大、黑色,头部有光泽,叫声单调而响亮。还有一种常见的是草蝉,一般是绿色,也有黑色和黄褐色,个头很小,但噪声却很高亢。

我被蝉们极其放肆的鸣叫吸引。在枝叶间寻找,在灌丛中寻找。后来才发现,它们就在我眼前的树上,树干上就有不止一只,都在一人多高的位置上。我想抓一只,正愁手够不着,居然有一只倒退着朝下走,静静地耐心等待,终于够着了,跳起来一把抓住。这是一种从来没有见过的蝉,比我儿时记忆中的鸣蝉稍小,麻褐色的身子却有绿色的翅膀。它一直在叫,在我的手上依然没有停止。我把它抛向天空,看着它叫着飞远,划了半个圆圈之后又飞回来,最终还是停在面前这棵树上,叫声戛然而止。

继续拾阶而上。上到倒数第二个台阶的时候,我准备在这个无人的地方坐下来。

我寻找一块干净的地方,一低头就看见了它——一只硕大的蚂蚁,接近两厘米长,是儿时才见过的那种。它叼着一扇蚂蚱的翅膀,太不成比例,就像一个小孩扛着一只F16的机翼。我靠近它,俯下身子。巨大的阴影突然覆盖了它,或者说感觉到了我的气息，它明显有些惊慌，放下了它的战利品，迟疑了一下，开始跑路。但是，没跑出多远，经过一番思想斗争，它像是豁出去了，又勇敢地原路返回，重新叼起那扇翅膀，继续赶路。它是蚂蚁中的庞然大物，但与那扇翅膀比，个子还是太小，但它居然把翅膀举了起来，让它像一叶孤帆，又像是一柄被舞动的大刀片。

它为什么要苦力一样搬运这片翅膀？显然是翅膀根部有肉，没吃完又舍不得丢弃，只好连翅膀一起往家里运输。

它的家显然在下面。它下了一级台阶，又一级台阶。半个小时的辛劳，眼看只剩两级台阶了，突然一只马蜂飞来，我的眼睛只能用于防范这个可怕的飞行者。看着它飞远，消失，再看蚂蚁时，它却忽然不见，连同它搬运的翅膀。

天暗了下来，夜幕垂下，一切沉入黑暗。

黑暗的苍穹如同浩瀚的海洋，不知什么时候浮现出来的星星，像是一些漂浮的渔火。它们像是和我有心灵感应，我凝视哪里，那颗星星就瞬间亮了，就像操场里的学生按照我的口令出列。看得越久，星星越多，最后是繁星满天。

家里是看不见星星的。灯火璀璨的城市亮如白昼，像烟云和尘雾一样遮蔽了星空。

九皇山的繁星让我惊喜。很亮，次亮，微亮。如此多的星星按层次各就各位，看起来拥堵却次序井然。我很容易就发现了北斗七星，它们很亮，勺子和勺柄都非常清晰。借助手机的"星途"，我还辨识出牛郎、织女、土星，还有大角星。

这天是"人类月球日"（7月20日），月亮却没有出场。它为了让邻居们分享自己的节日，不惜让出所有的地盘？

5.

又一个早晨来临，我在满天彩霞中开车下山。

检索我在九皇山的二十四小时，它真正打动我的，不是新建的碉楼，不是玻璃栈道，不是看起来很浪漫的情人桥，不是在逮猎场撵野猪的那种刺激，甚至不是流光溢彩的猿王洞，而是从傍晚开始独处的那一段时光。

为了再来一次独坐，再看一次星空，我肯定会再来九皇山。

第九章：羌风从远古吹来

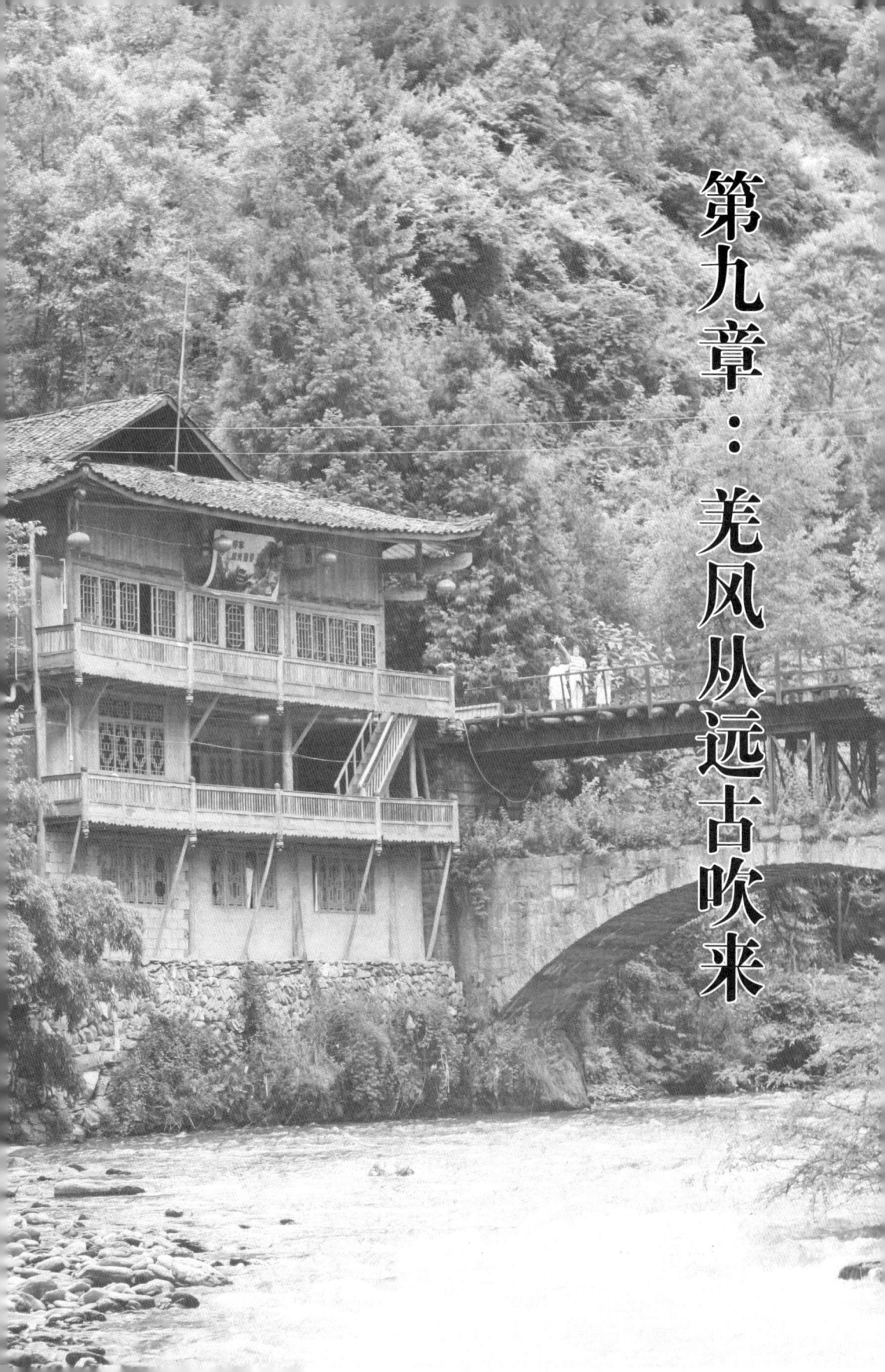

一、母广元：口若悬河吞吐羌风

在石椅羌寨，我锲而不舍，在母广元主持迎宾仪式、陪同领导参观和交代接待事项的间隙，终于把他"抓"住，然后拽着他找了一间后院的密室，请他接受采访。

开始他有几分矜持，都坐下来了，还在说我八十二了，老眼昏花，越来越愚钝，恐怕要让你失望了。

八十二了？我大吃一惊。我认真看了看眼前这位老人，大脸膛，很少皱纹，头发眉毛黑亮，眼镜片后面的眼睛不大，但和善，目光炯炯。一身华丽羌绣的羌族袍服，再加上左耳吊坠的银耳环、手上的绿松石戒指和胸前的蜜蜡项链，更让他显得干练、智慧，有几分神秘，像一个正当盛年的羌族酋长，根本不像是一位耄耋老人。

我说，我们随便摆会儿龙门阵吧，就讲您怎么走上主持人这条路的。

没想到，话头打开，他的嘴巴就是一个关不上的水龙头。而他本人，就像是一座水塔，可以满足他无休无止的滔滔不绝。两个小时，全是他在说。并非深思熟虑，张口就来，却逻辑严密，没有半句废话。

5·12那天，母广元在青片乡五龙寨。

那个时候的五龙寨是多么红火呀，火得就像现在的石椅羌寨。

五龙寨位于北川西北边境。正因为它的偏远和封闭，让它延续着古代羌人的民俗遗风，羌笛、羌歌、羌舞、羌食、羌绣、羌俗及羌寨等羌族文化元素在这里全方位展示。白天有古老隆重的迎宾仪式，晚上是载歌载舞的篝火晚会。已经退休的母广元作为主持人，在台上文采飞扬的激情演说，是滔滔不绝的脱口秀，他的台上功夫与姑娘小伙子们的原生态歌舞有机结合，相得益彰，成为绝配。大地剧烈摇晃的时候，母广元、杨华武正和几位员工在三楼开会，筹备五月初三的"领歌会"。这是一年一度的盛事。那天，寨子里年轻人将载歌载舞，挨家挨户祈福，祝愿五谷丰登，阖家安康。因为羌寨的民居都是穿斗木架构，即使房子随着大地的颠簸在嘎吱嘎吱地震颤，屋瓦噼噼啪啪掉落，房屋却并不散架。

大家惊魂未定地跑到广场上，纷纷猜测，震中要么是茂县，要么是松潘。这两个地方,都曾经发生过强烈地震,又是北川的近邻。震感那么强烈,不是那里又是哪里?

惨烈惊人的消息很快从县城传来:曲山城被夷为平地,伤亡惨重。

交通中断。通信恢复的时候,母广元听到的却是一连串的噩耗:大儿子母贤奇、孙子母志文、外孙董佳昕,均在地震中遇难。儿子就不用说了,孙子和外孙都是他们夫妇一手带大的。消息传来的瞬间,母广元几乎昏厥。但是,灾难还在继续。几个月后,身为县农办主任的女婿董玉飞,这个被人们称为"英雄干部"的四十岁男人,八级强震没有震垮他,痛失爱子的打击没有击垮他,带着伤在废墟中日夜救人没有拖垮他,却被一根细细的绳子永远带走了。

和母广元说起地震中痛失亲人的往事,实在有些残忍。但当我迟疑地提起这个话题时,他却表现得非常平静。

他随口给我念了一首当年写的自勉诗:

眼泪流干又何妨,生离死别莫悲伤。
神州处处真情在,大爱更比长城长。

他说,大难袭来,死伤者众,中央关怀,全国支援,山东援建,我们必须坚强起来。

的确,人们看到的母广元,始终是一个羌族男儿顶天立地的形象。

二〇〇九年五月十二日在擂鼓镇板房区举行的5·12地震周年祭、二〇一〇年腊月二十九晚上新县城的开城仪式、二〇一三年农历十月初一在新县城举办的庆祝北川羌族自治县成立十周年万人沙朗……

在北川,几乎所有的大型活动,都是母广元在主持。尤其是几次羌历年活动,上万人在禹王广场载歌载舞,他既是主持人,还是领唱。说着,他很快沉浸在往事里,情不自禁地就要扭起来,像是回到了万人沙朗的现场。

他轻轻地唱了起来:

沙朗,古老的沙朗,我们歌声嘹亮!

勒赫沙朗，沙朗，我们的日子地久天长！
跳起欢乐的沙朗，沙朗，沙朗！
我们越跳越快乐，沙朗，沙朗！

可以想象，广场上上万盛装的羌族儿女载歌载舞，那是多么宏大的场面啊。完全可以想象到，主持并领唱的母广元，在舞台上无异于一个指挥千军万马的统帅。

在北川，老百姓也许不知道县长，但很少有人不知道母广元。

潇洒，豪迈，神采飞扬。舞台或者广场中央的母广元，似乎每一个细胞都在释放激情、制造快乐。能歌善舞，出口成章——几乎无所不能的文艺天赋和才能，是怎么练成的？源头在哪里？

一九四一年腊月二十四，母广元出生在桂溪镇凤凰村池塘坝。那是个海拔一千八百米的穷山村，轮番砍火地，种一些玉米和洋芋。每当收获季节，还要和老熊、野猪争口粮。开始点火，扔火柴头，它们还有些忌惮。但是很快就不怕你了，不得不敲锣，打枪，严防死守。

肚子半饥半饱，孩子们的学业就显得可有可无。母广元只上了两年小学就辍学了，回到村里下地干活。从小就过苦日子，母广元这个刚离开学校的小农夫，干活舍得力气，大庭广众还喜欢发言，小小年纪就显示出不同一般的口才。一个偶然的机会，下乡的县领导注意到了他，推荐他到县政府当通讯员。即使参加工作成为公职人员，生活还是相当艰辛。最困难的时候，他吃过苎麻根、刺龙苞根。他甚至还通过在养猪场工作的同学的母亲，"走后门"在猪饲料里找可以吃的东西。即使这样，他也抓住一切机会学习。他除了学习文化，还特别注意训练自己的口才。一座桥，一个石头，不管见到什么，信手拈来，都是他的对话伙伴。比如面对一棵树：你就是一棵树嘛，可以让我遮阴，可以捡你的果子，你的树干可以做十个蜂桶，改二十块楼板，我还可以把你砍下来烧柴……他就这样疯子一样自说自话。到了晚上，还把白天这些极其发散的胡思乱想写出来，练习文笔。

他还舍得拿出三分之一的月薪买二胡，七天拉会《东方红》，一个月后居然就可以上台拉《二泉映月》和《江河水》。

一个精力过剩的小青年，聪明过人的半文盲，利用这些只有他才想得出来的方法，在最困顿的岁月里得到了成长。工作在哪里，他就把乐声、歌声和快乐带到哪里。

母广元无师自通地成为能写还能吹拉弹唱的文艺通才。

但真正大放异彩，那已是临近退休的时候了。那时，同事或者亲戚，无论城里还是乡下，凡有婚庆，都喜欢找他主持。以早年练就的口才和文化底子，他在一次次婚庆的现场把主持的功夫操练得炉火纯青。他还给婚礼程式注入了许多羌族婚俗元素，让失传的羌文化被重新唤醒，也让自己主持的庆典别致脱俗。

二〇〇二年，退休后的母广元在青片乡五龙寨主持了一场县直机关老干部的篝火晚会。他从六七岁开始就跳沙朗唱山歌。那个晚上，他带领老干部们围着篝火又唱又跳。乡亲们被吸引到现场，也带着自己的歌舞加入进来。一唱众和，气势磅礴，嗨翻了天。

第二天，村支书杨华武找到他说，凡是旅游搞得好的地方，也是民族风情浓郁的地方。我们这里有的是民族风情，你就留在这里，我们一起把旅游搞起来吧。

二人一拍即合。九月二十四日，五龙寨的乡村旅游正式开始营业。他们精心设计了进寨仪式：敲锣打鼓，放礼炮，献羌红，敬接风酒，唱敬酒歌，致欢迎词。在游客进餐中途，敬三碗酒，唱三首酒歌。晚上举行篝火晚会，原生态山歌、口弦、羌笛、羌舞——把羌寨的民俗文化作为盛宴端给大家。

这像是一把火，把青片乡乃至整个北川的乡村旅游都给引燃了。

母广元还有一个不为人所知的名字：拓跋天玑。

这个名字，直接指向他血脉的上游。他记得，从记事开始，每年大年三十，敬神后，家里都要关上门，一家人坐在火塘边，由奶奶监督背诵："先祖拓跋赤辞，率众附唐，赐姓李氏，李之原姓拓跋，世祖喇嘛……"

原贯岭乡中心村茅坡里的青冈林中有祖坟，由碑文可知，立碑人李绣，乾隆四十七年（1782）经商入川。母广元本姓李，姓母，是随了母亲。按推算，从李绣到他这一辈已经历了十三代，属天字辈，所以取名拓跋天玑。

拓跋氏是古代羌人的一支。母广元给我背了一首他们代代相传的诗：

  拓跋儿女多秀色，明艳照人留光泽。
  耳坠银铛配玉环，长袖红裳面如雪。
  珠串胸前值万钱，乌云脑后垂千载。

坚韧，旷达，深邃，辽阔。我在母广元身上看到的这些特质，难道与古老的基因有关？

二、羌山茶话

1.

从绵阳出发，开车跑两小时，只为喝一壶茶。

发出邀约的是茶艺大师牛义贵，个子不高，微胖，稳重，貌似憨厚而有福相。然而，只要坐下来说茶，他一定滔滔不绝，就像从茶壶里酣畅淋漓地倒茶。现在，清明刚过，品尝他亲自制作的新茶，同时聊一聊北川羌茶，很是值得期待。

地点是都贯乡茶马村，他的茶叶基地。房子是普通的农家院落，吊脚楼，靠山面河。说"河"稍微夸张了点儿，其实是溪流，叫金洞沟。就像北川许多地方的山间溪流那样，溪水充沛，水声嚣张，但清澈的水底乱石历历可数。溪谷开阔，临溪而坐，越过摊得很开的一片青黄斑驳的田园，对面的重峦叠嶂由青而蓝，由蓝而灰，渐远渐淡，为我们的茶叙恰到好处地配置了一轴大美山水。

2.

牛义贵老家在坝底乡一个叫水塔头的小山村。

溪流蜿蜒，磨坊的水车吱嘎吱嘎地转动，黄牛和水牛甩着尾巴在水边啃草，刚生了蛋的母鸡在草堆上向主人邀功，夸张地大喊大叫。这些，是经常在他记忆里浮现的儿时画面。

小河叫白沙沟，就在他家门口。他从七八岁就开始下河摸鱼。红尾巴、麻麻鱼，很多，长不过一拃。稍大的是白条子，也多。那时，这样的季节就开始摸鱼了。光着屁股用双手在石头缝里摸索，走投无路的小鱼被按住，在手心里生猛地挣扎，小屁孩的快乐像水泡一股一股地往上冒。

河边捡菌子的快乐一点不亚于摸鱼。河边桤木成荫。一场春雨，林下就是捡菌子的好地方。差不多都是羊肚菌，一会儿就可以捡半撮箕。秋天菌子也多。也是在雨后，在房后的山上。刷把菌、青檀菌、青冈菌、露水菌、蛋黄菌，还有被称为"鬼打青"的牛肝菌，多得要用背篼背。

当然，作为茶人，关于茶的记忆更加深刻。

家里有两亩茶园。采茶的季节，全家参加采茶。晚饭后，锅洗了，四爸就来了。他是村里炒茶高手，也是牛义贵的启蒙老师。他过来带着阿爸阿妈一起炒茶、揉茶。茶不多，但也要忙活很久，牛义贵半夜醒来，他们还在忙。屋子里弥漫着茶香，让人兴奋。显然，他是被茶"香"醒的。再也睡不着，就爬起来看炒茶。

杀青揉制以后的茶，在院坝里晒干，用油纸口袋装起来放在柜子里。两亩地产的茶叶不过十来斤，送了亲戚朋友以后，最多也只能喝大半年。因为羌族人家好客，茶的消耗很大。在羌寨，外面狗一叫，主人知道有人来了，马上开门。不管是熟人、生人、好人、坏人，马上拴狗，忙不迭地端凳子请来客在阶檐上坐下，倒茶，然后才问客人有何贵干。

待客不能没有茶。即使没有，也不难。在牛家，这时总是阿妈拿着茶刀子去茶园，随便割下一把枝条，往火塘里过一下红火灰，就算杀了青。抖抖灰，再在水里洗一下，挽成小圈儿在顶锅里熬一阵，用土巴碗倒上半碗，就可以端出来待客了。

"琴棋书画诗酒茶"，这里的茶，是文人雅士的茶。

"柴米油盐酱醋茶"，这里的茶，是大众的茶，北川老百姓的茶。

也就是说，普天之下，万般饮料，茶不分高低贵贱，没有哪一种饮料比茶与人类更加亲近的了。

有人说，茶是上帝给人类的大福利。但对很多地方来说，即使粗茶淡饭的粗茶，也不是人人可以享有。至少我，直到上了大学才知道茶的味道。

昔日被视为穷乡僻壤的北川，诸如牛家这样的寻常百姓，这样的"福利"与生俱来，是上苍，更是大自然的赐予。

羌区小孩子们喝茶与喝酒一样，都是模仿大人，即使苦涩，也按捺不住一颗好奇心。久之，喝习惯了，再也不觉得苦涩，抓过大人的碗就开喝，最终须臾不离。

在水汽蒸腾的茶香里，牛义贵被土巴碗里的茶一天天灌大，直到成为一个茶艺大师。

3.

四川是茶的发源地，川茶主产区之一的北川，绝对有份。

它不但产茶，而且产好茶、名茶。白居易曾经写诗晒自己的日常生活："醉对数丛红芍药，渴尝一碗绿昌明。"唐时钦差出使吐蕃，松赞干布刻意在他面前显摆，炫耀自己喝的也是"绿昌明"。

"绿昌明"的产地，不是李白家乡绵州昌明县即后来的彰明县，即现在江油市的东南部地区，而是今北川与江油比邻的通泉乡，具体地说是龙潭子一带。

其实，羌人喝茶，历史还要悠久许多。

茶是神农氏发现的。一个普遍的说法是，他在野外尝百草，一日达七十二种，以致中毒。他口舌发麻，头昏目眩，无力地靠在一棵树上。一阵风来，面前飘下几片落叶。他随手捡起来，发现是一种陌生的叶子，便习惯性地放进嘴里咀嚼。无意识中，他嚼了一片又一片。渐渐地，他眩晕感消失了，力气又回到了身上。他站起来，端详这棵神奇的树，把它称为"茶"。

神农氏即炎帝，是羌人始祖。所以，牛义贵品茶、制茶、种茶、研究茶，精神基因贯通了上下五千年。

北川羌人都说，我们喝的罐罐茶是从大禹开始的。涂山氏用陶罐给大禹熬茶，让他身体强健，精力充沛，因此能胜任治水的重大使命和身体力行的艰苦劳作。

树荫下，牛义贵给我沏茶。先喝"雀舌"，再换"尔玛红"。

两种茶，一绿一红，都是他亲自炒的新茶。

雀舌外形扁平，匀齐，嫩绿，真的酷似鸟雀舌头；茶汤淡绿，明亮清澈，内质清鲜，滋味甘醇。

我不拒绝绿茶，但更偏爱红茶。尔玛红滋味醇厚，芬芳馥郁，甘爽清甜，具有独特的花蜜香。

两种茶，与此前喝过的任何品牌的同类名茶相比，毫不逊色。

4.

高原上的游牧民族，是茶的一个特殊消费群体。

古时，他们因为没有蔬菜，以牛羊肉为主食，必须以茶来清火消食，疏通肠胃，帮助消化。这样一来，茶就成为朝廷控制边地的战略物资，茶马古道也就有了政治、军事和经济的多重意义。

松潘是川北军事重镇，也是茶输往藏族聚居区的主要中转中心。于是，北川作为西路边茶的生产和物流中心，就有好几条茶马古道，条条通松潘。当年，马帮、牦牛帮，更多的是背背架子、杵拐把子的背脚子，在峡谷里蚂蚁一样来来往往。

从北川上行的大宗货物，一是茶，二是盐。

茶马古道都穿行于深山险隘，路况复杂而脆弱。官府在北川修了六关、八墩、十六堡和不计其数的烽火台，并且驻军。就是为了地方稳定，震慑少数民族，也是为了茶马古道的畅通。

在中国，在茶圣陆羽之前，人们喝茶似乎主要还在乎它的药用价值，从陆羽开始，茶才成为一种专门的饮品。我的理解是，至今，我们的高原同胞对茶的依赖，更多的依然是前者。二十世纪初英国著名植物学家威尔逊、美国博物学家甘博都曾到过北川，他们镜头里大量出现马帮和背脚子的身影。马驮的、背架子背的那些大麻包或者篾包，就是运往高原的茶。割下的茶树枝条，用大甑子一蒸，晒干，铡刀一铡，打包，就是所谓"边茶"。

粗茶淡饭。边茶属于最粗的粗茶。不过，茶树枝条照样富含茶多酚和氨基糖，虽粗却物美价廉，便于普及。

5.

茶是这片土地上的精灵。

与东部某些地方打造得造型艺术品般的茶园不同，这里数万亩老茶树，几乎都是野生，主要由大自然这个园丁打理。葱郁的大山撑起一方天空，让阳光和星月轮番照耀。当然离不开水。每年一千三百毫米以上的降水，天天云蒸霞蔚。云朵上的寨子，茶喝天水，人喝茶水，绝对天人合一。

当年，北川的茶，在唐代就成为贡品，比如绿昌明。但在漫长的岁月里，北川的茶更多的是自生自灭，野蛮生长。二十世纪五十年代初开始，北川开始按国家计划生产中高端产品。当年的北川茶厂是仅次于成都茶厂的四川第二大茶厂。

几十年前，北川花茶曾经在全国评比中夺冠，绿茶即使产量小，也曾位居第二。普洱、铁观音、瓜片、碧螺春、龙井，都按指令性计划生产过。习近平总书记批示号召全体共产党员学习的好干部兰辉，就是闻着厂里的龙井茶香长大的，因为他妈妈王佩玉就是制作龙井茶的高手。她做的龙井茶，曾经供应上海，出口美国。

一九七九年，北川茶厂的自有品牌"珍眉"出口海外，开川茶出口之先河。

一九九五年，苏保茶厂的"苏香春绿"获中国第二届农业博览会金奖。

二〇〇六年，北川茶厂自有品牌"佛泉"茶被评为四川十大名茶。

二〇一五年，"苏香春绿"商标被人抢注以后，牛义贵在它基础上进一步进行工艺改良，以"羌芝灵芽"的商标参加世界绿茶协会举办的绿茶评奖活动，获得金奖。

二〇一六年，"羌芝灵芽"在北京参加亚太茶茗大奖评选，获金奖。

二〇二二年，禹露茶业公司的"羌山红芽"参加世界红茶质量评比，获金奖。

同年，牛义贵制作的"尔玛红"参加第七届亚太茶茗大赛，获特别金奖。

北川茶和某些大牌的区别，就像天生丽质的小家碧玉和浓妆艳抹的名媛贵妇的区别，甚至是野生动物与圈养畜禽的区别。对爱茶懂茶的人而言，它那一份来自大自然的魅力，具有特别的杀伤力。

6.

就像烹饪大师依赖于食材一样，作为原料的北川茶叶，放眼全球，它也拥有极优越的环境条件。

北川县处于成都平原向川西高原的过渡地带，降水丰沛，溪流密布，不干不湿，空气流通，冬暖夏凉。这样的地理气候条件，必出好茶。

北川苔子茶，是四川地方良种做成的产品，为国家地理标志保护产品，为北川的特有的地理和气候条件所孕育。

所谓苔子茶，特点是叶距（节间）较长，或者说苔子较长。与其他品种相比，它具有耐寒、芽壮、叶厚、茶氨酸含量高等特点。因此，北川苔子茶一是耐泡，至少比其他茶多泡两泡；二是安全，有机，它自有检测以来，从来没有检测到农药残留，没有任何有害成分；三是有韵味，馥郁度高。苔子茶为古人种植，以种子直播为主，主根发达，能吸收更多的营养物质；北川茶山实行茶粮间作，多物种共生，生态链完整，黄豆的根瘤菌、土豆的花香、当归的药香等等，都被茶叶所吸收。

如此优良的茶叶，绿色，有机，数量有限，如果不做好茶，做中高端茶，实在是委屈了苔子茶，辜负了苔子茶，浪费了苔子茶。

为此，茶人们一直在努力。令人欣喜的是，牛义贵带领茶叶协会与四川精制茶学研究院的著名茶学家杜晓博士合作，已经打造出北川苔子茶工艺名茶"旗羌"。

"旗羌"芽如枪（羌），叶似旗，茎似旗杆，冲泡如枪（羌）似旗，嫩栗香高，味鲜甘爽，枪（羌）旗直立。刘仲华院士点评"好喝，颜值高"。

如今，"旗羌"已成为苔子茶的形象产品。

7.

北川茶以中叶种为主。除了古树，还有二十世纪三十年代和六十年代末种子点播的茶树。为了追求产量，也有部分扦插，品种开始变得杂乱。为了改变这种状态，北川与川农大合作，在古茶树的基础上选育了"北川苔子茶一号"。

经过四川省人大批准，北川县通过立法，对北川苔子茶实施保护。

一代又一代的北川茶人培育了北川苔子茶。我相信，它一定会滋养北川，走向全国，让世界闻到它迷人的馨香。

三、羌绣：穿在身上的文化符号

1.

走进羌区，往往能看到这样一幕：窗前、院坝里、门槛上，甚至街道、晒场上，十几个乃至几十个女人聚集在一起，一边家长里短地聊天，一边穿针引线。这时可能是节日，可能是婚庆的现场，也可能只是农闲。

羌寨女人从懂事起就开始学习羌绣。砍柴，打猪草，喂猪，煮饭，下地耕作，那是干活；而羌绣则划入休闲范畴。她们串门时在绣，放牧时在绣，男人们喝酒闲聊的时候也在绣。只要活着，她们拿绣花针的手指就停不下来。

布料和针线都是从围腰口袋里掏出来的。这个口袋就像战士的子弹袋，是她们的标配。也就是说，她们时刻准备着，哪怕只有几分钟的闲暇，也要把围腰口袋里的东西掏出来，绣上一阵子。

娴熟的技术，精美的绣品，是作为一个羌族女人的荣耀。

羌绣，是羌族妇女的终身所爱，也是她们的终身劳役。

2.

羌绣，也许从羌人进入农耕时代就开始了。

那时，他们的御寒之物，由游牧时简单粗糙的兽皮变成了绵软舒适的棉麻织物，金属针也渐渐代替了骨针。定居下来，闲暇也多了一些，在对周围环境的审视中，人们源源不断地得到美感。因此，他们对自己衣服的装饰和美化有了要求。于是，来自大自然的美的元素开始运用于服饰。高山、流水、云霞、花草、动物和日月星辰，包括羌人的图腾，都经过了羌族女人的巧手，变成大雅大俗的图案，停留在人们胸前、袖口、下摆、裙边、腰带，最后连鞋面也绣上了花。延续千年，羌绣从单色到复色，从本色到染色，从麻线到棉线、丝线、银线、金线，最终成为羌民族一个最鲜明的文化符号。

有关羌绣，最震撼的一幕是在不久前的石椅羌寨。

那是羌历年，寨子里举行了最传统的庆祝活动。在寨门口的迎客仪式上，盛装的羌族美女成排地站在阶梯两边，以歌声欢迎客人。她们穿天蓝色或桃红色的长袍，腰束绣花围腰，瓦状的青布叠和绣花头帕由发辫绾住，高耸头顶。从头到脚，无处不绚丽，无处不精致。在冬日的阳光下，她们每一个人都是盛开的繁花，都只能用"惊艳"和"震撼"来形容。

羌绣，让每一个羌族女子都熠熠生辉。

3.

几十年前的羌寨，做一个心灵手巧的绣花姑娘，是女孩子孩提时代就要确立的目标。它比现在孩子们梦想将来考重点大学更加具体现实，也更加重要。

青片乡神树林羌寨的陈云珍出生于二十世纪七十年代初。在她的记忆里，自从来到世间，睁开眼睛看到的都是羌绣。上衣、裤子、鞋、枕套、被套、帐沿、钱包、鞋垫，到处都是，多得想不看都不行。

每个夜晚，只要放下农活，干完家务，煤油灯下的羌绣就开场了。奶奶在绣，妈妈也在绣，小孩子就在旁边看。

奶奶从竹筲箕里抬起头，对八岁的小云珍说，小姑娘一要学针线，二要学茶饭。她这话的意思是，小女孩从小就要学习羌绣，懂得支应客人。

云珍把奶奶的话记住了。没多久，她就找了一根木棒。她把它想象成一个人，端头就是脑袋，给"他"包头帕，缝围腰，做小鞋子和小衣裳。她沉迷其中，就像现在有些孩子沉迷于打游戏。

云珍发现，寨子里不仅仅是她，其他小姐妹们差不多同时都在学羌绣了。她在心里暗暗和她们较劲，上山下河怀里都揣着针线。俗话说，"一学剪，二学裁，三学挑花绣布鞋"。她暗暗发誓，一定要成为能剪、能裁、能绣的"全挂子"。

她从鞋帮、鞋垫开始，按照想象在布上画纹样。她无数次体会了江姐那种酷刑——只不过，刺进她指甲缝里的不是竹签，而是针。

一天，她到河坝里放牛。这是最让她开心的事情，因为她只需要用余光偶尔把牛瞄几眼就可以了，几乎可以把所有的时间都用来绣花。没想到，这牛太调皮捣蛋，趁她埋头羌绣，就跑去偷吃庄稼。它东家不吃西家不吃，偏偏吃了杨家的玉米，而杨家，刚刚和她家骂过架。

事情闹大了，挨父母一顿暴打在所难免。更严重的是，父母还要给她"擦屁股"：他们给那家人道歉，牛吃了的玉米苗除了补栽，还要另外按一株两个玉米计算赔偿损失。

牛吃庄稼事件，并没有打断云珍的羌绣之路。

后来陈云珍总结，羌绣一要天赋，二要热爱，三要勤学苦练。因为她就是这样走过来的。

她十几岁就开始学画纹样。羌绣在黑布上具有最佳效果。她搅一碗麦面糊，就像酒店里燕麦汁那样的浓度，把鞋底针倒过来，蘸着麦糊汁在黑布上画"脱皮杆"

花。"脱皮杆"是一种小灌木,皮撕下来,捣蓉,可以治刀伤。它的花五瓣,紫、粉、白都有,她很喜欢。针头在黑布上飞快地划过,脱皮杆花画好又洗掉,晾干,接着又画。到十五六岁的时候,她已经是熟练的绣娘了。家里穿的用的,只要是织物,都绣上了美丽的图案。同时,她的纹样也画得很好了。乡亲们喜欢她的绣品,都来找她帮忙,家里常常堆着厚厚的一摞布料。下雨天,来找她的挤满了屋子。大家看着她加班加点地帮忙,还要管饭。过意不去,就和她换工——打猪草、砍柴、下地薅草之类,全部由她们包了。慢慢地,她成了专业绣娘。

羌绣从来不是商品。它仅限于孝敬父母、婚娶时作为嫁妆和聘礼以及装点自己的日常生活。即使交换,也仅限于劳务,没有商品属性。

二〇〇三年,同村的杨华武率先在寨子里搞起了乡村旅游。陈云珍家也开起了客栈。原生态的羌族歌舞表演带火了羌族服装,而羌族服装又让羌绣大放异彩。一天,一位游客看上了她的围腰,出价五百五十元,非要买回去送给家人。她敏锐地发现了市场对羌绣的需求,就动员大家把以前的羌绣作品都拿出来,作为旅游产品销售。5·12大地震以后,交通中断,青片河上游的旅游业受到了毁灭性打击。这时,政府组织绣娘培训,请她作为羌绣的代表人物去做巡回老师。二〇一四年她成立了"云珍羌绣专业合作社"和羌绣传习所,免费培训羌绣学员两万多人,帮助上百个贫困家庭圆了脱贫致富之梦。她还将羌绣传统与当下时尚相结合,为古老的民间艺术注入新的元素,产品远销至英、法、美等国家,让羌绣走出家门、走出大山、走向世界。

二〇二二年,她当选党的二十大代表后,她带去一幅《各族儿女跟党走》,精美的作品,全部是羊图腾、羊角花、石榴、祥云等传统图案的组合,寓意吉祥、和谐、幸福和美满,被《人民日报》、中央电视台等国家级媒体广泛报道。

4.

陈云珍巡回讲课到白坭乡时,林萧萧才初中毕业。她辍学在家,迷上了十字绣。她也想参加培训,但年龄太小,没资格,机会与她擦肩而过。

没多久,她和舅妈去北川临时县城安昌镇办事,准备返回时,在等车的片刻,在街边闲逛,信步走进一个羌绣专卖店。琳琅满目的绣品中,一个抱枕"跳"了出来，吸引了她。她拿起来端详，工艺并不精致，但图案特别传统，颜色特别艳丽，那种稚拙朴实之美，让它有来自另外时代的感觉。那一刻，她明显地受到了冲击，立刻有了动手的冲动。她马上花二十元买了个包含了布料、图样和针线的材料包。两天之后，她去父母打工的广州，一到住地就迫不及待地绣了起来。

这是她的首"绣"，绣出来的抱枕比原件还漂亮，绣的过程更是让她沉醉。

她心中像是早就有一个沉睡的绣娘，这时已经被彻底唤醒。

没有羌绣的广州留不住她。一听说新县城巴拿恰开街了，她马上说服父母，让她回到北川，到一家羌服商店当学徒兼服务员。羌服虽然有很多羌绣元素，但她一时半会儿没有机会上手。不过，隔壁就是北川代表性的羌绣公司"云云羌"，她就瞅了空子跟店里的小姑娘学习。"云云羌"隔壁就是陈云珍的店，隔三岔五她也溜进去观摩。

陈云珍是她的偶像。但何国良更让她好奇——一个大男人，怎么也干起这一行了呢？

时间稍长，她知道了何国良。他本来在河南工作，在大酒店做职业经理人。因为5·12大地震，他许多亲友遇难，还有很多乡亲失去了土地，没有了生活来源。他是带着责任感回乡创业的。他本来可以轻车熟路地经营酒店和餐馆，但他从小看着奶奶、妈妈做羌绣活长大，觉得羌绣既是民族瑰宝，也是一个可以有很多人参与的事业，不管赚钱不赚钱，就一头扎了进去。

萧萧主动找到何国良，请求到他那里做一名绣娘。恰好，何国良那里一个小姑娘才辞职走了，就让萧萧顶了上去。

她对羌绣如此痴迷，并且有非凡的天赋，她需要一个平台来塑造和展示自己；而何国良，也需要她这样的新生代人才来实现他关于羌绣的梦想。

她跟着他去汶川、茂县、理县大山里采风，挖掘素材，也跟山里的老绣娘学习古老的纹样和绣法。他们每月都去，每次都在山里待若干天，每次都有新的收获。

像是命运有意安排，林潇潇与何国良越走越近。她越爱羌绣，就越觉得何国良这个有过一段短暂婚史的男人可爱。

最终，他们成为了一对羌绣夫妻。

5.

也许,在中国民间艺术中,羌绣是最实用、最大众、最平民化、最生机勃勃的工艺美术。它来源于羌人生存其中的环境,一切图案都是对自然与生活的概括和提炼。它不屑于刻板的模拟和写实,而以粗犷、拙朴、艳丽、对比强烈的大雅大俗来对我们的视觉形成强大的冲击。

它具有非常实用的装饰功能,又透露出羌民族在历史演进中的宗教信仰、风俗习惯和审美取向。

毫不夸张地说,它是羌民族穿在身上的文化符号。

四、李云川:天马行空舞羌红

1.

认识李云川纯属偶然。

去年初夏一日,在青年广场河边,徐徐清风中与几位青年文学男女茶叙。我与他们都是初见,少不了有一番自我介绍。轮到青年诗人葱葱说话时,她说她在汇德轩工作,那是一家文化公司,老板对羌文化极其热爱,很有研究。我随口说了句,好啊,什么时候到你们公司去看看?

第二天,葱葱刚上班就打来电话,代表他们李老师(她没说老板或老总)向我发来了邀请。

2.

我面前的李云川一袭黑衫,不像老板,不像学者,甚至不像一个羌人。个子不算高,瘦削,脸上笑容单纯,貌似柔弱。但左眉一颗大得夸张的黑痣,让人一看就觉得与众不同。尤其是那头过耳的长发,更流露出他性格的奔放不羁。

果然,只要坐下来,一说起羌文化,他就两眼放光,滔滔不绝,似乎每一个毛孔都在释放激情。

他出生在云南的部队大院。

七岁时,他第一次随父母回老家。一辆胶皮大车由一匹大黄马拉着,载着他一家人在前往治城的山路上走得踢踢踏踏。沿途不断有穿青色羌服的老乡背着背篼出现在视野,让他感到新奇。回到治城家中,首先给他视觉冲击的,是爷爷、奶奶头上缠得一圈又一圈的黑头帕,长衫外面套的羊皮卦,还有出门打的绑腿。这些,与他的昆明经验形成巨大的反差。爷爷叼着旱烟袋,用火镰打火的神情以及翻山越岭健步如飞的姿态,奶奶笑眯眯地围着火塘烤洋芋、做火烧馍、做酸搅团不知疲倦的身影,成为他心目中老一辈羌人的"形象代表"。

一天,奶奶带他上街。一家人正盖新房,惊天动地的鞭炮声中,一个老者以他完全不懂的语言念叨着,将又宽又长的红布系上房梁。

他问奶奶,那红布是干什么的呀?

那是挂红,是辟邪、保平安的,我们像敬菩萨、敬祖宗一样敬它。奶奶认真地说。

从此,那一抹耀眼的红,像一记钤印,永远留在李云川的记忆里。

3.

我的感觉,李云川的经历以5·12大地震为界,分为截然不同的两个时期。

一九八七年七月,李云川从四川美术学院毕业,分配到北川文化馆工作。这期间,他较多地聚焦于大禹研究,在大禹遗踪遗址考察、坊间传说和羌风民俗的搜集整理方面投入了大量精力,力图找到禹羌文化在北川数千年来的传承脉络、重要史实和文献资料。其间他速写画集达到二十余本,创作作品近百幅,笔记数百万字,完成了自己禹羌文化的打底。

在九州集团的工作不过是下海创业的过渡。创办装饰公司,不过是给后来转型禹羌文创产品创造物质条件。

5·12大地震给李云川的巨大冲击,至今余波未息。家乡重创,亲人离去,同道伤亡,许多亲切的面孔瞬间阴阳相隔。存放于老家的手稿、部分史料和物品也被埋在废墟之中。那些日子,李云川陷入了巨大的痛苦之中。那种痛,痛彻心扉,痛到无法用语言形容。尤其是,那时北川羌族自治县成立不到五年,禹羌文化的研究在北川刚成气候，聚集起较为可观的力量。但是，这一切，瞬间不复存在。文化馆的同事、禹羌诗社的朋友，他们的离去不仅仅是一个个鲜活生命的消失，也是一部分文化的消失，历史的消失。

站在一片文化的断层里，他感到有一种强大的力量在推动，在催促，在呼唤，要他行动。

他明白，作为羌人之子，既然老天留下了自己，就是要自己做事，做与禹羌文化有关的事，传承和发展禹羌文化。

他和同学一起发起成立"老羌人关爱协会"，参与北川百度公益扶贫，积极救助贫困家庭，帮助孩子上学，设立北川汇德轩羌族文化研究中心，组织羌绣、草编、漆器、陶艺等美术创意人员培训，支持禹风诗社三十多名本土作家出版禹羌文集，收集震后散佚于民间的羌族歌舞资料和释比经典，到西南科技大学、绵阳师范学院、四川文化学院等院校开展禹羌文化研讨会和专题讲座，撰写禹羌文化方面的专题报告、课题论文和提案建议……

他对羌文化的爱深入骨髓，甚至反过来左右了他的人生。

4.

一天，副县长兰辉找到李云川家里来了。

他是李云川夫人范芸芸的同学，李云川本人和他也是老朋友。兰辉无论是曾经的县委办公室主任，还是现在分管文化的副县长，在大地震以后骤然猛增的接待中，有一个小小的烦恼始终萦绕心头：羌红是羌人迎来送往中不可或缺的情感承载物。但是，有极个别的客人并不十分清楚羌红的意义和它在羌人心中的分量，于是就出现了刚刚献出去的羌红，转眼就被客人丢弃，就像丢弃一张废纸。

兰辉郑重其事地说，希望你设计一种不至于被丢弃的羌红。

羌人尚红。这种审美取向，首先与炎帝有关。他是羌人始祖，是太阳神。他教会人们用火，是文明之始。其次，与古羌人渔猎活动有关，捕获猎物，一刀见血，意味着有肉吃了，即所谓"见红有喜"。另外，羌人的祖先相信，红可以辟邪，保佑平安。作战之前敬神，杀牛羊甚至活人为牺牲，要的也是鲜红的血。

羌红的出现与纺织有关。先是麻织物，再是丝绸，最后是棉布。织物与朱砂相遇而有羌红。

无论是麻布还是丝绸的时代，纺织品和朱砂都是贵重之物，羌红更是奢侈品，所以最初羌红的使用仅限于王公贵族和祭祀。周以后，随着纺织技术的成熟，羌红随纺织品的普及而进入民间。那时重礼，作为礼仪之邦，羌红得到高度重视。

5·12大地震以后，北川作为重灾区，中央关怀，全国关注，八方支援。这时，只有羌红才能表达满满的感恩之心。

设计一款让人爱不释手的羌红，是朋友所托，也是李云川的心愿。他马上投入设计。一稿，二稿，乃至十几稿，都被他自己否定。

但凡有关禹羌文化，每当重大工作遇到卡顿，李云川都会选择走向羌寨，走进大自然。他希望面对羌文化的"活体"，得到启示，触发灵感。

这一次，他走得特别远。

李云川和范芸芸一起，深入汶川、茂县、理县、平武、北川等羌族聚集区，考察有特点的羌寨，拜访那些德高望重的释比，搜罗那些神奇的传说和逸事。

等他转回北川，来到石椅羌寨的时候，一户农户门前的一段枯木吸引了他。树已干枯多年，树皮剥落，现出密密麻麻的神秘字符。

这不是传说中的神林柱吗？

关于神林柱，有一个古老的传说。远古洪荒时期，山洪暴发，羌人部落被困于洪水。危急时刻，酋长祷告上苍，乞求垂怜，给百姓一条生路。突然一道金光划过，荒原上突然耸立起无数神奇的木柱，上面刻满神秘的字符，"字"迹婉转灵动，恍如天书。这时，大地再无洪水，只有风和日丽，山清水秀，花开鸟鸣，万物皆春。酋长深信这是天神赐福。为感恩上苍，他们将神奇的木柱尊为生命之神，经年祭拜，神林柱便成为羌族的精神图腾。

李云川认为，神林柱上的神秘字符，是虫嗜纹。传说中失传的羌文，人们认为就是从虫嗜纹演变而来的。

李云川欣喜异常，将"神林柱"带回绵阳，小心翼翼地将那些"字符"拓下来，就有了一篇不能破解的"天书"。

电光石火一闪，灵感有了——羌红加神林柱，两个美丽的意象叠加，又会怎么样呢?

5.

在羌人的日常生活和交往活动中,羌红扮演着非常重要的角色。

迎接贵宾、英雄凯旋、老人寿辰、结婚大典、敬神祭祖,但凡庄严隆重的场合,挂羌红必不可少。

羌红为六尺或者九尺长,一尺宽,红布或红绸制作。挂法是男左女右,即男从左肩斜挂于右胁下方并挽一小结,余下的顺垂在右下方,女的则相反。给神祗不是挂红而是献红,即将羌红平放在白石神的前下方。

挂羌红是神圣的。它是感情的载体,文化的载体,也是历史的载体。

一个精致的盒子打开,现出里面红色的织物。李云川把它拿出来,展开,一条羌红立刻惊艳到了我。颜色是典型的中国红,质地是羊毛,以淡淡的绛红印着来自神林柱的虫噬纹。典型的中国风,散发着神秘,洋溢着吉祥,预示着福报,象征着平安。可以装进镜框,悬挂于厅堂,满室生辉;也可以做围巾、披巾,把情感转化为温度,让男士风度翩翩,给美人锦上添花。

印着神林柱虫噬纹的羌红,还有丝绸的、化纤的、棉布的,不管什么质地,都非常精美,让人爱不释手。

古老的羌红,叠加神秘的神林柱,羌族两个古老元素的融合,唤醒了一个更加迷人的艺术生命。

6.

李云川本是画家,下海经商,目的是为了"喂养"自己的梦想。

他推出了《古羌密码》丛书,为羌族艺术品和文化用品的研发与制作找到了理论依据;开发出"神林柱""释比文化""最羌红""西羌画韵""禹生石纽""大禹十法""古羌九宝"等十大类、二十九小类共二百四十余种不同材质的工艺美术产品;获得一千五百多项著作权、十六项外观设计专利、一百种商标,基本形成了禹羌特色文化创意产品体系。

他在国际国内参展无数,获奖无数。

他的公司将作为禹羌文化品牌，进入绍兴大禹陵、武汉晴川阁等国内著名的文化地标，搭建起北川对外文化交流、产业互动、项目合作的平台。

李云川的思维极其发散，他的梦想也极其宏大。

我完全无法预测，天马行空的李云川，明天将会干什么。

我唯一可以确定的是，他将始终活跃于各种禹羌文化活动，不断推出禹羌文化创意产品。

——他所做的每一件工作，都是献给禹羌文化的羌红。

五、朱红志：一眼千年，让绝技穿越时空

1.

漆器是中国最古老的工艺品。

一九七三年七月，浙江省余姚县河姆渡村的村民们在完成一项排涝工程时，偶然发现了河姆渡文化遗址，大批新石器早期的文物，在埋没地下七千多年之后重返人间。其中一个残破木碗，几乎要扔掉时，不经意被一位独具慧眼的专家瞥见。经中科院有关专家鉴定，这是国宝级文物——它表面尚未完全剥落的红色涂层，就是调入了朱砂的生漆。

生漆，公认的世界涂料之王，也被称为土漆、大漆。

作为中华文明重要组成部分的中国传统漆器，用的就是土漆。

漆，本来是没有三点水的，写作"桼"。在一棵树的枝干上左一刀右一刀，滴下的"水"就是生漆。这是在对割漆做最形象最直观的解说。

漆树生长在海拔一千五百米以上的大山上。一棵漆树，在它五十年生命周期里，最多只能产十公斤生漆。割下的原漆又只有百分之五十的利用率。割漆对漆树是有伤害的，所以每次只能浅浅地割，绝不可贪多。"百里千刀一斤漆"，说的是割漆的艰辛，也说明了生漆的珍稀。因此，漆器，从来都是属于奢侈品。

战国之前，权贵和土豪们也玩漆器，但完全被青铜抢了风头。后来，铁横空出世，青铜实用价值下降，漆器开始走向鼎盛。到秦汉之际，冷冰冰的青铜收起了它最后一抹夕阳残照，而漆器则因为它耐潮湿、耐高温和耐腐蚀的理化特性和通过色

彩、光泽、肌理、质感传达出的特殊美感，势不可当地进入了贵族们的日常生活。唐宋以降，即使日常生活中的地位被廉价的瓷器取代，漆器依然延续了自己的繁华。明清两代，因为宫廷的格外青睐，漆器及其工艺进一步发展，成为它的高潮。

北川羌人对生漆和漆器并不陌生，因为这里的原始森林不乏漆树。

明隆庆年间安徽漆艺大师黄成所著《髹饰录》（髹饰，白话说就是刷漆），是中国也是全球唯一存世的古代漆器工艺的经典著作。五十年后，另一位漆艺大师扬明对《髹饰录》作了校注，并在序言里写道："禹作祭器，黑漆其外，朱画其内。"

这说明，北川关于生漆的历史，至少可以上溯到大禹时代。割漆，用漆。四千多年的岁月里，北川人从来没有停止与漆的对话。

当然，对北川人来说，皇帝远在天边，漆树却近在咫尺。外部世界漆艺的波澜起伏，到这里早已是强弩之末。生漆珍贵，是奢侈品，北川大户人家，小到镇纸、茶具、餐具，大到匾额、家具、棺材，如果不厚厚地刷上贼亮的生漆，怎么能显示自己的财势呢？

所以，有生漆，有需求，北川的漆艺照样在大山里野蛮生长。

北川漆艺，最值得骄傲的是水磨漆。水磨漆，顾名思义——就是用水磨制作而成的一种漆器工艺。各种工艺美术品，一经它的髹饰绘制，立刻美轮美奂，被赋予了强大的艺术生命。

这种独步漆林的漆艺，据说由明末清初的马氏漆匠首创，因为技术极其复杂，秘不外传。到了二十世纪五十年代中期，马家后代改行，由曾姓徒弟继承衣钵，延续了几百年的独门绝技才不至于失传。

现在，朱红志来了。

2.

在成为水磨漆工艺大师之前，朱红志的人生已经有过多次安排。

最早是裁缝，这是父亲的安排。在朱红志眼里，原中央林学院毕业的父亲无所不知，尤其是有关森林，他简直是一部百科全书。在朱红志关于儿时的全部记忆中，最快乐的是冬天的夜晚，在火盆边听父亲讲关于森林的故事。但是很不幸，改革开放前父亲头上扣着个"右派"帽子，只能在白什乡林业站勉强混口饭吃。他这样家庭的孩子，假如去学裁缝，无疑是最好的选择。在乡下工匠中，裁缝技术含量高，轻轻松松就把钱挣了还受人尊敬。那时朱红志初中毕业，升学无望，老爸一说他就愉快地答应了。

形势很快有了变化。一九七九年，父亲平反，重新成为受人尊敬的林学权威。他意气风发，让儿子跟着自己参加森林普查。他对儿子说，好好干吧，说不定哪天就招进来了。朱红志做梦都想成为国家职工，像父亲那样受人尊敬，于是成天蹦蹦跳跳地跟着父亲，和他的同事们一起钻老林子。但没多久，父亲在高山密林里不小心一脚踩空，坠落山崖。幸好有灌丛阻挡，崖脚坡度稍缓，侥幸捡回了一条命。但经此一摔，父亲怕了，发誓不让自己的孩子再做自己这样的工作。

形势变了，裁缝也没有原来那么吃香了，不子承父业，又去干什么呢？

辍学的小青年还在彷徨，另外一条职业之路渐渐浮现。

一天，家里打了几样新家具，请来漆匠刷漆。漆匠师父埋头工作，无所事事的朱红志看着好奇，就凑了上去。

师父稳稳地拿着刷子，在柜子上横平竖直地刷着漆。排刷走过，生漆均匀地附着在家具表面。开始，漆面有笔直的纹路，像微风里的波纹，慢慢地，"波纹"消失，像是恢复了风平浪静。朱红志内心开始汹涌。他感到了一种美——师傅刷漆的姿势之美，漆纹的律动之美，家具光可鉴人的温润柔和之美。

小伙子，想试试？师父似乎看出了他内心的蠢蠢欲动，把漆刷子递了过来。

反正在自己家里，朱红志无知无畏，接过刷子，就学着师傅的样子刷了起来。

师父很吃惊。因为他发现眼前这个小伙子，悟性非常人能比，没有经过任何训练，居然漆得像模像样。

跟我当徒弟吧，我保证你天天吃香喝辣。师傅半开玩笑地说。

朱红志当即答应。父母知道以后也很高兴。当天晚上，家里准备了一桌丰盛的晚宴，算是正式拜师。

师父没有看错：朱红志悟性的确高，干活一说就懂，一学就会，而且非常勤快。没多久，徒弟干的，已经跟师父没有两样。

从另外一个角度看，他也看错了朱红志：因为这个小徒弟心很大，当他明白自己的师父也就这几刷子时，立马决定自己单干。

师父姓张。朱红志虽然只跟了他四十几天，但永远心存感激，因为是他带自己入行，以后才有机会由此即彼，由一个普通漆匠蜕变为一个水磨漆工艺大师。

3.

单干以后，朱红志作为漆匠的首秀是在父亲工作的坝底林业站。他们请木匠做了一批办公家具，父亲把漆工的活交给了他。他用半个月时间就把活干完，漆得比师父还要漂亮。县林业局的领导下来检查工作，看到这批新家具大吃一惊：这么漂亮，这是哪个漆匠漆的呀？我家里正要请人漆家具，能不能请到他啊？

就这样，朱红志作为漆匠打进了北川县城。这个小漆匠喜欢琢磨，把生漆和木材都视为生命，他天天和它们对话，了解它们的的性格、特点，让它们都顺从他，在他面前好好表现。他技术越来越娴熟，从局领导开始，机关大院里的干部排着队等他上门漆家具。接下来是父亲的同学，市局的领导和职工。后来，他把漆刷进了部队大院，从绵阳、成都到乐山。

口碑风一样传开，生意一单接着一单。他十九岁起就开始带徒弟，师徒几个在江湖上到处闯荡，招待越来越好，收入越来越高。但是，他越来越感到一种强烈的漂泊感。于是，他抓住机会，成为国企职工，让生活安定了下来。这是一家木材厂，主业是家具。他顺理成章地成为油漆工车间的主任。

县里有个木漆社，主要做水磨漆。这是个集体企业，但其中的曾庆山、张福寿、李开佑都是北川水磨漆工艺的代表人物。尤其曾庆山，就是马氏水磨漆工艺的嫡系传承人。他除了漆工技术精湛，还擅长水磨画，山水、花鸟都有很高水平。

现在，这个小小的集体企业，在市场经济大潮的冲击下濒临倒闭，不得不由木材厂兼并，成为漆工车间的一部分。

朱红志当时也许没有意识到，这将给他带来人生的又一次转折。

新的员工和业务的并入，作为车间主任他自然要格外关心。以前了解不多，现在天天看老师傅们工作，他才发现，水磨漆工艺相对于普通漆艺，那是一个复杂得多也更美妙得多的衍生艺术。朱红志虚心向这些老师傅学习，后来又认识了四川省轻工业厅工艺美术研究所的专家，掌握了镶嵌艺术。他把漆工艺与相关艺术融会贯通，开拓属于自己的艺术空间。

当漆工已经挣了不少钱的朱红志，在县城买下一栋占地三亩的三层楼房。那时，他天天下了班就泡在这里的工作室，研究水磨漆工艺，练习漆画。在巨大的木板上，他一次次地画上去，又一次次地刮掉重来，天天搞到深更半夜。

为了专心致志地做自己的水磨漆，他索性辞职，专门生产水磨漆家具。

生意是预料中地火爆。那时候，城里连蹬三轮的都知道"做水磨漆的朱红志"。

4.

5·12大地震，给朱红志带来了毁灭性的打击。

虽然妻子幸免于难，在成都上大学的女儿也安然无恙，但他的家，他位于席家沟的工厂，还包括骨干职工、设备、产品成品和原材料，全部被掩埋。

一个堂姐在菲律宾开矿，专门从马尼拉飞回来看他，让他一起去菲律宾发展。

他已经一穷二白，只能去了。那是个完全陌生的国度，山水，气候，文化，与他的北川天壤之别。虽然身为高管，也只能打杂。最要害的是，那里没有水磨漆。他心神不宁，每天下午都来到海边，向北方眺望。熬了半年，堂姐有事回国，他趁机要求一起回来。因为他知道，他是一辈子也离不开水磨漆了。

回到北川，他在板房里成立了"北川羌族自治县古羌水磨漆有限公司"。没有钱，就找徒弟，找朋友，向他们借。东拼西凑，公司终于在大年三十的爆竹声中开张。

他转型水磨漆工艺品制作。这是更加艰辛的第二次创业。

5.

水磨漆工艺，传统手法至少需要几十道程序，有些精品甚至上百道，无不以人工和时间为代价。毫不夸张地说，它是耐心和耐力的极限考验。

首先是选料、制胎。纵观水磨漆成品，无论摆件、家具无不光亮如镜。实际上，它们都是木胎。老祖宗留下一句话：在成为漆艺匠人前，一定要先学会做好一个木匠。这是基础。

接下来是打磨、抛光。制好的木胎，需要经过反复的手工打磨与抛光，直到触手细腻，平滑，无任何挂刺感。

　　第三道工序是上灰、褙布。灰是由土漆和石膏粉调合而成，可用来修复木胎的细微裂痕和瑕疵。上灰，初磨，上灰，褙布，打磨，上厚灰，打磨……一轮一轮，循环往复。

　　接下来是上漆、水磨。农历五至九月，是割漆、收漆的最佳时节。收来的土漆，按传统工艺经过滤、熬制、摊晾而成为水磨漆原料。"黄梅季节刷大漆"，说明气候越湿润，漆越干得快，这也是水磨更能释放漆之魅力的原因。

　　在漆胎尚未干透之际，徒手作画其上。因此需要在心里装下千山万景，或工笔或写意，信手拈来，漆干画干，融为一体。此外，在传承传统的基础上，朱红志还开创了擦色、贴金、镶嵌、堆漆等更为繁复华丽的工艺。图案装饰取材宽泛：蛋壳、河沙、贝壳、金属……这些废物，经他之手而化腐朽为神奇。

　　最后一道工序是手磨。图案描绘好，七天之后，干透了，再用三千目水砂纸水磨，最后用稻草灰、瓦灰手工抛光，直至光润如玉，终于得到满意的成品。

　　古人曾用"一杯棬用百人之力，一屏风就万人之工"来形容漆器生产费时费力。这是一场耐力比赛，枯燥，漫长，极其艰辛，只有朱红志这样的超人，方能胜出。

　　他的作品，曾经从四川省数以万计的工艺美术精品中脱颖而出，荣获金奖和银奖，他本人也被评为省级工艺美术大师。

　　这一切都是水到渠成，顺理成章。

6.

　　老祖宗发明的漆器艺术，穿越数千年时光来与我们相见。而古代的北川羌人，以水磨漆绝技丰富了祖国传统漆艺的宝库。

　　不过，漆器生产的复杂性、艰巨性令常人望而却步。"国漆"能够数千年不腐，却不能保证每一项工艺的永续传承。

　　现今的朱红志，让人过目不忘的大眼睛依然炯炯有神，唇上那撇辨识度很高的小胡子，依然显示着几分自信、几分桀骜不驯。但是，他曾经黑亮得像生漆染过的头发，在几年里已经趋近于全白。

他在焦虑什么呢？他没有贷款，没有人向他催债；政府支持，社会环境友好，他干事创业的环境越来越好。

他唯一的焦虑，是担心后继乏人，担心老祖宗传下来的古老技艺，在自己的手上成为最后的绝响。

忙碌一天之后，他回到家里，独自捧茶，玄想。一眼千年，他常常沉浸于一个奇诡瑰丽、浪漫飞扬、人神同在的世界。那是神奇的生漆和祖先智慧化合反应的神奇效应。

于是，他拿起手机，拨通了一个徒弟的电话。

六、北川腊肉：年味之魂，乡愁之核

1.

一个"腊"字，从肉，从昔。往昔之肉，即干肉。

每年最后一个月，进入隆冬，天气寒冷干燥，西北风劲吹，正是做腊味的季节。远古时候，肉珍贵，干肉更加倍珍贵。辞旧迎新之时，以腊肉敬神灵祖宗，方显至诚。农历最后一个月，叫"腊月"而不叫十二月，原因就在这里。

传说北川腊肉，从大禹时代就已经盛行。治水是累死累活的工作，大禹可以三过家门而不入，但以腊肉补充能量是必须的。所以，家乡父老背着北川老腊肉前去慰问，对治水大军乃至大禹本人，都是极大的激励。后大禹治水大功告成，铸九鼎并一统华夏，北川老腊肉因此成为贡品，腊肉的技艺也就随之传承至今。

古时候没有冰箱，肉无法保鲜。抹盐、烟熏、火烤、脱水、风干。不知道哪一次误打误撞，我们的祖先创造了腊肉这种人间珍馐，让他的子孙千秋万代尽享口福。

2.

当我在电脑上敲出"北川腊肉"四个字，脑海里马上就跳出了一个地名：三江口。那是去年秋末冬初，我第一次到片口，更是第一次到这个叫三江口的小村落。暮色中，车子沿着一条溪沟七弯八拐，一路往上，最后停在了一个竹树掩映的农家小院。车门打开，一股特殊的味道扑面而来。

初始，是柏树枝混合了其他植物燃烧的味道，接下来闻到了熏肉的味道，再接下来，是煮腊肉的味道。

三种味道都很强势。但也许是煮腊肉有亲切和更加熟悉的加持，得以突破一切味道的包围和干扰，直扑鼻腔，撩拨味蕾。

"一家煮肉百家香"。这只有腊肉才可以办到。小时候住在农村，只要有人家煮腊肉，那种独特的香气就非常霸道，真的会弥漫整个村庄。那既是腊肉的味道，也有田野的味道，青草的味道，山泉的味道。它像是故乡一个最鲜明的标记，重重地印在记忆里。以我的体验，无论走多远，只要闻到腊肉的气息，就会和故乡不期而遇。

何谓乡愁？一个人有一个人的答案。要我说，物化的乡愁就是腊肉。

在四川民间，过年，是从杀年猪、喝刨汤、做腊肉开始的。春节期间，最重要的就是洗腊肉、煮腊肉、享受腊肉。

离开腊肉，就不要说什么年的味道。

3.

果然，晚餐有腊肉。炖腊髈、蒸五花肉、蒜薹炒腊肉。炖的清爽香醇，炒的鲜香浓烈。其实，蒸的才是最棒的。真正夹带了三层瘦肉的五花肉，肥的晶莹透明，瘦的是鲜亮的绛红，吃起来肥而不腻，瘦而不柴，细嚼慢咽，有一种妙不可言的咸香。

年轻的民宿女老板杨利华，主业却是生产腊肉。

她从小就看父母做腊肉，喜欢吃自家的腊肉。父母本来是在老县城做豆腐，卖豆腐。灾后重建完成，他们全家来到永昌，像许多新北川的居民那样，她家做起了腊肉。自己做，在朋友圈分销，还来料加工。但家里这样的收入供不起她和哥哥两个大学生，她只好辍学。不满足在家里小打小闹地做腊肉，但没本钱创业，她只好外出打工。

她一直在食品行业，从杭州到泉州，从普通白领到地区总监再到全国总监。二〇二〇年，当北川到了杀年猪、喝刨汤的季节，她突然想家乡的腊肉了。想腊肉的味道，也想和父母一起熬夜加班做腊肉的过往。觉得即使拿几十万的年薪，到了职业生涯的天花板，还是一个打工妹，不如回乡创业。

回乡创业，她选定的就是腊肉。

为了保证腊肉生产条件的优化，她自己不养猪，只在片口周边乡镇与农户签订购销合同。她以三个条件来保证质量：一是安监控，对已订购生猪进行全程跟踪；二是定期抽查猪舍粪便，杜绝喂饲料；三是肥猪必须在八到十五个月之间，重量在一百八十斤到二百六十斤之间。

她的腊肉走极简路线：一把盐，一把火，一阵风。具体地说，配料只有盐，用厚朴、青冈、椿芽、茶树、柏树及其枝叶熏十五至二十天。其间，白天烧火，晚上停火，不断舒张，收缩，让腊肉的口感不断丰富提升。她的炕房有通风孔，空气流通，人可以在里面烤火那种，目的是控烟——火烤为主，烟熏为辅。肉经过炕房熏烤后，还必须挂在风口透风，去掉多余烟味和颗粒残留。

杨利华既继承北川腊肉的传统，又引入了冻库、烘房、灌肠机、切片机、搅拌机、真空包装机、打包机和标准化厂房等现代设备和设施，目的是更干净更安全，通过标准化生产来保证腊肉品质的稳定性。

她虽然起步很晚，但起点很高，开局很好。三年里，她已经有了上万的忠实顾客，可以做到三千万的年销售额。

4.

与杨利华相比，唐丹入行更早，规模更大。

唐丹也并非一开始就做腊肉。二〇〇三年她毕业于绵阳职业技术学院，5·12地震以前一直在北京做房地产销售。她的销售主打别墅，月收入少则两三万，多则七八万。二〇〇八年春节，她回北川过年，结婚，然后学车。

驾照还没拿到，地震了。经过了大灾大难，她忽然顿悟了：挣钱并非是第一位的，亲情和生活本身才是最重要的。虽然北京的老板非常希望她回去，并且还给她涨了年薪，她还是决定留在北川，和亲人在一起。

留下来，做什么呢？

一件事情改变了她的人生。妈妈在北川二中食堂工作，利用学校的剩饭剩菜养了二十多头猪。5·12以后，堰塞湖水位猛涨，禹里地区一片汪洋，场镇被淹没在水下。她在禹里村的家虽然没有被淹没，但交通完全阻断，成了孤岛。猪完全不受外界的影响，只知道长、长、长。长到下半年该出肥的时候，问题来了：无论是猪还是肉，根本运不出去——即使去绵阳，也要绕道茂县、汶川、都江堰、成都和德阳。无奈，只好把它们全部杀了，按照传统的方法做成腊肉。她充分发挥了自己做销售的本事，通过打电话、找关系推销自己的腊肉，很快就把这批腊肉卖出去了。卖的时候她多了一个心眼，不但专门为这些腊肉做了包装，还给每一个顾客附上自己的名片。

第二年，她家养猪规模达到了五十几头。到了国庆节，这些猪快长大了，她开始为它们的销路发愁的时候，去年那些名片开始起作用了。电话一个接一个地打过来，说你的腊肉太好吃了，不但我们还要买，一些尝过你们腊肉的亲戚朋友也要买。

就这样，唐丹偶然地入行，从小作坊慢慢做大，发展成为一个年销售额达三千万元的规模化、产业化的羌珍农产品公司。

好的腊肉，必须要有好的原料做保证。世世代代北川人吃的腊肉，都是用吃粗粮、食百草、喝山泉长大的生态猪肉做的。唐丹为了得到这样的肥猪，她的公司采取了代养模式。他们采取统一品种、品牌和销售，与八十多家养殖户签订了代养协议，既保证了优质猪源，又带动了周边农民增收。

二〇二三年，唐丹在政府指导支持下，筹资一千三百万元实施文旅融合发展园建设项目，腊肉生产全过程开放，将只有几百平方米的作坊改造升级为标准化生产车间，内设切割、腌制、罐装、熏烤、包装等分区，增设电商直播间和体验区，供线上线下顾客参与体验腊肉、香肠等产品的制作。同时，建立溯源管理体系，从生猪养殖到屠宰分割，从产品加工到市场销售，对腊肉全产业链的各个环节进行跟踪溯源，确保每一块腊肉都可以放心食用。

你事业发展如此之好，原因在哪里？我问唐丹。

原因可以说出好几条，但有一条很重要，我背后有高人指点。唐丹笑笑说。

5.

唐丹背后的"高人"，就是北川老腊肉非遗传承人，大名鼎鼎的王华祁。

王华祁做腊肉的技艺来自祖传。远在民国以前，王家就是白什一带的望族。他们用北川本地黑猪做腊肉，除了自己食用，更多的是人背马驮，和北川茶叶一起，经由茶马古道销往藏族聚居区。一九三五年红军来到北川，王华祁的爷爷王永太三兄弟都参加了红军。千佛山战役激战正酣之时，前线给养困难，王家把自己制作保存的腊肉也送到前线，为红军的胜利贡献了自己的力量。

在家乡白什乡参加了红军的爷爷王永太，先后参加了千佛山、土门和毛儿盖的作战，长征途中因病掉队，一路乞讨回到白什老家。但这时还乡团回来了，他妻子已惨遭杀害。揣着邻居塞给他的两个洋芋，他连夜出走，最终在小坝被好心人收留，隐姓埋名，当上门女婿。他先当长工，再操医生旧业，救死扶伤，尤其以治疑难杂症远近闻名。他给乡亲们治病，处方都很简单，一些时候还要加白酒、童便和毒虫，医药费便宜得不可思议。外乡曾经有人患了"背搭"，这是可怕的痈疮，正对心脏的后背快要烂穿，透过一层薄膜已可看见心脏的跳动。经他诊治，半个多月就好了。邻村有人得了"蛇缠腰"，在快穿孔的时候，家人把他抬到王家。爷爷让他在家里住下来，也很快就治好了。

终其一生，爷爷都只是一个普通乡村医生。百岁高龄，他每天还坚持自己洗冷水澡，从不要人帮忙。二〇一五年国庆期间，一百〇五岁的爷爷，在洗冷水澡的时候不幸滑倒，摔断的肋骨刺伤肺叶，最终去世。这是后话。

爷爷是乡间名医，也是制作腊肉的高手。猪肉经过腌制发酵，蛋白质转化为氨基酸、饱和脂肪酸变成不饱和脂肪酸，容易消化吸收。老人家一百零五岁去世前身体一直健康，无疑与他终身吃腊肉有关。

王家腊肉代代相传，即使改革开放之前也未曾中断——他们制作腊肉交供销社收购。王华祁少年时就跟着爷爷学做腊肉，得其嫡传，成为"王家腊肉"传人。二十多年前，他家接手一家经营不善的集体企业，开始规模化生产腊肉。

北川全境皆山，冬暖夏凉、无霜期长、降水充沛。羌寨海拔一千至一千八百米之间，制作腊肉的条件得天独厚。就像茅台酒只能出自赤水河边的茅台镇一样，北川腊肉最理想的产地在白草河和青片河上游两岸。

传统的北川腊肉，原料来自当地黑毛土猪，偏肥，不再符合"嘴刁"的现代人的口味。王华祁做腊肉，选用的是肉质肥瘦相间的川藏黑猪。

在腊肉制作过程中，要把握好几个关键环节。

分割。首先宰杀过程要快，宰杀、烫毛、褪毛、挂钩、开膛、掏膛、洗膛要一气呵成，趁热分割，去头脚，一剖两半，剔骨去油，修整边角，再将肉切成长条。

腌制发酵。给分割后的肉条扎些小眼，用经过炒烫凉至温热的花椒和盐及其他香料进行揉搓，然后一层层码放在大瓦缸或木桶里，最上一层用重物压住。接下来还要重复翻缸几次，待其充分发酵。

熏制。半月以后，腌制好的咸肉就可以熏烤了。选用柏树枝、椿树皮或柴草火慢慢熏烤，然后挂在阴凉通风处。

一切准备就绪，剩下的工作就交给风和时间。

6.

《舌尖上的中国》这样说腊肉：

> 这是盐的味道，山的味道，风的味道，阳光的味道，也是时间的味道，人情的味道。这些味道，才下舌尖，又上心尖，让我们几乎分不清哪一个是滋味，哪一种是情怀。

北川腊肉，对北川羌人来说，对它的依恋和喜爱已经植入基因，与生俱来，与生命同在。

第十章：屹立在废墟之上

一、杨华武：大难不死，依然放歌羌山

1.

过了立夏，已经有了几分夏天的味道。但在川西北高山峡谷的北川县城曲山镇，感觉还春意正浓。阳台上的蔷薇、绣球和茉莉花，一丛丛开得绚烂。公园里的菊、牡丹、杨槐、鼠尾草和三角梅争芳斗艳。山上的杜鹃——羌人把它叫羊角花，也是北川的县花，正当花期，让全县三千平方公里羌山成了美丽的超大花园。

那个季节里的杨华武，只有满面春风、春风得意、意气风发之类的词汇才可以与之匹配。因为他的"五龙寨"火遍北川乃至绵阳，效益之好，已经有一点"数钱数得手抽筋"的味道了。

那是二〇〇八年五月十二日，下午一点。杨华武带着三个村里的小兄弟，陪着绵阳的投资商老周来到北川县城银泉茶楼三楼，专门挑了靠近楼梯的一个安静雅间喝茶，继续说事。上午，他和乡党委书记蹇斌找有关领导汇报进村旅游公路有关事宜，取得重大进展。刚才在饭桌上和老周谈合作，意向已经达成，只待敲定细节。因为高兴，老周还恶作剧，故意给杨华武狠狠地按了一大碗米饭，逼着他吃。

两点过，洽谈已近尾声。突然，脚下震动了一下。

地震了？老周神情紧张，看着杨华武。

没事，小地震，北川经常都有。杨华武笑笑，呷了一口茶。

杨华武刚放下茶杯，摇晃又开始了，这是整座楼的剧烈摇晃。

"地震了！"到处响起一片惊呼。人们本能地夺门而出，楼道上，楼梯间里，突然冒出从各个房间逃出来的茶客，发疯一般跑向楼梯。村里三个小伙子跑在最前面，老周紧随其后。他们刚刚出门，门上方水泥盖板落下，杨华武亲眼目睹村里的三个小兄弟被水泥板覆盖。后面的老周仰面倒下，在楼梯上翻滚。摇晃和震颤中，杨华武抓住楼梯扶手，正要去拉老周，突然轰的一声，楼房像是被劈了一刀，房柱和天花板哗的一下垮了下来。浓烟窜起，世界塌陷了。

不知过了多久，满鼻孔的灰尘让杨华武打了一个喷嚏，他醒过来了。四肢动弹一下，证明自己还活着。尘埃即将落定，光亮从歪斜的窗户照进来。

王国东！杨超！他用尽力气呼喊。回应他的，只有远处石头滚落的声音。他朝光亮爬去，朝下一看，离地还有大约三米。他顾不了许多，直接跳了下去。站在坝子里，脚顿了顿，才发现自己几乎毫发无损，不禁仰天低喊一声，山神啊，我活下来了！

惊魂未定，不经意回头，看见还有人爬出废墟。一个，又有一个。两个人灰头土脸。后面那个很面熟，仔细看看，才发现正是老周。

2.

辗转到了绵阳。作为青片乡正河村的支部书记，杨华武找各种关系募捐帐篷、食品等物资，收容流落在外的乡亲们。

把大家初步安顿下来以后，他绕道都江堰，一半坐车，一半徒步，终于回到村里。

回去，是因为日夜牵挂他的五龙寨，牵挂他歌舞队那些民间艺术家。

对民间歌舞，杨华武是与生俱来的喜爱。

在老家神树林羌寨，杨家可以说是歌舞世家。奶奶曾经是羌寨头人，能歌善舞。阿妈也是金嗓子，当年的老人还记得，她十四岁就给红军背粮去茂县，又苦又累，但她一放下背篼就唱开了。大大对山歌已经到了无时不唱的地步。他赶牛出门耕地，见山唱山，见水唱水，走多远唱多远。他一路"啊哟喂，啊啊啊哟喂"地唱，牛似乎也听懂了，长哞一声，甩甩尾巴，走得更欢快了。

受父母遗传，杨华武是"会走路就会跳舞、会说话就会唱歌"的生动例子。他从小就唱，上学唱着出门，放学唱着回家。高中毕业回家，挑水，施肥，除草，掰玉米，剥玉米，干什么活他都在唱。

青片山歌主要有两类，一是《哟哟》，那是割漆匠唱的。割漆枯燥，"百里千刀一斤漆"，一个人翻山越岭独自行动，只有唱歌解闷。另一种是《呀儿哟》，是大众的山歌。

杨华武跟我一聊到山歌，马上就唱了起来：

你在唱来哟我在听

隔山隔里呀儿哟听不真

翻过梁梁听真了

一声还你呀儿哟几十声

除了唱歌，杨华武引以为傲的是舞龙。羌人有舞龙自娱的传统。尤其是过年，从正月初九出灯，到十一收灯，整整三天三夜，都是舞龙的狂欢。他高中毕业就以舞龙登上乡村的舞台。三天三夜要转几沟几寨，全程几十公里，合眼的机会都没有，全靠喝酒唱歌解困。他要龙尾，活动量最大，但表现出的艺术感也最强，也是他最快乐的时刻。

3.

正河村森林覆盖率达到百分之九十五，但不通路，不通电，一百多户人家散落在几十平方公里的大山里，很穷。

怎样才能摆脱贫困？环顾四周，好像只能靠山吃山，打木材的主意。村里组建了林场，开始伐木。

作为渴望致富的年轻人，杨华武毫不犹豫地加入了伐木大军。因为强壮又聪明，他很快就脱颖而出，成为林场负责人。他率领大家架起了电线，修通了公路，于是更大规模地伐木。

一千立方米，两千立方米，一万立方米……

随着成片的原始森林在刀斧下倒下，村民们收入增加了，生活改善了，作为承包人的杨华武，腰包也鼓胀起来了。

然而村民们也发现，砍了树，山体滑坡多了，地质灾害多了，动物少了，原本清亮的正河水也开始变浑了。

一九九八年国家实施退耕还林政策，禁伐的大闸猛然落下，杨老板的饭碗打掉了，村民们打工挣钱的机会也没有了。

更糟糕的是，一场暴雨，突发的山洪卷走了杨华武价值百万的木材，他一夜之间成了穷光蛋，还背着以前修路的几十万债务。包括杨华武在内，疯狂的砍伐，终于受到了大自然的惩罚。

二〇〇一年,正河村换届改选,乡亲们认定,能够带领大家脱贫致富的唯有杨华武。在大家热切期盼的目光里,他被推上了村主任的位置。

正河村的出路在哪里呢?他成天都在思索。

退耕还林以后,正河村已经成为小寨子沟自然保护区的一部分。这个熊猫保护区,是全球同纬度地区生态保存最完好的地区,被称为生物物种基因库,自然风光和环境得天独厚;这里自古以来都是羌族聚居区,有原生态的民族风情。杨华武认定,别无选择,正河村只有搞旅游才有出路。他破釜沉舟,向私人借了五万元,租下闲置的村小学,装修改造成客栈,同时打造和恢复昔日羌寨的风貌。不久,还请来母广元负责文化板块,并主持迎宾仪式和歌舞晚会。于是,昔日的五龙寨复活了,乡村旅游的大幕由此而拉开。

4.

大地震以后的五龙寨,已经不是原来的五龙寨了。

原来麾下的歌舞队演职员星散而去,五龙寨已成空寨。青片乡距离断裂带稍远,直接损失不算最大,但公路全线毁损,交通一年半载很难恢复。断了交通,对因旅游而兴的五龙寨来说,这是最彻底的釜底抽薪。坐在自家院里,烟一支又一支地抽。他在思考一个问题:"禹风诗社"几十号人几乎全军覆没,文化馆也埋在了王家岩下,随着这些文化精英的离去,作为中国唯一的羌族自治县,北川的羌文化有断代的危险。而青片乡,旅游产业也因地震戛然而止。那么,我们民间尚存的歌舞、羌绣和民俗,这些羌文化的"活体",又能"活"多久呢?

如果搭建一个平台,把五龙寨歌舞队的人都召回来,以他们为主体打造一个民间艺术团,民办公助,服务全县,羌文化不就可以生机勃勃地活下去吗?

但是,在大难之后百废待兴的北川,艺术团显然不是燃眉之急,不可能纳入政府的议事日程。凭自己个人的力量,更是不可想象。

绝望之际,山东省对口援建开始了,威海市的援建队伍开进了青片乡。他和乡领导一起找到威海市的领导,把自己经过深思熟虑的组建艺术团的方案和盘托出。

侠肝义胆的威海市领导当即决定:我们捐资六十万,希望你们尽快把艺术团组建起来!

杨华武喜出望外,胸口一拍:我保证十天之内把队伍拉起来!

从领导办公室出来,杨华武转身就给原五龙寨歌舞教练李永红打电话。二十五岁的李永红,在地震后已经离开了青片乡,在成都当起了烧烤店老板。他对现状很满意,不愿意再回来。

杨华武说,民间那些羌文化,我们不去传承,真有可能在我们手上消失。

李永红被打动了,说好吧,我回来。

北川羌族民间艺术团的旗帜一打出来,歌舞队的旧部纷纷回归。一个月以后,三十几人的队伍便组建起来了。

5.

第一次演出是在二〇〇八年七月二十八日。大家带着从废墟里扒出来、从老乡家里借来的羌族服装,天不亮就出发,先从青片走路到漩坪,然后坐船到白坭,再坐大卡车,直到晚上十一点多才进了擂鼓镇。

演出的场面非常火爆。中途,突降暴雨,但现场没有一个人离去,甚至没有人打伞,包括参加救援的部队首长。

艺术团组建的第一年,他们就代表北川前往北京、山东等地,进行感恩演出一百多场次,并参加了北川所有的大型活动。春节期间,温家宝总理到吉娜羌寨和乡亲们一起过年,杨华武作为"支客师"陪同,并参加各种羌族民间艺术表演。

从那以后,北川羌族民间艺术团就作为北川县的一张文化名片,频频出现在县内外那些盛大的文化活动中。

二〇〇九年四月,参加四川省少数民族艺术节,获二等奖。

二〇〇九年九月,参加四川省原生态民歌展演,获银奖。

二〇一一年四月,参加中国原生态民歌盛典暨中国民间文艺山花奖系列活动,获金奖。

二〇一三年九月,参加并领唱、领舞的万人沙朗载入吉尼斯世界纪录。

二〇一五年二月,参加四川省群众广场舞大赛,获二等奖。

二〇一六年五月,参加香港国际文化交流大赛,舞蹈《绣花花》获金奖,民歌

《玛之》获银奖。

"心连心艺术团"以及中央电视台"非常6+1"、"星光大道"和"同一首歌",艺术团的演员们都有惊艳的表现。

北川羌族民间艺术团一路走来,为什么获得这么多荣誉?有权威专家说:"北川羌族民间艺术团传承着羌族这一古老民族最纯正的艺术文化和最原始的舞蹈形式。"

艺术团成立以来,从最初的青片乡到安昌镇,再到绵阳的老龙山,到处"流浪",直到二〇一二年终于在北川艺术中心拥有了自己的"家"。

春天,在省有关单位羌族艺术家加盟或指导之下,艺术团排练上演了大型原生态情景歌舞《禹羌部落》。剧目以北川古老的羌族民俗活动为背景,将远古传说、大禹故事、羌戈大战和释比文化等内容装进春、夏、秋、冬四个具有鲜明色彩符号的版块,与多声部民歌、羌笛、羌绣、羌年等羌族非物质文化遗产和现代华美的灯光、舞美等诸多独具个性的美学元素融合,集中展示了北川独特的地域文化。

《禹羌部落》代表艺术团迄今为止的艺术高度。后来,艺术团还编排了《禹羌神韵》《走北川》《云朵上的尔玛》,它们不过是《禹羌部落》的衍生品。

《禹羌部落》是灾后重建的重要成果。而北川羌族民间艺术团本身,更是灾后重建的重要成果。

它已经是长在北川肌体上的血肉。

6.

二〇一五年底,杨华武受邀来到石椅羌寨,这是他做出的又一次重大选择。

这时,村里的旅游联合体"石椅羌寨",因为不成熟的股份制,内部矛盾尖锐,严重亏损。他接手"石椅羌寨",等于接受了一个重大挑战。

他买下"石椅羌寨"全部资产,投入巨额资金,提升基础设施,联手老搭档母广元,下决心打造一个更有魅力的石椅羌寨。

他和母广元都是羌历年省级非遗传承人,五龙寨的丰富经验,艺术团的强大实力,都是他盘活"石椅羌寨"的底气。

二月初，我随四川省文艺家新春走基层活动来到石椅羌寨。这时，春节刚过，距离习近平总书记视频连线石椅羌寨也不到半个月。广场周边彩旗招展，枇杷树和李子树上挂满羌红，一串串玉米和辣椒在羌楼檐下闪耀着金黄和火红，整个羌寨似乎还在节日期间。

说起习近平总书记视频连线，杨华武难掩内心的激动和自豪。那天，他通宵辗转难眠，天麻麻亮就穿上节日盛装来到羌寨广场。当习近平总书记出现在屏幕中时，他热泪盈眶，跟着现场的几百群众欢呼："雅日萨（羌语，太好啦）！雅日萨！日萨日萨雅日萨！"

杨华武认为，石椅羌寨作为全国乡村的唯一代表与习近平总书记视频连线，接受总书记的慰问，这是党中央对北川灾后重建的充分肯定和高度评价。自己在石椅村所付出的一切，都在其中得到了回报。他还告诉我，他接下来的理想就是在这里建一个博物馆，陈列羌族有历史价值的器物，以及唢呐、锣鼓、羌笛、口弦、羌绣等非遗产品。让人们能够在这里走进羌族的农耕时代，体验原生态的羌族生活。

7.

5·12地震以后，杨华武曾经到同样经历过大地震的丽江考察，他专门买了一件文化衫，他让人在上面写着：我相信，这世界上有人是为了理念而活着。

他曾经解释，大难之后，所谓的理念，就是活着的人要把震垮的一切重新立起来，为死难者完成他们未能完成的使命。

我觉得，这些年来，杨华武一直在践行他的理念。

二、被"洗白"的羌家汉子满血归来

1.

四月的第一个星期六，王明新在罗浮山下的民宿"沁心别院"开张了。

他很低调，没放鞭炮，门前也没有花篮，只在网上发了信息：推窗观山，近水赏荷，临溪而居，温软入眠。致力于打造您旅途中的家……

这是广告，但并非吹牛。一个徽派风格的大院，依山傍水，有温泉，有水榭，有超大的庭院和露台，有精致的家具和装修，有杜鹃、樱花和红、黄玫瑰争芳斗艳。当天客房已经预定一空，颇意外，也在情理之中。

晚上，他让厨师精心安排了一桌菜。主菜是黄焖土甲鱼，配以本地的土鸡土鸭，当季野菜。客人非常特殊，都是5·12大地震中和他一样被"洗白"过的企业界难兄难弟。

2.

十五年前的王明新，年纪轻轻已是人们心目中的大老板。他有三个工厂，二百多职工，生产的建材、家具和各种饰品，都取材于本地石头，人称"石头王"。

生意顺风顺水，他的家庭更让人羡慕：电视台播音主持出身的妻子知性又美丽，五岁的女儿天使般可爱。但是，大地震袭来，妻子、女儿、父母和岳父母全部遇难，三座工厂全部损毁，他在瞬间被全部"洗白"，成为"孤人"。

至暗时刻，他痛不欲生。他只有加入救援队伍，夜以继日，疯子一样在砖石和瓦砾中扒拉，既幻想亲人生还的奇迹，也用自虐式的劳作来缓解痛苦。

救援告一段落，他不得不离开老县城，来到安县永安镇。划入北川之前，这里是安县的北方门户。惊魂未定又疲惫不堪的北川灾民，首先在这里停下脚步，寻求暂时的栖身之地。

永安镇党委政府迅速做出反应，在学校操场、镇里广场甚至开阔的庄稼地里都搭起帐篷，建立临时避难所。所有的超市都被政府监管，所有食品均统一发放。

顺应形势，北川县委也派常委、宣传部部长韩贵均坐镇接应协调。中午，在一个帐篷门口，他看见了满身灰土的王明新眼神空洞，手里拿瓶矿泉水，正坐在地上吃饼干。韩贵均心里紧了一下，转头对永安镇党委副书记杨超说："灾后重建，企业家非常重要。现在，他们中的不少人家破人亡，我们是不是请这些落难的人吃顿饱饭，让他们率先振作起来？"

"好，正好镇里有家鱼庄恢复营业了，就请他们吃顿鱼吧。"

晚上，他们真的在鱼庄安排了一桌饭。以永安镇党委、镇政府的名义，慰问流落在永安的北川企业家。

十五年前那顿饭的细节已经模糊。王明新只记得一张大圆桌坐得满满当当，桌子上摆着大盆的泰安鱼和大桶的苞谷酒。七八个客人,都是和他一样被"洗白"的企业家。韩贵均和杨超轮番给大家敬酒。有酒必有酒歌。几杯酒下肚,韩贵均就唱开了:

  清亮亮的咂酒哎
  咿呀嘞松嘞
  请喝请喝请呀喝哎
  咂酒哎已也喝不完
  再也喝不完的咂酒哎

  韩贵均和王明新老家都在北川桃龙乡。这里古称"龙藏",是白草羌腹地。他们听着释比唱的羌族史诗《羌戈大战》长大,都崇拜英雄阿巴白构。酒歌似乎唤醒了王明新身上源自祖先的血性。他忽地站起来,也加入到歌唱。
  很快,在座的羌族汉子们也跟着"雄起",独唱最终变成合唱。
  那个晚上,人人泪流满面,酒歌也因哽咽而变调。那个悲壮的场面,让人想起那些拿弯刀穿生牛皮铠甲的古代羌人——他们面对强敌,即使战斗到最后一个人,也绝不向命运低头。
  从那时起,王明新感觉自己并不孤独:上有党中央,下有自己幸存的众多职工兄弟姊妹。他没有任何理由只顾舔自己的伤口。
  根据杨超的建议,王明新参加了灾后重建的工程投标。修桥补路、房屋修缮,工程虽小,却让他有了从头再来的启动资金。接下来,"石头王"变成了"猪倌"。他种养结合,废水灌溉有机蔬菜和药材,粪污生产有机肥。二〇一四年,养殖场被评为绵阳市农业龙头企业,省级生猪标准化示范场。尽管养猪业风险巨大,各种流行猪瘟和躲不过的"猪周期"防不胜防,公司依然稳步发展,现在已经形成年出栏仔猪二万多头、成猪五千多头的规模。
  在国家级贫困县北川脱贫攻坚和乡村振兴大合唱的雄壮声部中,我们清晰地听到了王明新发出的声音。

三、山东姑娘的美丽遇见

1.

四月三日下午,我在擂鼓镇禹珍公司的茶厂见到了刘昱彤。

今天,厂里从农户那里收了二万多斤鲜叶,接待了五百多名前来体验采茶的小学生。而她自己,在我之前已经接待了十七拨客户。客人散去,生产依然高速运转。红茶绿茶的传统制茶和机械化生产都在同时进行,包装和发货也紧锣密鼓。浓浓茶香弥漫了茶厂的整个空间。

在那间雅致的办公室兼茶室,刘昱彤终于放松了。她为我沏茶,沏才炒的"西羌红",一边讲开了故事。

2.

刘昱彤来自山东临沂,毕业于985大学,曾经供职于国企。5·12大地震打破了她生活的宁静。泪流满面地看了许多电视报道以后,不管不顾地来到北川,当志愿者,参与灾后重建。时间一长,她爱上了这里的民风淳朴和山清水秀,索性辞职,自己创业。

二〇一二年三月三十一日,经人介绍,刘昱彤首次与北川羌族汉子王华祁在绵阳一家咖啡厅见面。他的条件可以说很差:企业已经淹没在唐家山堰塞湖下;大地震中遇难的妻子给他留下了两个孩子;没上过大学,还比她大了十一岁。之所以同意见面,是听介绍人说他非常优秀。

但是,王华祁却迟到了半个多小时。刘昱彤当然没有好印象:姗姗来迟,作为男士显得没有教养;他土黄色的西服和蓝色的牛仔裤一点不搭,典型的农民企业家;个子不高,明显地比她还矮了一头。

而王华祁,因为还没有走出丧妻之痛,对这次相亲先是拒绝,后来因为介绍人是二爸和亲妹妹,拗不过,才磨磨蹭蹭地来了。不可思议的是,就在她向他伸出手的那个瞬间,他态度突然来了个急转弯。因为他发现,微笑的昱彤表情含蓄,举止沉稳,举手投足都有一种举重若轻的从容。出于对文化的敬畏,山东姑娘的高学历更给她颜值加分。

他认定，这个女人他非娶不可。

他这是一厢情愿。尽管妹妹极力撮合，二爸敲着边鼓，他本人更是主动表白甚至死缠烂打，昱彤始终不为所动。

3.

最终赢得昱彤芳心的，还是王华祁与命运抗争的的坚强意志。

5·12地震时，王华祁和管理团队正在北川老县城"天伦王朝"茶楼讨论工作。那栋七层大楼瞬间塌陷成不足两米的建筑垃圾，将包括妻子在内的所有人掩埋，仅王华祁等四人因吧台和一根横梁形成的狭小空间得以幸存。但是，他伤势非常严重：髋关部和盆骨骨折，腰椎、尾椎、膀胱血管和尿道断裂。医生断言，他已经失去了排泄和生育功能，即使抢救过来，也只能在轮椅上度过余生。

与命运的抗争，在他从废墟里被扒出来放上门板那一刻就开始了。为防止在昏迷中死去，他三天三夜硬撑着没有合眼。二十多天无法进食，脂肪耗尽，仅剩皮包骨架，他也没有放弃。不能下床，他就采取意志锻炼——在意念中抬腿、压腿，每组十次。意志锻炼也很累人。开始只能坚持几次，每次都大汗淋漓。第二天，他咬着牙，开始加量。循序渐进，逐步增加到每天十五次，二十次，三十次。

关键时刻，他收到了爷爷捎来的一本古医书。爷爷说，你的伤一定能治好，药方就在这本书里。

在重庆的病床上，按照爷爷提示，王华祁认真研读医书，然后给自己开了一副以脆蛇为主、其他中药为辅的药方，连服一个多月，肌肉和脂肪逐渐恢复。卧床七十多天以后，他试探下床，强忍剧痛练习走路。半年之后，尿道和腹部引流管去除，他开始游泳。最终，他创造了康复如初的奇迹。

王华祁康复如初。员工却绝大部分遇难，公司只有七百万的债务原封不动。

但是，就像坚信自己一定会康复那样，王华祁也坚信自己的企业一定能东山再起。

还是在他们最初见面的咖啡厅，听完故事，刘昱彤热泪盈眶，不管不顾地拥抱了王华祁。

4.

　　捧着茶杯，在氤氲蒸腾的雾气里，刘昱彤若有所思地说，看来，我没有看错人。

　　没错。他们的确是志同道合、优势互补的最佳夫妻档。因为各级政府坚定不移的支持，公司联系的那些农户不离不弃，更有昱彤利用她学国际贸易的专业背景，在京东和天猫开网店，在成都设分公司和连锁门店，承办天猫"全球腊味节"成都分会场等大型营销活动，让企业绝地重生，迅猛发展，把北川的腊肉、苔子茶和野菜、山珍卖到了全国甚至海外，人们把她称为北川的"腊肉女王"。二〇二二年，他们经营的公司，销售总额超过了一亿五千万元，被评为国家级高新技术企业、国家科技型中小企业、省级农业产业化龙头企业。王华祁本人被评为省级脱贫攻坚先进个人、全国电商致富带头人、新型农业职业标兵。

　　一个是淳朴耿直的羌家汉子，一个是侠义热忱的山东妹子，他们植根于北川农村的禹珍公司，当然不会忘记自己的社会责任。

　　二〇一七年，王华祁投资八百万元，在贫困村坝底乡通坪村建起了年产仔猪五千头的黑猪繁育场。为带动乡亲们脱贫致富，公司采用"养殖场+合作社+农户"的产业化合作模式，实现养殖场、合作社与农户之间长期的互惠互利、合作共赢。当年就投放仔猪八千多头，带动农户三千八百四十二户，实现增收一千三百八十多万元。毫无悬念，在公司的帮扶下，通坪村顺利实现了脱贫。

　　唐六庆曾经贷款买了一辆大货车跑运输。不幸的是，在5·12大地震时货车被埋在废墟之下，他也因重伤而高位截瘫。他上有老下有小，一家六口，突如其来的灾难让全家陷入绝境。养殖场办起来以后，王华祁首先给唐家投放了五十三头仔猪，当年收入六万元。第二年，王华祁专门对唐家的圈舍条件和可以匹配的劳动力进行评估，帮助他们把养猪规模提高到一百头，到二〇一九年进一步扩大到两百头，年收入达到了五十万元。养猪改变了唐家的命运。现在，唐六庆不但早就还完贷款，还有了存款。大儿子大学毕业后在京东方找到了工作，在绵阳买房，娶妻生子。女儿也大学毕业，有了体面的工作。现在，唐六庆终于愉快地开始了自己的退休生活。

　　这是一种非常有效的扶贫模式。他们把它复制到了全县的多个乡村，通过"公司+合作社+基地+农户"的方式，与各乡镇的合作社签订生猪代养协议，在全县建立了六个重点村的生猪代养基地，带动了数百户贫困群众增收致富。

5.

下午六点，王华祁从广州给昱彤打来电话。他正在广州中山大学学习。那是北川县人大举办的专题培训班，目的是拓宽北川籍各级人大代表的视野，更新理念，提高履职能力。

我从刘昱彤手里接过电话。华祁在电话那头激动地说，我是二〇一二年三月三十一日认识昱彤的。那一天，是我生命的重生之日，也是我精神的重生之日，更是我事业的重生之日。我永远感谢昱彤。

四、假肢女孩暴走在追梦路上

1.

在5·12大地震后那段揪心的日子里，很多人都还记得一幅照片：一张厚实的门板正被许多双手托起。上面平躺着一个胖乎乎的小女孩，满脸灰土，眼睛微闭，被几个消防战士的橙色制服包围。

她就是牛钰。

2.

那时她十一岁，在暗无天日的废墟里被埋了三天三夜，睁开眼睛，救援队那一抹与阳光同时出现的橙色，成为她一生中最深刻的记忆。

不幸的是，十五日获救那天，她永远地失去了她的右腿。

四个月的住院时间，她经历了三十多次手术，到后来看见医生和护士就感到恐惧。

她没有睡过一个好觉，每天不是被噩梦吓醒，就是被疼痛折磨醒。

她笑着告诉我说："大家都说我经历了这么多手术和疼痛，应该慢慢地就不怕这些了，其实相反，我现在连打针都会哭。"

从死神手里成功逃脱之后，年幼的她需要面临的还有很多。

青春期的敏感不自信，同学们的目光和议论，还没有学会和自己和解的她不知道该怎么面对，世界有的时候像是茧壳，她躲在里面，获得短暂的安全感。

但这个懂得爱，懂得感恩的孩子一直在努力向阳生长。

十五年后，我们再看到的她，已经拥有了无数的标签。

她是在加油声中咬牙走完全程的"汶川最美马拉松女孩"；她是给假肢绑上闪光棒昂首走过闹市的"钢腿侠"；她是踩着"机械小钢腿"惊艳亮相上海时装周的时尚达人；她是给残障群体留下美丽影像的摄影师；她是网络世界散发着满满正能量的视频博主；她是庄严的会场上侃侃而谈的四川省人大代表和绵阳市团委副书记……

网络上，有人说她积极乐观，有人说她炫酷，还有人说她活成了健全人都羡慕的模样。

我好奇，到底什么样的标签可以定义她？

二月二十日下午，在成都一家咖啡厅，我第一次见到了牛钰。一个多小时的访谈，我意外发现，她居然还是一位作家！

三天以后，在去北京的飞机上，我打开手机，读她发给我的《黑暗里的星星》。这是一部自传体的纪实作品，从5·12大地震写起，到二十二岁结束。才读了第一章，我眼睛潮湿、再热泪盈眶，最后我将头扭向窗口，泪流满面。

飞机落地，暂且放下《黑暗里的星星》，我不能不感叹，上天拿走了牛钰的一条腿，也给了她很多补偿。我想，最重要的补偿，也许就是给了她写作的天赋。

也许所有的标签都可以定义她，也不足以定义她。

3.

作家梦始于何时？牛钰自己也无法确定。可以确信的是，二〇〇九年春夏之交，她有过一次作品"发表"。那是在成都川港康复中心。香港某报一个小姐姐记者采访她时，她拿过采访本，即兴写下一首诗：

思念是什么呢

在我小小的心灵里

思念是苦的

因为5·12

思念贴了一道疤

那是痛苦的

思念在痛

痛的是最要美的校园倒塌了

痛的是最要好的同学遇难了

痛的是……

现在，我偶尔会去思念

可是，得来的是心伤

得来的是泪水

所以……

我相信

小精灵会帮我

让思念变成甜的

　　这首诗连同记者手记，发表在报纸上。还附了一张她写这首诗的照片：小小的人儿深陷在宽大的椅子里，正歪着头书写，沉浸在她的诗歌世界。连续两周的采访，这位记者在灾区伤残人士身上看到的是积极、乐观、宽容和坚忍的生活态度，她把它定义为"四川精神"，而小牛钰，就是这种精神的典型代表。

　　大胆地说出要当作家，那是二〇一五年七月十三日，对她喜欢的作家安东尼说的。她给他发微博私信："我想成为一个作家。"

　　自从在病床上知道了安东尼，从他的《红：陪安东尼度过漫长岁月》开始，她一本一本地读他的书。二〇一四年伊始，安东尼成了她的树洞，在无数个无人知晓的夜晚，安东尼的平台留言箱里，藏着一个女孩的喜悦和悲伤，梦想与执着。当然，她不可能得到回复，包括她想成为作家的宣告。

但那都不重要。

梦想是虚幻的,但她的准备却是扎实的。她坚持写日记,长期不计报酬地给网上文学平台写稿,此外还大量阅读中外名著。

二〇一九年新冠肺炎疫情暴发后,大学毕业的牛钰暂时没有工作,索性把居家隔离变成闭门写作。无须虚构,她自己的过往就足够精彩。她翻出所有的日记,从5·12地震那天开始,梳理过往,圈出重点,列出提纲,还原场景,回忆细节,然后像泥水匠砌砖一样,开始一点一点构建她梦想中的文学大厦。

走过二十多年的人生,遇见了很多温暖的人,始终生活在温暖之中,让她也成了发光发热的个体。所以,她的书叫《黑暗里的星星》,每一个字都有温度。

网上写作,她曾以"春游"为笔名——充满阳光的人生就是一场春游。

但是写作过程也不全是春游,很多时候还是煎熬。

有人说,回忆像是水杯,慢慢地冷却,倒掉,又能重新炙热。但对牛钰来说,她的回忆承载了太多,地震时失去亲人和朋友的悲伤,被埋三天的恐惧和黑暗,成长路上的歧视和排挤,爱与失去,拯救与坠落,写作时哭过多少次她已经不记得了。

但我们最后看到的文字,没有极端强烈的冲突,而是温柔得像是春风,如同她的笔名,也如同她一路走来的人生。

二〇二二年初,《黑暗里的星星》偶然地交到了作家出版社编辑丁文梅手上。丁文梅和出版社的领导被那些真诚、活泼和极富个性的文字所打动,决定将其作为重点图书推出。

4.

清明节那天,从王华祁那里知道,牛钰和他同在中山大学参加培训。

我把电话打过去,寒暄之后,直接问了她一个颇敏感的问题:婚姻恋爱。

没想到,她马上大大方方地告诉了我她的恋情:他是个消防救援队员,去年就向我告白了。我们性格互补,都经历过生离死别,对生活和生命我们有相同的看法。

"缘分吧,第一次见他的时候,他穿着橙色的救援服。"牛钰笑着说。

真美妙,救她和爱她的都是消防员。看来,那一抹橙色,将让她温暖终身。

五、一个医生的第二次人生

在永昌镇尔玛小区D区门口,一个精瘦的男子一瘸一拐地向我走来。虽然是第一次见面,我知道他就是唐雄了。不过,眼前的唐雄,和我预想的完全对不上号。他的瘸腿,他的单薄,都和唐雄之"雄",完全无法建立起联系。

握手的时候,我上下打量他,暗暗吃惊:这么不起眼的一个人,怎么能够释放出那样强大的生命力?

时隔多年,唐雄一旦闲暇并且独处,总会想起被埋在老县城那个"家"里的一个个瞬间。

5·12那天下午,他出门上班。右脚刚跨出门的瞬间,地震发生了。随着一阵天翻地覆的摇晃,五层的宿舍楼塌陷成两层多高的一堆废墟。他右腿被压住,预制板抵在胸口;妻子比较幸运,她因为休班在沙发上午休,地震时就地一滚躲在沙发下面,砸下的预制板被沙发和茶几接住,给了她容身的空间,还有一丝光亮可知昼夜交替。

他们相隔数米,看不见对方,但可以大声说"悄悄话"。

小乖,坚持住,肯定有人来救我们。他说。

哥哥,放心,我抓到了茶几上的豆腐干。你没吃的,要节省体力。

小乖,我们一定要坚持到出去,那时,每回过生我都给你送鲜花,给你惊喜。

哥哥,出去后我给你生个小宝宝,我们天天陪他……

彼此的爱照亮了被死亡笼罩的空间,让他坚持了一百三十九个小时,让人们看到生命可以如此坚强。

获救时他已经昏迷。三天前就获救的妻子唤醒了他,告诉他是海南消防的战士们在余震中冒着随时可能被埋的危险,从废墟的顶部掏洞下去救了他。

现场有人问他,此刻,你最大的愿望是什么?

他已经知道了救命恩人都是共产党员,他还想起了妻子在黑暗中说的那些情话。

我要入党!我要孩子!他大声说出来,几乎用尽了所有力气。

两个愿望，尤其是入党，对他来说是那么强烈。在绵阳中心医院的重症监护室，当他知道主治医生蒋岚杉是中共党员时，不顾自己还没脱离生命危险，恳请他代笔，由自己口授写下入党申请书。五月二十三日，转院去北京的火车上，他接到了县委组织部关于他已经被批准为预备党员的电话通知。

才过了一年多，他第二个愿望也如愿而来：二〇一〇年二月十八日，女儿出生。从妻子怀孕开始，夫妇俩就开始为孩子做各种准备。一个多月里，光是名字就取了三十几个，都和感恩有关。他们最终决定：是儿子就叫唐海川，寓意海南和四川的情谊；是女儿就叫南曦，寓意海南给一家人带来希望。

二〇一一年三月二十六日，唐雄一家和北川老县城的幸存者一样，愉快地从安昌镇的出租房搬进了新县城永昌镇的新居。

这是一套位于二楼的三室两厅住宅。二楼，是妻子的强烈愿望——唐雄的右脚因为重伤，截掉了半个脚掌。没有电梯的小区，二楼，上下楼就很轻松了。经历了5·12生死震颤的人，对一切震动都极其敏感，臀部接触沙发，内部的弹簧随时都可以让人产生地震的感觉。对震颤的敏感病根一样留在身上。而现在，新县城所有的建筑都是按八级抗震标准修的，这就意味着一家人从此有了一个可以安心睡觉的地方。

两大愿望全部兑现。而入住新县城的新房子，则是锦上添花。新的家园萌发新的梦想，新的梦想激发新的力量。他感觉自己的幸福没有止境。

唐雄入党的动机非常单纯：党和国家给了我第二次生命，作为医生，这条命必须用于为病人服务。别人给了我许多爱，我要传递更多的爱。

灾后重建的医院多么好啊。建筑面积从两千平方米扩大到一万二千平方米，外观融进了羌元素，更加符合北川县中羌医院的"身份"。医护人员从三十几人增加到一百多人。内部设施更是鸟枪换炮，他的针灸科拥有中频治疗仪、远红外医疗床、熏蒸床、牵引床，先进设备应有尽有，感觉前进了半个世纪。这些都是山东援建的啊，他随时都在提醒自己，如果不好好利用，愧对党和国家，愧对山东兄弟，更愧对父老乡亲。

唐雄大学的专业是中西医结合，地震前从事的是中医内科。针灸科是他向院领导提议建立的。他在持续一年的康复中，深感康复治疗的意义，深感针灸在其中的作用。而经历了地震之难的北川，类似他这样需要康复的人实在太多。他争取机会到绵阳市中医院向名师学习针灸，他远赴河南中医药大学附属医院学习现代康复，他拜茂县著名老羌医坤世壹为师学习康复治疗和古法养生。他更多的是自学，购买和阅读了大量专业书籍。他右脚掌被截去一半，也未能阻挡他治病救人的脚步。十五年来，除了节假日，他每天八点准时上班，经常加班加点，经他治疗的病人每年平均多达四千多人。他是带着爱在工作。光是给困难病人免掉的医疗费，就在五十万元以上。

在长期的临床实践中，唐雄苦研"欧氏正脊疗法""醒脑开窍法""平衡针法"，在脊椎疾病、神经系统疾病和骨关节疾病等诊治上独树一帜。他与贵州中医药大学合作，完成了国家级科研项目"羌医煨白石外治法"，并发布了国家标准。北川县委组织部授予他"羌山名医"称号，四川省人事厅、卫健委等部门将他评为"四川省拔尖中青年中医师"。

在北川民间，人们都把唐雄称作"神针老唐"。

女儿呱呱坠地，当他从护士手上把她接过来，在她耳边轻轻说，爸爸刚刚为十五个病人减轻了病痛。女儿似乎听懂了，竟咯咯地笑了。女儿第一次绽开的笑脸，像是对他工作的嘉奖，深深刻录在记忆里。

唐雄上班以病人为中心，下了班，女儿就是中心了。自从她出生，只要在家，他就陪在她身边。婴儿时期陪她读看婴儿画报，稍大读幼儿画报，从幼儿园中班开始，假期的很多时候父女俩就泡在图书馆了。有爸爸陪读，南曦不到五岁基本上就可以自己阅读。上小学不久，她就因为借阅量进入全县前十名而被奖励。

图书馆与文化馆、博物馆组成北川的文化中心，最具羌族特色的外观非常宏伟，内部环境安静优雅。图书馆读书，文化馆学画，博物馆学习历史，这里差不多成为女儿的第二学校。

和北川中学、永昌中学一样，永昌小学也非常漂亮。小南曦在这里如鱼得水。从小学到初一，她学习一直名列前茅，"弘毅少年""年级领军人物""三好学生"之类的奖状，家里已经有了一大摞。

节假日，穿上亲子装，各自骑一辆共享小电瓶车逛新县城，是他们的最爱。

天天可以出入公园，有山水花草为伴。满满的获得感、幸福感和自豪感，成为小南曦成长最好的精神养分。

四月七日晚上，我临时造访唐雄家。

奶奶追剧，爸爸看书，妈妈收拾厨房，小南曦在写作业——与其他家庭大同小异。略显不同的是，他家客厅进门就是一个屏风式鱼缸，锦鲤、鲫鱼甚至河蟹在里面混居一室。落地窗前是巨大的盆景架，大大小小搁着几十盆花卉。墙上挂的镜框里都是南曦的画，让整个房间都洋溢着蓬勃的活力。

大地震的幸存者唐雄，他和他的家人以最积极的姿态行走在自己生活的路上。他们既见证了北川的沧桑之变，也将一直与它一路同行，成为它最小却是最生机勃勃的组成部分。

第十一章：永昌之城

1.

可以武断地说，写北川新县城，对所有作家都是挑战。

二〇一一年二月一日才正式开城的永昌，无疑是中国最年轻的县城。它曾经在规划层次、关注度、开工项目、建设速度、投入力量等诸多方面创造了中国之最。它是中国智慧、山东力量在城市建设方面留下的"北川样本"，是"基建狂魔"创造的又一人间奇迹、当代神话。它看点、亮点太多，很难总体把握；内涵过于丰富，意义过于重大，很难准确定义。光是看那些中国顶级建筑大师的规划设计图，就感觉尽善尽美，令人眼花缭乱。

国庆前夕，我从青片河上游采风归来，意外的滞留，却让我有机会当了几天永昌市民，零距离触摸一座新城的脉动，共情体会新县城寻常百姓的日常冷暖。

2.

国庆第二天，早晨六点半，我准时起床，然后开始晨跑。

我从云盘北路跑上茅坝街时，天刚大亮。沿途水果店"果然"、早点饭铺"早点来"、以及"清真小吃"和"开元米粉"已经开门，空气中飘散着桂花、青草和炒肉的混合气息。直奔滨河路。这是红蓝相间的休闲步道，和两边绿地、花园和小广场组成带状公园。曙光熹微中，我感觉这里是永昌最美最有活力的地方——散步、遛狗、晨练、广场舞，早起的人们似乎都汇聚到这儿来了。

安昌河在城西由北向南穿城而过，碧澄的河面漂浮着绚丽的云霞。两岸长着茂密的芦苇，大片的红花或白花在微风中摇曳，像狗、狐狸毛茸茸的尾巴。不过，这些"尾巴"太多也太漂亮了，微风里，满世界都是它们在摇晃，白茫茫一片的起伏，让人感到生命的活跃。人们都知道帕斯卡尔"人是会思想的芦苇"的名言。把人比喻成芦苇，是因为它的生命力。我不知道这些芦苇是原生的还是人工种植的，但无论生态还是审美，它们都是属于这里的河岸，可以成为北川人强大、坚韧、生机勃勃的一种精神象征。

在柔性的彩色步道上，跟着运动手表放送的音乐节奏匀速地迈开双脚，与安昌河的流速几乎同步。芦苇在流动，河心的小岛或者绿洲在旋转，似乎被我带动了，缓缓地漂然而下。

从滨河北路一路向南，穿过西羌北桥和禹王桥，到西羌南桥，折返，上禹王桥。

禹王桥是一座两层风雨廊桥，是新北川标志性建筑之一。青灰色桥身，原色木饰，片石贴墙，碉楼式桥头堡，周身都是羌元素。从栈道般的扶梯上楼，不出所料，桥上是很棒的观景平台。河水平阔，远山苍茫，真有点儿秋水长天的意境。

禹王桥东头（禹王桥是东西向）就是名冠天下的北川名片巴拿恰。"巴拿恰"是羌语，意为做买卖的地方。它以地域民族风情为主题，以展示羌族手工艺及其产品为特色。这里以前就来过，参观竹编草编，看过陈云珍的羌绣，在何国梁的"云云羌"喝茶聊天，还多次与北川的文人朋友在隔壁的"醉羌乡"小酌，吃私房菜，听他们讲各种精彩故事。

我在这里的"花样小吃"吃了牛肉荞麦面条和石磨豆花，开始闲逛，一路逛到禹王广场。在这里，仰望至少三层楼高的大禹雕像，让人浮想联翩。他是中华民族人文始祖，又是北川继炎帝之后又一位有名有姓的祖先。他是北川大地孕育的羌人之子，也是世世代代北川人不屈不挠的精神源头。他将永远屹立在这里，见证这座传世之城的日新月异乃至沧海桑田。

禹王广场也是新北川人集会的中心。永昌开城仪式、每年的羌历年等大型活动，都在这里举行。尤其是万人沙朗那种气势恢宏的场面，让市民们想想就荡气回肠，热血偾张。

过巴拿恰，继续朝东边走，就是抗震纪念园。纪念园分为静思园、英雄园和幸福园三部分，诠释着伟大的抗震救灾精神。

禹王桥、巴拿恰、抗震纪念园和文化中心，构成了统领整个新县城东西向景观轴线。

羌族民俗博物馆是文化中心的主体。它是关于羌族历史和现实的一部打开的百科全书。我多次来到这里，观摩含有丰富历史信息的那些文物和实物，走近一个个用科技手段复原的羌族生产生活的历史场景和自然场景，感受活态的文化展示，为我《羌山磅礴》的写作打底。

图书馆和文化馆是文化中心的左右两翼。丰富的藏书和舒适宜人的阅读环境让我也成为受益者。仅凭身份证，我就借阅了大量有关羌族的图书，"认识"了任乃强、王明珂、赵兴武等学者和作家。后来认识了馆长，还给我免费赠送了几本本土作者的作品，让我恶补了羌文化。

因为自己在文化馆长大的缘故，北川文化馆让我感到格外亲切。与5·12大地震连人带馆被王家岩掩埋的那个小四合院相比，现在的文化馆肯定在全国县级文化馆中属于顶级水平。多功能剧场、多功能展示厅、健身房、综合游艺室、电脑网络室、试听信息室、图书阅览室、非遗保护室、培训活动室、舞蹈排练室、音乐室、书法室、美术室、指导交流室、戏曲室、创作研究室、音乐创编室、群文指导室……变化之大，词库里已经找不出相应的词汇来形容。

文化馆一楼有一个小小的画廊。大部分是水粉画，画的是北川境内的古镇、羌寨和山川河流。

显然，那些水粉画都出自同一画家之手。构图很美，画面干净，笔触准确，技法娴熟，应该出自专业画家之手。

然而事实却让我惊讶，画家叫邓伟，不过是县民政局的普通公务员，还是癌症患者。

3.

新北川县城的主体部分，像一片美丽的叶子，静静地铺展在安昌河东岸。

西北的尔玛、东北的禹龙、西南的新川、东边的沐曦，几大居民小区的住户构成了新北川市民的主体。

尔玛小区和禹龙小区的居民，主要来自老县城；新川小区和沐曦小区的居民，主要来自新县城占地拆迁的农民。

在尔玛小区E区二十二栋，我叩响一楼的一户人家，开门的正是邓伟。

邓伟身材颀长，年已六十却还保留了几分俊朗，毫无病态。他家一尘不染。进门最显眼处是一辆斯科特自行车，墙上挂满他自己画的水粉风景，茶几上堆满速写本，而画箱、画夹、画凳之类的东西则堆在墙角。

一望而知，这是一个爱好自行车运动的画家之家。

他曾经有一个令人羡慕的家庭。妻子是初中同学，美貌而贤惠；女儿聪明懂事，表现优秀。也许是上帝也嫉妒他，要拿走他的幸福：一九九八年妻子检查出胃癌，他陪着她到处求医，却还是在一九九九年十一月去世了。5·12那天是女儿的生日。午饭之后，他特地在妻子遗像前点了一炷香，请她保佑女儿。午饭以后，他照例出门溜达，步行到民政局上班。走到翻水桥附近，墙上一张新贴的讣告吸引了他，逝者是兰辉的岳父周兴。他正在唏嘘，大地猛烈地震荡起来，紧接着，到处房子都在垮塌，黑烟四起。剧烈的摇晃中，他跌跌撞撞，试图趁快过桥，结果人还在桥上，随着一阵强烈的失重感，他和桥面一起砸进河里。

王家岩垮下来的塌方体势不可当，但到他身边也是强弩之末，即使石头几乎将他埋没，造成腰椎骨折，却也并无生命危险。

辗转几家医院，最后转到射洪中医院治疗。住院期间，他的亲友、当地民政局长、分管副县长都前来看望，唯独女朋友缺席。她在绵阳某科技单位工作，本来已经说好近期结婚的，她此时却选择了不辞而别——灾难面前，人性的弱点和缺陷都暴露无遗。

北川满目疮痍，绝大部分同事遇难，民政局工作堆积如山。还没有完全康复，邓伟坚决要求出院，回局里上班。人生的低潮里，他只有用夜以继日的工作压缩负面情绪的增长空间。灾后重建基本完成以后，工作和生活都转移到了新县城。远离灾难的现场，从封闭的大山里走进开阔的平坝，在焕然一新的环境里，人们一扫晦气。这时的邓伟，决定要换一种活法。他偶然地遇到一群自行车骑友，便加入了他们的群体。凡是周末和节假日，他都骑车出去。少则几十公里，多则几百公里，不但跑遍了周边各县，还跑了西南西北的许多名山大川。

四年前的夏天，他突然小便困难，去医院一检查，才发现得了前列腺癌，并且已经骨转移！

短暂的震惊之后，邓伟冷静下来。他想，和地震中遇难的那些亲友、同事和乡亲们相比，这十余年的时光都是纯赚的，今后，活一天就多赚到一天。他年轻时曾经学过画，有一定的绘画基础，他决定再次转型。把以前的画艺捡起来，做业余画家，以艺术抗癌。

他把自行车运动和绘画结合起来，到处写生，画风景画。去年他退休了，更可以心无挂碍地投入到绘画之中。除了每月去医院做一次检查，打一次针，其余时间都在画。画得越多，技法越娴熟，对绘画艺术的理解越深入，作品水平也不断提升，再提升。

我有幸在文化馆得到他两幅水粉画，挂在石椅羌寨的工作室。后来俄罗斯美协负责人、闻名欧洲的油画家库兹明内赫造访石椅羌寨，到了我的工作室，也对邓伟的画给予了好评。

与邓伟相比，尔玛小区C区的朱丽华就不幸得多。

她是曲山镇白果村人，父亲是教师，母亲是农民。十五年前，他们家的生活渐渐好起来。她结婚成家，儿子女儿都有了。父亲在教师公寓预订了房子，她和丈夫节衣缩食，也在法院老宿舍买下一套房子。她和丈夫分别在煤矿和茶厂打工，虽不宽裕，但很温馨。然而5·12那天一切化为乌有：父母、儿子和女儿都在家里遇难。他们那个新家，搬进去才十天，刚刚办了乔迁的酒席，现在却成了一堆建筑垃圾，埋葬着四位最亲的亲人。她无法接受这个事实，装了一肚子的悲伤和怨气。

作为老县城的居民，她第一批拿到了钥匙，搬进了新县城的新居。

搬到了新县城，三室两厅的新房子，又生了女儿，痛苦的记忆被时间慢慢冲淡，最终将被新的生活覆盖。

在尔玛小区C区一栋某单元的六〇二室，我见到了朱丽华。她告诉我，丈夫在外地打工，女儿在永昌小学上学，自己在社区做网格员。

房子和邓伟家一样的户型，三室两厅。家里干干净净，整整齐齐。满墙都是女儿的奖状："三好学生""全县小学生十佳歌手""学习之星"……看得出来，女儿很聪明，很阳光，发展全面。

靠墙放着一个小花架，放着多肉和一盆开着红花的兰花。

一台冰箱放在客厅中间。我问她，冰箱怎么这样放啊？

这冰箱用了十二年了，坏了，该换了，新冰箱今天才买回来。她说着，手往厨房方向一指。那里放着一个双开门的大冰箱。

是的，这就是新北川最普通人的生活：不算富裕，但衣食无忧。充满希望的未来，似乎肉眼可见。

从朱丽华家，我们看到的，也许就是北川底层百姓的日常生活。

4.

与朱丽华比，杨春进城就早多了，一九九七年北川的首批商品房他就买了。

在片口乡那个叫"三江口"的山沟里，杨春从小就是乡亲们眼里的聪明孩子。对了，他与做腊肉的杨利华是近邻，还是她族叔。先是做裁缝，后来做腊肉和土特产生意，终于有了进城买房的实力。他一九九七年买房，一九九八年结婚，二〇〇〇年有了儿子，生活惬意，生意顺风顺水。

和朱丽华一样，他也是在5·12那天一切化为乌有。妻儿遇难，辛辛苦苦攒下的家产，全部埋葬在废墟之下。

新县城开城，他入住禹龙小区禹兴苑，生活也在这里重新开始。再婚，生大儿子，再生小儿子。妻子薛英也是北川人，比他小十二岁，聪明而干练。婚后的两口子，除了带孩子，他们依然做腊肉和土特产生意。他们的腊肉都是自己收猪，用传统的方法自己加工。土特产主要是羊肚菌、刺龙苞等应季野菜和土鸡土蛋、豆腐干、萝卜干等农副产品。

去年六月八日，他们的"片口土味居·云朵私房菜"在青片路开张了。餐厅很有个性：定位中高端，纯北川羌菜；仅有两个雅间，只接受定制，不接散客。

我曾经接受朋友邀请参加过一次餐叙。首先环境就让我耳目一新：粉墙，少量的原色木板镶嵌；墙上镜框里是大雅大俗的小幅羌绣；地上恰到好处的绿植点缀；餐桌餐椅都是纯中式的，椅垫也是羌绣，很精致。整个店堂清新、雅致、明亮，有鲜明的个性。

这里的菜，主要是腊味系列、白山羊系列、豆腐系列。再加上应季野菜、老面馒头、告子水稀饭、酸菜豆花。这些对北川人来说，菜谱似乎比较普通，但我却吃出了一种异质文化，印象深刻。我曾经两次准备在那里请客，都因为没有提前预定而被婉拒。

"片口土味居·云朵私房菜"定位精准，每一道菜都可吃性强并且很有特点，有鲜明的羌风羌俗。我可以断言，这是一次非常成功的创业。只要保持风格和质量的稳定，他的私房菜一定会成为新北川的一张餐饮名片。

5.

在永昌那几天，我经常进公园。有时候是步行路过，索性就穿过公园，边走边逛。有时刚好有一小段空闲，就随便找一个公园走走，看看，坐坐。

一天下午，我信步走进永昌大道北侧一个公园。旁边有河，清澈的水下有丰茂的水草，长发般飘扬。近岸处有睡莲正开着花，粉绿狐尾藻和草庐一蓬蓬地长出水面，漂亮极了。身后响起了翅膀扇动的声音。我回头，才发现三米远的草坪上空，居然有一只绶带鸟扑腾着在捕食空中的飞虫。我这是第一次在野外看到绶带鸟，并且是近距离，真让人惊喜不已。

一个衣着时髦的中年女人坐着电动轮椅过来了。一只纯白的泰迪在前面欢跑，给人以它在拉车的错觉。进了公园，轮椅慢下来，最后在水边停下。

这公园叫什么名字啊？我问她。

我也不知道。新北川的公园太多了，大大小小至少二十几个，谁在意它的名字啊？她笑着说。

一个小小的县城有这么多的公园，我大吃一惊。为此，我专门去了一趟县绿化管理所。

这里的所长告诉我，新县城里，综合性公园、专类公园、社区公园、带状公园、绿地广场和口袋公园，大大小小二十四个。安昌江穿城而过，又分流出永昌河、营盘河、新川河，加上原生态的顺义河，它们几乎平行着由北向南穿越城市，成为美丽的湿地景观廊道。所以很多公园都可以称为湿地公园。

北川位于北纬三十一度线附近，是全球物种保存最完好的地区之一。据此，北川县实施"生态立县、文旅兴县、工业富县、开放活县、城乡融合"发展战略，一个山、水、人、城和谐相融的园林城市、公园城市已经在永昌成型，荣获了国家园林县城、中国人居环境范例奖、国家卫生县城等荣誉。除了已有的公园，县里还多方筹措资金建设桂花河公园、大熊猫动植物园以及郊野林公园，以衔接永昌和安昌的景观带。

我不能不感慨，劫后余生的新北川人，你们真幸福啊。

6.

北川新县城开城十二年了,当初植下的那些香樟、栾树、悬铃木,已从不到小碗粗的幼树长成水桶粗的大树,在街边汇成浓荫。城区也从五平方公里、三万人口增长到九平方公里、六万多人。主要由灾民、农民构成的新县城居民,已经华丽转身,成为与美丽的新县城相适应的市民。新县城当之无愧地成为省级文明城市。

在普通人的概念中,新县城止步于安昌河边,很难想到,对岸还有一个庞然大物,在你浑然不觉中,以你想象不到的速度在悄然成长。

二〇二〇年六月底,中国多家主流媒体和新闻网站同时发布消息:

> 六月二十九日,绵阳飞行职业学院揭牌仪式在"大禹故里 中国羌城"中国北川举行,标志着我国首家民营飞行学院正式启航。作为中国科技城(北川)航空城"大美羌城—泛美航空科技城"的核心项目,绵阳飞行职业学院是北川首所大学,由泛美集团投资建设,将为北川打造一座集教育、文旅、通航、康养、运动于一体的通航特色产业城……绵阳飞行职业学院以飞行和飞机维修为核心,开设固定翼飞机驾驶技术、直升机驾驶技术、飞机机电设备维修、单机应用技术、空中乘务等专业,面向全国招生。

阳春三月,成都金堂的泛美集团总部樱花盛开如雪。

在集团董事局主席魏全斌办公室外面阳台上,我们捧着茶杯,开始了愉快的交谈。

魏全斌是绵阳游仙人。一九九五年夏天我到游仙区工作的时候,他的航空职教事业才刚刚萌芽。让人难以置信的是,那时他连火车都没有坐过,而飞机,不要说坐,见还没见过呢。但就因为当时中国民办航空职教还是一张白纸,因为他过人的胆识,可能还要加上运气,他的事业以不可思议的速度和规模成长,现在已经拥有五所大学、十个教育品牌、一个通航集团、一个航服集团,订购了两百架飞机,形成了立足中国、面向世界的现代化航空产教融合体系。

毫不夸张地说,在中国改革开放的宏大背景下,魏全斌创造了一个关于民航的人间神话。

他在北川的项目,是北川有史以来最大的招商引资项目。总投资五十五亿,项目除飞行职业学院以外,还包括飞机制造中心、通航营运中心、朗巴瓦通航小镇、沙朗恰羌族民俗文化街、珙桐温泉院子、飞行员俱乐部、飞行员康养中心等项目。

泛美集团这么大的项目投在北川,包括我在内,许多人都感到非常意外。

看到我的困惑,魏全斌笑笑说:"北川是大禹故里,大禹是中华民族的共同祖先,我到这里投资,就是要向大禹致敬,向灾难面前不屈不挠的北川羌族同胞致敬。另外,北川有我最好的同学和朋友,他在我心目中几乎完美无缺。虽然他已经在5·12地震中遇难,但至今还活在我心中。我爱屋及乌,爱同学,也爱他的家乡。我这些想法,与北川县抢抓国家低空空域改革试点机遇发展通航产业的强烈愿望一碰撞,就形成了这个项目。它寄托了我的两个梦想,一是教育的梦想,建一所百年名校、建世界上最美最有特色的大学;二是产业的梦想,把航空的全产业链构建完成。"

他的北川之梦,是极其宏大的,也是非常具体的。从飞机制造中心、飞行学院一至三期到艺术群落、雕塑公园;从河西的几平方公里到石椅羌寨、西窝羌寨到整个北川大地。他给我描绘了一幅清晰的蓝图。

第二天上午我就去了建设中的泛美航空科技城。

漫步在飞行学院的校园,巨大的建筑群,随处可见碉楼造型和青片石的装饰,显示着鲜明的羌风,同时也显现着布达拉宫式的神秘和苏格兰城堡般的精美。

古老与现代,北川与世界,在这里达到了完美的统一。

新项目,新城区,新业态,新文化,新市民。魏全斌的梦想,已经开始在这片土地上逐渐成型。

7.

春意正浓,日在中天。

从泛美航空科技城背后的圆包山向东看,北川新县城永昌,在蓝天下像巨幅锦绣铺展在绿水青山之间。每一条水系都像血管一样充盈,每一栋楼房都像一颗心脏在怦怦跳动,每一个人都像花朵在春天里全新绽放。

一帧大美羌山图,装裱在大美中国的册页里。

永昌,永昌。永昌之城。